MEGAN HAROLD

TOUT POUR LUI

Volume 2

Éditions Addictives

TABLE

« Toutes les batailles de la vie nous enseignent quelque chose, même celles que nous perdons. »
Paulo Coelho

« La vie est un sommeil, l'amour en est le rêve.
Et vous aurez vécu, si vous avez aimé. »
Alfred de Musset

I

JOURS SOMBRES

1
TRISTE FIN

Je dois me réveiller... Adam... Paul ! Allez, secoue-toi !

Il est peut-être déjà trop tard. Il fait sombre dans cette maison. J'ouvre les yeux et regarde par la fenêtre, la nuit est tombée.

J'ai dormi longtemps ! Mon Dieu, Adam !

Est-ce que Paul a mis ses menaces à exécution ? Est-ce que quelqu'un s'est rendu compte de ma disparition ? Paul était si désespéré en partant tout à l'heure ! Il était aussi déterminé... Comme ça doit être dur d'apprendre que la femme que l'on a toujours prise pour sa mère ne l'est pas ! Lorraine, belle-mère de Paul... Paul, qui m'a enlevée en début d'après-midi au conservatoire, est parti peu de temps après notre arrivée dans cette maison.

Je ne sais pas où je suis. J'espère qu'il n'est pas parti avec mon sac !

Je me frotte les yeux, le somnifère que Paul a mis dans mon verre est efficace. Si je me laissais aller, je pourrais encore dormir. Mais ce n'est pas le moment de sombrer, il faut que je prévienne Adam. Vu l'état dans lequel Paul était tout à l'heure, il peut être capable du pire. Mais pourquoi m'avoir enlevée et avoir fait toutes ces révélations ? Lorraine n'est pas sa mère, c'est elle qui a commandité la bagarre qui a mené Adam à l'hôpital à Riverton. Et maintenant…

Maintenant, il faut se secouer ! Chaque minute qui passe met Adam un peu plus en danger !

J'espère qu'il n'est pas trop tard. Si Paul tue Adam…

Je balaie les lieux du regard. La lumière extérieure me permet d'y voir un peu plus clair. Il n'y a rien dans cette pièce, seulement un canapé, un fauteuil et une table basse. Les mêmes que j'ai vus en arrivant. Je me lève, Paul ne m'avait pas attachée. Il ne voulait pas me faire de mal, ce n'est pas à moi qu'il en veut le plus. Une fois debout, je sens comme une chape de plomb peser sur mes épaules. Je lutte contre le sommeil. Ce n'est pas le moment ! J'avance à la recherche d'un interrupteur, je dois trouver mon sac, et mon violon ! Plus tard pour le violon, il me faut mon sac et mon téléphone, c'est le plus important. Et s'il était trop tard ?

Je contourne le fauteuil et donne un coup de pied dans quelque chose.

L'étui de mon violon !

Je m'accroupis, le cœur battant. À côté, mon sac ! Paul m'a tout laissé avant de partir. Il voulait que je retrouve mes affaires à mon réveil. Il savait que le somnifère me ferait dormir longtemps, qu'il aurait le temps d'agir à sa guise sans que j'alerte personne. Ça veut dire que… ?

Mes mains tremblent et, dans la semi-obscurité, je fouille mon sac en espérant attraper mon téléphone. J'espère qu'il est là ! Paul aurait pu partir avec. Soudain, je sens le cuir de la housse de protection. Il est là ! Je l'attrape vivement, m'assois par terre et l'allume. J'ai plein d'appels manqués, on doit se poser des questions sur mon absence. Tant pis, je verrai ça plus tard. Je compose rapidement le numéro d'Adam. De nouveau cette même angoisse. Il y a quelques jours, Adam avait disparu. Aujourd'hui, j'ai peur qu'il soit mort, tué par son cousin malheureux et jaloux. Mais cette fois, Adam décroche tout de suite :

– Éléa, où es-tu ?

Sa voix est anxieuse, tendue.

– Adam ! Tu vas bien ?

Je suis soulagée, Adam n'est pas mort !

Du moins, pas encore.

– Adam ! Adam, écoute-moi ! Paul veut te tuer, il va venir, il faut que tu te protèges !

Je crie dans le téléphone, je suis presque hystérique.

– Éléa, mon ange, calme-toi. Je vais bien, je n'ai pas vu Paul. Mais où es-tu ? Qu'est-ce qu'il s'est passé ?
– C'est Paul. Il était au conservatoire et il m'a... emmenée. Je ne sais pas où je suis, la maison est vide et je...

Ma voix se brise. Adam est sain et sauf, je l'ai prévenu. J'ai envie de sombrer à nouveau profondément, j'ai toujours une folle envie de dormir.

– Éléa, est-ce que tu vas bien ? Paul t'a fait quelque chose ?
– Non, rien. Il m'a donné un somnifère. Il est parti tout à l'heure. Tu dois faire attention, il veut venir... te voir...
– Mon ange, j'arrive tout de suite. On vient de localiser ton appel. Nous serons là aussi vite que possible !

La voix d'Adam est de plus en plus lointaine. Je m'endors, assise sur le sol de cette maison inconnue, avec le fauteuil comme oreiller de fortune.

– Éléa, mon ange, réveille-toi, je suis là...

La voix d'Adam me sort de mon sommeil sans rêves. Il est là, accroupi à côté de moi. Il me tient la main et me caresse la joue. J'ouvre les yeux difficilement, il y a de la lumière dans la pièce et je suis éblouie. Mais je n'ai pas besoin de voir Adam pour savoir que c'est lui : sa voix, son odeur... Je me jette dans ses bras, soulagée. Adam m'enlace à son tour, me caresse les cheveux.

– Tout va bien, me murmure-t-il à l'oreille.
– Et Paul ?

Je me recule, regarde autour de moi avec inquiétude. Je reconnais mes deux gardes du corps, ils tiennent tous les deux des lampes torches et explorent la maison. Adam m'aide à me relever et m'assoit sur le canapé.

– Je ne sais pas où est Paul. Qu'est-ce qu'il t'a fait ?

Adam est tendu, je sens qu'il retient sa colère. Je le rassure aussitôt.

– Rien, à part le somnifère. Il m'a raconté des choses. Oh ! Adam, j'ai cru qu'il t'avait tué !
– Paul voulait me tuer ?
– Je ne sais pas. Il était tellement en colère, il avait beaucoup bu. Et Lorraine…
– Quoi, Lorraine ? Dis-moi, qu'est-ce que Lorraine a encore fait ?
– Lorraine n'est pas sa mère !
– Quoi ?!

Adam a un mouvement de recul. J'essaie de rassembler mes esprits et de lui expliquer.

– Lorraine voulait que Paul t'empêche de faire tes recherches à Riverton, pour que tu ne découvres rien sur ta mère, ni sur ta vie avec elle… C'est pour ça qu'il y était. Mais il n'a pas réussi à te faire assez peur et… Lorraine n'a pas supporté son échec et elle lui a dit qu'elle n'était pas sa vraie mère, elle est en fait sa belle-mère.

Adam me regarde bouche bée.

– Lorraine n'est pas la mère de Paul ? me demande-t-il, ébahi.
– Paul avait l'air tellement… abattu par cette nouvelle.
– Je ne le savais pas, chuchote Adam comme pour lui-même. Et il t'a dit qu'il voulait me tuer ? ajoute-t-il.
– Il a dit qu'il voulait en finir avec toute cette histoire. Il est parti vite et je me suis endormie.
– Bon. Je te ramène chez toi, nous y serons mieux qu'ici.

Adam me soulève. Je pose la tête contre son épaule, je me sens encore trop faible pour marcher.

– Mon ange, j'ai eu si peur ! Quand tes gardes du corps m'ont appelé pour me dire qu'ils t'avaient perdue… Et tu ne répondais pas à mes appels. Avec ce qu'il m'est arrivé à Riverton, j'ai craint le pire.
– Tu comprends maintenant ce que j'ai vécu la dernière fois, quand tu as disparu pendant ton voyage là-bas, dis-je en esquissant un sourire.

Adam dépose un baiser doux et tendre sur mes lèvres avant de poser son front contre le mien.

– Allez viens, rentrons.

Les gardes du corps montent à l'avant de la voiture alors que nous nous installons à l'arrière. J'observe la maison. Dommage qu'elle ait accueilli un sinistre moment, elle est plutôt jolie dans son style victorien si typique de San Francisco. Le quartier est calme, résidentiel. J'aurais pu facilement me faire aider. Pour m'emmener ici, Paul ne voulait vraiment pas me faire de mal. Si j'avais crié, les voisins auraient tout entendu. Paul… Son visage était tellement sinistre.

Est-ce qu'il se cache ? Est-ce qu'il attend le bon moment pour sauter sur Adam ? Est-ce qu'il va nous rentrer dedans avec sa voiture ?

Dans les bras d'Adam, je frissonne.

– Tu as froid ? s'inquiète aussitôt Adam.
– Non. J'ai peur de Paul.
– Nous ne sommes pas seuls, dit-il en me désignant les deux hommes à l'avant de la voiture.

Je ne serai rassurée que quand on aura mis la main sur Paul !

Arrivés à l'appartement, Adam demande aux deux gardes du corps de rester à la porte. Pour les voisins et la discrétion, on repassera, mais leur présence me rassure. Paul n'est pas assez costaud pour passer leur barrage.

Je me sens assez en forme pour nous préparer un thé. Les effets du somnifère sont en train de se dissiper et je recouvre mes esprits. Les mots de Paul ne cessent de tourner dans ma tête : son visage, la tristesse dans ses yeux, mais aussi sa haine pour Adam ; je revois tout. Adam passe quelques coups de téléphone, il cherche Paul. De ce que je peux entendre, personne ne semble l'avoir croisé, ni même aperçu. Il leur fait promettre de l'appeler dès qu'ils ont de ses nouvelles. Quand il revient vers moi, je ne peux m'empêcher de commenter :

– Personne ne l'a vu ?

– Non, personne. Mais personne ne s'inquiète non plus, Paul est du genre à disparaître à tout bout de champ. Il finit toujours par revenir.

– Tu es inquiet ?

– Je ne sais pas. C'est assez compliqué. La dernière fois que j'ai vu Paul, notre échange a été plutôt houleux, et aujourd'hui il t'a enlevée. Mais apprendre que Lorraine s'est servie de lui, et qu'elle n'est pas sa mère ! J'ai envie de retrouver Paul pour discuter avec lui de tout ça. Même si je ne suis pas sûr qu'on puisse avoir une discussion normale ensemble, mais bon…

– Tu aurais vu sa tête ! Il était si désespéré et en même temps si haineux envers toi.

– Je n'en reviens toujours pas. Lorraine n'est pas sa mère. Moi non plus, je ne le savais pas, personne ne m'en a jamais parlé. Mais qui est la mère de Paul, alors ? Et pourquoi ce mensonge ?

– Tu n'as jamais rien soupçonné ?

– Non, jamais. Je suis arrivé chez Lorraine après l'accident de voiture. Et elle m'a tout de suite présenté Paul comme son fils. Mon oncle Henry a toujours parlé de Lorraine comme étant la mère de mon cousin, pas sa belle-mère.

– Bizarre. Ce qui est sûr, c'est que Lorraine te veut vraiment du mal, souligné-je en posant ma tasse de thé.

– Je ne comprends pas ce qui la gêne tant dans mes recherches sur mon passé. Comme si elle avait peur que je découvre quelque chose de dérangeant qui la concerne, s'interroge Adam, le regard perdu dans le vague. En tout cas, j'ai toujours l'intention d'en savoir plus sur ma famille !

Le silence s'installe, nos esprits vagabondent. Lorraine Hill a une approche de la famille très particulière. Plutôt que d'encourager son neveu à trouver son équilibre, elle charge son passé de mensonges odieux. Quant à son fils Paul, enfin, son beau-fils, elle l'a poussé à prendre le chemin de la haine, des menaces et de l'intimidation. On connaît foyer plus accueillant.

Je frissonne de nouveau. J'ai besoin d'une bonne douche bien chaude, de détendre mes muscles et mes nerfs. Adam est au téléphone. Je lui fais signe que je m'éclipse. Son mouvement de tête m'apprend qu'il est ailleurs. Je soupire.

Quand je reviens quelques minutes plus tard, rassérénée par ce moment apaisant, rien n'a changé pour Adam. Son visage affiche toujours une mine soucieuse. Je n'arrive pas à savoir s'il est inquiet pour lui-même ou s'il l'est pour Paul. Malgré tout ce que Paul lui a fait subir, est-ce qu'il peut encore être véritablement angoissé par ce que va devenir son cousin ?

Adam m'aperçoit et clôt sa discussion. Il se lève, vient vers moi et m'enlace.

– Cette douche t'a fait du bien ? Je suis désolé, je devrais m'occuper de toi plutôt que de mon cousin. Après ce qu'il t'a fait subir…

Je colle mon oreille sur son torse. J'aime entendre le bruit calme des battements de son cœur. C'est si rassurant de le sentir vivre tout près de moi après ce qu'il vient de se passer ces derniers jours.

On ne nous épargne rien, encore une fois.

– Je vais bien, Paul ne m'a rien fait de grave. Il avait sans doute besoin de parler à quelqu'un. Mais j'ai hâte qu'on le retrouve. Je ne suis pas tranquille, j'ai peur qu'il te fasse du mal, ce ne serait pas la première fois, en plus.
– Ne t'inquiète pas, j'ai déjà fait ce qu'il faut pour me protéger, me souffle Adam, un sourire rassurant aux lèvres.

Soudain, on sonne à la porte. Adam et moi échangeons un regard interrogateur. Je n'attends personne. Qui serait passé malgré les gardes du corps ? Sûrement pas Paul, ils ont reçu des ordres précis.

Alors qui ?

Adam va ouvrir. C'est Conrad.

– Conrad ? Qu'est-ce qui t'amène ici ? lui demande Adam, soudain très inquiet.

La mine du bras droit d'Adam est plutôt sombre. Il entre dans le salon et se passe lentement la main sur le visage avant de répondre à Adam.

– C'est Paul, Adam. Sa voiture a été retrouvée au fond d'un ravin, dans le parc de Mount Tamalpais.
– Paul ? demande aussitôt Adam.
– Il était au volant.
– Mon Dieu, tu veux dire que…
– Oui, je suis désolé Adam, Paul est mort.

Je m'assois sur une chaise. Paul est mort ? Adam porte les mains à son visage, il est soudain très pâle. Conrad semble désolé d'avoir apporté cette nouvelle.

– Est-ce que tu sais s'il s'agit d'un accident ? se reprend Adam.

Je sais ce que pense Adam. Lorraine pourrait s'être débarrassée de Paul, elle n'en serait pas à sa première ignominie.

– Un témoin a vu la voiture accélérer dans le virage. Paul semblait rouler vite et il s'est précipité dans le vide, explique Conrad.
– Paul s'est suicidé ?!

Adam n'en revient pas, moi non plus d'ailleurs. Paul ne voulait donc pas tuer Adam. Quand il disait vouloir en finir avec toute cette histoire, il s'agissait de sa vie à lui.

– Paul est mort… répète Adam.

– Oui Adam, je suis désolé. Lorraine a été prévenue elle aussi et…

Au prénom de sa tante, Adam explose !

– Lorraine ! J'espère que sa conscience la rattrapera ! Quel gâchis ! Si Lorraine n'avait pas monté Paul contre moi, tout ceci aurait pu être évité ! C'est la faute de Lorraine si Paul s'est suicidé !

Je me lève et me tiens derrière Adam. Je le sens touché par la disparition de Paul. Sa peine est palpable. Je n'aimais pas Paul, et après tout ce qu'il nous a fait subir, je devrais même être soulagée de le savoir mort. Mais il n'agissait que sous les ordres de Lorraine, il n'était qu'un pion pour cette femme. Est-ce que Paul n'aurait pas été meilleur s'il avait été élevé différemment, si sa mère, ou plutôt sa belle-mère, ne lui avait pas insufflé cette haine ?

– Je dois aller voir Lorraine, je crois qu'elle me doit des explications ! s'énerve Adam, prêt à partir.

Heureusement, Conrad, conservant son éternel calme, retient son geste.

– Adam, je ne pense pas que ce soit une bonne idée. Lorraine fera semblant, elle va se montrer effondrée d'avoir perdu son fils.

– Son fils ? C'est vrai, je n'ai pas eu le temps de te raconter. Lorraine n'est que la belle-mère de Paul, pas sa mère. Éléa, raconte-lui.

Adam décide de s'asseoir sur le canapé. De mon côté, j'explique à Conrad ce que Paul m'a raconté dans l'après-midi. Lui aussi tombe des nues.

– Voilà donc l'un des secrets de Lorraine et des Hill, commente Conrad, pensif. Pauvre Paul. Toute une vie à croire qu'elle était sa mère…

– Il faut que Lorraine s'explique. Elle ne peut pas s'en sortir une fois de plus. Surtout après tout ce que nous savons, intervient Adam, déterminé à malmener Lorraine.

– Adam, je ne suis pas de cet avis, continue Conrad. Lorraine ne sait peut-être pas que Paul a fait toutes ces révélations à Éléa.

– Qu'est-ce que tu suggères, Conrad ? interroge Adam, curieux.

– De la laisser jouer son rôle de mère éplorée. Gardons ce secret pour nous, et voyons comment Lorraine va présenter la mort de son « fils ». Paul s'est peut-être suicidé pour d'autres raisons, pas forcément parce qu'il a appris la vérité sur sa mère, nous n'en savons rien encore. Tout ce que Paul a révélé reste à prouver, maintenant qu'il est mort. Nous devons persévérer dans nos recherches et trouver ce qui embête tant Lorraine.

– J'y compte bien, Conrad. Mais je ne suis pas sûr de supporter une nouvelle comédie de sa part. Paul mérite mieux, déclare Adam.

– Tout ceci est bien triste, conclut Conrad.

« Triste », le mot n'est pas assez fort. Moi aussi, j'ai du mal à envisager de croiser Lorraine comme si de rien n'était, comme si la dernière détresse de Paul était insignifiante, comme si toute la vie de Paul n'avait pas compté pour Lorraine.

Conrad nous quitte peu de temps après. Il a convaincu Adam de ne rien faire de particulier, et de lui aussi jouer la comédie en présence de Lorraine. Je sais qu'Adam ronge son frein, mais il fait confiance au bon sens de Conrad.

Nous nous retrouvons, Adam et moi, un peu secoués par les derniers événements. Paul est mort. Il n'est plus une menace pour Adam mais je n'arrive pas à éprouver un réel soulagement. Si Lorraine veut arrêter son neveu dans ses recherches, elle trouvera un autre moyen. Et puis, la mort d'un homme ne soulage pas, surtout quand cet homme a été manipulé toute sa vie.

– Comment tu te sens ? interrogé-je Adam en me glissant contre lui sur le canapé.

– Triste, révolté. Paul a payé de sa vie les lubies de ma tante. C'est injuste.

– Je m'en veux, soufflé-je doucement.

– Pourquoi, mon ange ?

– Si j'avais compris que Paul voulait se suicider, j'aurais peut-être pu l'arrêter.

Les larmes me montent aux yeux. C'est vrai, si seulement je l'avais plus écouté, si j'avais discuté avec lui, si j'avais eu les bons mots…

– Non mon ange, tu n'aurais rien pu faire. Paul était perdu depuis longtemps. Je peux aussi m'en vouloir de ne pas avoir réagi quand il a sombré ou de ne pas l'avoir aidé plus souvent. Est-ce que ça aurait changé sa fin ?

Adam essuie mes larmes. Nous nous serrons l'un contre l'autre. Mes souvenirs se bousculent : ma première rencontre avec Paul chez les Lorrigthon, notre séjour à New York, son implication plus ou moins réussie dans le Philharmonique… Adam a raison, c'est un énorme gâchis. Adam, mon beau milliardaire, est touché, son regard est triste. La seule famille qui lui reste désormais, c'est cette femme abjecte.

– Est-ce que tu m'invites à passer la soirée chez toi ce soir ? Je n'ai pas envie de te quitter, me demande Adam en m'embrassant délicatement le cou.

– Je n'avais pas l'intention de te laisser partir, avoué-je en souriant. Je pensais faire livrer un repas par le traiteur du coin, nous faire couler un bon bain, te faire un massage et m'endormir dans tes bras.

– Je valide ton programme. Mon ange, si tu savais comme tu…

– Chut. Je suis là et je vais m'occuper de toi, dis-je en posant mes lèvres sur le coin de sa bouche.

Je crois que nous avons tous les deux autant besoin de chaleur humaine, ce soir…

2
ENTERREMENT

Je regarde Adam dormir. J'ai rarement l'occasion de le contempler dans son sommeil, ce moment où il semble totalement libéré du stress et des pressions. Son visage est serein, ses traits détendus, il est totalement abandonné. Dans quelques instants, quand il va ouvrir les yeux, il reprendra le masque tendu qu'il avait en se couchant. Paul vient de mourir et Lorraine, sa tante, semble lui vouloir du mal. J'aimerais construire une bulle de quiétude autour de lui, qu'il puisse enfin se libérer de tous ces soucis qu'il ne mérite pas. J'ai envie de caresser ses joues et ses lèvres, de passer mon doigt sur l'arête parfaite de son nez, de glisser ma main dans ses cheveux bruns désordonnés par la nuit. Mais je préfère au contraire retenir mon souffle et éviter tout mouvement pour ne pas le réveiller. J'admire la finesse de ses traits ; cet homme, sous mes yeux, est simplement magnifique.

Adam est beau et humain, il pourrait avoir une vie parfaite s'il n'avait pas une famille aussi déroutante.

Mon moment précieux est de courte durée. Adam ouvre un œil, puis l'autre. Il me sourit doucement.

– Tu m'observes depuis longtemps ? me demande-t-il d'une voix encore ensommeillée.
– Pour une fois que je me réveille avant toi, j'en ai profité.
– Tu es matinale, en effet. Viens contre moi.

Adam m'attire à lui et je me colle au plus près de son corps. Je caresse son torse, trace des arabesques du bout des doigts sur son ventre nu. Je sens sa main remonter le long de ma cuisse et effleurer mes hanches. Sa main se glisse sous la dentelle de ma nuisette, poursuivant son chemin sur mon corps… Lui-même ne porte qu'un pantalon de pyjama en coton.

Il serait si facile de le lui enlever, de le chevaucher et…

Je place en sourdine mes fantasmes matinaux, un éclair de tristesse vient d'éclairer les yeux noirs d'Adam. La réalité le rattrape et ses traits viennent à nouveau de se durcir.

– Je crois qu'il ne faut pas que je traîne ce matin. Je risque d'être très sollicité après la mort de Paul, soupire-t-il en se passant une main sur le visage.
– Si tu as besoin de moi, n'hésite pas à m'appeler, d'accord ?
– Oui, mon ange. Si je pouvais rester dans tes bras ici…

Adam se lève et réunit ses affaires.

Et moi, qu'est-ce que j'aimerais te garder !

Je le rejoins sous la douche. Non pas pour mettre en application mes envies qui me serrent le ventre, mais pour lui masser le dos, le caresser tendrement et lui montrer que je suis là, avec lui. Notre petit déjeuner est entrecoupé de coups de téléphone. Adam est déjà très accaparé et il doit partir au plus vite. Il me propose de le rejoindre ce midi à son bureau. C'est une grande première, je n'ai jamais mis les pieds dans l'immeuble de sa société, encore moins dans son bureau !

J'attrape mon téléphone pour envoyer un e-mail à Claire. J'aurais aimé qu'elle soit là ! Avec sa repartie, elle aurait trouvé les mots pour m'aider à traverser ce moment difficile. Mais elle est à New York avec Ryan. Elle aide mon frère à préparer son déménagement définitif pour San Francisco, et ils ont eux aussi le droit de vivre ces petits bonheurs de jeune couple. Ils ont déjà eu leur dose avec la disparition d'Adam. Comment lui écrire ça ? « Paul est mort ! », « Salut ça va ? Au fait, Paul est mort ! À bientôt ! ». Ou peut-être devrais-je les laisser tranquilles ? Mais ils l'apprendront par les journaux, autant leur en parler avant. En revanche, j'oublie l'épisode de l'enlèvement pour le moment.

De : Éléa Haydensen
À : Claire Swanson
Objet : Tout va bien ?

Coucou !
Comment ça se passe à NY ? Ici, on a eu une mauvaise nouvelle…

La réponse ne se fait pas attendre.

De : Claire Swanson
À : Éléa Haydensen
Objet : Re : Tout va bien ?

Salut ma belle !
Tout va bien ici, on avance plutôt bien. Rien de grave ?

De : Éléa Haydensen
À : Claire Swanson
Objet : Re : Re : Tout va bien ?

Paul, le cousin d'Adam, est mort. Il s'est suicidé. Adam est très perturbé.

De : Claire Swanson
À : Éléa Haydensen
Objet : Re : Re : Re : Tout va bien ?

Ce n'est pas une grosse perte. Tu veux que je rentre ?

Claire est toujours cash…

De : Éléa Haydensen
À : Claire Swanson
Objet : Re : Re : Re : Re : Tout va bien ?

Oh ! non, occupe-toi de mon frère. Embrasse-le pour moi.

De : Claire Swanson
À : Éléa Haydensen
Objet : Re : Re : Re : Re : Re : Tout va bien ?

OK, tiens-moi au courant.
Bisous.

C'est la première fois que je mets les pieds dans les bureaux d'Adam. Aussi, quand la large porte s'ouvre pour me laisser entrer dans cet antre des affaires, je me sens quelque peu impressionnée. Le hall est immense et lumineux. Le bois clair des murs s'harmonise parfaitement avec le gris de l'aluminium des baies vitrées. Je me dirige vers le bureau des hôtesses, très sollicitées par les allées et venues et les appels incessants. Je ne sais absolument pas à quel étage retrouver Adam. Et pour entrer, il me faut une autorisation rien que pour passer la porte vitrée menant aux ascenseurs. L'endroit est bien gardé, des vigiles sont postés un peu partout dans le hall, surveillant les très nombreuses personnes qui circulent.

J'ai l'impression d'être entrée dans une fourmilière.

Je m'approche de l'une des hôtesses et attends patiemment mon tour. Quand son regard se pose sur moi, elle s'interrompt et me gratifie d'un léger sourire.

– Bonjour, mademoiselle Haydensen, désolée de vous avoir fait attendre. J'ai une carte magnétique pour vous laisser entrer.

Je n'ai pas besoin de me présenter, cette jeune femme derrière son bureau me connaît déjà ? Je tends la main pour récupérer cette fameuse carte où je peux lire mon nom dessus. Adam a fait préparer une carte à mon attention ? J'ai l'impression de recevoir un précieux sésame. L'hôtesse ne perd pas son sourire, je ne m'attendais pas à un tel accueil.

– Merci, dis-je en essayant de paraître la moins surprise possible.
– De rien, mademoiselle Haydensen, je vous souhaite une bonne journée, ajoute l'hôtesse d'un ton enjoué.

Cette jeune femme m'a l'air sympathique. Perdue dans mes pensées, je me dirige vers la porte vitrée qui s'ouvre au passage de la carte magnétique sur un petit module lumineux. Les vigiles me font un signe de tête auquel je réponds. Est-ce possible que ces inconnus me connaissent ? C'est vrai qu'Adam et moi ne cachons plus notre relation, mais je n'ai jamais pensé que cela puisse avoir de telles conséquences. C'est étrange comme sensation. Devant les portes de l'ascenseur, je me sens soudain idiote : je ne sais toujours pas à quel étage je dois me rendre. Et je ne me sens pas de faire machine arrière pour demander à la jeune femme de l'accueil. Je sors mon téléphone et envoie un message à Adam.

[Je suis en bas, tu es à quel étage ?]

Je croise les doigts pour qu'il me réponde rapidement. On risque de trouver louche que je fasse le pied de grue devant les ascenseurs. Ce n'est pas une réponse d'Adam qui me sauve de cette situation, mais Conrad que j'aperçois un peu plus loin. Lui aussi me remarque et il m'accueille comme à son habitude, avec un sourire très chaleureux.

– Éléa, Adam m'a prévenu de votre visite. Tout va bien ? Vous m'avez l'air perdue.

– Bonjour, Conrad. Un peu, oui. Je ne sais pas à quel étage je dois me rendre.

– Je vais vous accompagner. Venez, l'ascenseur privé d'Adam se trouve par là.

– Adam a un ascenseur privé ?

– Oui, c'est plus pratique, pour la discrétion et pour les heures de pointe, me répond Conrad en souriant.

Pas bête !

Conrad sort à son tour une carte magnétique devant une porte à l'écart des autres ascenseurs. Je le regarde attentivement quand il appuie sur le bouton 24.

Vingt-quatre, comme mon âge, je devrais réussir à m'en souvenir.

– Est-ce qu'on vous a donné votre carte en arrivant ? m'interroge Conrad pendant la montée.

– Oui, réponds-je en la lui montrant.

– Elle vous donne accès à cet ascenseur, me précise-t-il.

J'ai droit moi aussi au traitement de faveur de l'ascenseur privé ?

La voix métallique de l'ascenseur nous informe de notre arrivée au vingt-quatrième étage. La vue sur San Francisco doit être magnifique ici. Je suis Conrad en essayant de paraître le moins curieuse possible. Tout est silencieux dans ces couloirs, même le bruit de nos pas est atténué par la moquette grise au sol. Les bureaux sont disposés en enfilade et vitrés. Je reconnais quelques têtes que j'ai pu croiser au cours de la conférence de presse de l'autre soir concernant les diffamations dans le journal. Les conseillers d'Adam ont l'air concentrés sur leurs tâches. Certains sourient à mon passage. Conrad s'arrête devant une double porte noire où s'inscrit en lettres blanches le nom d'Adam. Quelques coups discrets à la porte et Conrad nous introduit dans un grand espace lui aussi très lumineux. Adam est au téléphone derrière son bureau et m'adresse un sourire accueillant.

– Je vous laisse Éléa, à plus tard, me souffle Conrad avant de s'éclipser.

Adam est absorbé par sa discussion. J'en profite pour regarder autour de moi. J'avais raison, la vue sur la ville est à couper le souffle. Je m'approche de la baie vitrée, le panorama est vertigineux. Je me retourne et j'aperçois dans un coin de cet immense bureau un petit salon. Je décide de m'y installer et d'attendre qu'Adam termine son appel. Je détaille les lieux : je reconnais la décoration d'Adam, du même style que sa maison. Tout est blanc, clair, épuré. Aux murs, quelques tableaux apportent de quelques touches colorées. La petite table de bois clair devant moi est entourée de canapés et de fauteuils de cuir blanc. Sur le mur est accroché un immense écran plat. Adam a placé son bureau en face de la baie vitrée. Des papiers, des dossiers, et son ordinateur portable peuplent cette large surface de bois. Mes yeux s'arrêtent sur un cadre. Je plisse les yeux pour voir qui est sur la photo.

Non ! C'est moi ! Adam a une photo de moi sur son bureau ?

La photo a été prise au cours d'un de mes concerts, on m'y voit concentrée sur les mouvements de l'archet.

Adam raccroche et je me lève pour le rejoindre.

Et pour observer cette photo de plus près.

Il se lève à son tour.

– Mon ange, j'ai vu ton message trop tard. J'ai oublié de te donner ce détail.

Adam ouvre les bras et je m'y blottis avec plaisir.

– Conrad était là, il m'a accompagnée jusqu'ici, le rassuré-je.
– Bien. Ça ne te dérange pas que nous déjeunions ici ? Notre repas ne devrait pas tarder.
– Non, pas du tout. J'ai le temps de découvrir ton univers, comme ça. Tu as une photo de moi sur ton bureau ?

– Oui, répond Adam en riant. Comme ça, tu es toujours avec moi. Cette photo a été prise au cours de ton solo, à la remise des diplômes. Le soir où je t'ai vraiment découverte.

Je me souviens de ce soir-là, je voulais tant lui prouver que je n'étais pas uniquement une serveuse.

Notre repas arrive à ce moment-là et nous nous installons sur la table basse, dans le canapé, pour déguster, armés de baguettes quelques mets chinois. Nous échangeons des banalités, Adam rit de mon aventure dans le hall et promet de me faire visiter les lieux prochainement, quand tout sera plus calme. La mort de Paul est désormais connue de tous et les téléphones n'arrêtent pas de sonner.

– Ambrose m'a appelé ce matin, il paraît que Lorraine est effondrée, comme nous l'avions prédit, me confie Adam.

Je me souviens de cet Ambrose, un petit homme froid qui m'a accusée en direct d'être responsable de la disparition d'Adam. Je ne l'avais jamais vu avant et depuis quelques jours, le voilà omniprésent. Il est à la tête de l'entreprise pharmaceutique créée avec l'oncle et le père d'Adam, pourquoi est-ce que, aujourd'hui, il ressent le besoin de se montrer autant ? Est-ce que Lorraine le manipule comme elle l'a fait avec Paul ?

– Tu as pu parler à ta tante ?
– Non, Ambrose dit qu'elle n'est pas en état. Il s'occupe de tout d'ailleurs, des communiqués de presse, des obsèques… Je ne l'ai jamais vu aussi impliqué, lui qui est si discret d'habitude.

– Tu sais s'il est au courant que Lorraine n'était pas la véritable mère de Paul ?

– Aucune idée, est-ce que mon oncle l'a mis dans la confidence à l'époque ? Je ne sais pas du tout. Est-ce que quelqu'un a connu la vraie mère de Paul ? J'interrogerai les avocats de la famille, ils doivent bien avoir vu passer quelque chose à son sujet.

– Les obsèques ont lieu quand ?

– Demain. D'ailleurs, il faudrait que tu sois avec moi, commence Adam. À mes côtés, dans le carré familial.

– Oh ! J'avais bien l'intention de venir, mais de façon un peu plus discrète. Je ne suis pas sûre que ça plaise beaucoup à Lorraine.

– Ta place est à mes côtés, Lorraine n'a rien à dire là-dessus. Et je pense que de toute façon, elle sera trop occupée à donner le change de la mère qui vient de perdre son fils pour se soucier de nous, lâche Adam d'un ton incisif.

– D'accord. Si c'est ce que tu veux.

Adam me regarde et soudain, son œil s'allume.

– Il y a autre chose aussi que j'aimerais, dit-il en glissant sa main sous ma jupe.

Je sais où il veut en venir ; son regard s'assombrit de désir et ses doigts deviennent aventuriers…

– Ici, dans ton bureau ? hésité-je en regardant vers la porte.

– Il n'y a pas d'endroit plus tranquille, souffle Adam en me faisant basculer sur le canapé.

Cette première visite dans ses bureaux est décidément pleine de surprises !

Une robe noire, des talons hauts, un maquillage simple, je veux assister aux obsèques de Paul dans une tenue de rigueur. L'heure est à la sobriété et cela me convient tout à fait. J'ai envie de me fondre dans le décor et de passer inaperçue, même si, aux côtés d'Adam, c'est quasiment mission impossible. Je n'ai pas fermé l'œil de la nuit. Je n'ai pas cessé de penser à cette confrontation avec Lorraine et cet homme, Ambrose, que j'exècre déjà. Je ne lui ai pas pardonné son accusation infondée !

Nous arrivons avec Adam à l'église où se tient la cérémonie religieuse. Ce costume sombre lui va particulièrement bien. Son visage est fermé mais, à sa façon de me serrer la main, je sens qu'il ne m'oublie pas pour autant. En sortant de la voiture, une angoisse me vrille le ventre. Mais tant pis pour Lorraine et Ambrose. Même si je ne tenais pas particulièrement Paul dans mon cœur, je tiens à respecter ce moment dédié à sa mémoire. Nous saluons beaucoup de personnes sur le parvis de l'église, les condoléances pleuvent. Adam serre des mains, remercie, et m'entraîne à l'intérieur. J'ai un coup au cœur en apercevant le cercueil. Et les mots d'Adam me reviennent en mémoire :

Quel gâchis !

J'aperçois dans l'assistance M. Glen, le secrétaire du

Philharmonique ; je lui fais un signe de tête alors que nous remontons l'allée vers les premiers rangs. Ambrose et Lorraine ne sont pas encore là. Je prends place, Adam est à mes côtés. Il continue de serrer ma main, les yeux fixés sur le cercueil. Peu de temps après, un léger brouhaha se fait entendre dans notre dos. Lorraine vient de faire son entrée dans l'église, soutenue par Ambrose, petit et sec, comme dans mon souvenir, dans son costume noir. Lorraine porte un tailleur strict et un petit chapeau surmonté d'une voilette qui descend sur son visage. Elle se tamponne les yeux, ses épaules sont affaissées.

Joue-t-elle la comédie ou est-elle vraiment attristée par la perte de Paul ?

Ils arrivent à notre hauteur, Adam offre une poignée de main à Ambrose. L'homme pince les lèvres quand son regard se pose sur moi. Il ne me dit pas un mot. Adam serre rapidement Lorraine dans ses bras et la femme d'âge mûr s'installe à son tour sur le banc. Nous nous asseyons tous, les portes de l'église se ferment et le prêtre entame la cérémonie. De temps en temps, Lorraine étouffe un sanglot. Mes yeux se concentrent sur le cercueil, sur Paul. Si seulement j'avais su l'écouter, cet après-midi-là. Je sens des larmes perler sur mes cils. Non, je n'aimais pas Paul, mais il ne méritait pas ça.

La cérémonie suit son cours. Mes larmes ont coulé, je ne peux pas me cacher. Quand Adam s'en aperçoit, il me serre dans ses bras, contre lui. Je me sens triste, je ne peux pas m'en empêcher. Et je sais qu'Adam n'est pas indifférent non plus. Et puis, la confrontation tant redoutée arrive. À la sortie de l'église, je me retrouve devant Lorraine et Ambrose. Lorraine reçoit les condoléances de chacun. Adam me presse le coude, je lui jette un rapide coup d'œil pour le rassurer. Je fais face à Lorraine. Je ne lui tends pas la main et je ne baisse pas les yeux.

– Toutes mes condoléances, madame Hill, m'entends-je prononcer d'une voix grave.

Ce n'est pas exactement ce que j'ai envie de lui dire à ce moment précis, j'ai plutôt envie de lui crier que tout est sa faute, que Paul m'a tout dit, mais je me retiens. Ce n'est pas le moment. Nous échangeons un rapide regard. Le sien est vide, dépourvu d'émotions. Sous son voile, tout n'est que comédie. Mais pas avec moi. Je ressens sa haine, mais je ne cille pas. Et encore moins quand je me tourne vers Ambrose. Cet homme, légèrement plus petit que moi, ressemble à un corbeau, le visage très émacié, avec de petits yeux noirs : rien chez lui ne respire la gentillesse. S'il n'y avait pas tout ce monde, si nous n'étions pas à un enterrement, je lui dirais le fond de ma pensée à lui aussi. Mais je ne lui décroche pas un mot, mes yeux doivent parler d'eux-mêmes. Je lui offre un rapide mouvement de tête pour le saluer, mais je ne m'attarde pas. Il règne une atmosphère malsaine autour d'eux, une aura qui me glace le sang. Mais je suis fière, je n'ai pas baissé les yeux, je n'ai pas craint ces deux êtres malveillants. Adam me presse toujours le bras et m'entraîne cette fois à la rencontre de quelques-unes de ses connaissances. Pendant qu'ils discutent, mon regard se pose sur Emy.

Je l'avais oubliée, celle-là !

L'ancienne fausse compagne d'Adam, celle qui a menti sur une grossesse puis sur mon compte dans la presse, affiche elle aussi une mine affectée. Paul et elle avaient l'air proches, mais je ne connais pas la teneur de leur relation.

C'est marrant comme elle a un air d'Ambrose.

Adam en termine avec les banalités d'usage et m'entraîne vers la voiture. Derrière les vitres fumées, nous pouvons enfin nous laisser aller.

– J'espère que Paul sera plus en paix là où il est qu'il ne l'a été ici, prie Adam à haute voix. Mon ange, j'ai adoré la façon dont tu as tenu les regards hostiles de Lorraine et d'Ambrose. Si on en doutait encore, on sait désormais que ces deux-là ne te portent pas dans leur cœur.

– Tu as remarqué toi aussi comme ils avaient l'air mauvais ? J'ai vu que Lorraine avait les yeux secs. Elle n'a même pas versé une larme, ça ne la touche même pas ! C'est ignoble ! m'emporté-je.

– J'ai remarqué aussi. Nous savions que ça se passerait comme ça, de toute façon.

– Et tous ces gens qui la consolent, s'ils savaient !

Je fulmine. Toute cette mascarade !

– Paul aurait mérité une bien meilleure mère, soufflé-je.

– C'est fini mon ange, tente de m'apaiser Adam.

J'éprouve soudain une terrible envie de me blottir dans les bras de ma propre mère. La voiture se met en marche, laissant derrière nous la triste histoire de Paul.

Lorraine doit savoir, mais elle n'acceptera jamais d'en parler.

– Mon ange !

La voix d'Adam est soudain plus enjouée. Je connais ce ton. Adam a toujours le don de passer d'une situation à une autre en un claquement de doigts.

– Que penses-tu d'une petite escapade new-yorkaise ? Nous avons bien mérité une petite récréation !
– Tu veux partir ? Mais quand ?
– Ce soir ! J'ai une réunion demain pour l'Avery Fisher Hall, tu pourrais en profiter pour passer un peu de temps avec Ryan et Claire ?

La proposition d'Adam est plus que tentante. Un petit bol de bonne humeur et quelques bons moments ne nous feraient effectivement pas de mal.

– Je t'envoie une voiture qui t'amènera à l'aéroport, je te rejoindrai directement là-bas, conclut Adam en déposant un baiser sur mes cheveux.

J'ai à peine le temps d'ôter mes vêtements endeuillés et de préparer un petit sac de voyage que le chauffeur d'Adam sonne déjà à ma porte. J'ai prévenu Claire de notre arrivée et mon amie m'a promis de me changer les idées, à sa façon.

La voiture me dépose directement sur le tarmac, au pied d'un avion que je ne connais pas. D'habitude, nos voyages aériens avec Adam se font dans un jet plus petit. J'ai sous mes yeux un avion nettement plus grand. Peut-être ne voyagerons-nous pas seuls ? Adam, déjà arrivé, me fait signe en haut de l'escalier mobile. Je le rejoins aussitôt et retrouve le regard espiègle que je lui connais si bien.

– Bienvenue à bord !

– Cet avion est aussi à toi ? Il est énorme !

– Et tu n'as encore rien vu, me glisse-t-il à l'oreille. J'ai envie d'une nuit dans les airs qui soit mémorable, ajoute-t-il dans un clin d'œil.

Je passe la porte de l'avion, et ce que je trouve à l'intérieur est à couper le souffle.

Waouh !

Cet avion-là n'a rien à voir avec tout ce que j'ai connu jusqu'à présent ! Quel confort ! On croirait la suite d'un hôtel de luxe ! Sous le regard éloquent d'Adam, je comprends que nous ne partons pas pour New York, mais pour le septième ciel. Ces cinq prochaines heures s'annoncent mémorables !

C'est la première fois que je mets les pieds dans ce genre d'avion. J'ai l'impression d'être entrée dans un showroom de luxe, un « avion-témoin » pour milliardaire, à la différence que ce n'est pas un modèle de présentation. Où sont les rangées de sièges, les tablettes ? Adam me fait visiter les lieux et je le sens très enthousiaste à l'idée de me faire voyager dans ce type d'appareil. Dans un premier temps, nous passons par un petit salon. De grands fauteuils en cuir beige, un écran plat accroché à une cloison, un bar, une moquette moelleuse, une abondance de gadgets technologiques dernier cri… Mes yeux s'émerveillent à chaque découverte. Si tout est conçu de façon à garantir la sécurité en vol, celui qui a conçu cet espace a optimisé le confort des passagers. Cet avion est un palace volant. Adam me conduit dans une chambre, séparée du salon par un étroit couloir. Cet espace est de petite taille, mais se révèle chaleureux et douillet. Impossible de se croire dans un avion. Écran plat ici aussi, petits rideaux aux hublots, tables de nuit et lampes. Je pourrais faire des heures et des heures de vol calée dans ces oreillers. Je regarde le lit, placé sous le hublot.

Faire l'amour ici, dans les airs, au-dessus des nuages, est une idée très excitante.

Je me mords la lèvre inférieure, Adam surprend mon geste, s'approche de moi, et me donne un baiser chaud. Il attrape ma lèvre entre ses dents et tire légèrement dessus. Je tressaille et sens la tension entre nous monter d'un cran.

– Sois patiente mon ange, il faut respecter les consignes de sécurité, murmure Adam à mon oreille.

La proximité de son corps, son parfum frais et masculin et son souffle sur mon oreille éveillent mes sens. Mais je ne suis pas encore assez à l'aise en avion pour faire fi de la sécurité. Je fais taire mon excitation sans l'éteindre pour autant. Dès que le signal sonore annoncera la possibilité de défaire nos ceintures, elle s'éveillera à nouveau. Je n'ai pas de doute, elle risque même de décupler. Il suffit qu'Adam pose sur moi son regard pétillant ou qu'il glisse sa langue sur ses lèvres tout en m'observant pour qu'une douce sensation naisse au creux de mon ventre.

Adam m'attrape la main et me montre la petite salle de bains attenante à la chambre. Je juge la douche en fonction de sa capacité à nous accueillir tous les deux, Adam et moi. Non, impossible d'ôter de mon esprit ce moment qui nous attend bientôt.

– Cet avion est magnifique, tu le prends souvent ? demandé-je à Adam pour arrêter de me focaliser sur cette envie irrépressible de lui sauter dessus.

– Juste pour les longs voyages de nuit. Je voulais le tester avec toi. Il pourrait devenir notre Air Force One personnel, qu'est-ce que tu en penses ?

Adam m'attire à nouveau contre lui. Comment arriver à penser à autre chose quand l'envie que nous éprouvons l'un pour l'autre nous aimante ? Adam m'embrasse, fougueusement cette fois. D'une main, il relève ma jambe pour me serrer un peu plus contre lui et plaque son autre bras dans mon dos pour m'empêcher de perdre l'équilibre. Il joue avec moi : dans cette position, je sens son sexe dur contre le mien. Son regard se fait plus érotique, il n'a pas besoin de parler. J'accepte son invitation avec un léger gémissement.

Le décollage risque d'être long.

Le steward de bord nous accueille dans le petit salon où nous nous installons, Adam et moi. Nous sommes prêts à décoller et nous nous attachons, séparés l'un de l'autre. Pourtant, la tension entre nous ne descend pas d'un cran. Est-ce que le steward sent lui aussi à quel point l'air est chargé d'électricité ? Est-ce qu'il voit combien nous sommes impatients de nous jeter l'un sur l'autre ?

Le décollage est long, j'ai l'impression que le pilote s'amuse de notre impatience. Et puis soudain, sa voix nous informe que nous pouvons détacher nos ceintures. Comme deux enfants impatients de découvrir leurs cadeaux sous le sapin de Noël, nous ôtons précipitamment notre lien de sécurité pour nous rapprocher l'un de l'autre. Adam prend juste le temps d'informer le steward que nous nous retirons dans la chambre pour nous reposer.

Nous « reposer »... Est-ce que l'avion est bien insonorisé ?

À peine la porte est-elle refermée que nos langues se mêlent, avides d'entrer dans une danse effrénée, pleine de fougue. J'aime ces baisers qui m'embrasent des pieds à la tête. Adam plonge les mains dans mes cheveux, bascule légèrement ma tête en arrière et me mord une nouvelle fois la lèvre, puis le menton. Nos souffles se mélangent eux aussi, nos soupirs de plaisir se font écho. Mes bras entourent Adam, mes mains se glissent sous son pull, caressent ses côtes, ses omoplates, ses épaules où vibrent ses muscles. Il n'existe plus rien autour de nous. Nous sommes dans notre bulle, au-dessus des nuages. Le bruit des réacteurs est couvert pas nos légers gémissements, nos râles et nos grognements. Nous avons faim l'un de l'autre et n'espérons qu'une chose : nous rassasier.

La chaleur de mon corps grimpe encore. L'excitation est là, fidèle. Je sens aussi celle d'Adam, dans ses gestes, sur le bout de sa langue, à la légère humidité qui naît sur son dos.

– Il fait chaud dans cette cabine, tu ne trouves pas ? Je pense que nous n'avons plus besoin de nos vêtements ici, chuchote Adam en joignant le geste à la parole.

Un à un, presque tous mes habits tombent au sol, Adam m'effeuille et dépose chaque fois un baiser sur ma peau. C'est une décharge électrique qui vrille ma peau sous ses lèvres. Je le déshabille à mon tour, mais je n'ai le temps que de lui enlever son pull. Adam me pousse en arrière et me fait asseoir sur le bord du lit. Il s'accroupit devant moi, écarte doucement mes cuisses et s'installe entre mes jambes.

Adam me dévisage, les yeux assombris par le désir. Un long regard qui me désarme complètement. Être regardée, désirée aussi ardemment par l'homme qu'on aime, quelle ivresse ! Et Adam se jette à nouveau sur mes lèvres, dans un long baiser dévorant.

– Ta bouche est tellement désirable, dit Adam d'une voix rauque.
– La tienne aussi, dis-je, le souffle coupé par l'excitation.

Sa bouche descend le long de ma gorge, vers ma poitrine. Puis sa langue trace une ligne, délicatement, effleurant ma peau, faisant naître en moi une multitude de frissons. Doucement, elle parvient à mon téton, en fait le tour, descend encore sous mon sein, puis suit sa courbe pour remonter et répéter le même chemin. Le tour de mon téton, puis la descente, puis la remontée. Mon cœur s'accélère à chaque passage, je n'attends qu'une chose, que sa bouche prenne mon sein entier, qu'il se mette à jouer avec mon petit bouton rose tendu vers lui. Chaque nouveau tour est un supplice. Je jette la tête en arrière.

– Oh ! Adam, s'il te plaît, embrasse mes seins, supplié-je à l'agonie.
– Tu parles de ces petites choses-là…

En prononçant ces mots, Adam pince avec la plus grande délicatesse mes tétons entre ses doigts. Je gémis, j'en veux plus et je n'attends pas longtemps pour qu'Adam se jette sur eux. Il presse un sein dans une main et aspire dans sa bouche mon autre mamelon.

– Oh ! oui, soufflé-je, satisfaite.

Adam relève la tête et plonge une nouvelle fois son regard dans le mien.

– J'ai envie de te faire tellement de choses, mon ange, dit-il d'une voix langoureuse.

L'altitude exacerbe mes sens. Ses mots me frappent de plein fouet. J'ai tellement envie de lui que mon sexe me fait mal. Adam descend le long de mon ventre et s'attarde juste au-dessus de ma culotte en dentelle. Je sens son souffle chaud entre mes jambes et le temps semble s'arrêter. Adam me bascule doucement sur le lit et fait glisser ses mains sous mes fesses pour enlever délicatement mon sous-vêtement, le fait glisser le long de mes cuisses, jusqu'aux chevilles. Brusquement, Adam se met à lécher mes lèvres, puis sa langue s'immisce entre elles. Sa langue laisse place à sa main experte et à ses doigts agiles. Ils remuent entre mes cuisses, de haut en bas puis de bas en haut. Mon bassin, dans un réflexe, se tend vers Adam, réclamant encore plus de ces caresses assurées. Puis deux doigts se glissent à l'intérieur de mon corps, s'agitant frénétiquement. Je retiens mon souffle, sentant venir l'orgasme. Ma respiration s'accélère, j'attrape le drap du lit au-dessus de ma tête, m'agrippant à lui avant de sentir cette vague de plaisir si délicieuse.

– Adam, oui !

J'étouffe mon cri, mais mon bien-être profond n'en est pas atténué pour autant. Je tremble encore quand Adam enlève ses doigts et les glisse doucement vers mes cuisses. Il se redresse, remonte vers moi et vient m'embrasser, doucement.

– Comment trouves-tu l'orgasme au-dessus des nuages ?

Je me redresse sur un bras et plante un regard malicieux dans le sien :

– Tu vas me le dire toi-même, c'est à moi de m'occuper de toi maintenant !

Adam sait qu'il ne peut ni négocier ni échapper à mes caresses. Après mon orgasme, j'ai envie à mon tour de prendre soin de lui et de l'emmener aux sommets du plaisir comme il réussit si bien à chaque fois avec moi. Je le débarrasse de son pantalon, puis de son boxer. Son sexe se tend, libre et prêt à recevoir les caresses de ma bouche et de mes mains. Je me penche vers lui et colle ma langue contre ce membre dur. À ce premier contact, je sens Adam se crisper et émettre un léger gémissement.

Dans peu de temps, tu vas crier…

Je recommence à le lécher, à entortiller ma langue autour de lui. Ma main se fait complice et s'occupe de la base de son sexe alors que je commence à en sucer délicatement le bout. Une petite goutte blanche perle alors et je la lape avidement. Adam m'attrape les cheveux et serre ma tête. Il remonte les jambes, et son bassin commence à bouger sous les mouvements de ma bouche sur son membre viril, tout entier dans ma bouche. Je l'aspire, de plus en plus fort, de plus en plus longtemps. Je veux qu'Adam soit au bord du gouffre, je veux l'entendre vivre son plaisir. Il gémit de plus en plus, son râle est chaque fois un peu plus long.

– Éléa, je vais perdre pied…

C'est justement ce que je veux !

J'enlève son sexe de ma bouche et le pose délicatement sur son ventre. Mais je n'en ai pas fini avec lui. Je pose mes seins dessus, place son membre bandé entre eux. Je l'enserre de ma poitrine et le caresse, de haut en bas. Adam regarde mes seins, son sexe si bien logé dans cette nouvelle prison charnelle. Et il jouit dans un cri guttural, profond, très animal.

Cette caresse avec mes seins…

Mon désir s'est de nouveau réveillé et mon ventre se rappelle à moi. Il en veut encore, je sais que les doigts d'Adam sont pour lui une mise en bouche, qu'il en veut plus, plus profondément, et qu'il n'est satisfait que quand le sexe entier de mon amant vient le pilonner. J'attends qu'Adam reprenne sa respiration, que son cœur retrouve un rythme normal mais surtout, que son sexe reprenne un peu de force pour honorer les espoirs du mien.

Je m'allonge à ses côtés, impatiente, avide de repartir au septième ciel à bord de cet avion. Je ne sais pas si l'altitude joue dans notre fusion, mais mon désir semble décuplé et particulièrement difficile à rassasier. J'observe Adam, dans l'attente d'un signe de sa part. À son sourire, je perçois qu'il devine mes intentions.

– Mon ange, est-ce que par hasard tu souhaiterais remettre ça ?

J'acquiesce. Adam me saute littéralement dessus, en proie à la même envie irrépressible que moi. Nos langues s'entremêlent à nouveau, nos dents se heurtent tant ce baiser est passionné. Adam me chevauche et enroule sur son sexe bandé le préservatif qu'il vient d'attraper. Mon corps affolé n'attend pas les ordres de mon cerveau. Mes cuisses s'écartent, je le veux tout de suite en moi. Adam pousse un grognement approbateur.

– Maintenant, supplié-je.

Adam s'introduit à l'intérieur de moi, d'un coup. Mon sexe humide l'accueille généreusement. Je gémis alors qu'Adam pousse un peu plus loin encore. Je veux accompagner Adam, le sentir. Je noue mes jambes autour de sa taille. Adam se met à bouger de façon rapide et intense. Chaque coup porté lui arrache un râle guttural. Adam accentue son va-et-vient et je sens que déjà, je me sens prête à surfer sur une vague de plaisir. Je bouge mon bassin en rythme et crie. Le regard d'Adam est devenu très érotique, très excitant. Lui et moi souhaitons que ce moment nous porte bien au-delà de nos derniers orgasmes. Adam me pilonne avec force et j'aime cette douce brutalité. Et soudain, Adam jouit en moi, je sens une douce chaleur irradier de son sexe. Cette sensation ouvre la porte à mon orgasme. Et je crie comme si nous étions seuls dans ce ciel immense…

– Mon ange, halète Adam qui s'allonge à son tour à côté

de moi. Si tu savais comme j'aime jouir en toi, te faire l'amour… Avec toi, mon plaisir est toujours si… fort !

Je souris et caresse ses joues. Que dire de mon propre plaisir ? Qu'il dépasse chaque fois tous mes espoirs ? Que c'est comme une nouvelle découverte à chacune de nos étreintes ? Que je suis toujours prête à repartir, à en vouloir encore plus ? J'aime son corps musclé, son odeur épicée après l'amour, j'aime son sexe si fort qui connaît désormais le moindre recoin du mien, ses mains entre mes jambes, ses doigts si experts…

Chacun de ces souvenirs éveille encore mes sens. Je viens de vivre deux profonds orgasmes. Mais c'est comme une drogue, je n'ai pas eu ma dose.

On ne dit pas jamais deux sans trois ?

– Et si nous prenions une douche ? demandé-je avec une innocence toute feinte. Tu crois qu'elle est assez grande pour nous deux ?

– Pour le savoir, il faut essayer !

Adam ne se fait pas prier et nous filons tous deux sous la douche. Elle peut non seulement nous accueillir à deux, mais elle nous offre la place de bouger. L'eau chaude coule sur nos corps. Adam me tend une petite bouteille de savon après en avoir mis dans sa main. Nous nous lavons, mes doigts sur son corps, les siens sur le mien. Nos caresses sont sensuelles, interrompues pas des baisers profonds. Adam et moi avons encore envie de nous fondre l'un dans l'autre, il n'y a qu'à voir son membre se durcir à nouveau et s'élever fermement vers mon ventre.

Le regard enfiévré, mon amant sort de la douche, ouvre un tiroir et revient presque aussitôt, le sexe couvert d'un nouveau préservatif. Adam me plaque contre le mur de la douche et relève une de mes jambes. Sans s'encombrer de préliminaires, il enfonce son sexe en moi. Et il se met à bouger, de plus en plus vite, de plus en plus fort. Je gémis de plaisir, c'est si bon ! Mais ce n'est pas tout à fait comme ça que je souhaite mon nouvel orgasme. Je descends ma jambe, et repousse légèrement Adam, qui me laisse faire. Je me retourne contre le mur, pose mes genoux sur le sol de la douche. Je veux qu'Adam me prenne par-derrière. Il me rejoint aussitôt, glisse son sexe entre mes fesses jusqu'à trouver l'entrée du mien. Et Adam recommence à me pilonner, s'accroche à mes hanches. Son bassin heurte mes fesses, sa main glisse jusqu'à mon sein. Nous crions nos prénoms, je lui hurle d'aller plus fort. Et je jouis une troisième fois, les mains collées au mur de la douche, la tête pantelante. Adam émet un râle de plaisir dans un dernier coup de reins.

Ce dernier orgasme est le grand vainqueur. Nous prenons une douche rapide, heureux, rassasiés et pressés cette fois de prendre un peu de repos dans ce lit au-dessus des nuages. Le septième ciel existe bel et bien, je viens d'en faire l'expérience aux côtés d'Adam.

Si tous les voyages en avion pouvaient se passer de cette façon…

3
LE POUVOIR DE LA MUSIQUE

Le vol San Francisco-New York ne dure malheureusement pas assez longtemps à mon goût. Je viens de découvrir le plaisir en altitude et c'est réellement une expérience unique. Quand le commandant de bord nous invite à regagner nos fauteuils et à mettre nos ceintures, je ne pense plus qu'au voyage du retour. Et Adam aussi.

Qu'il est bon de retrouver Claire, sa spontanéité et sa joie de vivre. Je laisse Adam vaquer à ses affaires et je retrouve mon amie et Ryan dans l'appartement de ce dernier. Tout est vide, les cartons de mon frère attendent sagement dans un coin que le transporteur vienne les récupérer. Il y a entre Ryan et Claire une complicité amoureuse qui me réjouit. Ils sont heureux, ils ont des projets et bientôt, mon frère ne quittera plus San Francisco. Si j'ai longtemps pesté contre cette idée, je dois avouer qu'aujourd'hui, sa présence apportera un peu de joie à ma vie plutôt malmenée en ce moment. Nous parlons très peu de Paul et de Lorraine, et pas du tout de mon enlèvement. Nous aurons tout le temps plus tard. Et puis, je n'ai pas envie de plomber l'ambiance avec cette angoisse qui m'étreint au souvenir de cette rencontre, à l'église, avec Ambrose Carter et Lorraine. Je ne peux pas me défaire de cette impression glaciale qui m'habite depuis. L'heure est à la détente, et je me remplis des bonnes ondes que dégagent Ryan et Claire. J'espère secrètement qu'un jour, je pourrai de nouveau éprouver cette même insouciance avec Adam.

Claire et Ryan ont encore quelques détails à régler sur place et ne rentrent pas avec nous à San Francisco. Je leur ai parlé de l'avion et je crois que Ryan aurait pu avancer son retour pour assouvir sa curiosité. Claire l'a gentiment rappelé à l'ordre. On ne bâcle pas un déménagement ! En montant dans cette suite de luxe à réacteurs, nous n'avons pas besoin de parler, Adam et moi. Nous savons quel sera le programme de ces prochaines heures en avion.

Cette rapide escapade new-yorkaise a regonflé mon moral. Mais surtout, la fameuse rencontre avec Oslav Kievsky, l'un des plus grands violonistes du moment, a lieu dès le lendemain dans les bureaux d'Adam. Le violoniste a enfin pu se libérer et trouver un moment à me consacrer dans son emploi du temps chargé. Je suis excitée comme une gamine qui s'apprête à rencontrer son idole. La surprise d'Adam, qu'il m'a annoncée après le voyage à Riverton, est certainement l'une des plus belles.

Je me sens nerveuse ce matin, je n'ai rien pu avaler au petit déjeuner. Dans le hall des bureaux d'Adam, c'est un sourire crispé que je donne à tous ceux qui me saluent. Avec ma carte personnelle, je n'ai heureusement pas besoin de parler à qui que ce soit. Et dans l'ascenseur privé, j'essaie de me détendre avec quelques exercices de respiration. J'ai le trac, j'ai hâte, mais j'ai peur à la fois.

Et si je ne sortais que des fausses notes ? Et si je n'arrivais pas à aligner deux mots intelligents ?

Oslav Kievsky a l'air si pro, si perfectionniste dans ses œuvres.

Je frappe doucement à la porte du bureau d'Adam. Je ne sais pas si Oslav est déjà arrivé et je compte un peu sur Adam pour me rassurer. Je tente la méthode Coué au cas où.

Je peux le faire ! Je n'ai pas l'expérience d'Oslav Kievsky, mais je sais jouer !

Je regarde l'étui de mon violon, le prie de m'aider, et pousse la porte. Adam m'accueille à bras ouverts, le sourire aux lèvres. Un homme est assis dans le canapé blanc, derrière lui. Ce même canapé où l'autre fois… Je rougis à ce souvenir et tente d'effacer l'image d'Adam au-dessus de moi.

Je dois me reprendre !

– Éléa, nous parlions justement de toi, me confie Adam en se tournant vers Oslav. Oslav, permettez-moi de vous présenter Éléa Haydensen.

– Bonjour Éléa, Adam ne tarit pas d'éloges à votre égard. Je suis enchanté de faire votre connaissance, dit Oslav en se levant du canapé.

– Monsieur Kievsky, c'est un honneur pour moi, soufflé-je d'une petite voix.

Éléa, cet homme ne va pas te manger !

– Appelez-moi Oslav, très chère, ajoute le violoniste en me serrant chaleureusement la main.

Ce premier échange est cordial, Oslav me regarde avec curiosité. Le violoniste est plus petit que je l'imaginais. Il porte bien sa cinquantaine d'années : ses tempes sont grisonnantes, son visage un peu marqué, mais cette maturité lui confère un charme particulier. Sans être beau, Oslav Kievsky reste séduisant, il diffuse une aura magnétique captivante. J'ai eu l'occasion de le voir jouer sur scène, mais là, à quelques pas de lui, je sens une véritable affinité avec lui. Rien de sensuel bien sûr, mais quelque chose d'ensorcelant. Et il n'a pas encore commencé à jouer !

– Je vais vous laisser à votre musique, ma secrétaire va vous conduire dans le salon que nous vous avons réservé, intervient Adam.

– Tu es la meilleure, mon ange, me glisse-t-il à l'oreille avant de nous quitter.

– J'espère que le bruit ne vous dérangera pas trop, ajoute Oslav en souriant.

Une jeune femme en tailleur-chignon nous conduit à un

petit salon cosy. Sur une table basse se trouve tout ce qu'il faut : café, thé, viennoiseries, chocolats et fruits. Adam nous a gâtés.

Le violon d'Oslav, un pupitre et des partitions sont déjà installés. Mais le musicien ne se précipite pas dessus, il s'installe au contraire dans un fauteuil. Je l'imite, après avoir posé avec précaution mon stradivarius sur une console.

– Un café, Éléa ? me demande Oslav.

Je rêve, Oslav Kievsky est en train de me servir.

– Avec plaisir, merci.

Le violoniste me tend une tasse brûlante. Au-dessus de sa tasse fumante, Oslav plisse les yeux et me fixe intensément.

– Je suis très curieux de cette rencontre, Éléa. Votre réputation vous précède, j'ai entendu dire que vous étiez l'un des jeunes talents les plus prometteurs de votre génération. Je me demande même si vous n'allez pas vite m'éclipser.

– Oh ! je n'ai pas votre talent, Oslav, dis-je, baissant les yeux.

– Mais vous aimez sincèrement le violon. Je ne vous en veux pas de me pousser vers la retraite, ajoute-t-il en riant doucement. J'ai beaucoup voyagé, il est peut-être temps de me poser et de transmettre mon savoir à mon tour.

La discussion prend le tour de la confidence. Je me détends peu à peu.

– Oh ! n'arrêtez pas votre carrière, c'est tellement bon de vous entendre jouer ! Mais c'est vrai aussi que vous devez avoir beaucoup de choses à nous apprendre, continué-je.

Oslav sourit devant ma candeur. Impossible pour moi de masquer mon enthousiasme devant un tel artiste. Mon trac a disparu, je prends la pleine mesure de cet échange. Nous continuons à discuter, il se montre très curieux sur mon choix de carrière, sur mes préférences musicales et mes envies. Je l'interroge sur lui, sa carrière, sa vie. Nous ne sommes pas dans une discussion entre un maître et son élève, mais bien entre deux passionnés de violon. Oslav est drôle, curieux et simple surtout. Ce moment est un vrai régal pour moi, j'ai une chance incroyable. Les mots sont une chose, la musique en est une autre, surtout pour nous. Nous décidons, presque en chœur, de prendre nos instruments. Oslav s'intéresse à mon stradivarius, le manipule avec beaucoup de respect. Je le laisse faire, mon violon est à ses yeux comme aux miens une œuvre d'art. Il en tire même quelques notes et s'enthousiasme de ses qualités.

Mince, si je joue mal, je ne pourrai pas dire que c'est la faute de mon instrument.

Nous nous accordons et décidons de jouer un concerto pour deux violons de Bach. Ce moment est tout simplement magique. Nous trouvons nos marques, nous nous laissons de l'espace, l'un s'exprime, puis l'autre, puis tous les deux. Notre duo est limpide, sans couac. Mieux, après l'Allegro, nous improvisons une joute musicale. Nos dernières notes résonnent dans un grand éclat de rire. Et je crois bien que nous sommes tous deux surpris par cette nouvelle complicité qui s'impose à nous.

– Éléa, je suis conquis ! Dommage que je sois attendu ailleurs, j'aurais prolongé avec plaisir cette bien jolie rencontre, m'avoue Oslav en rangeant son violon dans son étui.

– C'est moi qui suis comblée Oslav, dis-je en l'aidant à rassembler ses partitions.

– J'ai une idée ! Je joue ce soir à une soirée organisée par Lorraine Hill, venez jouer avec moi !

Lorraine Hill…

– Oh ! je ne sais pas, je…, balbutié-je.

– Je veux jouer avec vous Éléa, et c'est sans doute l'une des rares occasions que nous aurons de nous retrouver encore.

C'est une occasion unique. Est-ce que je peux refuser ?

On frappe à la porte, Adam passe la tête. Il tombe à pic.

– Je ne vous dérange pas ? demande-t-il avant d'entrer dans le salon.

– Adam ! Vous tombez bien ! enchaîne Oslav. J'essaie de convaincre Éléa de jouer avec moi ce soir.

Adam se tourne vers moi, le regard interrogateur. Il me semble bon d'apporter quelques précisions

– Oslav joue ce soir à une soirée organisée par Lorraine Hill.

– Ah, cette soirée-là…, dit Adam en se tournant vers le violoniste.

– Éléa, si vous ne venez pas, c'est simple, je n'y vais pas non plus ! ajoute Oslav en prenant une posture faussement boudeuse.

– Éléa, je crois que tu n'as pas le choix. Il serait dommage que tu gâches la soirée de Lorraine, se moque gentiment Adam.

Ça ne réchaufferait effectivement pas les relations entre elle et moi. Lorraine risque de faire une drôle de tête quand elle me verra.

Mais si Adam me donne le feu vert…

– Très bien, j'accepte avec plaisir ! fais-je, vaincue.

– Parfait ! conclut Oslav. Retrouvons-nous une heure avant la soirée pour que nous puissions jouer ensemble le programme. Vous me sauvez Éléa, vous allez égayer cette soirée qui s'annonçait un peu morne.

Oslav nous quitte rapidement, il est attendu ailleurs. Mais le regard complice que nous échangeons en nous séparant me donne déjà envie de le retrouver très vite.

– Eh bien, tu as dû lui faire bonne impression, dit Adam une fois la porte fermée.

– Oh ! Adam, je ne pourrai jamais assez te remercier ! C'était magique ! Nous avons discuté, joué, c'était naturel, simple. Je… Je n'ai pas de mots pour te dire combien c'était… waouh !

Je me blottis dans ses bras. Adam vient de me faire vivre l'un des plus beaux moments de ma vie de musicienne.

– Je suis curieux de voir la tête que fera Lorraine en apprenant que tu joueras aussi ce soir ! s'amuse Adam.

– Tu crois qu'elle va mal le prendre ? demandé-je, inquiète.

– Sans doute, mais le plus important, c'est que tu passes un autre moment à jouer avec Oslav, me rassure Adam. Tu seras tellement occupée à vivre ta soirée avec lui que tu ne t'apercevras même pas de la présence de Lorraine. Je me sens du coup obligé d'y aller aussi.

– Tu ne comptais pas y aller ?

– Non, les soirées de Lorraine concernent ses affaires. Je ne m'en mêle pas.

– Pourquoi ? Si j'ai bien compris, ses affaires, ce sont aussi celles de ton père, non ?

– Oui, c'est vrai. L'industrie pharmaceutique Hill a été créée par mon père, mon oncle et Ambrose. J'en ai hérité d'une partie à la mort de mon père, mais je n'ai jamais voulu m'en occuper. Je croyais que mon père nous avait abandonnés, ma mère et moi, et je ne voulais rien de lui.

– Et maintenant que tu sais qu'il a pris soin de vous à distance ?

– Je ne sais pas… Mon père s'occupait de nous oui, mais qu'est-ce qui l'empêchait de vivre avec nous ? Pourquoi est-ce qu'on était si loin de lui ?

Adam me serre un peu plus fort contre lui. Il est plongé dans ses pensées, dans ses questions. Son regard s'est assombri. Le père d'Adam était là, mais à distance : pourquoi ? Qu'est-ce qui l'empêchait de les rejoindre et de vivre normalement avec eux ? Adam soupire au-dessus de ma tête.

– Chaque jour, j'ai l'impression de tomber sur un nouveau mystère autour de ma famille. Mon père, ma vie à Riverton, Paul et Lorraine… Beaucoup de tristesse, de questions, et peu de réponses.

– Tu finiras par découvrir la vérité sur tout ça, dis-je en l'embrassant sur la joue

– Je n'attends que ça ! Allez, allons déjeuner, tu dois avoir faim, vous n'avez pas touché au plateau, constate Adam.

– On a été trop absorbés pour manger, avoué-je.

– Heureusement que je vous ai entendus jouer, sinon, je me serais posé des questions, me taquine Adam. Cet Oslav est un bel homme, tu pourrais être séduite et le rejoindre sur ses tournées. Est-ce que je fais le poids face à ton art ?

– Tu fais le poids, et bien plus encore, murmuré-je en posant ma bouche sur la sienne.

– Hum… Et si nous mangions dans mon bureau ? me demande Adam, l'œil soudain illuminé d'une intensité nouvelle.

– Comme la dernière fois ?

– Comme la dernière fois !

Adam m'entraîne vers son bureau. Toutes mes pensées sont tournées vers le canapé blanc qui nous attend…

Je retrouve Oslav une heure avant la soirée de Lorraine pour répéter. Le violoniste m'accueille chaleureusement et m'explique qu'il a même tenu à ce que mon nom apparaisse à côté du sien sur le carton de présentation de la soirée. « Un caprice de star que je me permets », m'a-t-il dit dans un éclat de rire.

Vraiment, Lorraine n'a pas dû apprécier ce changement de dernière minute, si en plus il a fallu réimprimer le programme de la soirée au dernier moment !

Avant de faire notre apparition, je ne peux m'empêcher de blêmir à l'idée de rencontrer une nouvelle fois Lorraine et Ambrose. Oslav perçoit mon trouble et s'en inquiète aussitôt :

– Ça ne va pas, Éléa ? demande-t-il, inquiet.
– Je dois vous avouer que je ne suis pas très à l'aise avec Lorraine, lui confié-je.
– Je vous comprends, je n'ai jamais vu une femme aussi froide malgré les apparences qu'elle se donne. Mais ne vous en faites pas Éléa, je suis là. Vivons notre soirée sans nous soucier des autres !

Oslav est réconfortant.

Je ne suis pas la seule à ne pas apprécier Lorraine. C'est rassurant !

Notre complicité est toujours là, et quand Lorraine s'approche de nous pour le saluer, il me propose son bras.

– Faisons front à deux ! me glisse-t-il avec un clin d'œil.

Je ne peux m'empêcher de sourire. Tout est simple avec lui. Il a raison, je ne suis pas là pour Lorraine, mais bien pour vivre un nouveau grand moment avec Oslav. Et je ne vais pas bouder mon plaisir.

– Monsieur Kievsky, je suis ravie de votre présence ce soir. Ce concert que vous nous accordez est un honneur, minaude Lorraine qui vient tout juste de nous rejoindre.

Lorraine est pimpante, on est loin de l'image d'une mère en deuil. Le souvenir de Paul a vite été balayé.

– Madame Hill ! Et je vous fais même l'honneur d'un duo exclusif avec cette jeune et talentueuse violoniste. Mais je crois savoir que vous vous connaissez déjà, lui lance Oslav sur le ton de la badinerie.
– Oui, bien sûr, bonsoir Éléa, dit Lorraine en esquissant un rapide mouvement de tête vers moi. Je vous retrouve au dîner.

Lorraine nous quitte pour accueillir ses invités. Elle ne m'a jeté qu'un rapide coup d'œil et elle ne m'a pas laissé le temps de la saluer à mon tour. Si la soirée se poursuit avec cette indifférence, je suis ravie. Je n'aurai pas besoin de jouer la comédie. Adam nous rejoint. Son smoking et son nœud papillon le vieillissent un peu, ce qui ajoute encore à son charme. Je relate le rapide échange avec Lorraine et nous en rions. La soirée s'annonce plaisante malgré tout. Oslav est toujours aussi agréable et nous continuons la discussion que nous avons commencée ce matin. Cette fois, Adam y prend part, et il semble lui aussi y trouver du plaisir.

Mon nom sur le programme de la soirée n'est pas le seul changement qu'impose ma présence : le plan de table a dû être modifié. Je me retrouve donc assise à la table de Lorraine. Oslav s'installe à côté d'elle, et moi à côté d'Oslav. Lorraine est proche de moi, mais pas dans mon champ de vision. Ambrose non plus d'ailleurs, qui m'a salué poliment mais sans non plus s'attarder. Cette place me convient tout à fait, d'autant qu'Adam s'assied près de moi. Je suis particulièrement bien entourée. Et Oslav s'adresse plus souvent à moi qu'à Lorraine, ce qui devrait normalement être l'inverse.

Non, je ne dois pas gagner des points auprès de Lorraine ce soir, je crois que je suis plutôt en train d'en perdre, au contraire !

La soirée se clôt avec notre concert. Notre échange musical est toujours aussi délicieux à vivre. Jouer avec Oslav est un vrai plaisir. Nos regards s'accrochent, nos violons se répondent. Oslav est très à l'écoute et m'aide dans les moments encore délicats pour la jeune violoniste que je suis, il me transporte. Nous ne nous occupons pas du public, nous sommes deux sur cette scène et le reste n'existe pas. Nous tombons dans les bras l'un de l'autre après le dernier morceau, sous les applaudissements des invités. Et nous nous faisons la promesse de nous recroiser un jour, très prochainement.

4
ENCORE DES QUESTIONS

Le nouvel appart était vide sans Claire. J'ai beau passer beaucoup de temps avec Adam ces derniers jours, ma colocataire me manque. Heureusement, elle et Ryan reviennent de New York. Mon frère s'installe ici, à San Francisco. Il lui reste encore à trouver un logement mais ça ne devrait pas prendre trop de temps. Je me réjouis de cette recherche que nous avons prévu de faire ensemble. Claire doit reprendre son travail, et mes répétitions au Philharmonique n'ont lieu que l'après-midi. J'ai donc du temps à consacrer à mon frère. En attendant, Ryan vit chez nous.

Au petit déjeuner ce matin, l'appart a repris vie. La voix de Claire résonne à travers les pièces, elle me raconte son séjour, me demande de lui raconter ce qu'il s'est passé ici. Je lui parle de ma rencontre avec Oslav et de la soirée de Lorraine. Claire peste et s'amuse à la fois. Entendre son rire, retrouver son parfum, me rassérène. Mon amie m'a manqué et je suis bien contente de la retrouver. Le silence revient cependant une fois qu'elle passe la porte. Ryan et moi nous retrouvons au calme, discutant de ses envies et de ses besoins pour son prochain chez-lui. Mon frère n'est pas compliqué. Heureusement que je suis un peu plus exigeante que lui, il serait capable de prendre le premier logement venu !

Après avoir sélectionné dans le journal des annonces pertinentes, nous nous mettons tous les deux en route, bras dessus, bras dessous. Et comme je l'avais prédit, Ryan est prêt à donner son dossier dès le premier appartement visité. Je tempère son impatience et le pousse à en voir d'autres. De son côté, il essaie de me convaincre de le laisser faire comme il l'entend.

Qu'est-ce qu'il est têtu !

On se chamaille gentiment sous les regards perplexes des agents immobiliers. Nous tombons d'accord sur un charmant petit logement, dans un immeuble ancien mais propre. Un deux-pièces lumineux avec cuisine ouverte, et surtout proche de la faculté de médecine. Le lieu est parfait. Le propriétaire accepte immédiatement le dossier de Ryan et lui passe les clés contre un premier loyer. Ryan est définitivement installé à San Francisco, ça y est. Il lui reste désormais à faire livrer ses affaires.

Dans la rue, nous nous regardons, satisfaits.

– Eh bien, on peut dire que nous avons été efficaces ! s'exclame Ryan, enthousiaste.
– Oui, il nous reste même un peu de temps pour déjeuner

ensemble. Viens, je connais un endroit pas loin, dis-je en l'entraînant.

Nous discutons quand une voiture roulant près de nous, attire notre attention.

– Tes gardes du corps sont toujours aussi peu discrets? me demande Ryan.

– Je fais de moins en moins attention à eux. Je n'en ai peut-être plus besoin maintenant que Paul est mort, avoué-je.

– Garde-les encore un peu, on ne sait jamais! m'ordonne doucement mon frère.

Nous évoquons Paul et sa disparition. Ryan se montre très protecteur en m'avouant être ravi de cette menace en moins dans ma vie. Mais au moment de traverser la rue, j'entends des pneus crisser. La voiture de tout à l'heure accélère d'un coup et manque de nous renverser. Mes jambes flagellent, j'ai senti la voiture me frôler. Ryan est livide. Si cette voiture nous avait percutés… Autour de nous, les quelques piétons présents se regardent, effarés. Mes deux gardes du corps arrivent en courant.

– Mademoiselle Haydensen, vous n'avez rien? m'interroge l'un deux.

– Euh… non, rien. Ryan?

– Ça va aussi. Il s'en est fallu de peu, me répond mon frère.

– Cette voiture vous suivait depuis quelque temps déjà, nous allions l'arrêter quand elle a subitement accéléré.

– Nous pensions que c'était vous, dans cette voiture. On

l'avait aussi remarquée, mais on ne s'est pas inquiétés, dis-je dans un souffle, encore sous le choc.

– Eh bien maintenant, tu as la preuve que tu dois conserver ta protection ! bougonne Ryan en regardant dans la direction où la voiture est partie.

– Nous allons vous raccompagner, mademoiselle Haydensen.

Ryan et moi nous laissons reconduire à ma voiture, garée plus loin. L'un des gardes du corps prend le volant, l'autre nous suit dans la sienne. Je frissonne.

La mort de Paul n'a pas mis un terme aux menaces…

Adam m'appelle sur mon portable.

– Éléa, est-ce que ça va ? me demande-t-il, anxieux.

Il est déjà au courant, le garde du corps derrière nous a dû le prévenir.

– Oui, tout va bien. On n'a rien. On rentre à la maison, là.

– Dépose Ryan chez toi et rejoins-moi ici.

– D'accord, à tout de suite.

Le ton d'Adam est sans appel. J'explique la situation à Ryan et demande au garde du corps de me conduire au bureau d'Adam. Dans le hall de l'immeuble, j'ai l'impression d'être une habituée. Je dis cette fois bonjour à tout le monde et me dirige vers le fameux ascenseur. Quand la porte s'ouvre au vingt-quatrième étage, je surprends Adam en train de faire les cent pas.

– Éléa, dit-il en se précipitant sur moi.

Il me serre contre lui.

J'ai sous-estimé son inquiétude !

Il m'entraîne vers son bureau.

– Je ne sais pas à quoi servent tes gardes du corps s'ils ne peuvent pas empêcher ce genre d'incidents ! explose-t-il.
– Ils comptaient arrêter la voiture au moment où elle a démarré en trombe, tenté-je de les défendre.
– Eh bien, ils ne se sont pas montrés très efficaces !

Adam n'en démord pas.

– Imagine, si cette voiture t'avait renversée ! ajoute-t-il, le regard fou.
– Mais ça n'est pas arrivé, dis-je d'une voix douce en posant la main sur son bras.
– Paul est à peine enterré que ça recommence ! Lorraine n'a pas perdu de temps !
– Ce n'est peut-être pas elle.
– Tu sais bien que c'est elle, mon ange. Viens…

Adam m'attire à lui.

– Cet acharnement qu'elle a, je ne le comprends pas.
– C'est peut-être sa façon de se venger de ma venue à sa soirée, avancé-je en tentant de détendre l'atmosphère.

– Dans ce cas, elle aurait pu se contenter de t'envoyer un e-mail, grince Adam. En tout cas, hors de question que j'enlève ta protection et je vais même leur demander de te surveiller de près cette fois !

– Pas de trop près quand même.

– Non, mais ça fait déjà deux fois qu'il t'arrive quelque chose alors qu'ils sont censés te protéger.

– Allez, tout va bien, n'en parlons plus, tu veux ?

– Tu as raison. Mais tout ceci me met hors de moi. On croit être de retour au calme, et pas du tout. J'en ai assez, si tu savais !

Adam se penche vers moi et pose son front contre le mien.

La solution, s'enfuir sur une île déserte ?

J'aspire aussi à un peu de tranquillité. Et ce n'est pas ici que nous la trouverons puisque quelqu'un vient de frapper à la porte. Adam relève la tête.

– J'en ai oublié mon rendez-vous avec l'avocat, dit-il en se dirigeant vers la porte.

Un homme grand et d'un âge avancé entre dans la pièce et salue très respectueusement Adam. L'homme m'aperçoit et vient aussi me serrer la main.

– Je vais vous laisser, dis-je à Adam.

– Non, reste, c'est à propos de Paul. Maître Bruger est l'un de mes plus vieux avocats. Il a fait des recherches sur Paul.

– Des recherches qui ont abouti à des trouvailles, mon cher Adam, ajoute l'avocat, visiblement content d'apporter des réponses.

Adam nous invite à nous asseoir dans le coin salon de son bureau. L'avocat sort d'un porte-documents de nombreux papiers et les pose sur la table. Je suis curieuse de savoir ce qu'il a à nous apprendre.

– Commençons par le commencement, Adam, reprend l'avocat. J'ai ici l'acte de naissance de Paul, né de Henry Hill et de Katerine Hill.

Katerine Hill, la mère de Paul.

Adam attrape le document et l'examine soigneusement.

– Il y a très peu de chose au sujet de cette Katerine Hill en dehors des papiers officiels. Elle est décédée en couches, comme c'est indiqué sur son certificat de décès, poursuit maître Bruger.
– Elle est en morte en donnant naissance à Paul ? demandé-je.

L'avocat acquiesce et continue :

– Oui. J'ai aussi mis la main sur le certificat de mariage d'Henry et Katerine, mais on ne peut pas dire qu'il aura duré bien longtemps, tout juste deux ans. C'est tout ce que j'ai pu apprendre sur cette femme. Si vous souhaitez en savoir plus sur elle, il faudrait interroger les vieux amis d'Henry, mais encore faut-il les trouver…

– Au moins, nous savons désormais qui était la mère de Paul. C'est dommage de l'apprendre si tard, souffle Adam.

– Le notaire a bien voulu me faire discrètement une copie du testament de Paul. Et j'ai été assez surpris de voir ce qui y est inscrit, continue l'avocat en sortant un autre document de sa sacoche.

– C'est-à-dire ? l'interroge Adam.

– Eh bien, la fortune de Paul revient à Lorraine, puisqu'il n'a pas eu d'enfant et qu'il ne s'est pas marié. En revanche, si Lorraine était décédée avant Paul, et si Paul était resté célibataire, cet argent, qui comprend aussi ses parts dans l'industrie Hill, revenait intégralement à Emy Scrow à son décès.

– Emy ?! s'exclame Adam. Mais qu'est-ce qu'elle vient faire ici ?

– Je ne sais pas, Paul et Emy avaient peut-être des liens intimes, avance l'avocat.

– Ils étaient peut-être amis, mais « intimes » ? répète Adam, perplexe.

– Toujours est-il que, dans les circonstances présentes, c'est Lorraine qui a hérité de tout. Si je peux me permettre…, poursuit le vieil avocat d'un ton hésitant.

– Permettez-vous, j'ai toute confiance en votre expérience aguerrie d'avocat, Maître, l'encourage Adam.

– Eh bien, je trouve que, pour une simple belle-mère et seconde épouse, Lorraine Hill a beaucoup de poids dans les affaires de votre père et de votre oncle.

– À quoi pensez-vous ?

– Oh ! je ne pense à rien Adam, je trouve juste que ces

héritages en sa faveur sont tout de même un peu curieux. Je ne m'avancerai pas à porter un quelconque jugement sur la question. Je n'ai pas, après tout, toutes les informations.

– C'est vrai, il reste encore beaucoup de zones d'ombres dans cette histoire familiale, concède Adam. Je vous remercie, Maître Bruger, votre aide est précieuse.

– Oh ! ce n'est pas grand-chose, je n'ai fait que réunir quelques papiers, répond l'avocat en se levant.

Je les accompagne tous deux jusqu'à la porte. Katerine, Emy, Lorraine, ces trois prénoms volent dans mon esprit. Je laisse les deux hommes discuter et reviens à table. L'acte de décès de Katerine est sous mes yeux. Si Paul avait eu connaissance de ce détail, est-ce qu'il se serait jeté dans le ravin ? Ou aurait-il fait comme Adam et cherché à savoir qui était sa mère ? Adam me rejoint. À sa mine, je sens que ces informations le travaillent. Il se passe la main sur le visage d'un geste las.

– Plus j'en apprends, et plus je m'y perds. Le mystère de la mère de Paul n'en est plus un, même si nous ne savons pas grand-chose sur cette Katerine. Mais Emy héritant de Paul ? J'avoue que j'ai du mal à comprendre. Quel était l'intérêt de Paul de donner des parts de la société familiale à cette quasi-inconnue ?

Adam secoue la tête.

– Pour Emy, qui a besoin d'argent, ça aurait été une bonne nouvelle. Dommage pour elle que Lorraine soit encore en vie, ironisé-je.

– Sans doute. Paul a écrit son testament en pensant que Lorraine était sa mère. Qui dit que Lorraine ne l'a pas influencé ? Après tout, Lorraine et Emy sont proches.
– Tu crois que Lorraine aurait manipulé Paul ?

Ma question se révèle idiote une fois sortie de ma bouche.

Ça n'aurait pas été la première fois, ni la dernière…

– Henry aurait dû tout donner à Paul à sa mort, mais Lorraine a reçu plus de parts. Je me demande si Lorraine ne manipulait pas mon oncle, et mon père aussi…
– Tu crois ?
– Comment expliquer le fait que ce soit elle qui m'ait accueillie alors que mon père était vivant ? Pourquoi est-ce je ne suis pas allé vivre avec lui ?

Je n'ai malheureusement pas les réponses à ces questions. L'histoire d'Adam semble tellement tortueuse, compliquée. Une seule femme doit avoir les réponses à toutes ces questions, c'est Lorraine. Mais je ne suis pas sûre qu'elle accepte de les livrer aussi facilement. Est-ce qu'elle ne serait qu'une vile manipulatrice ? Elle semble si bien arriver à ses fins. Je frissonne : si elle a réussi jusqu'à présent à obtenir ce qu'elle voulait, je doute qu'elle nous laisse jamais tranquilles, Adam et moi.

Mais qu'est-ce qu'elle veut à la fin ?

Adam s'est rejeté en arrière dans le canapé, la tête posée sur le dossier. Ses yeux fixent le plafond. Je me sens impuissante, incapable de l'aider. Je ne peux rien faire. Ou juste être là pour le soutenir, l'aider à avancer et à tenir. Je sens parfois qu'il en faudrait peu pour qu'Adam arrête tout et quitte ses affaires. Le poids qu'il porte sur les épaules semble tellement lourd. Et dire que c'est à cause de moi qu'il a voulu chercher à savoir qui il était et qui était sa mère. Voilà où nous en sommes aujourd'hui, les placards de la famille Hill sont remplis de cadavres. Je pose une main sur sa cuisse.

– Est-ce que ça va ? lui demandé-je, inquiète. Tu as l'air si préoccupé.

– Oui, ça va mon ange. Chaque découverte est un pas de plus vers la vérité. Même si c'est difficile et que mes recherches n'apportent pas beaucoup de bonnes nouvelles, je ne peux pas les arrêter là, me répond Adam d'une voix fatiguée.

Il m'attire contre lui. Je m'installe dans ses bras, dans une étreinte que j'espère réconfortante.

– Je dois en savoir plus sur mon père. Je veux savoir qui était Howard Hill, pourquoi il nous a laissés partir, pourquoi il ne vivait pas avec nous, pourquoi il ne s'est pas occupé de moi, pourquoi je ne suis pas un Hill, et porte le nom de famille de ma mère. Il est temps que je m'intéresse à lui. Il s'est occupé de nous, à sa façon. Je dois comprendre.

– Tu sais que je suis là pour t'aider, murmuré-je, lovée au creux de son épaule.

– Je sais, mon ange. Si ces recherches-là sont la clé du puzzle, il faut que tu sois encore plus sur tes gardes. Promets-le-moi, dit Adam en me relevant la tête.

– Je te le promets, je ferai attention, soufflé-je, mon regard accroché au sien.

Pourquoi ai-je l'impression que chercher à savoir qui était Howard Hill ne sera pas de tout repos ? Mais s'il est la clé de toute cette histoire, s'il peut aider Adam, alors…

5
QUI EST-IL ?

J'ai laissé Adam à son travail. Je me fais du souci pour lui. Je sais qu'il est fort et prêt à affronter tout ce qui arrive. Mais depuis quelque temps, son monde s'effondre, tout ce en quoi il croyait jusqu'à présent se révèle faux. Toutes ses certitudes sont bousculées. C'est un peu comme s'il devait tout effacer et tout réapprendre. Je ne sais pas si je serais capable d'en assumer autant. Et même si je ne suis pas directement impliquée dans ces découvertes et que ça ne concerne pas mon histoire personnelle, je perçois le bouleversement dans la vie d'Adam. J'ai la chance d'avoir le violon comme échappatoire. Est-ce que les affaires d'Adam lui permettent de souffler un peu ? De s'évader ? Adam n'a pas reçu beaucoup d'amour dans sa vie. C'est drôle, Paul et lui auraient pu être sincèrement aimés par leurs mamans, Katerine et Leslie. Au lieu de ça, ils ont eu Lorraine.

Lorraine. Elle est décidément partout…

Au conservatoire, je prends connaissance des prochains concerts que le Philharmonique s'apprête à donner à San

Francisco. Deux représentations par semaine, le rythme s'accélère. À New York, il était question de trois concerts par semaine. Je pense que les musiciens new-yorkais doivent se languir de jouer plus régulièrement. Je rejoins la salle de répétition, mais M. Glen m'arrête en chemin.

– Éléa, accordez-moi un instant dans mon bureau, me dit-il en m'indiquant la direction.

– Bien sûr, monsieur Glen.

Je n'ai jamais été autant convoquée de toute ma vie dans un bureau que depuis que je travaille pour le Philharmonique.

Le petit homme a l'œil qui pétille et il essaie tant bien que mal de réprimer un sourire. Il bouillonne de l'intérieur, je suis curieuse de savoir pourquoi. Le bureau de M. Glen m'est désormais très familier. Je prends place dans le fauteuil et scrute son visage. Je pense pouvoir m'attendre à une bonne nouvelle.

– Éléa, c'est merveilleux. Tous les responsables du Philharmonique sont ravis, vous êtes notre bonne étoile, commence-t-il en se frottant les mains.

– Bonne étoile, je ne suis pas sûre, dis-je, un peu embarrassée par ce compliment. Qu'est-ce qu'il se passe ?

– Votre rencontre avec Oslav Kievsky a reçu de très bons échos de la part des critiques et de la presse présente à votre petit concert privé, et nos prochains concerts sont déjà complets. Le public souhaite vous connaître. Mais ce n'est pas le meilleur ! ajoute M. Glen en prenant un malin plaisir à distiller le suspense.

J'attends qu'il continue et qu'il lâche enfin le morceau.

– Oslav Kievsky nous a demandé l'autorisation de vous accaparer un peu, pour enregistrer avec lui deux morceaux sur son prochain album !

M. Glen détache chacun de ses mots et termine sa phrase dans les aigus. Et je le comprends ! Oslav veut encore jouer avec moi ? Je vais figurer sur un album ! Je vais enregistrer, moi ?

Ce n'est pas une bonne nouvelle, c'est la meilleure nouvelle du monde !

Dans mon enthousiasme, je me suis levée d'un bond, M. Glen aussi, et nous nous tenons les mains au-dessus du bureau. Nous nous lâchons aussi vite, reprenant le contrôle de nous-mêmes.

– Oslav veut enregistrer avec moi, répété-je, incrédule.
– Oui ! Et tenez-vous bien. Il revient à San Francisco dans quelques jours exprès pour cet enregistrement. Vous vous souvenez du petit studio au sous-sol. Eh bien c'est ici que ça va se passer ! ajoute M. Glen, toujours surexcité.

Non, je n'en reviens pas. Je vais non seulement revoir Oslav, mais je vais aussi enregistrer un album.

Bon, pas un entier, mais deux morceaux ! Mon nom va apparaître à côté de celui d'Oslav !

– On enregistre quand ? m'enquiers-je, tentant de reprendre mon sérieux.

– Dans trois jours. Voici les partitions que vous devez répéter. Il va de soi que vous devez consacrer tout votre temps à celles-ci, m'explique M. Glen en me tendant les feuillets.

– Très bien, je m'y mets tout de suite, alors !

L'hystérie de la nouvelle laisse place à l'urgence. J'ai peu de temps avant l'enregistrement, je dois être parfaite. Oslav est très pris, et je sais qu'il appréciera que ce moment se passe vite et bien. Quelle pression ! Jouer avec lui dans l'intimité d'un bureau ou lors d'un concert privé, ce n'est pas du tout la même chose que dans un studio !

– Oh ! une dernière chose Éléa, ajoute M. Glen avant que je quitte son bureau. Le Philharmonique vient d'engager un nouveau répétiteur. Max Hemin nous a donc rejoints, vous aurez l'occasion de le croiser. N'hésitez pas à le solliciter si vous avez le moindre problème avec les partitions d'Oslav Kievsky. Il devrait d'ailleurs venir vous écouter jouer. C'est un homme très exigeant, mais juste.

– Très bien. Je n'hésiterai pas, monsieur Glen.

Je quitte le bureau, les yeux fixés sur les partitions qu'Oslav m'a transmises. Ce sont des morceaux très pointus effectivement, délicats à appréhender. Je me sens comme une débutante, j'ai peur que le violoniste ait surestimé mon talent !

Je verrai avec le nouveau… Comment déjà ? Max Hemin. Allez, au travail. Je n'ai vraiment pas de temps à perdre !

L'après-midi passe à toute vitesse et je quitte le conservatoire à une heure avancée de la soirée. Je suis fatiguée, mes yeux piquent. Cette première approche confirme mes craintes : je dois beaucoup travailler pour être à la hauteur. Je rentre directement à la maison me coucher. J'explique la situation à Claire et Ryan. Ma coloc a la gentillesse de me préparer un rapide dîner pendant que je me détends sous la douche. Je ne pourrai malheureusement pas aider Ryan dans son emménagement le lendemain, mais je lui fais promettre de m'attendre pour la pendaison de crémaillère. J'ai appelé Adam, et il s'est montré très heureux pour moi. Il m'encourage à donner tout ce que j'ai pour atteindre le niveau nécessaire. Il prévoit de fêter cette bonne nouvelle quand les morceaux seront enregistrés.

Je fais la connaissance de Max Hemin dès le lendemain. Il n'affiche pas le style habituel des répétiteurs : tenue décontractée, piercing à l'arcade, tignasse blonde sculptée au gel ; j'imagine plus Max avec une guitare électrique qu'avec un violon. Il me tutoie d'entrée de jeu. Il semble curieux de ma rencontre avec Oslav et de cet enregistrement. Très honnêtement, il m'avoue avoir hâte de m'entendre pour comprendre l'enthousiasme d'Oslav Kievsky à mon égard. Je ne le prends pas mal, tant il est vrai que je n'ai pas beaucoup d'expérience. Et je suis aussi curieuse de juger ses connaissances à lui. L'atmosphère se détend aussitôt après le premier morceau joué.

– OK ! C'est bluffant. Tu as un bon niveau de technique et ce petit truc en plus qui sublime tout ! m'applaudit Max après la note finale d'une sonate de Bartók.

– Merci. J'ai du mal sur le troisième mouvement, non ?

– Rien de dramatique. On va bosser ensemble et tu vas vite prendre tes marques.

Vraiment, Max n'est pas un répétiteur comme les autres. Il va droit au but avec sa façon bien à lui de s'exprimer.

Le Philharmonique aurait-il envie de dépoussiérer son institution ?

J'apprécie sa franchise, en tout cas. S'il est décontracté, Max n'en reste pas moins exigeant. Il ne lâche rien, me pousse. C'est difficile, mais ses conseils sont judicieux. Nous passons deux jours ensemble, je suis épuisée le soir quand je rentre, mais je me sens de plus en plus à l'aise avec les morceaux. La veille de l'arrivée d'Oslav, Max me propose d'aller boire un verre avec lui, pour relâcher la pression. J'accepte avec plaisir et je passe un bon moment en sa compagnie. Max sait non seulement me faire atteindre la perfection, mais il fait aussi un très bon coach. J'ai l'impression d'avoir un entraîneur en face de moi.

Je retrouve Oslav le lendemain avec plaisir. Son accueil est chaleureux, j'ai l'impression de revoir un vieil ami. Et comme je m'en doute, son emploi du temps est bien rempli. Nous ne perdons pas de temps, je joue ma partie et il semble très satisfait. L'entrée dans le studio m'impressionne, c'est une première pour moi. Max est venu nous écouter et me donner quelques derniers conseils. Et puis, la magie opère de nouveau : nous jouons avec simplicité et plaisir. Notre échange musical est toujours aussi fluide. Notre complicité est encore là et doit se lire dans nos yeux. Trouver une telle harmonie avec un musicien est tellement rare ! Nous jouons une deuxième fois, puis une troisième, et tout est « dans la boîte ». Oslav est ravi, je suis épuisée. Et déçue aussi, car nous n'avons pas le temps de déjeuner ensemble, un avion attend le célèbre violoniste pour un concert ce soir à Dallas.

M. Glen me félicite et me propose de prendre mon après-midi pour souffler un peu. Ce n'est pas de refus ! J'ai l'impression d'avoir vécu dans un autre monde ces derniers jours et j'apprécie de revenir à la réalité. Je regarde mon téléphone, je ne l'ai pas beaucoup utilisé ces derniers temps, sauf avec Adam, le soir, tard. J'ai un message sur mon répondeur, c'est Hayley Bergman, la journaliste, qui me propose de déjeuner avec elle. Je ne sais pas, j'hésite. Je n'ai plus de nouvelles d'elle depuis les derniers articles qu'elle a écrits sur Adam. Et à cause d'elle, j'ai failli le quitter pour une bête histoire de jalousie. Enfin, pas si bête que ça, Adam m'avait caché ces entrevues, j'avais mes raisons d'être jalouse ! Mais j'accepte le déjeuner ; avant cet incident, Hayley m'avait laissé une bonne impression.

C'est peut-être l'occasion de faire plus ample connaissance ?

Hayley est déjà attablée quand je la rejoins. Elle m'accueille avec un grand sourire communicatif. La jeune femme est toujours aussi pétillante.

– Éléa, je suis contente de vous revoir, me dit-elle en s'asseyant. Merci d'avoir accepté mon invitation.

– Merci à vous, je sors de quelques jours intenses et ça me fait du bien de revoir du monde, avoué-je.

– L'album avec Oslav Kievsky ? me demande-t-elle avec un clin d'œil complice.

– Comment savez-vous ? On vient juste d'enregistrer.

– L'attachée de presse communique déjà sur le sujet. Et puis, tout le monde a entendu parler de vous et d'Oslav à la soirée de Lorraine Hill.

– Oh ! je vois… Je ne pensais pas que ça irait aussi vite.

– Avec l'arrivée du Philharmonique à San Francisco, l'actualité culturelle s'est un peu réveillée. Vous êtes en plus la compagne du milliardaire Adam Ritcher, on a beaucoup parlé de vous ces derniers temps, alors imaginez un peu…

– Moi qui apprécie plutôt la discrétion, c'est raté !

– Vous êtes le sujet du moment, un autre vous chassera, ne vous en faites pas !

– Eh bien, je suis impatiente !

La discussion se poursuit, entrecoupée par l'arrivée de nos plats. Je trouve cette Hayley simple, drôle, curieuse mais pas intrusive malgré son métier de journaliste. Elle n'est pas intéressée, elle ne se sert pas de moi parce que je suis la compagne d'un des grands milliardaires des États-Unis, elle ne cherche pas le scoop, elle est là, devant moi, à discuter de tout et de rien. Et je commence à vraiment l'apprécier. Elle se livre même, me parle de son amoureux, journaliste lui aussi et souvent en reportage. Le déjeuner s'achève dans la bonne humeur. Soudain, une idée me vient à l'esprit. Je sais qu'Adam est toujours hésitant à son sujet et qu'il ne sait pas si elle est sincère avec nous ou pas. Le moment que je viens de vivre avec elle me laisse croire qu'elle l'est, mais je connais quelqu'un qui le confirmera ou non : Claire. Ma coloc a toujours eu un sixième sens pour ça. Je propose à Hayley de venir à la maison ce soir pour un dîner totalement improvisé. Je sais que Claire sera disponible si je lui donne des explications, et elle apprécie toujours une soirée entre filles.

Le dîner n'est pas si improvisé que ça puisque je passe mon après-midi en cuisine. Avoir une activité manuelle me fait du bien et je remarque que je n'ai pas cuisiné depuis fort longtemps. J'avais perdu le plaisir de goûter, d'assaisonner et de mélanger les saveurs entre elles. J'ai invité Adam mais il a dû décliner, un rendez-vous le retient tard ce soir, mais il a promis de passer après. Je crois qu'il est soulagé que je m'intéresse à Hayley. Il m'a dit se fier totalement à mon avis sur la jeune femme.

J'ai intérêt à ne pas me tromper !

Hayley est ponctuelle et apporte même une bouteille de vin. Claire apprécie le geste et s'empresse de nous servir. Ma coloc enquête, l'air de rien, et fait beaucoup parler Hayley, à tel point qu'elles se sont trouvé des points communs. En cuisine, au moment de préparer le dessert, Claire me rejoint :

– Je la sens bien, murmure-t-elle pour ne pas être entendue par Hayley.

– Je crois aussi, elle a l'air… normale, soufflé-je.

C'est sur cette note positive qu'Hayley nous quitte après le dîner. Nous débriefons avec Claire dans le canapé en terminant la bouteille de vin. Adam sonne à la porte, il a tenu sa promesse. Claire s'éclipse.

Adam se laisse tomber dans le canapé, où je le rejoins avec un verre. Nous ne nous sommes pas beaucoup vus ces deux derniers jours et j'éprouve une irrépressible envie de m'occuper de lui. Je m'en veux de l'avoir délaissé, moi qui lui avais promis d'être toujours là…

– Je vais avoir plus de temps pour toi maintenant, lui dis-je en m'installant à côté de lui.

– Tu ne dois pas oublier ta carrière non plus, ce que tu viens de vivre est tellement intéressant pour toi.

Nous nous embrassons, délicatement.

– Est-ce que tu as eu du nouveau, sur ton père ?

– L'avocat est dessus mais il m'a dit avoir des difficultés.

– Comment ça ?

– A priori, les papiers de mon père sont assez… difficiles d'accès. Et surtout, certains documents manquent, il faut qu'il fasse des demandes auprès de confrères. J'ai l'impression que nous approchons d'un point sensible.

Nous restons silencieux. Est-ce que quelqu'un cherche à

soustraire ces papiers ? Pourquoi est-ce que l'un des avocats de la famille a tant de mal à réunir les documents ? Est-ce que le terrain est glissant ? Est-ce que mon doux Adam pourrait découvrir d'autres éléments étranges ?

Mais qui êtes-vous donc, Howard Hill ? Et surtout, qu'avez-vous fait ?

II

PAPARAZZI

6
PHOTOS TROUBLANTES

Mon esprit est d'humeur vagabonde ce matin. Adam vient de partir et Claire a décidé de prendre le petit déjeuner avec mon frère. Depuis que Ryan a emménagé dans son nouvel appartement, quittant New York pour San Francisco, ma colocataire et amie a besoin de le voir très régulièrement.

Ah là là, ces jeunes couples !

J'avoue, j'éprouve toujours le besoin de voir Adam le plus souvent possible, d'être avec lui, dans ses bras.

Adam...

Quand je l'ai rencontré au Presidio Golf Club, derrière le bar, j'étais loin de m'imaginer le lourd passé qu'il porte aujourd'hui. On pense les milliardaires heureux, à l'abri de tout. Mais tout ceci n'est que matériel. Si Adam avait pu choisir entre une vie entourée de proches aimants, une vie sans mensonges, sans menaces, et sa vie actuelle avec sa fortune, je ne suis pas sûre qu'il aurait opté pour ses milliards de dollars.

Adam n'a jamais eu l'occasion de revenir sur son passé, jusqu'à ce qu'il comprenne qu'il avait été trompé par les dires de Lorraine. Elle a menti, caché la vérité ; pire, elle a organisé des coups diaboliques pour nous séparer. À trop vouloir s'en prendre à nous, elle a semé le doute dans l'esprit de son neveu. En faisant des recherches sur son enfance, Adam vient de découvrir que son père ne l'avait jamais abandonné. Au contraire, il s'était occupé de sa mère et de lui, à Riverton, dans le Wyoming, il subvenait de loin à leurs besoins. Mais pourquoi à distance ? Pourquoi ne pas avoir vécu avec eux ? Et pourquoi, quand sa mère est décédée, Adam n'est-il pas allé vivre chez son père, ici, à San Francisco ? Pourquoi Lorraine a-t-elle été nommée tutrice légale ? Tant de questions tournoient en ce moment dans la tête d'Adam, tant de questions dont les réponses semblent compliquées à obtenir.

Le passé d'Adam est bien gardé. Mais il en sait déjà trop pour s'arrêter maintenant. Je sais qu'il continuera à chercher, même si déterrer le passé semble de ne pas plaire à Lorraine. Ses menaces se multiplient. Le passage à tabac d'Adam à Riverton, les tentatives de manipulation des médias, les fausses accusations, l'incendie de notre maison, à Claire et moi… Tous ces incidents nous ramènent à Lorraine, mais sans preuves tangibles pour nous permettre de l'arrêter. Pourtant Paul, avant de se suicider, m'a avoué les plans de sa mère.

Enfin, sa mère… Pauvre Paul.

Apprendre que Lorraine n'était finalement que sa belle-mère, qu'à lui aussi on a menti toute une vie, a été trop lourd à supporter. Le cousin d'Adam a précipité sa voiture dans un ravin… La famille Hill multiplie les zones d'ombre. Pourquoi tous ces secrets ?

Je soupire profondément.

Si seulement il était possible de se débarrasser de toutes ces complications ! Nous pourrions connaître Adam et moi une relation de couple simple – mais intense –, comme celle de Ryan et Claire…

La sonnerie de mon téléphone me sort de mes pensées. J'ai programmé une alarme pour me rappeler que les répétitions au Philharmonique débutent plus tôt. Terminée, l'époque de l'adaptation, des ajustements entre musiciens, il est temps désormais de prendre le rythme de deux concerts par semaine. J'attrape mon violon, mon magnifique stradivarius, et file retrouver mes gardes du corps. Depuis le jour où nous avons été suivis, mon frère et moi, et que nous avons failli être renversés, Adam tient à ce que je sois surveillée de près. Et pour une fois, j'avoue que je ne suis pas mécontente de laisser ces deux professionnels s'occuper de cette partie-là de mon quotidien : entre les recherches d'Adam et la musique qui m'occupe de plus en plus, je n'ai plus la tête à faire attention. J'ai toujours le droit de prendre ma voiture, mais en compagnie de l'un de mes bons Samaritains. Le second suit derrière dans sa voiture et vérifie nos arrières.

Vivement que tout ceci s'arrête !

– Éléa, changement de programme pour le prochain concert. Je t'ai mis une nouvelle partition dans ton casier. On répète en début d'après-midi ! m'interpelle Max alors que je viens à peine de franchir la porte du conservatoire.

À quoi reconnaît-on l'effervescence du nouveau rythme ? On ne se dit plus bonjour !

Je n'en veux pas à Max, il va toujours à l'essentiel. Je commence à bien le connaître maintenant. Le nouveau répétiteur fraîchement engagé par le Philharmonique a fait ses preuves au moment où j'ai dû enregistrer deux morceaux avec Oslav Kievsky pour son nouvel album. Max est très pro, il a une approche très moderne de la musique. Il dépoussière un peu le Philharmonique, et son énergie est communicative.

Je rejoins mes collègues violonistes dans notre salle de répétition. L'entente est parfaite, il n'y a pas du tout de jalousie entre nous. Personne ne joue la vedette, et nous apprenons beaucoup les uns des autres.

Pourvu que ça dure !

Nous bavardons, délaissant la musique un instant. Et

forcément, M. Glen choisit ce moment pour venir nous parler. Le secrétaire du Philharmonique, le super-intendant en quelque sorte, celui qui s'occupe de tout, et s'inquiète de tout est, comme souvent, sous pression.

– Je vois que vous n'avez pas encore commencé à répéter ! C'est important de bien vous entendre, mais ce n'est pas en bavardant que vous séduirez le public sur scène ! nous apostrophe M. Glen en se plaçant au centre de la pièce.

Comme des élèves pris en faute par notre professeur, nous regardons nos pieds.

– Maintenant que ceci est dit, passons à l'organisation de nos concerts de cette semaine. Éléa, vous prendrez la place de premier violon. Max viendra vous voir pour répéter en détail vos passages. Pour que chacun puisse tour à tour s'essayer à cet exercice, la place d'Éléa ne sera pas définitive. Avec la publicité qu'elle nous a apportée récemment avec Oslav Kievsky, le Philharmonique a décidé de la mettre en avant pour un certain nombre de concerts. Bien sûr, nous choisirons plus tard un second premier violon, et nous ajusterons vos places en fonction de vos qualités.

Premier violon… C'est un privilège pour moi, j'ai tenu cette place au premier concert du Philharmonique à San Francisco, je ne pensais pas la conserver. J'espère que tout ce bruit autour de moi ne va pas m'attirer les foudres de mes collègues…

Je n'ai pas besoin de ça en ce moment.

– Si vous avez la moindre question, n'hésitez pas à venir me voir dans mon bureau. En attendant, vous avez vos partitions, vous pouvez vous mettre au travail. Et n'oubliez pas, nous attendons de vous l'excellence ! conclut M. Glen en nous quittant.

Mes collègues me félicitent, certains plus que d'autres, il est vrai.

J'ai hâte qu'un autre prenne ma place pour que je ne sois plus au centre de l'attention !

Les répétitions débutent dans la bonne humeur, puis très vite, nous sommes tous happés par la concentration. En plus de répéter ensemble, nous devons, chacun de notre côté, nous entraîner personnellement sur les passages qui nous posent problème. Les répétiteurs ont l'ouïe fine et savent détecter chez nous ce qui ne va pas. Max est entré et il s'occupe de tous les violonistes.

Notre séance privée se passe comme pour les répétitions de l'album : Max est exigeant, ne lâche rien et me fait recommencer encore et encore. S'il est dur, il n'en reste pas moins sympathique. Nous nous entendons vraiment bien.

Il faudrait que je le présente à Adam !

Les heures passent vite et c'est tard que je sors du conservatoire. Adam m'a laissé un message, me proposant de le rejoindre dans sa suite au Mandarin.

Il doit déjà m'y attendre depuis longtemps…

Mes gardes du corps sont toujours là. Mon emploi du temps chargé doit aussi jouer sur leur vie personnelle. Une dizaine de minutes plus tard, je frappe à la porte de la magnifique suite, un peu essoufflée et fatiguée après une grosse journée de répétition.

– J'ai cru que tu m'avais oublié, dit Adam en m'ouvrant la porte.

Mon amoureux m'accueille tout de même à bras ouverts. Il sent le frais, le savon, il a eu le temps de prendre une douche et d'enfiler un jean et un tee-shirt décontractés.

– Je suis désolée, je n'ai pas vu ton message. On répète depuis ce matin et avec Max, on n'a pas du tout vu le temps passer, dis-je en me serrant contre lui.
– Max, le nouveau répétiteur ? Tu passes plus de temps avec lui qu'avec moi ces derniers temps…

Est-ce une pointe de jalousie que j'entends ?

Je regarde Adam dans les yeux, il a l'air un peu contrarié.

– Oui, c'est lui. C'est vrai, on travaille beaucoup ensemble… J'ai été choisie pour être le premier violon pour les prochains concerts et du coup, c'est lui qui me fait répéter, ajouté-je doucement.

– Je te taquine mon ange, répond Adam avec un large sourire. Je sais ce que c'est d'être accaparé par son travail. Chacun son tour ! Premier violon, belle performance !

– C'est un peu grâce à toi… Le Philharmonique profite de ma rencontre avec Oslav pour attirer les foules.

– Ciel, j'ai causé ma perte ! déclame Adam avec une posture très théâtrale.

Nous rions. Je pose mes affaires. Dans un coin de la suite, le dîner, sous cloche, nous attend. Adam surprend mon regard vers la table et explique :

– Ma journée a été longue, je préfère qu'on dîne ici, au calme.

– Tu as bien fait. Je meurs de faim !

Les déjeuners pris sur le pouce vont avoir raison de mes kilos en trop !

Adam est prévenant, attentionné. Je le lui fais remarquer :

– Attention, je vais m'habituer à tes petites attentions, je vais rentrer tard plus souvent !

– J'aime m'occuper de toi, mon ange. Et à ta mine fatiguée, il me semble que tu en as bien besoin, glisse-t-il avec un sourire charmeur. Et puis, il faut bien que je te donne envie de me retrouver après toutes ces heures passées avec ce Max !

Je sais qu'il me taquine, mais il fait une fixation quand même !

– Tu n'as rien à craindre de Max, on s'entend très bien, mais c'est tout. D'ailleurs, j'aimerais bien te le présenter un jour, je suis sûre qu'il te plairait aussi !

– Bonne idée, je lui montrerai qu'il n'a aucune chance avec toi !

– Adam !

– Il faut partir sur des bases saines pour débuter toute relation amicale, continue de plaisanter Adam.

Adam est jaloux...

Je suis flattée. Le dîner se termine agréablement. Adam me glisse tout de même qu'il n'a pas eu de nouvelles de son avocat, Maître Bruger, chargé de réunir les informations sur son père. Il me reste assez de force pour entraîner Adam dans la chambre. Je tiens à lui montrer qu'il reste l'homme de tous mes fantasmes. Son regard s'allume et attise encore plus mes desseins enflammés pour la nuit.

Retour au conservatoire pour une nouvelle journée de répétition. Je pense avoir suffisamment rassuré Adam pour qu'il n'ait plus à s'inquiéter de Max, ni de quiconque d'ailleurs... Et je lui ai promis de dîner avec lui ce soir, dans un restaurant qu'il souhaite me faire découvrir. Je retrouve Max avec plaisir. Je repense aux paroles d'Adam. J'apprécie le nouveau répétiteur, mais c'est réellement sans arrière-pensée. Il a beau être charmant avec son physique de surfeur australien, je ne suis pas attirée par lui. Et je pense que la réciproque est vraie. Et puis, je me sens tellement progresser en sa compagnie !

M. Glen nous rejoint dans notre petite salle de répétition pour faire le point avec Max. Il me laisse finir mon morceau et m'écoute très attentivement. De temps en temps, je surprends un échange de regards approbateurs entre les deux hommes.

– Vraiment Éléa, votre musique a évolué ces dernières semaines, constate le secrétaire du Philharmonique. Vous avez gagné en profondeur dans votre interprétation et en technique.

– Merci, monsieur Glen, soufflé-je en rougissant. Je suis bien entourée.

– Je ne suis pas sûr qu'Éléa soit encore au sommet de son art, intervient Max avec son éternel franc-parler, mais en tout cas, elle en prend le chemin. Je suis très curieux de savoir jusqu'où son talent peut l'entraîner, ajoute-t-il en se tournant vers M. Glen.

– Loin, j'espère, conclut M. Glen en nous laissant, reprenant sans doute sa ronde dans les couloirs qui dessert les salles de répétition.

– C'est gentil, dis-je à Max une fois M. Glen parti. Depuis que j'ai joué avec Oslav, j'ai l'impression d'avoir franchi une étape.

– Les bons musiciens se nourrissent de leurs rencontres, Éléa. Tu as un bon potentiel, une belle technique, il te faut juste de l'inspiration pour évoluer. Tiens, ça me fait penser ! Il y a une projection ce soir très intéressante sur la musique, tu comprendras mieux ce que je veux te dire en la voyant. Tu m'accompagnes ?

– Ce soir ? J'ai déjà quelque chose de prévu...

– Annule, tu verras, c'est vraiment très instructif et elle ne passera plus après, insiste Max. Tu dois la voir, ça fait aussi partie de ton apprentissage de voir ce genre de documentaire.

Mais que va dire Adam ?

En même temps, ce type de projection dédiée à la musique est tellement rare...

Je suis sûre qu'il comprendra.

– OK, je te suis, finis-je par accepter.

– Super. On répète et on y va directement après.

Pendant une pause, j'envoie un SMS à Adam. J'ai le ventre serré, je n'aime pas annuler au dernier moment comme ça, mais l'occasion ne se présentera pas de sitôt...

J'espère que ça ne va pas attiser sa jalousie.

[Je suis désolée, je dois annuler notre dîner. Il y a une projection ce soir sur la musique, j'aimerais la voir. Max m'accompagne. On se voit demain ? Bisous.]

La réponse arrive en début de soirée, au moment où nous nous apprêtons, Max et moi, à nous mettre en route.

[Ce Max est décidément très présent ! Je vais en profiter pour travailler tard. Fais attention à toi, mon ange.]

Il faut vraiment que je présente Max à Adam, ça enlèvera toute ambiguïté !

En dehors du Philharmonique, Max se montre tout aussi agréable. Impossible de nier que nous sommes complices. Et il avait raison, la projection soulève de très nombreux points intéressants. Pour que ma musique évolue, je dois m'ouvrir au monde qui m'entoure. C'est vrai que ces derniers temps, je n'ai pas eu le temps de m'intéresser à autre chose qu'aux événements de ma vie… Max m'invite à boire un dernier verre. J'accepte volontiers pour pouvoir continuer d'en discuter avec lui. C'est tard que mes gardes du corps me ramènent chez moi. Ils ont été discrets, Max ne les a pas remarqués. Tant mieux, je n'ai pas envie d'étaler ma vie privée.

Alors que je raconte ma soirée à Claire devant le petit déjeuner, on frappe à la porte. La force des coups nous surprend, et nous échangeons un regard interrogateur.

Qui peut frapper aussi fort que ça ?

Je laisse Claire aller ouvrir. Je reconnais la voix, froide, cinglante, d'Adam. Il apparaît aussitôt dans le salon, la mine visiblement très contrariée. Je jette un regard à Claire qui hausse les épaules, étonnée elle aussi de le voir dans cet état.

– Adam ? Qu'est-ce qu'il y a ? lui demandé-je aussitôt.

– Tu peux m'expliquer ça ?! lance-t-il, le regard glacial, en jetant sur la table une grande enveloppe de papier kraft.

Jamais Adam ne s'est adressé à moi de cette façon. Son regard me glace. Je ne comprends rien à son attitude. J'attrape l'enveloppe, elle contient des photos et là, je suis horrifiée. Claire me rejoint et regarde par-dessus mon épaule. Une par une, je passe les photos et ce que je vois me fait chaque fois tomber des nues. On m'y voit en compagnie de Max, au bar hier soir, devant le Philharmonique. C'est affreux, on croirait que nous sommes ensemble, qu'on se tient la main sur certaines, qu'on va s'embrasser sur d'autres, que nous avons des gestes tendres l'un envers l'autre… Le montage est soigné. Je sais que Max et moi n'avons rien fait, que ces photos sont truquées. Mes yeux se portent sur Adam, qui m'observe toujours aussi froidement.

Oh ! mon Dieu, est-ce qu'il croit que je l'ai trompé ?

– Ces photos sont truquées, dis-je, la gorge serrée.
– Et comment est-ce que je te crois ! Vous avez tout de même l'air très proches ! explose-t-il.

Adam doute de moi ?!

– Comment est-ce que tu me crois ! En me faisant confiance pour commencer, réponds-je à mon tour, sentant la colère monter.
– Je vais vous laisser, glisse Claire en s'éclipsant.
– Vous passez beaucoup de temps ensemble, et maintenant,

ces photos ! Drôle de coïncidence, tu ne trouves pas ? continue Adam sur le même ton.

Je n'en crois pas mes oreilles, Adam ne me fait pas confiance à ce point ? Il a vraiment des doutes ? Il me connaît aussi mal que ça ? Je croyais pourtant que nous n'en étions plus là…

J'explose à mon tour :

– Mais je rêve ! Tu ne me fais vraiment pas confiance ? Quand je te dis que tu n'as rien à craindre, tu ne me crois pas en fait ! Quand je te dis que ces photos sont truquées, tu crois que je te mens ? ! Je pensais que tu me connaissais un peu mieux que ça, Adam ! Et ce n'est pas la première fois qu'on cherche à nous séparer ! Ce n'est pas comme si c'était nouveau.

Le sang bat à mes tempes, je suis hors de moi devant ces photos.

– Alors quand on raconte tout et n'importe quoi sur toi, je dois te faire confiance ! continué-je. Quand il s'agit de moi, tu doutes tout de suite ? On cherche encore à nous atteindre et toi tu tombes dedans ! Tu arrives ici, avec ton opinion toute faite, comme si c'était évident que je te trompe ! Pince-moi, je rêve. On cherche encore à nous nuire, à nous séparer ! Ça ne va donc jamais s'arrêter ?

Je m'arrête, une idée vient de me traverser l'esprit. Et si

c'était Max qui était derrière tout ça, et si c'était lui qui avait cherché à provoquer ces moments passés à deux pour faire ces photos ?

– J'en ai marre, on cherche encore à me traîner dans la boue. Je vais aller voir Max, je vais lui demander s'il est derrière tout ça. Si c'est lui, hors de question que je continue à travailler avec lui, sûrement pas non ! Et toi, dis-je en me retournant vers Adam, si tu crois ça, eh bien, c'est fini entre nous, si c'est là toute la confiance que tu as en moi, ça ne sert à rien de continuer !

Je reprends mon souffle, je dois être rouge de colère. Je dois même ressembler à une furie. Je regarde Adam, je m'attends à ce qu'il parte en claquant la porte. Au lieu de ça, son regard s'adoucit. Il contourne la table, s'approche de moi et essaie de m'attirer à lui. Je refuse ce contact, je le défie du regard. Je suis en colère.

Ce manque de confiance…

– Mon ange, excuse-moi, dit-il d'une voix douce. Je suis désolé, tu as raison, je suis tombé dans le piège. Je te fais confiance, je t'assure, mais… Je crois que je suis un peu jaloux. Tu passes tellement de temps avec ce Max, et hier soir, quand tu as annulé… Pardonne-moi mon ange, j'ai eu tort.

Il essaie de m'attirer à lui une nouvelle fois. Je me laisse faire. Je ne veux pas la guerre, mais Adam m'a blessée. Et ces photos…

– J'ai eu peur de te perdre, poursuit-il. J'ai tellement peur que tu te lasses de cette vie compliquée, de toutes ces menaces… J'ai imaginé que…

– Adam, c'est toi que j'aime, et je n'ai pas l'intention de te quitter parce que ta vie est chaotique, lui rétorqué-je en le regardant droit dans les yeux. Tu dois me faire confiance, tu dois savoir que je veux être à tes côtés. Et ne jamais douter de moi.

Le regard d'Adam s'est troublé et brille d'une autre intensité.

– Je tiens tellement à toi, mon ange…

– Moi aussi, lui réponds-je en lui offrant le baiser de la réconciliation.

Claire nous laisse un peu de temps avant de sortir de sa chambre. Adam se reprend et s'énerve de nouveau. Si je ne le tempère pas, il serait capable d'aller voir Max et de le malmener avec ces photos. Mais rien ne prouve qu'il soit à l'origine de ces clichés. Je décide de m'occuper de ça ; après tout, c'est moi qu'on traîne encore dans la boue. Adam me dépose au conservatoire, frustré, mais compréhensif. Pour se faire pardonner, il réitère son invitation de la veille et me fait promettre de ne pas annuler cette fois.

Au Philharmonique, aucune trace de Max. M. Glen vient m'informer qu'il ne viendra pas aujourd'hui, sans plus d'explications. Cette absence tombe juste après les photos. Et s'il avait été payé juste pour se rapprocher de moi ? Je ne peux pas m'empêcher d'avoir un pincement au cœur. Max avait l'être d'être quelqu'un de bien, il m'a tellement apporté, est-ce qu'il est vraiment mêlé à tout ça ? Si seulement son absence était une simple coïncidence…

La journée passe lentement et je ne mets pas beaucoup de passion dans ce que je joue. Pour autant, je ne quitte pas le conservatoire plus tôt. Nous sortons tard et je rejoins aussitôt Adam au restaurant. Le lieu est très select, chaque table jouit d'une véritable intimité et d'un serveur personnel. Adam m'y accueille avec un verre de Puligny-Montrachet alors que le serveur pousse ma chaise avec délicatesse. Après une gorgée de ce nectar exceptionnel, j'apprends à Adam que Max n'est pas venu travailler aujourd'hui. À ses yeux, c'est un très mauvais point pour le répétiteur. Nous essayons de parler d'autre chose, d'oublier notre dispute matinale, quand soudain, à une table plus éloignée, j'aperçois Max qui s'installe, accompagné d'un autre homme.

– Max vient d'entrer ! m'exclamé-je.

– Où ça ? demande Adam en se retournant sans discrétion.

– Ne bouge pas, je vais le saluer. On va voir sa réaction, dis-je en me levant.

Mon cœur s'emballe mais je veux être fixée. Croiser Max dans le même restaurant que nous est un signe du destin. Je vais savoir tout de suite s'il est impliqué ou non !

– Max, quelle surprise, tu nous as manqué aujourd'hui, fais-je, enjouée, en arrivant à sa table.

D'abord surpris, Max se lève, souriant :

– Éléa ! s'exclame Max. Je te présente Alan, mon mari. Nous nous sommes mariés ce matin !

Max est gay ? Il s'est marié ? Adam n'a vraiment rien à craindre ! Mais alors, les photos ?

– Félicitations ! Tu avais effectivement mieux à faire que de venir au conservatoire !

Je suis sincèrement ravie pour Max et son compagnon. Ils sont visiblement très heureux. Alan me sourit aussi. Mes soupçons s'envolent, Max ne peut pas être à l'origine de ces photos…

– Je ne vais pas vous déranger alors, je voulais juste te saluer, m'empressé-je de dire.
– Tu ne veux pas dîner avec nous ? me demande Max. Nous serons ravis de partager notre bonheur !
– Je ne suis pas toute seule, Adam est avec moi et…
– Raison de plus ! Nous ferons connaissance avec le célèbre et magnifique Adam Ritcher, sourit Max.

Je regarde Alan, qui acquiesce.

C'est vrai, c'est l'occasion !

Je rejoins Adam pour le prévenir. Il accepte avec plaisir de dîner avec Max et Alan, surtout quand je lui apprends que nous fêtons leur mariage. D'abord surpris, Adam sourit et rit de sa récente jalousie. Notre serveur s'empresse d'ajouter deux nouveaux couverts à notre table et Adam commande à présent une bouteille de Romanée-Conti. La rencontre se fait naturellement, les nouveaux mariés ont la discussion facile. Adam et Max s'entendent rapidement, Alan se montre un peu plus discret, mais néanmoins présent dans les échanges. De confidence en confidence, nous abordons le sujet délicat des photos. Adam avoue à Max avoir été jaloux de lui, ce qui provoque des rires autour de la table. Mon répétiteur est curieux de voir les clichés, Alan aussi. Adam ne les a pas sur lui, mais il les a photographiés ce matin avec son téléphone. Les photos tournent, Alan et Max sont d'abord surpris, puis choqués un court instant. Je leur explique rapidement qu'Adam et moi sommes facilement la cible des paparazzis et que nous ne sommes pas étonnés de voir ce genre de photos.

Pas besoin d'entrer dans le détail.

Max finit par trouver ça très drôle, plaisante sur « le nouveau couple du Philharmonique » que nous formons lui et moi.

Je suis rassurée. Mon impression sur Max reste la bonne. Il n'est pas à l'origine de tout ça. Mais alors qui ? Lorraine ?

7
VISITE SURPRISE

Mon amitié naissante avec Max se confirme. Je suis sans doute l'une des rares au Philharmonique à avoir connaissance de son mariage, et cette connivence renforce nos liens. Ce n'est pas pour autant que mon répétiteur relâche son niveau d'exigence. Bien au contraire. Il me l'a encore répété hier soir au cours du dîner, il tient à développer mon potentiel, à m'aider à m'élever encore plus haut. Autant dire que les répétitions me malmènent, mais j'en suis ravie. Il n'y a que de cette façon que je peux progresser. Pendant la pause, j'attrape mon téléphone. Je vois qu'Adam m'a laissé un message.

[J'ai du nouveau sur mon père. Peux-tu venir déjeuner avec moi ?]

Ça y est, nous y sommes.

Adam attendait ce moment avec impatience. Je m'empresse de lui répondre.

[Je serai là dans une heure.]

J'ai très envie de me rendre tout de suite auprès d'Adam, de savoir ce qu'a pu trouver l'avocat, mais je dois répéter un passage commun avec les autres violonistes. J'ai les yeux rivés sur l'horloge, et quand Max annonce qu'il est temps de faire une pause, je rassemble mes affaires très rapidement, salue tout le monde et file à ma voiture.

Dans le hall des bureaux d'Adam, je connais désormais bien le chemin. Il me faut peu de temps pour arriver à sa porte et y frapper quelques coups discrets. Je glisse ma tête et aperçois Adam, à son bureau, plongé sur des documents. Il ne m'a pas entendue.

– Je peux entrer ? demandé-je doucement.

Adam lève brusquement la tête et son visage s'éclaire quand il m'aperçoit. Il se lève et vient à ma rencontre.

– Mon ange, je ne t'ai pas entendue. Je suis dans les documents que m'a remis ce matin l'avocat, dit-il en m'embrassant.

Ses lèvres sont chaudes et humides, son baiser est tendre. Il m'attrape par la main et m'invite à m'asseoir sur le canapé. Il retourne à son bureau, rassemble les papiers et vient les poser sur la petite table face à moi. Il s'assied alors à mes côtés, visiblement très las.

– Bruger a pu réunir beaucoup de documents propres à mon père. Il y a tout ce qui se rapporte à la création de son industrie pharmaceutique. L'avocat n'a rien vu d'étrange, tout est en règle, signé par les trois associés.

– Tu as appris quelque chose avec tout ça ? demandé-je en désignant le tas de papiers sur la table.

– Je sais que mon père était le propriétaire de la maison où nous avons vécu, ma mère et moi, à Riverton. Il y a l'acte de propriété. Mon père l'a achetée cash et l'a mise au nom de ma mère.

– Ton père avait pensé à tout, soufflé-je.

– Oui. Il a largement contribué à notre installation là-bas. Et j'ai aussi la preuve qu'il avait ouvert un compte au nom de Leslie Ritcher avec une somme très importante. Avec ça, nous étions à l'abri de tout.

Adam devient pensif. L'implication de son père dans leur vie, à sa mère et lui, est désormais indéniable.

– Le révérend Gate avait donc raison quand il disait que ta mère et toi viviez bien. Ton père subvenait à tous vos besoins…

– J'ai cru pendant des années que mes parents n'avaient pas été à la hauteur et là, c'est tout le contraire…

– Je pense qu'il faut se rendre à l'évidence, Lorraine a bercé ta vie de mensonges. Tu grandis avec ta tante, elle te fait croire que ta mère est mauvaise, qu'elle a coupé les ponts avec ton père, qu'il ne savait pas où vous étiez… Il devient le grand absent de ta vie et tu imagines qu'il n'a jamais cherché à s'occuper de vous. Lorraine a arrangé la réalité à sa façon, j'en suis de plus en plus persuadée !

– Ma mère était quelqu'un de bien et mon père savait exactement où nous vivions puisque c'est lui qui a acheté notre maison. Mes parents s'aimaient toujours. L'inscription sur la tombe de ma mère, tu t'en souviens ? « À toi pour l'éternité »... Et le révérend qui voyait ma mère triste quand elle parlait de lui. Lorraine a noirci le tableau, m'a monté contre mes propres parents. Et elle a réussi puisque je n'ai jamais posé de questions à leur sujet. Mais comment ai-je pu être aussi bête ! s'emporte Adam en tapant la table du poing.

Je porte ma main à son épaule.

– Tu n'avais pas de raisons de chercher à croire le contraire, tenté-je de le rassurer. Tu as toujours cru que Lorraine était quelqu'un de bien, et c'est normal, c'est elle qui s'est occupée de toi après la mort de ta mère... Si elle n'avait pas commencé à nous séparer, si elle ne t'était pas apparue sous un autre jour, tu n'aurais pas remis en question votre relation.

– J'ai l'impression d'avoir été manipulé, comme Paul ! grince Adam sur un ton amer.

– Tu as pris les choses en main maintenant, et c'est tout ce qui compte, dis-je en essayant de me montrer convaincante.

– Je dois savoir pourquoi mes parents ne vivaient pas ensemble. J'ai le sentiment que quelque chose les en empêchait, mais quoi ? Je suis déterminé à connaître le fin mot de toute cette histoire, et Lorraine ferait mieux de se méfier, ajoute Adam, convaincu.

Moi aussi, j'aimerais savoir pourquoi. Qu'on arrive enfin à faire toute la lumière sur cette histoire. Qu'on perce enfin à jour Lorraine, une bonne fois pour toutes !

– Tiens, dans la série des découvertes, j'ai appris que mon père était mort le même jour que mon oncle, continue Adam en me tendant un acte de décès.

– Et ça non plus tu ne le savais pas ? demandé-je, étonnée.

– Non. Quand Henry est mort, ça faisait tout juste un an que je vivais avec eux. J'avais 7 ans. Lorraine nous avait dit, à Paul et moi, qu'il avait eu un accident. Et comme nous étions trop petits, on nous a éloignés des funérailles. Je ne savais pas que mon père était avec lui. Lorraine m'a toujours dit qu'il était mort. En me disant ça, elle savait que je ne demanderais pas à le voir…

– Si ton père a vécu aussi longtemps après la mort de ta mère, alors pourquoi n'as-tu pas vécu avec lui ?

Adam me regarde, glisse les mains dans ses poches et fait quelques pas, tout à sa réflexion.

– Tu sais, j'ai découvert que mon père vivait encore après la mort de ma mère en voyant l'inscription sur sa tombe. Aujourd'hui, j'apprends qu'il vivait toujours pendant ma première année à San Francisco… Je me pose les mêmes questions que toi, observe Adam en se rejetant en arrière dans le canapé.

– Lorraine a construit un mur autour de toi, ce n'est pas possible, fais-je. Et c'est tout ce que l'avocat t'a rapporté ?

– Oui. Pour le moment. Il continue de chercher et il me tient au courant s'il a du nouveau.

Le silence s'installe, nous emportant dans nos pensées.

Plus on avance et plus ça se complique.

– Je dois digérer toutes ces nouvelles informations et me dire qu'on progresse, reprend Adam en se levant. Nous avons des pistes à exploiter, nous n'avançons plus à l'aveugle. Il me tarde d'en savoir encore plus.

Je me lève à mon tour, Adam m'enlace.

– Moi aussi, dis-je dans un souffle.

Adam pose sa tête contre la mienne. De toutes mes forces, j'essaie de faire passer par ce contact un flot de bonnes ondes, d'énergie pour renverser la situation, que le ciel se dégage. Adam est déterminé à lever toutes les zones d'ombre sur son passé, je sais qu'il est capable de déplacer des montagnes s'il le faut.

– J'ai un coup de fil à passer, on déjeune après ? me demande-t-il après un court instant.
– Bien sûr, j'ai encore un peu de temps devant moi. Je peux utiliser ton ordinateur ?

J'ai une idée derrière la tête, ou plutôt une curiosité à assouvir.

Adam acquiesce en prenant son téléphone. Je m'installe à son bureau, derrière l'écran. Sur le moteur de recherche de l'ordinateur je tape le nom de Howard Hill. Une photo de lui apparaît, je clique pour l'agrandir. J'observe les moindres traits de son visage. L'homme sur le cliché doit avoir moins de 40 ans, il porte la barbe, et quelques rides sillonnent son visage. Son expression est assez neutre, difficile à percer. Lui et Adam ont un air de famille, c'est incontestable. Je n'ai pas vu de photos de Leslie, mais Adam a hérité de son père sa mâchoire carrée et ses cheveux. Je regarde Howard droit dans les yeux.

Howard, que cachez-vous ?

Je survole les résultats, jusqu'à ce que je tombe sur une archive. Un vieil article de presse s'étale sous mes yeux, scanné avec plus ou moins de réussite. On y trouve une photo sombre, je plisse des yeux pour tenter de voir de quoi il s'agit. La légende vole à mon secours : « *Crash de l'hélicoptère* ». Je lis l'article :

« L'hélicoptère transportant Howard et Henry Hill a été retrouvé peu de temps après l'annonce de leur accident. L'enquête en cours fait état d'une défaillance technique. »

– Qu'est-ce que tu lis ? me demande Adam dans mon dos.

Je sursaute, je ne l'ai pas entendu s'approcher.

– J'ai fait des recherches sur ton père. Il est mort avec Henry, dans le même hélicoptère, réponds-je en lui montrant l'écran.

– Je savais pour l'accident d'hélicoptère de mon oncle, dit Adam d'une voix blanche. Mais je ne savais pas pour ça…

Adam blêmit à la lecture de l'article. Je ne l'ai jamais vu aussi troublé. Il baisse la tête, les yeux perdus. Cette nouvelle l'ébranle.

– Mais personne ne t'a jamais rien dit à ce sujet ? demandé-je doucement en lui caressant la main.

Adam tarde à me répondre, et finit par reprendre ses esprits.

– Tu sais, quand j'ai décidé de ne pas m'occuper des affaires de mon père, je me suis éloigné de son monde et des gens qui auraient pu le connaître. J'ai créé mon univers où toutes ses histoires n'avaient pas leur place. Et puis, chercher des infos sur le web, c'est à mes yeux donner du crédit à la rumeur. Je préfère consulter mes propres sources.

– Il y a aussi des photos de ton père, ajouté-je en revenant en arrière dans mes recherches.

– Ah, ça par contre, je sais à quoi ressemble mon père. J'ai vu des photos de lui dans les bureaux de leur société et…

– Oh ! regarde ! l'interromps-je. Une photo de Lorraine après les funérailles de son mari au bras d'Ambrose Carter ! « La veuve éplorée »… Cette scène m'est familière…

– Elle devait déjà jouer la comédie à l'époque, lâche Adam.

La sonnerie du téléphone de bureau nous interrompt. Adam décroche.

– Oui ?

– Ambrose Carter est là, monsieur Ritcher. Est-ce que je le fais entrer ?

Ambrose ?

Adam et moi échangeons un regard surpris.

– Faites-le patienter un peu.

Adam pose le combiné.

– Je me demande ce qu'il vient faire ici… Il ne vient jamais, s'interroge Adam à haute voix. Rangeons les papiers, il ne doit pas savoir.

Je ferme la page Internet et je pense même à effacer l'historique de navigation.

On ne sait jamais.

Adam réunit tous les papiers et range le dossier dans un tiroir de son bureau, fermé à clef. Un rapide tour d'horizon lui permet de constater que rien ne traîne. Rassuré, Adam ouvre la porte de son bureau et accueille Ambrose.

– Bonjour Ambrose, qu'est-ce qui vous amène ici ? lui demande Adam en le faisant entrer.

J'ai eu le temps de m'installer à nouveau dans le canapé.

Je me relève quand Ambrose Carter passe la porte. L'associé de Howard et Henry Hill, le dernier à s'occuper aujourd'hui de l'entreprise pharmaceutique avec Lorraine, ne cache pas son mouvement de recul en me voyant. Le petit homme austère pince les lèvres. Visiblement, il ne s'attendait pas à me voir ici. Adam remarque aussi sa réaction et fronce les sourcils.

Je n'ai pas cillé aux funérailles de Paul, je ne vais pas commencer maintenant !

Je plaque un sourire aimable sur mon visage et tends la main à Ambrose.

– Bonjour, monsieur Carter.

– Mademoiselle Haydensen, me répond, pincé, Ambrose, obligé de me saluer. Puis, se tournant vers Adam : Je passais dans le quartier et j'ai eu l'idée de venir te voir, Adam.

– Eh bien, installez-vous. Nous allions déjeuner, est-ce que vous voulez m'entretenir de quelque chose en particulier ? s'enquiert Adam en invitant Carter à prendre place dans un fauteuil.

Qu'est-ce qu'il vient faire là ? Je l'observe, attendant la suite.

– Je venais voir comment tu vivais le décès de Paul… C'est dramatique pour Lorraine, tu sais. Tu devrais l'appeler, ça lui ferait plaisir, commence Ambrose.

– J'ai eu beaucoup de travail, ces derniers temps, répond Adam sur un ton neutre.

Je sens Adam sur ses gardes.

– Ta société se porte bien, je suis content pour toi. Dommage que Paul n'ait pas eu ton talent pour les affaires, continue Ambrose sur le ton de la badinerie.

Mais bon sang, où veut-il en venir ?

– J'ai entendu dire que tu avais fait un voyage à Riverton il y a quelque temps ? poursuit Ambrose. Tu sais, ta tante est très peinée de savoir que tu fais des recherches sur ta mère. Paul qui décède, toi qui t'éloignes d'elle, elle se sent abandonnée.

Ah, on y est… Ambrose veut qu'Adam ait pitié de Lorraine ?

– Vous vous faites son porte-parole, Ambrose ? s'étonne Adam.

– Oh ! tu connais ta tante, elle est trop fière pour venir te voir. Mais au fond d'elle, elle a peur de te perdre, sourit l'ancien associé de son père avec un air faussement complice. Tu es un peu comme le dernier fils qui lui reste. Depuis que tu as rencontré…, ajoute-t-il en me désignant vaguement de la main, tu passes beaucoup moins de temps avec ta tante. C'est dommage, vous êtes désormais votre unique famille l'un pour l'autre.

– Éléa, s'empresse de préciser Adam. Ma famille s'agrandit de mon côté, Ambrose. Lorraine devrait être satisfaite de me voir heureux.

– Elle l'est, elle l'est, Adam, tente de le rassurer Ambrose.

Je suppose que… Éléa… peut comprendre aussi que tu passes du temps avec ta vraie famille.

Dans le rôle de diplomate, Ambrose fait un piètre acteur.

C'est si compliqué de prononcer mon nom sans mettre du dédain dans la voix ?

– Bien. Ambrose, dites à Lorraine que je ne l'oublie pas. Maintenant, si vous voulez bien nous excuser, nous avons, Éléa et moi, un emploi du temps très chargé, coupe Adam, pressé d'en finir.

– Bien sûr, je me sauve, j'ai moi aussi des rendez-vous, dit Ambrose en se levant. Appelle ta tante Adam, elle sera ravie de t'entendre. Et ça lui fera tellement de bien.

Ambrose ne prend même pas la peine de me saluer et quitte le bureau, presque poussé par Adam. Une fois la porte fermée, Adam explose :

– On aura tout vu. Il faudrait que j'aie pitié de ma tante maintenant ! Elle n'a pas eu pitié de moi quand elle a demandé à Paul de m'arrêter à Riverton et de me faire tabasser !

Je trouve ça un peu fort aussi. Lorraine ne se doute donc pas que nous sommes au courant de son petit complot. Elle ne sait pas que Paul m'a tout avoué avant de mourir, ni que nous savons qu'elle n'est pas sa vraie mère…

– Au moins, Lorraine ne se doute pas de tout ce que nous

savons à son sujet, interviens-je. Tu crois vraiment qu'Ambrose est venu pour te convaincre de revenir auprès d'elle ?

– Je ne sais pas ce qu'il est venu faire ici, son discours sonnait tellement faux ! Est-ce qu'ils jouent une nouvelle carte, tentent une nouvelle approche pour rétablir un lien entre nous ? Je pense qu'ils ne savent pas où j'en suis dans mes recherches et que ça les perturbe, voilà ce que je crois, reprend Adam.

– C'est sûr, Ambrose n'a pas le talent de comédien de Lorraine ! ajouté-je en pouffant. Tu as vu sa réaction quand il m'a vue ?

– Tout ceci m'écœure. Allons déjeuner. On a bien besoin de s'aérer l'esprit ! conclut Adam en m'entraînant par la main.

Ambrose et Lorraine restent au cœur de nos pensées, même si nous tentons de les en chasser. Je retourne au conservatoire, retrouve Max et les répétitions. Il me suffit de penser à Ambrose Carter, à son mépris à mon égard, pour mettre une nouvelle hargne dans ma volonté d'avancer et d'améliorer ma musique. J'imagine qu'en devenant une illustre violoniste, ce petit homme antipathique devra bien admettre que j'existe !

Je ne retrouve pas Adam ce soir. Nous aurions pourtant eu bien besoin d'une petite parenthèse sensuelle. À l'appart, Claire m'accueille avec le sourire.

– Éléa, j'ai eu une super idée, commence-t-elle.

– Ah, dis-moi tout…

– On va organiser notre pendaison de crémaillère ! Ça fait longtemps qu'on n'a pas organisé une petite fête, ça me manque.

– C'est vrai. Tu voudrais la faire quand ?

– Demain soir.

– Demain ?! Déjà !

– Après tu as tes concerts, tu ne seras plus dispo. Et pour peu qu'il nous arrive encore quelque chose, autant profiter du moment, non ?

C'est vrai, entre l'incendie et le voyage à Riverton, notre quotidien est souvent imprévisible…

– OK, tu as raison, admets-je. Mais tu es sûre que tout le monde sera disponible ?

– Oui, regarde, j'ai déjà fait une liste.

Claire m'entraîne dans son organisation. On ne pouvait pas mieux faire pour me changer les idées. Surtout que ma colocataire est un vrai tourbillon quand il s'agit de préparer une fête.

8
CONFIDENCES

Organiser une pendaison de crémaillère en moins de vingt-quatre heures, lancer les invitations, attendre les retours, faire les courses, préparer la maison, pousser les meubles et cuisiner, c'est un défi pour moi et un énorme plaisir pour Claire. Je la retrouve à l'heure du déjeuner, pour réaliser quelques achats et discuter de notre buffet. Adam m'a proposé de convier un traiteur. La solution nous aurait soulagées, mais ne nous aurait pas permis de nous retrouver, Claire et moi, pouffant comme des gamines dans les rayons, rayant nos listes, oubliant l'essentiel et ajoutant un peu de superflu. Nous avons envie de nous faire plaisir, d'officialiser cet appartement comme notre nouveau « chez-nous ». Nous avons fait le deuil de notre maison, partie en fumée. Paul est parti, emportant avec lui la vérité sur l'auteur de l'incendie. Terry Miller avait-il agi seul ou sur les ordres de Paul, ou de Lorraine ?

Saurons-nous un jour ?

Cette épreuve nous a rapprochées encore un peu plus, Claire et moi, elle nous a soudées. Heureusement que Max est compréhensif !

OK, je lui ai promis de rattraper mes heures de répétition.

Il me libère deux heures plus tôt que d'habitude pour me permettre de rejoindre Claire et de tout préparer. Alan et lui ont accepté notre invitation. Claire devrait les apprécier.

– C'est moi ! crié-je en rentrant dans l'appartement.

Je retrouve ma colocataire dans la cuisine, devant des fiches de recettes.

Ouh là, j'arrive à temps, la cuisine et Claire…

– Tu tombes bien, j'allais commencer à cuisiner. Je te propose : tu fais la cuisine, je m'occupe du reste, OK ? me demande-t-elle, le regard plein d'espoir.

Dommage qu'on ait si peu de temps devant nous, je l'aurais bien fait marcher…

– Oui, je pense aussi que c'est mieux comme ça, approuvé-je en enfilant le tablier.

Je m'attelle à la tâche : préparer un buffet pour une vingtaine de personnes en moins de trois heures…

Allez, je peux le faire !

J'aime faire la cuisine, d'ailleurs, si je n'étais pas violoniste, c'est une voie que j'aurais pu prendre. Après une trentaine de gaufres au bacon, une grille de canapés, des petites bouchées salées et sucrées, je commence à voir avec satisfaction que j'ai réussi à gérer. Claire, qui vient de pousser les meubles et de faire un peu d'espace pour que nous puissions circuler, vient me retrouver.

– Waouh, tu as réussi à faire tout ça ? siffle-t-elle, admirative.
– Oui, tu crois qu'il y en aura assez ?
– Oui, je pense. Le buffet est déjà bien garni, regarde…

Je jette un œil sur la table, près du mur.

Effectivement…

– Il te reste quoi à faire ? Si ce n'est pas compliqué, je te remplace. Tu dois encore te préparer, me propose Claire.
– Eh bien… J'ai un truc au four qu'il faut sortir dans cinq minutes et ces petites mousses à couvrir et à mettre au frais. Puis ranger un peu la cuisine, énuméré-je.
– Ça va, je peux gérer, file !

Nous avons encore une bonne vingtaine de minutes devant nous avant que les premiers invités arrivent. Je prends une rapide douche, enfile une robe prune, retenue derrière ma nuque par un nœud. J'aime son drapé en satin, la légèreté du tissu tombant parfaitement à la naissance de mes genoux. J'ose même les escarpins.

Ce n'est pas les quelques pas entre la cuisine et le buffet qui me feront trébucher !

Un rapide maquillage pour me redonner bonne mine, effacer la fatigue, les cernes, le stress à l'idée des prochains concerts et les trois dernières heures passées en cuisine et me voilà assez présentable. En me voyant, Claire valide ma tenue d'un hochement de tête. Puis me tend un verre de vin.

– Tiens, nous pouvons officiellement commencer notre fête ! dit-elle en levant son verre. À notre nouveau chez-nous !

Je trinque avec elle. Je me pose enfin et déguste ce vin blanc délicieux.

– Tu te rends compte de tout ce qui nous est arrivé ces derniers temps ? Je trouve un super job, tu rencontres Adam, tu as ton diplôme, tu te fais engager au Philharmonique, tu te retrouves dans un fauteuil roulant à cause du tremblement de terre, et puis il y a l'incendie de notre maison, Ryan et moi, Adam qui disparaît, toutes les menaces…

Et tout ce que tu ne sais pas !

– Je ne sais pas toi, mais j'ai envie d'appuyer sur le bouton « Pause », ajoute Claire en portant le verre à ses lèvres.
– Je suis d'accord. Si on pouvait arrêter le temps, juste

pour souffler un peu. Ou au moins pour que ce tourbillon se calme ! admets-je.

– Mais tu sais, je ne regrette rien de tout ça. On était déjà proches avant, mais là, avec tout ce qu'on a vécu, on fait partie de la même famille… et pas seulement parce que je risque de devenir ta belle-sœur.

Claire rit.

– C'est vrai que maintenant, tu comprendras mieux ce que je te disais sur nos réunions de famille ! Tu seras le centre de l'attention de ma mère. Tu touches à son fils chéri, gare à toi !

– Tu peux parler ! Toi tu ramènes un milliardaire, je ne fais pas le poids à côté !

– Ma mère connaît déjà Adam, alors que toi… Les questions vont pleuvoir, prépare-toi !

– Belle-maman Maggie, j'arrive !

Nous partons toutes les deux dans un grand éclat de rire. La prochaine visite de mes parents, prévue en fin de semaine, promet d'être drôle. J'aime l'idée que Claire puisse devenir ma belle-sœur, un jour, peut-être…

– Mon frère te rend heureuse ? demandé-je sur le ton de la confidence.

– Oui, avoue-t-elle rougissant. J'ai envie de croire que c'est lui, tu sais…

Oui, je comprends…

– Et toi, avec Adam ? Sérieusement, avec tout ce que tu vis avec lui, tu n'as jamais eu envie de tout arrêter ? m'interroge Claire soudain plus sérieuse.

– Non, mais… je crains parfois qu'on ne soit pas assez forts, que toutes ces histoires aillent trop loin et nous obligent à nous séparer, murmuré-je, les yeux baissés.

– Tu l'aimes ?

Je hoche la tête.

– Bon alors, c'est l'essentiel. Ne laisse pas les autres te prendre ton bonheur ! s'exclame Claire, le regard convaincant.

Nous heurtons une dernière fois nos verres. Tout est dit.

Les invités arrivent et, petit à petit, notre salon se remplit. Claire a fait venir quelques collègues, Ryan est là bien sûr, Alan et Max aussi et Hayley a pu s'échapper de son reportage du moment. Adam arrive un peu plus tard, une réunion l'a accaparé plus longtemps que prévu. Mais il nous fait la surprise d'apporter avec lui une caisse de Cristal Roederer, que Claire accepte avec plaisir. Au cours de la soirée, je sens Adam absent. Il essaie de se mêler aux discussions, répond très gentiment aux questions des collègues de Claire, qui ne s'attendaient visiblement pas à croiser un milliardaire ce soir, mais je sens qu'il est ailleurs. Aussi, quand tout le monde est parti et que Claire et Ryan ont prétexté un état de fatigue avancé pour se retirer, je m'empresse de m'enquérir de ce qui occupe tant son esprit.

– Est-ce que ça va ? lui demandé-je en me serrant contre lui. Tu as eu l'air préoccupé toute la soirée.

– Je pensais avoir réussi à paraître naturel, grimace Adam.

– Tu l'étais, je l'ai remarqué parce que je commence à te connaître. Dis-moi.

– J'ai quelque chose à te dire, commence Adam. Est-ce qu'on peut laisser tout ça et aller dans ta chambre ?

Le rangement peut effectivement attendre demain. Je n'aime pas le ton d'Adam, il m'inquiète. Je le sens si peu assuré… Il a quelque chose à me dire. J'espère que ce n'est pas grave…

Une fois dans ma chambre, nous nous asseyons au bord du lit. Adam commence par enlever sa veste, défait sa cravate et déboutonne sa chemise pour se mettre à l'aise.

– Éléa, mon ange, j'y pense depuis quelques jours et…

Mon Dieu, qu'est-ce qu'il va m'annoncer ? Qu'il veut prendre du recul ? Que ses recherches l'accaparent trop et qu'il veut totalement s'y consacrer ?

– … j'aimerais qu'on fasse les tests nécessaires pour que nous n'ayons plus besoin de protection, poursuit-il. Si tu es d'accord.

Je mets un temps avant de percuter.

Adam veut faire un test de dépistage du VIH ?

– C'est une étape, mais je pense qu'on peut la franchir maintenant. Il n'y a que toi et tu combles tous mes désirs. Je ne veux plus de cette barrière entre nous mon ange…

C'est le feu d'artifice dans ma tête.

Adam juge notre relation assez sérieuse pour se passer du préservatif. Bien sûr que je suis d'accord !

– Je suis d'accord, oui, dis-je dans un souffle.

Le visage d'Adam s'éclaire, il pose sur mes lèvres un baiser délicat.

– C'est pour ça que tu étais inquiet ce soir ? demandé-je, étonnée.
– Un peu oui, tu pouvais refuser, attendre d'être sûre… Avec toutes mes histoires de famille, tu as toutes les raisons de prendre tes jambes à ton cou.
– Tu aurais dû m'en parler tout de suite, tu aurais passé une meilleure soirée !

Je dispute gentiment Adam. Lui et moi avons finalement les mêmes craintes… Je n'en reviens pas, ce test, c'est un peu comme si nous nous engagions l'un vis-à-vis de l'autre. Je suis émue. À croire ce que je lis dans les yeux d'Adam, je pense qu'il n'est pas indifférent non plus à cette progression dans notre couple. Ses doigts remontent doucement sur mon bras, atteignent ma nuque. Le regard de mon amant s'allume en tirant sur le nœud en satin de ma robe. Je me mords la lèvre, en signe d'encouragement. Adam me pousse délicatement en arrière, notre soirée à nous ne fait que commencer…

Adam ne perd pas de temps. Il tient à réaliser la prise de sang rapidement et profiter d'un moment de libre dans son programme habituellement chargé. Aussi, à peine levé, appelle-t-il son médecin. Ce dernier est prêt à nous recevoir dans sa clinique privée. Tant pis pour le petit déjeuner tranquille avec Claire et Ryan en discutant de la soirée passée ! J'attrape mon violon et embrasse à la volée ma coloc et mon frère, encore dans les brumes du sommeil.

Le médecin d'Adam nous accueille très chaleureusement. Nous ne passons pas ensemble en consultation, secret médical oblige. Comme Adam est plus pressé, je le laisse passer en premier. Son regard pétille, son enthousiasme me fait plaisir. Je ne suis pas à l'aise avec les aiguilles, encore moins avec les consultations médicales. Je suis contente, mais je le serai plus après. Adam sort rapidement du cabinet et me rejoint dans le petit salon d'attente.

– Le docteur t'attend mon ange, me souffle-t-il au-dessus de mon épaule.

– Quand il faut y aller, dis-je avec une légère appréhension dans la voix.

– Tu es inquiète ?

– Disons que je ne suis pas fan des aiguilles…

– Ah oui, l'infirmière est douce, tu verras. Et puis pense

à moi et à tout ce que nous ferons après cet examen, ajoute Adam, le regard coquin.

Adam m'embrasse pour me donner un aperçu.

Humm...

– Je dois partir, ça ne t'ennuie pas si je ne reste pas ? poursuit Adam. Ta voiture est dehors.
– Non, vas-y. Tu peux partir tranquille, si je m'évanouis, les gardes du corps seront là pour me ramasser ! réponds-je en essayant de prendre un ton enjoué.
– À plus tard, préviens-moi quand tu as fini ici.

Adam me serre contre lui, sa bouche s'attarde un peu plus longtemps sur la mienne. Il finit par me quitter, non sans regret.

Bon, me voilà seule face à l'aiguille !

J'entre à mon tour dans le cabinet et réponds sagement aux questions du médecin. Tout va bien, jusqu'à ce que l'infirmière entre avec son plateau. Je me sens frémir, je détourne la tête et essaie de penser à autre chose, mais aucune pensée ne s'accroche. J'attends, anxieuse, la brûlure de l'aiguille. Quand l'infirmière me dit : « C'est fini », je la regarde avec étonnement. Il y a bien des tubes de sang à ses côtés et un petit point rouge qui se dessine sur mon bras. J'admire sa dextérité ! Le médecin d'Adam me conseille de consulter, si je le souhaite, son collègue gynécologue. Il est disponible et j'ai un peu de temps devant moi. J'accepte sans hésitation. C'est vrai qu'il me faut à présent un nouveau moyen de contraception qui soit efficace tout de suite.

Je demande gentiment à l'un des gardes du corps s'il peut me conduire au Philharmonique. Non pas que je le prenne pour mon chauffeur, mais je viens de passer des examens intimes, de faire le point sur ma santé et j'attends des résultats essentiels. Autant dire que j'ai l'esprit ailleurs, ce qui ne me permet pas de me concentrer sur la route. Je n'angoisse pas particulièrement pour le test du VIH, mon expérience avant Adam est mince et j'ai toujours fait ce qu'il fallait. Mais c'est une jolie étape dans la vie d'un couple, du moins à mes yeux, ce n'est pas banal… Je me demande ce que ça changera dans notre intimité. Est-ce que j'aurai plus de sensations ? Est-ce que ce sera plus intense ?

Humm, j'ai un peu hâte d'essayer…

Je me sens rougir, là, assise à côté de mon bon Samaritain.

Oups, reprends-toi voyons !

L'ambiance au Philharmonique est un peu tendue. Nous ne répétons plus chacun dans notre coin mais ensemble cette fois, le concert a lieu demain. Et comme à son habitude, M. Glen s'inquiète de tout. Cette pression est grisante, et si le trac serre bien nos ventres de musiciens, il nous tarde de jouer devant le public. C'est après tout notre vocation, de jouer pour les autres… Alors que nous sommes sur scène, la salle de concert est elle aussi en pleine activité. C'est simple, on se croirait dans une ruche. Cette frénésie me happe, j'écoute les derniers conseils de Max, j'applique à la lettre ce que j'ai appris avec lui ces derniers jours. Je suis dans mon élément et j'en oublie la piqûre de ce matin.

Une pause est la bienvenue. J'en profite pour consulter les messages sur mon répondeur, la clinique ayant promis de nous communiquer les résultats rapidement. J'ai bien un message. Je rappelle immédiatement et le médecin d'Adam me confirme que tout va bien et me demande de passer demain matin pour récupérer mes résultats. J'envoie aussitôt un message à Adam, impatiente de savoir ce qu'il en est de son côté.

[Je viens d'appeler la clinique. Tout est OK pour moi. Bisous.]

[Suis en réunion, OK pour moi aussi. Je passe te chercher ce soir, nous fêterons ça. J'ai hâte.]

[Tu envoies des SMS en réunion ?]

[Oui, je suis un simple auditeur aujourd'hui. Vivement ce soir…]

Max interrompt mes échanges avec Adam et me prévient que les répétitions ont repris. Je ne peux m'empêcher de sourire. Tout va bien des deux côtés, et ce soir, nous passerons une soirée en tête à tête.

Et j'aime nos soirées à deux !

Je retrouve Adam dans le hall du conservatoire, en pleine discussion avec M. Glen, qui nous quitte aussitôt.

– Dis donc, il n'est pas un peu stressé ? me demande Adam en faisant un signe de tête vers le secrétaire du Philharmonique.

– Si, le concert est demain, il est dans tous ses états !

– Mon ange, souffle Adam en m'attrapant la taille et en m'attirant contre lui. Cette soirée est à nous.

Adam m'embrasse langoureusement. Il m'entraîne dehors, dans sa voiture. Sur la banquette arrière, il ne lâche pas ma main, et caresse mes doigts avec son pouce.

– Où allons-nous ? m'enquiers-je.

– C'est une surprise, répond Adam, énigmatique.

La voiture s'arrête dans un quartier résidentiel de San Francisco. Devant nous se trouve l'un des spas les plus luxueux de la ville.

– Oh ! Adam ! m'exclamé-je.

J'ai toujours rêvé de venir ici, de m'y détendre, de me prélasser dans les bains à remous, de me laisser aller aux massages, de me faire chouchouter…

– Je me suis dit qu'après ton épreuve avec l'aiguille de ce

matin, tu méritais bien que je prenne soin de toi.

Adam me fait entrer dans ce lieu où la lumière est, dès l'accueil, tamisée. Des parfums d'huiles essentielles m'enveloppent, une douce musique apaisante complète l'ambiance.

Une bulle, je viens d'entrer dans une bulle de bien-être…

– J'ai privatisé le lieu, nous serons tranquilles… Je te prévois un massage très personnel, un bain de roses, tout pour nous détendre et passer une parfaite soirée, me souffle Adam.
– Tu vas me masser ?
– Je me souviens que tu avais été très réceptive à mes massages, tu te rappelles ?

Oh ! oui, je me rappelle… et je me rappelle aussi comment ça avait fini…

Je me laisse entraîner par Adam. Nous sommes effectivement seuls. S'il est là, le personnel se montre très discret. L'eau paisible et bleu turquoise de la piscine intérieure m'attire. À côté du jacuzzi, une bouteille de champagne et deux coupes attendent. Un petit salon et une salle de bains attenante nous sont réservés. C'est ici que nous quittons nos habits de ville pour une tenue plus adaptée. J'ai même le choix entre plusieurs maillots de bain. Je choisis un deux-pièces. Le haut se noue par des liens.

Adam devrait apprécier…

En peignoir et chaussons moelleux, nous nous retrouvons tous les deux. Savoir que nous sommes presque nus et que le lieu nous appartient me donne des frissons. L'atmosphère est douce, comme le regard que me porte Adam. Mais tout peut vite s'électriser…

– C'est comme ça que je veux t'admirer, me souffle Adam en ôtant mon peignoir.

La pièce de tissu tombe à mes pieds, me révélant presque nue dans mon deux-pièces. Le regard de mon amant s'allume. Il me détaille et, du bout des doigts, s'amuse avec les liens qui retiennent l'ensemble. Il suffirait qu'il tire sur l'un d'eux pour que je sois complètement nue. Mon cœur se met à battre la chamade. Je sens une vague de chaleur s'immiscer dans la moindre parcelle de mon corps. La douce moiteur des lieux n'est pas responsable de mes soudaines palpitations. Sous les yeux avides d'Adam, je me sens désirable, désirée. Instinctivement, mon regard sur porte vers son bas-ventre. Sous son peignoir, qu'il n'a pas fermé, se cache à peine le corps musclé de mon divin amant, et son short comprime une bosse proéminente. Je me mords la lèvre…

La soirée commence à peine et j'ai déjà envie de lui.

J'avale ma salive avec difficulté, j'éprouve un désir fulgurant. Je veux sentir son sexe contre le mien, j'ai envie qu'il glisse sa main entre mes jambes pour qu'il s'aperçoive que je suis prête à l'accueillir.

– Par quoi est-ce que tu veux commencer, mon ange ?

T'enlever ton short de bain, te glisser en moi, bouger…

Je réprime mes fantasmes, je m'étonne moi-même de vouloir faire l'amour avec Adam aussi vite, alors que le lieu est magnifique.

Les huiles essentielles diffusées doivent être aphrodisiaques…

Déambuler en petite tenue ne me met pas particulièrement à l'aise, moi qui ai plutôt l'habitude de cacher mes courbes généreuses. Adam n'a jamais fait aucune remarque sur mes formes et la façon dont il les regarde me rassure. Quant à ses mains, elles caressent toujours mes lignes avec avidité. Au souvenir de ce contact sur ma peau, je ressens une décharge au fond de mon ventre. J'ai terriblement envie que mon amant m'effleure, m'effeuille, me domine, agrippe mes fesses et me pénètre…

Il doit y avoir quelque chose dans ce lieu qui exacerbe mon désir !

Adam m'invite à entrer dans le bain à remous. Je le regarde droit dans les yeux quand je glisse un pied dans l'eau, puis l'autre.

Je ne ressemble pas à une sirène mais je peux au moins avoir de l'allure !

Les petites bulles éclosent à la surface et m'accueillent en éclatant autour de moi. En m'installant dans l'un des recoins confortables du jacuzzi, un jet d'eau puissant touche mon bas-ventre. Je réprime un gémissement. Je suis plus que prête à accueillir Adam en moi. Je lève les yeux vers lui, son regard est devenu érotique, brûlant de désir à son tour. L'ambiance du spa semble avoir le même effet sur lui. Alors qu'il débouche la bouteille de champagne, je prends un air volontairement coquin et passe ma langue sur mes lèvres. J'attrape la ficelle qui retient le haut de mon maillot. Je tire doucement sur le lien, en continuant de fixer des yeux mon amant… Ma poitrine se libère sous l'eau, Adam ne peut rien voir sous les bulles, je compte sur son imagination. Ses yeux se plissent et la bosse dans son short s'accentue un peu plus. Je jette mon maillot sur le bord du jacuzzi. Mon amant se mord les lèvres… Masquée par l'eau et ses nombreux remous, je me sens assez en confiance pour alimenter le spectacle qu'observe Adam de plus haut. Je plaque mon dos contre la paroi, j'écarte les jambes. Je sais qu'Adam peut apercevoir mon mouvement sous l'eau. Je le sens captivé. Je porte une main sur ma poitrine, dessine du bout du doigt la forme de mon sein. Puis, la deuxième entre en jeu, je me caresse, me titille les tétons… C'est la première fois que je me touche devant Adam, c'est excitant, je ferme les yeux, je gémis assez fort pour que mon amant m'entende. Quand je le regarde à nouveau, il a entrouvert la bouche, sa respiration s'est accélérée et ses mains serrent les coupes qu'il tient encore…

Je pousse un petit cri, l'invitant à venir me rejoindre. Adam ne se fait pas prier. Il repose nos verres à champagne, se débarrasse d'un mouvement d'épaule de son peignoir. Mon cœur s'accélère quand il entre dans l'eau, le regard avide, enflammé. En deux enjambées il me rejoint, m'attrape la bouche dans un baiser plein de fougue. Sa langue s'impose et trouve la mienne. Sa main se glisse dans mes cheveux, l'autre se plaque dans mon dos. Notre baiser est passionné, nous nous dévorons, nous sommes fous l'un de l'autre.

– Mon ange, je pourrais te prendre là tout de suite.

La voix d'Adam est rauque, il me mord la lèvre, le menton, rejette ma tête sur le côté pour atteindre mon cou. Je me sens d'humeur joueuse, je veux pousser notre désir à son paroxysme, que notre envie de l'autre nous fasse mal… Ma main se glisse sous l'eau et, mes yeux rivés à ceux de mon Adam, j'entraîne la sienne sur le chemin que j'ai choisi. Je frémis quand je pose sa main sur mon entrejambe. Il suffirait qu'il glisse un doigt sous le tissu pour qu'il se rende compte que je me sens ouverte à lui.

Mais pas tout de suite…

Je me mords les lèvres, je souris, prends un air aguicheur et je poursuis le chemin, sous l'eau, jusqu'aux liens sur mes hanches. Adam a compris, il tire d'un côté, puis de l'autre… Mon maillot remonte à la surface, malmené par les bulles. Je suis complètement nue, offerte. Les remous de l'eau me caressent la peau, j'ai l'impression que le jacuzzi s'amuse lui aussi à m'arracher de petits gémissements. Je m'accroche à Adam, pose mes mains sur sa nuque alors que mes jambes viennent l'entourer. Nos deux sexes se retrouvent, Adam m'agrippe les fesses… Seul un bout de tissu l'empêche de me pénétrer, là, maintenant.

– Je veux que tu te caresses pour moi… Excite-moi encore, mon ange.

Me caresser, ici ?!

Je n'ai jamais aventuré ma main entre mes jambes… Adam se glisse derrière moi et nous nous asseyons tous les deux sur la petite plate-forme du jacuzzi. Mon amant me prend les mains et me guide, d'abord sur mes seins. Mes tétons sont dressés, tendus, presque douloureux, les décharges de plaisir qu'ils me procurent me transportent. Et puis, Adam m'entraîne plus bas, sur mon ventre, sur mon pubis, entre mes jambes. Je m'effleure du bout des doigts, mon corps se tend soudainement, ma respiration change de rythme. Dans mon dos, je sens son souffle au creux de mon épaule, sur mes fesses, je sens son sexe dur. Mon amant m'entraîne encore dans ce lieu secret qu'il connaît bien, il m'invite avec ses mouvements experts à me parcourir, à m'explorer. C'est chaud, doux. Sous la pression de sa main, je me caresse avec plus d'assurance, je découvre les endroits sensibles. Je gémis un peu plus fort, je titille mon clitoris, provoquant dans le bas de mon dos une pléthore de décharges électriques. Je me cambre, Adam me serre plus fort contre lui, sa main appuie sur la mienne, et il m'invite à bouger, de plus en plus fort. J'entends ses râles qui se mêlent aux miens, je sens qu'il vit mon plaisir autant que moi. Alors que je sens une vague de chaleur monter du plus profond de mon être, dans un mouvement rapide je retire ma main et la place cette fois sur la sienne. Je pousse un cri quand je sens son contact sur mon sexe tumescent, avide de nouvelles sensations. C'est moi qui le dirige maintenant. Mon amant me laisse faire, son autre main vient se plaquer sur mon sein. Il me tient, me serre dans une posture très érotique. Ses doigts s'approchent de mon gouffre intime et s'y introduisent. Soudain, je le lâche et il me pénètre définitivement. Je gémis, Adam s'anime dans un souffle rauque. Il bouge à l'intérieur de moi. Mon corps se tend tout entier vers ses deux doigts qui m'explorent avec avidité. Et d'un coup, je sens que je ne peux plus retenir cet orgasme qui m'assaille, je me laisse submerger par cette puissance implacable, je crie mon plaisir en prononçant le nom de mon amant.

Adam souffle dans mon dos, je sens tous les muscles de son corps bandé. Il s'extrait de mon sexe à peine rassasié et commence à me caresser l'intérieur des cuisses. Il se détend. Mais il ne resserre pas mes jambes, mon ventre est dans l'attente d'autre chose, mon corps entier attend la suite. Cet orgasme n'était qu'une petite mise en bouche qui n'a fait qu'éveiller encore un peu plus mes sens. Mon excitation est loin d'être calmée, bien au contraire. Je veux m'empaler sur lui, je veux sentir son sexe entier, le contact de sa peau, je veux assouvir ma curiosité : l'amour sans préservatif, c'est comment ? Maintenant que nous n'avons plus besoin de ce morceau de latex, j'ai l'impression que nos deux sexes vont réellement faire connaissance.

Mon ventre se crispe, mon désir me fait mal, mon besoin est impérieux, je ne me reconnais plus. Je me retourne, le regard implorant :

– Adam, prends-moi… ça me fait mal, j'ai besoin que tu me prennes, que tu t'enfonces en moi… S'il te plaît…

Les yeux de mon amant s'illuminent soudain d'un nouvel éclat.

– Mon ange, dis-le moi encore.
– Fais-moi l'amour ! Tout de suite !

En un geste, Adam n'a plus de short. Je n'ai pas le temps d'apercevoir le spectacle de cette délivrance qu'il m'attrape par les fesses pour me porter. Il me sort de l'eau, et s'assoit sur le rebord du jacuzzi. Je suis sur ses genoux. Entre nous, son sexe est tendu vers moi, fier, prêt à répondre à mes besoins. Adam se caresse, sa bouche est ouverte, son regard dans le mien, tentateur, frondeur. Je ne peux plus me retenir, mais je ne peux pas non plus me détacher de ce spectacle. Mon amant joue avec son sexe, se mordille la lèvre inférieure alors que ses yeux glissent sur mes seins. Adam ne me touche pas, mais l'effet est le même. Je suis la muse de son désir, son regard est douce morsure de ma peau. Mon excitation me vrille le ventre, mon pouls s'accélère. Je crois que je pourrais jouir tellement la tension entre nous est à son paroxysme. Adam ferme les yeux, il gémit… Sa main vient enfermer mon sein au creux de sa paume, puis la deuxième saisit l'autre. Mon amant se met à lécher les deux extrémités devenues dures, il les aspire entre ses lèvres. J'ai un râle de désir et ferme les yeux.

Son sexe… je veux sentir son sexe.

Ma main le trouve, je l'enserre à mon tour entre mes doigts. Mon amant pousse un cri, collé à mes seins. Je le veux, j'ai envie de le lui hurler.

– Adam !

Je crie d'une voix étouffée par la passion. Mon amant se rejette en arrière, plaque ses deux mains au sol. Je lâche son sexe. Le regard érotique que me lance Adam est sans équivoque. Je me soulève juste au-dessus de lui, et descends sur son membre bandé, qui, lentement, me pénètre. Je fais durer, je monte et descends, doucement. Petit à petit, le sexe d'Adam se fraie un chemin, il s'enfonce chaque fois un peu plus loin. Nous gémissons de plaisir quand son membre chaud et vigoureux m'habite tout entière. Adam se redresse et nos bassins bougent en rythme. Je suis sur lui, c'est moi qui dirige. Et j'ai envie d'aller de plus en plus vite. Son sexe glisse parfaitement, je sens la chaleur de sa peau, comme une caresse de soie. Je suis concentrée sur cette découverte, sur cette nouvelle sensation.

Le contact est tellement différent !

Sous moi, Adam halète de plaisir, quand soudain, il se crispe, son orgasme arrive. J'accentue encore le mouvement, je veux que son plaisir soit intense, fort et long. Le mien est là, et nous jouissons en même temps. Je sens mon amant se répandre à l'intérieur de moi, et il m'arrache un cri de surprise.

Je sens Adam au plus profond de moi, se distiller au

cœur de tout mon être…

Mon amant me soulève et nous nous relevons. Il pose son peignoir sur mes épaules. Debout, nous nous serrons l'un contre l'autre. Je suis sur un nuage. Mon désir est repu et se délecte encore de ces derniers instants. Mes jambes sont un peu cotonneuses. Mes forces m'ont quittée. Adam m'entraîne sur une chaise longue, où je m'allonge avec plaisir. Je l'observe retourner vers le jacuzzi, complètement nu. Ses petites fesses rondes et musclées sont à croquer. J'admire le spectacle, Adam est terriblement beau, sexy, sa démarche est presque féline.

Non, je n'admire pas, je savoure ce que je vois.

– Je ne sais pas si je dois être flatté par ton regard ou en être offusqué, on dirait que tu t'apprêtes à faire de moi ton repas, me glisse-t-il en souriant.

J'attrape la coupe de champagne qu'il me tend. Adam prend place à mes côtés, sur le matelas de la chaise longue voisine.

– Je crois qu'il me faut encore un peu de temps, mais oui, je pourrais encore te sauter dessus, mais pas pour te manger…

Adam s'allonge sur le côté, la tête soutenue par sa main. Nous entrechoquons nos coupes, avant de déguster ce délicieux champagne… un peu trop chaud à présent.

– Repose-toi mon ange, nous avons tout notre temps ce soir, dit-il en portant sa coupe à ses lèvres.

Je pose ma tête et ferme les yeux. Mon cœur a repris un rythme normal. Je m'ouvre à la douce musique, toujours aussi zen, reposante. Dans un coin du spa chante une fontaine. L'eau est omniprésente ici et le bruit des clapotis me berce doucement. Je me détends, encouragée par les senteurs de plantes qui nous entourent. Une impression de bien-être m'enveloppe, mes muscles se libèrent… Quand soudain, je sens un petit bruissement à mes côtés. J'ouvre les yeux, Adam est agenouillé à mes côtés, l'œil de nouveau allumé. Je connais ce regard, je sais immédiatement ce que mon amant a derrière la tête. Mes sens se remettent en alerte.

– Détends-toi, mon ange… je sais ce qu'il te faut, murmure-t-il juste au-dessus de moi.

Il écarte les pans de mon peignoir, révélant ma nudité. Un liquide froid coule sur moi. Je laisse échapper un cri et regarde Adam, étonnée. Il est en train de renverser sa coupe de champagne sur mes seins, mon ventre…

– Je me demande quel goût le champagne peut avoir sur toi…

Adam lèche le liquide, sur mes seins pour commencer. Sa langue parcourt mon corps, créant derrière elle un sillon enflammé. Le liquide froid est remplacé par une traînée chaude, presque brûlante. Mon amant me boit littéralement, glisse sa langue dans mon nombril. De son doigt, il pousse le champagne à se glisser vers mon pubis, entre mes cuisses. Je me crispe à nouveau, mon corps se tend, avide des sensations provoquées par cette langue exploratrice. Adam m'écarte les jambes et vient se caler entre elles. Son visage fait face à mon sexe, sa langue en parcourt les lèvres. Puis, doucement, elle s'immisce entre elles. Adam me lape, je gémis, mon désir se réveille, mon bassin se cambre. Je ne peux rien faire, je me laisse aller, complètement abandonnée.

Adam remonte vers mon visage, place ses bras autour de moi, son ventre se colle au mien. Nos lèvres se rejoignent, je goûte sa langue. Elle sent le champagne mêlé à mon intimité… Plus bas, je sens le sexe de mon amant bander à nouveau. Instinctivement, j'écarte un peu plus les jambes, relève mon bassin. Adam me pénètre doucement, dans un râle profond. Nos langues ne se lâchent pas, elles continuent leur danse langoureuse alors que les mouvements de mon amant sont tendres. Nous faisons l'amour, doucement, à l'écoute de chacune de nos sensations. Son sexe entre et sort lentement, chaque pénétration m'arrache un gémissement de plaisir. Adam me révèle une autre facette de lui, une tendresse qui m'émeut profondément. La volupté nous submerge, nous nous accrochons l'un à l'autre quand le plaisir nous emporte. Mon orgasme est magnifique, plein d'une toute nouvelle saveur.

C'est donc ça, faire l'amour avec l'homme qu'on aime ?

9
RUMEUR

C'est sur un nuage que ma journée débute. Cette soirée au spa, ce moment si intense en sensations, cette bulle romantique, me porte encore. En fermant les yeux, j'ai l'impression de sentir encore les huiles essentielles, d'entendre les clapotis de l'eau et la musique…

Et mon cher et tendre Adam, toujours si habile pour me masser.

Je refuse de penser au concert de ce soir, je veux rester dans ma bulle. Je veux être hermétique à toutes les agressions extérieures, rien ne peut m'atteindre. Je me sens délicieusement bien ce matin et je compte ne laisser personne m'enlever cette douce quiétude.

Mon crochet par la clinique privée pour récupérer les résultats de la veille me permet de préserver encore un peu plus mon état de béatitude. Mais ma bulle explose d'un coup, soudainement, de manière tout à fait inattendue. Je tombe nez à nez avec Emy. Impossible de ne pas reconnaître la jeune femme, son teint toujours hâlé, ses longs cheveux blonds, cette Californienne typique qui irait mieux avec les plages de Los Angeles que les rues escarpées de San Francisco. Elle et moi sommes aussi surprises l'une que l'autre de nous rencontrer ici.

Impossible de l'esquiver…

Mille et une pensées me traversent l'esprit en un dixième de seconde : je m'imagine lui sauter dessus comme une furie, me venger de ses mensonges, de sa fausse grossesse… Je lui en veux toujours d'avoir raconté que j'étais celle qui avait brisé la « future famille » qu'elle allait former avec Adam… Non mais vraiment ? Adam et elle n'ont jamais été en couple, c'est Lorraine qui a « placé » Emy à ses côtés quand il était célibataire, Adam n'avait rien demandé, lui… Ou je pourrais aussi la bousculer et partir en l'ignorant ? Trop tard, je vois à la tête d'Emy que j'ai raté l'occasion de prendre mes jambes à mon cou. L'étonnement sur son visage laisse place à un large sourire sarcastique. Elle regarde les papiers que je tiens dans ma main, se redresse, rejette sa chevelure en arrière d'un geste étudié et ouvre une bouche étonnée.

– Éléa ! Quelle surprise !

– Emy…

– Dis donc, tu connais cette clinique ? Tu sais qu'ils ont un très bon service d'obstétrique, pérore-t-elle. Oh ! mais tu ne serais pas enceinte quand même ?!

Tu penses bien que si je l'étais, tu ne serais pas la première à le savoir...

– Je suis passée... récupérer des papiers, dis-je prudemment.

– Ça serait le bon plan pour garder Adam, c'est sûr ! C'est une chose que je n'ai pas réussi à faire, tu es arrivée trop tôt, me reproche-t-elle en plissant les yeux.

Je rêve, elle est en train de me dire qu'elle aurait voulu tomber enceinte juste pour garder Adam ? Charmant...

– Je ne fonctionne pas comme ça, Emy, réponds-je sur la défensive.

– Allez, toi et moi, on est pareilles. Tu as réussi à mettre le grappin sur un milliardaire ! Adam est adorable, mais son principal intérêt, c'est son argent, non ?

Je vais vomir...

– Je dois te laisser Emy, je suis attendue ! coupé-je.

– Tiens, prends mon numéro, appelle-moi ! On pourrait devenir copines tu sais !

Emy arrive à me coller sa carte dans la main. Elle s'écarte, me laissant passer. Ma colère gronde.

Devenir sa copine ?

J'en frissonne ! Dans mon dos, j'entends son rire de

hyène me poursuivre…

Mais quelle horreur, quelle fille vénale !

Je me calme derrière le volant de ma voiture. Mon garde du corps rejoint son collègue dans sa voiture, sans me demander où nous allons. À ma mine, il a dû comprendre que ce n'était pas le moment. Je souffle de colère avant de démarrer. Cette fille vient de gâcher ma matinée !

Ma mauvaise humeur me poursuit jusqu'au conservatoire. Sourcils froncés, tête baissée, je file à ma place et installe mon violon au creux de mon épaule. La musique m'apaise. Le concert a lieu ce soir, ce n'est pas le moment de rajouter un peu plus de stress à cette ambiance déjà très tendue. J'arrive à me sortir Emy de la tête et à me détendre. Ma journée reprend un tour plus agréable, surtout quand j'aperçois Adam dans la salle, assis dans un fauteuil, prêt à assister à la répétition. Je lui fais signe de mon archet, il me sourit. C'est une agréable surprise. Il me regarde jouer, ne me quitte pas des yeux. Nous sommes une quarantaine de musiciens sur scène et il n'y a que moi qu'il regarde. Une vague de chaleur m'enveloppe. Dès que la pause est annoncée, je descends les marches pour le retrouver.

– Qu'est-ce que tu fais là ? lui demandé-je dans un grand sourire.

– Je t'emmène déjeuner, mon ange, me confie-t-il, tout bas. Je n'arrive pas à oublier notre soirée, j'ai envie de passer un peu de temps avec toi. Ce soir, tu seras trop accaparée…

– Je vais chercher mes affaires, attends-moi dans le hall. J'ai rencontré Emy ce matin devant la clinique, il faut que je te raconte.

– Emy ? s'étonne Adam, le sourire envolé.

– J'arrive tout de suite !

Je retrouve Adam quelques minutes plus tard. Il a l'air contrarié. Je n'ai pas beaucoup de temps pour déjeuner et, une fois installés à notre table, je relate à Adam l'épisode matinal avec Emy. Il a le regard noir, les lèvres pincées.

– Cette fille est exécrable ! Elle s'imagine encore qu'il aurait pu se passer quelque chose entre nous ? Elle continue de se bercer d'illusions ! grince Adam.

– Elle croit aussi que nous pourrions être amies… Elle n'a peur de rien ! ajouté-je.

– Rappelle-moi de dire à tes gardes du corps d'intervenir si elle s'approche encore de toi !

– Oh ! non, Adam. Je peux gérer Emy, ne t'en fais pas… Je ne suis pas sûre qu'elle puisse être très méchante.

Mon téléphone sonne. C'est Hayley, mon amie journaliste. Je l'oriente vers mon répondeur. Je la rappellerai en sortant.

– Méfie-toi mon ange, Emy est capable de tout pour l'argent, insiste Adam. Qui sait ce qu'elle peut faire contre un gros chèque ?

– Je me méfierai, je te promets !

Hayley insiste. Ce n'est pas son genre…

– Qu'est-ce qu'il y a, mon ange ? s'inquiète Adam.
– C'est Hayley, elle n'arrête pas de m'appeler…
– Décroche, c'est peut-être important.

J'acquiesce et réponds.

– Hayley ?

– Ah Éléa ! Excuse-moi d'insister autant mais il fallait que je te parle !

– Qu'est-ce qu'il se passe ? Tu m'inquiètes…

– Ça ne va pas te plaire. Depuis ce matin, on ne parle que de ça, il y a une rumeur qui circule à ton sujet : tu serais enceinte !

– Quoi ?

– Oui, c'est déjà en ligne sur quelques sites people, les réseaux sociaux ne parlent que de ça… Il y a même des photos de toi devant une clinique. Il fallait que je te prévienne. Je te les envoie par e-mail, tu verras par toi-même.

– OK… merci Hayley.

Je repose le téléphone et reste sans voix. Adam m'interroge du regard.

– Tiens-toi bien. La nouvelle court que je suis enceinte. C'est déjà en ligne sur des sites people, et il paraît que toute la toile s'en émeut, dis-je, éberluée.

– Quoi ?!

Adam aussi tombe des nues. Je viens de recevoir l'e-mail de Hayley. Je suis le lien qu'elle m'a envoyé et tombe sur quelques clichés. Rien d'extraordinaire, on m'y voit juste devant la clinique. Je tends mon téléphone à Adam.

– Tu crois qu'Emy…
– Sans aucun doute, ça me paraît gros, me coupe Adam. Tu la croises, elle te parle de grossesse… Je suis sûr qu'elle a réussi à vendre ses photos un bon prix. Quand je te disais qu'elle était prête à tout pour l'argent.

Nous échangeons un regard désabusé.

Me voilà enceinte !

– Bon, je vais demander à ce qu'on fasse passer un démenti. Tout ceci ne sera plus en ligne dès cet après-midi, me rassure Adam.
– Si j'avais imaginé un jour être dans des journaux people… Claire va en rire !
– J'ai malheureusement l'habitude de ce genre de choses… Mais ça se règle très vite, ne t'en fais pas, mon ange.

Nous terminons notre déjeuner en prenant le parti de rire de cette nouvelle rumeur. C'est assez déroutant de se sentir au cœur de cette attention, que des inconnus s'intéressent à ma petite vie au point de commenter une rumeur. Heureusement que mes parents ne suivent pas ce genre de presse, sinon, j'imagine la tête de ma mère… « *Quoi ?! Ma fille est enceinte et je ne suis pas au courant ?!* » Je fais confiance aux équipes d'Adam, habituées à traiter ce genre de problème. Mais quand même…

Emy n'a vraiment peur de rien !

Elle se fiche complètement des conséquences de ses actes, de l'impact que ce genre de rumeur pourrait avoir.

Mais quelle pauvre fille !

Adam m'embrasse tendrement en me quittant devant le conservatoire. Il prévoit de m'envoyer un message quand son équipe de communication aura réglé le souci, et que toute cette rumeur se sera tue. Il assiste ce soir au concert, j'ai hâte qu'il m'entende jouer. C'est le plus important pour moi.

Max m'accueille dans le hall en me tendant un café. Son œil pétille.

– Alors… Il paraît que tu es enceinte ? me glisse-t-il moqueur.
– Ah, tu es au courant toi aussi. Moi qui voulais attendre avant de l'annoncer, ironisé-je.
– C'était donc ça ta mauvaise humeur de ce matin ! Tu as déjà les hormones qui te travaillent !

J'éclate de rire. Je sais que Max n'est pas dupe. Dans le couloir qui nous mène à la scène, nous continuons à en rire.

– Attention, le café n'est pas recommandé pour les femmes

enceintes, continue de me taquiner Max.
– Enceinte ?! s'écrie une voix derrière nous.

Max et moi nous retournons ensemble. Devant nous, M. Glen affiche une mine stupéfaite.

– Éléa, vous êtes enceinte ? répète le secrétaire, visiblement ébranlé par la nouvelle.

Je n'ai pas le temps de le rassurer qu'il part dans un long monologue :

– Mon Dieu ! Une grossesse ! Mais il va falloir revoir toute notre organisation, vous allez être indisponible, nous allons devoir changer l'ordre des violonistes. Oh là là ! nous pensions avoir trouvé un équilibre, voilà que tout est à refaire, s'inquiète M. Glen en secouant la tête.
– Monsieur Glen, je ne suis pas enceinte ! interviens-je pour calmer son désarroi.
– C'est vrai ? demande le secrétaire, plein d'espoir.
– Oui, je vous assure. Il s'agit juste d'une rumeur qui circule en ce moment sur les sites de la presse people. Mais ce n'est pas du tout la vérité, expliqué-je. Un démenti va arriver, ne vous inquiétez pas monsieur Glen, tout va bien.
– Ah bon, une rumeur, répète-t-il.
– Oui, vous savez ce que c'est, Éléa est un peu connue, elle est proche d'Adam Ritcher, c'est une cible parfaite pour cette presse, intervient Max.
– Oui, oui, je comprends… Quel monde ! Étaler la vie privée des autres, comme ça. Je suis désolé de m'être laissé aller

Éléa, je suis un peu tendu avec le concert vous savez, s'excuse M. Glen.

– Pas de souci, nous sommes tous un peu crispés. D'ailleurs, il faut y retourner ! rappelé-je à Max, désireuse d'en finir avec ce malentendu.

Nous laissons derrière nous M. Glen. Son stress est un peu trop communicatif à mon goût et j'ai bien assez à faire avec mon trac naissant. L'heure du concert approche et nous devons procéder aux ajustements de dernière minute, un moment qui met nos nerfs à rude épreuve. Heureusement, comme à chaque concert, l'ensemble se retrouve pour souffler un peu avant de monter sur scène. Nous avons revêtu nos habits de gala. Pendant que la salle se remplit, nous bavardons de tout, sauf de musique. Les rires sont crispés, mais cette petite parenthèse est vitale. Je fais un dernier saut dans la loge, interrogeant mon téléphone. J'ai un message d'Adam. Il est homme de parole.

[Problème réglé. Je suis dans la salle, hâte de t'entendre jouer.]

Je soupire de plaisir. Adam prend réellement soin de moi…

Dans les couloirs, mes gardes du corps sont là. Adam a dû leur demander de se rapprocher de moi. Je me souviens que, lors du dernier concert, j'avais reçu un colis anonyme, un oiseau mort… Adam prend ses précautions. Je lui en suis reconnaissante, je n'ai pas envie de revivre un autre épisode fâcheux.

J'ai eu mon lot pour la journée !

Je rejoins mes camarades, mon violon à la main. Il n'est plus temps de penser à tout ça.

Place à la musique !

10
ANGOISSANTE RÉVÉLATION

Je me réveille ce matin avec la désagréable impression de ne pas savoir où je me trouve. L'obscurité habite la pièce, je ne reconnais rien dans la pénombre. Mon cerveau s'éveille à son tour et les souvenirs me reviennent. Le concert, les applaudissements, la joie de tous les musiciens dans les coulisses… C'était une très belle soirée. J'ai passé la nuit avec Adam dans sa maison, sur les hauteurs de San Francisco. Je me retourne, pensant le trouver à mes côtés. Mon bras tâtonne dans le vide.

Quelle heure est-il ?

Ma main part à la recherche de mon téléphone, sur la table de nuit. Il est 10 heures passées ! Je me redresse immédiatement.

Mes parents arrivent ce matin, je ne serai jamais prête !

Ni une ni deux, je jette le drap loin de moi et me lève. La mine reposée que je vois dans le miroir de la salle de bains me rassure.

Bon, j'ai peut-être dormi tard, mais au moins ça m'a fait du bien. C'est un reproche que maman ne pourra pas me faire !

Je devais vraiment avoir besoin de dormir. Je crois que Morphée m'a emportée hier soir dès que j'ai posé la tête sur l'oreiller.

Je descends. J'entends des voix dans la cuisine.

Ça ne peut pas être mes parents, leur avion atterrit à 11 heures. Alors c'est…

– Tiens, voilà la marmotte ! m'accueille la voix de Claire.
– Ah, dommage, je voulais venir te réveiller avec ma douceur légendaire, ajoute mon frère.

Je me frotte les yeux, doutant soudain de mon état.

Je dors encore ou Ryan et Claire sont là ? Ils devaient arriver en même temps que mes parents.

Adam vient vers moi, le sourire aux lèvres, content de cette nouvelle surprise.

– Tu as bien dormi, mon ange ?

– Oui, mais trop, tu aurais dû me réveiller ! soufflé-je en l'embrassant.

– Tu avais besoin de repos après ton concert. Et puis, tu remets ça ce soir…

Adam, Claire et Ryan reprennent leur discussion pendant que je m'attable pour un déjeuner rapide. L'entente est vraiment belle à voir entre ces trois-là… En revanche, personne n'a l'air de s'inquiéter de l'heure qui avance.

– Ryan, finis-je par demander. Les parents ne sont pas censés atterrir bientôt ? On ne va pas les chercher à l'aéroport ?

– T'inquiète, Adam a prévu de les faire venir en hélicoptère pour leur épargner les embouteillages, me répond mon frère.

Je manque de m'étouffer avec mon café.

– En hélicoptère ? Papa et maman dans un hélicoptère ?

– Oh ! ils sont ravis, rit mon frère. Ils vont faire un petit tour au-dessus de San Francisco, ça sera leur baptême d'hélicoptère en quelque sorte.

Mes parents dans un hélicoptère… Je n'en reviens pas, ils ne sont pas amateurs de sensations fortes.

– Bonjour Éléa, dit Gloria en entrant dans la cuisine.

Gloria, l'intendante de la maison, a les bras chargés de courses. Adam et Ryan lui viennent en aide.

– Bonjour Gloria ! réponds-je. Vous avez dévalisé le supermarché ?

– C'est la première fois qu'Adam reçoit… ses beaux-parents. Il est important de faire bonne impression ! sourit-elle.

Je regarde Adam. Il nous a tous invités à venir passer le week-end chez lui. Cette grande maison, d'habitude si calme, si vide, risque de s'animer. Et nous allons donner aussi plus de travail à Gloria et à son mari, John. Mais je m'attends à ce que ma mère ne la laisse pas seule très longtemps.

Ryan et Claire s'éclipsent. Ils ont décidé de profiter de la piscine et de surveiller les cieux pour voir si l'hélicoptère n'arrive pas. Adam m'entraîne sur la terrasse qui domine son immense jardin. Il se place derrière moi, m'enlace. J'appuie ma tête contre son torse.

– Jamais cette maison n'a été aussi vivante, dit-il doucement.

– Et tu n'as encore rien vu, ma mère n'est pas arrivée…

– C'est vrai, admet-il. Je crois que j'ai un peu le trac.

Je me retourne.

Adam, le trac ? Lui qui est à la tête d'une société énorme ? Qui traite avec des milliers de personnes ?

Je me blottis contre lui.

– Je ne sais pas comment c'est pour les autres familles

mais, chez nous, c'est un peu comme un tourbillon. Tu as juste à te laisser porter, lui glissé-je tendrement.

L'hélicoptère se fait entendre au loin.

Je suis curieuse de voir la tête que mes parents vont avoir en descendant !

Ryan, en bas, doit avoir la même pensée. Il vient de sortir de l'eau et d'attraper une serviette. Il ne veut rien rater non plus…

L'aire d'atterrissage se trouve plus loin. Nous nous dirigeons tous les quatre vers l'hélicoptère qui vient tout juste de se poser. Ryan et moi avançons devant, comme deux gamins, prêts à se moquer de la tête livide de nos parents. Une fois les pales arrêtées, nous pouvons nous rapprocher. La porte s'ouvre et ma mère descend la première. Déception : elle affiche un large sourire, elle a l'air plus que ravie. Même mon père, en pleine discussion avec le pilote, ne semble pas du tout perturbé par le vol.

Ma mère nous embrasse alors que mon père s'attarde autour de l'appareil en compagnie du pilote. Adam nous dépasse et le rejoint. La poignée de main entre mon père et lui est chaleureuse. C'est désormais à trois qu'ils devisent autour de l'hélicoptère.

– Mes enfants ! C'était sublime ! s'extasie ma mère. Un peu impressionnant au décollage, mais une fois là-haut ! Il faut que je remercie Adam de cette très bonne idée !

Ma mère retourne sur ses pas, tenant Ryan par le bras. Claire me rejoint.

– Je t'avais dit, je ne fais pas le poids devant Adam. Il a mis la barre haute avec le tour en hélicoptère… Tu crois que je peux impressionner tes parents avec ma fameuse recette de Margarita ? me demande-t-elle avec un faux air sérieux.

Je la regarde, tout aussi sérieusement :

– Humm… Non. Mais ça se tente…

Nous éclatons de rire.

Adam fait visiter sa maison à mes parents et leur présente leur chambre. Mon père se montre silencieux, mais ma mère n'arrête pas de pousser des cris d'émerveillement.

Maman a toujours été très expansive.

Ryan, Claire et moi aidons Gloria en cuisine. Nous déjeunons sur la terrasse supérieure, celle qui offre une vue magnifique sur la baie de San Francisco. La journée est magnifique.

Le déjeuner se passe bien. Adam est un hôte excellent. Mes parents et lui n'en sont pas à leur première rencontre et une certaine familiarité s'installe entre eux. Ma mère ne voit plus uniquement son côté « milliardaire », l'échange devient plus naturel. Adam arrive de toute façon à faire rapidement oublier cette partie de lui. Quant à mon père, il est moins sur sa réserve.

Je ne peux pas passer l'après-midi avec eux, je dois retourner au conservatoire pour débriefer avec tout le monde sur le concert de la veille, répéter un peu et me préparer pour celui de ce soir. Ryan a décidé de faire visiter son nouvel appartement à nos parents, de leur montrer son nouveau campus, de les rassurer aussi quant à son déménagement rapide. Claire est de la partie. Mes parents ont accueilli la nouvelle de leur idylle naissante avec le sourire. Je ne sais pas du tout ce que va donner le franc-parler de Claire avec celui de ma mère… Adam doit de son côté régler quelques affaires en cours. Et tout le monde devrait venir m'écouter ce soir avant que nous allions dîner au restaurant.

Comme la veille, le concert s'achève sous des tonnerres d'applaudissements. Adam nous a réservé une table dans un restaurant calme et charmant. Il n'a pas opté pour une table dans un palace de la ville, sachant que mes parents ne s'y seraient pas sentis à l'aise. Je ne peux que sourire à cette délicate attention.

Adam est tellement aux petits soins pour nous…

En nous installant à notre table, je lui glisse discrètement à l'oreille :

– Méfie-toi, à ce rythme, c'est toute la famille Haydensen qui va débarquer à San Francisco !

Nous passons commande et, alors que nous heurtons nos coupes dans un tintement cristallin, mon père s'intéresse soudain à la région.

– Adam, vous avez de très jolis parcs autour de San Francisco. Est-ce que vous avez de bons endroits pour pêcher ? demande mon père.

– Oh ! Jeff ! Tu ne vas quand même pas pêcher pendant notre séjour ici ! Tu ne vas pas faire ton ours solitaire alors que nous sommes venus voir nos enfants ! gronde ma mère.

La pêche est le passe-temps favori de mon père…

– Eh bien, oui, il y a bien le lac Tahoe, mais je vous avoue Jeff, je ne sais pas si c'est un bon endroit pour la pêche, répond mon père.

– Vous n'aimez pas la pêche, Adam ? poursuit mon père.

– En fait, je n'ai jamais essayé.

– Vous ne faisiez pas ça avec votre père ? s'étonne le mien.

Silence. Je lève les yeux vers Adam. Sujet délicat… Adam prend le temps de répondre.

– Je n'ai pas connu mon père. Et mes affaires m'accaparent beaucoup trop pour me laisser ce genre de passe-temps, avoue doucement Adam.

Mon père se tait.

– Dans ce cas, il faut que vous essayiez au moins une fois,

déclare mon père.

– On peut faire ça demain, si ça vous dit, propose Adam. Je me renseigne pour trouver un bon site, vous me dites ce qu'il nous faut, et on y va ! Qu'est-ce que tu en dis, Ryan ?

Adam à la pêche ? Après l'hélicoptère et mes parents, Adam avec des bottes et une canne à pêche ?

Mon père est séduit par la proposition et accepte aussitôt, malgré les protestations de ma mère.

À la maison, une fois seuls, je ne peux m'empêcher de taquiner Adam :

– Tu voulais juste faire plaisir à mon père ou tu as vraiment envie de pêcher ?

– J'ai vraiment envie. Et je pense que ton père peut être un très bon professeur !

– J'aimerais être une petite souris pour vous observer tous les trois demain !

– Tu ne peux pas savoir comme je suis excité. Je n'ai jamais vécu ce genre de sortie, tu sais, souffle Adam, mélancolique. Et puis, imagine, se reprend-il, si la pêche me passionne, nous passerons nos week-ends au bord de l'eau, et on mangera du poisson grillé !

– Je ne peux pas… j'ai violon, dis-je en levant les yeux au ciel.

Je connais la pêche, mon père nous y emmenait ados, mon frère et moi… Autant dire que je n'ai pas hérité du gène de mon père.

Nous nous enlaçons tendrement. Adam est exténué et sa journée de demain s'annonce chargée et physique. Ils ont décidé de partir tôt le matin. Mon père a indiqué à Adam plus tôt dans la soirée le matériel dont ils auraient besoin, et tout devrait être livré demain matin avant leur départ. Même Gloria sait déjà qu'elle doit préparer un solide pique-nique pour les trois hommes…

Adam me réveille en m'embrassant délicatement sur le front.

– Quelle heure est-il ? demandé-je d'une voix ensommeillée.

– Tôt, nous partons, rendors-toi, murmure Adam.

La pêche…

J'ouvre les yeux. Ceux d'Adam pétillent.

– Vous partez déjà ?

– Oui, à la fraîche, comme dit ton père. À ce soir, mon ange.

– Fais attention à toi ! lui glissé-je alors qu'il passe la porte.

Je me cale à nouveau contre les oreillers.

J'espère qu'ils penseront à prendre des photos…

Quand je descends voir ma mère, je la retrouve sans surprise dans la cuisine à discuter avec Gloria. Claire est partie elle aussi pour sa séance de sport et devrait nous retrouver ici dans l'après-midi. Je propose donc à ma mère de faire un tour en ville. Pour l'occasion, j'ai glissé aux gardes du corps de se montrer très discrets, je ne veux pas l'inquiéter.

Ma mère se conduit comme une parfaite touriste. Elle est du genre à rentrer dans les magasins de souvenirs juste pour le plaisir et à rapporter tout et n'importe quoi de ses voyages.

– Tu sais, Gloria m'a un peu parlé d'Adam. Il n'a pas l'air de mener une vie très gaie, commente ma mère.

– Disons qu'il est très accaparé par ses affaires, dis-je sans entrer dans le détail.

– En tout cas, Adam est quelqu'un de bien. Argent ou pas argent, souligne ma mère. Oh ! tiens regarde, une voyante ! Tu n'as pas envie de connaître ton avenir ? me demande-t-elle, soudain surexcitée.

– Non, pas vraiment…

– Oh ! allez, viens, je n'ai jamais fait ça non plus, ça peut être drôle !

– Maman, je ne crois pas à tout ça.

Ma mère me tire littéralement à l'intérieur de la boutique, une sorte de petit salon silencieux. Aussitôt, une femme apparaît, d'allure un peu tsigane : long jupon, tunique ample serrée à la taille par une ceinture, cheveux longs et noirs.

Bonjour les clichés !

À ses oreilles pendent des boucles qui sonnent à chaque

mouvement de sa tête. Je n'arrive pas à décrire son regard. Ses yeux sont noirs, d'un joli noir profond, mais impossible de savoir s'ils expriment de la bienveillance ou du mépris.

– Bonjour madame, est-ce qu'il serait possible d'avoir une consultation pour ma fille ?

– Maman... Et pourquoi pas pour toi ? tenté-je encore de lutter.

– Ma vie est faite, Éléa. La tienne, non !

La voyante ouvre son rideau et nous demande de la suivre dans l'arrière-boutique. Nous entrons dans une pièce tout aussi silencieuse que la première. Je la parcours des yeux. La décoration est agréable à regarder, des tissus sont suspendus aux murs, la lumière extérieure baigne l'endroit.

Aucune boule de cristal.

Dans un coin, sur un guéridon, sont empilés de vieux livres à la couverture de cuir. D'où je suis, je ne distingue pas leurs titres. Un grand buffet en bois, d'un style très ancien, occupe une large partie du mur, face à la porte. Ici aussi, de nombreux livres emplissent les étagères. Seul le bouquet de fleurs placé sur le rebord de la fenêtre apporte un peu de fraîcheur et de vie à la pièce. Je prends place derrière une table ronde, non sans jeter un dernier regard noir à ma mère, qui s'assied derrière moi dans un fauteuil aux couleurs passées. De l'autre côté de la table, la voyante me fixe, j'ai l'impression qu'elle cherche à lire en moi...

Quelle comédie!

– Je vais vous tirer les cartes, m'indique-t-elle.

Alors qu'elle bat les cartes et les distribue sur la table, elle continue de m'observer. Même quand elle pose ses cartes en carré devant elle les unes après les autres, elle ne me quitte pas des yeux. Je ne suis pas à l'aise. Elle me quitte enfin du regard, je respire à nouveau. Ses mains s'attardent au-dessus de la table. Ses yeux sont fermés et ses doigts effleurent le dos des cartes. Je l'observe, intriguée. Elle respire profondément et ouvre enfin les yeux. Son regard noir est absent, ailleurs. C'est étrange, la voyante est bien en face de moi, mais je la sens tellement loin… Elle retourne les cartes une à une, délicatement, comme si elles pouvaient se briser, comme de la porcelaine. Une série de figures se dévoile. J'aperçois une sorte de diable, puis un soleil, un homme suspendu par les pieds… Aucune de ces cartes ne me parle mais je crains, au fond de moi, de voir apparaître la mort. Soudain, elle laisse échapper un cri, sa main se met à trembler. Toutes les cartes sont maintenant retournées. La mort n'y est pas mais la réaction de la voyante me glace le sang.

– Je vois la menace, dit-elle dans un souffle. Elle est partout. Elle se cache, mais elle est prête à vous attaquer… Votre avenir est sombre, je vois le brouillard… Vous avez attiré la haine… la haine et l'amour… Cet homme…

La voyante se rejette en arrière dans son fauteuil. Elle me regarde, son teint est livide, ses yeux emplis d'effroi.

– Un homme, celui de votre cœur, il est en difficulté, il va mal… C'est plus fort que lui, plus grand, il ne peut pas lutter. Je vois un accident…

Mon ventre commence à se serrer.

Je ne sais pas si elle joue la comédie, mais elle commence à m'inquiéter… Adam…

– Je vois la mort autour de vous. Vous êtes entourée, protégée, mais la menace… elle n'a peur de rien…

Des larmes se mettent à ruisseler, la voyante pleure. Dans mon dos ma mère s'est levée et a mis sa main sur mon épaule.

– On vous veut du mal, vous devez faire attention. Cette menace… elle a tué déjà… elle n'a pas peur de continuer…

La voyante pose les mains sur la table et d'un geste fébrile, elle réunit toutes les cartes. Elle murmure une sorte de prière inaudible et tente de retrouver un peu de calme. Elle ne me regarde plus, elle semble désormais m'ignorer, comme si ma seule présence pouvait de nouveau l'entraîner dans ce profond désespoir. Je respire vite…
Je sais que ma vie n'est pas des plus calmes, mais cette menace dont elle parle…

Je suis tremblante quand je me lève, ma mère n'en mène pas large non plus. Et s'il était vraiment arrivé quelque chose à Adam ? La voyante nous demande, lasse, de partir.

Elle me regarde avec pitié, m'attrape la main et continue sa prière. Personne ne pense à sa rémunération, nous sommes toutes les trois bouleversées.

Sur le trottoir, ma mère ne sait plus quoi dire. Le retour se fait en silence, je suis perdue dans mes pensées. Adam… J'essaie machinalement de l'appeler, mais je tombe tout de suite sur son répondeur. Il ne doit pas avoir de réseau là où il est. Ma mère me propose de conduire pour rentrer chez Adam. Avec le GPS, je la laisse s'en sortir dans les rues animées de San Francisco. Je la sens tendue elle aussi. Elle doit regretter son insistance. Je ne crois pas en ce genre de chose d'habitude, mais la réaction de la voyante était si impressionnante…

Quand nous arrivons à la maison, le gros 4 x 4 d'Adam est garé dans l'allée. S'ils sont rentrés tôt, c'est qu'il a dû se passer quelque chose ! Je sors comme une furie de la voiture, laissant ma mère derrière moi. Je cours jusqu'à la maison, ouvre la porte, entre. Dans le salon, Adam est assis dans le canapé. Il a le visage égratigné et un gros hématome sur le front.

Adam !

– Adam ! crié-je en arrivant à lui.

– Mon ange, tout va bien ! C'est moins grave que ça en a l'air. Tu as une mine épouvantable, il s'est passé quelque chose ? s'inquiète Adam.

– C'est plutôt à toi que je dois demander ça !

– Oh ! eh bien, je crois que je manque d'entraînement pour

pêcher, dit-il piteusement. J'ai voulu escalader un petit monticule rocheux pour avoir une vue d'ensemble… Les pierres n'ont pas tenu sous mon poids, j'ai glissé et certaines me sont tombées dessus…

– C'est tout ?

– Oui, c'est tout. Mais toi, qu'est-ce qui ne va pas ?

– Oh ! rien, je te raconterai plus tard…

Je souffle, rassurée. La voyante a vu l'accident, mais ce n'est rien. Cette coïncidence me trouble. Ryan et mon père sortent de la cuisine avec une poche de glace que mon père tend à Adam.

– Ah là là, petite sœur, Adam nous a bien fait rire. Un peu peur au début, mais on a ri, me raconte Ryan.

– C'est vrai, renchérit mon père, souriant. Il n'est pas mauvais pêcheur, mais il ne sait pas marcher.

– Je compte sur vous deux pour m'entraîner à ne plus trébucher au moindre petit obstacle, ajoute Adam.

Ma mère vient de faire son apparition dans la pièce. Sa mine est toujours contrariée par ce qu'elle a entendu chez la voyante. En entendant les trois hommes plaisanter, elle se détend.

– Mon ange, tu es sûre que tout va bien ? Vous n'avez pas l'air bien toutes les deux, m'interroge encore une fois Adam.

– Je t'expliquerai plus tard, ne t'inquiète pas. L'essentiel est que tu ailles bien ! réponds-je d'une voix blanche.

John entre dans la pièce à son tour et tend un pli qu'un

coursier est venu déposer dans l'après-midi. J'en profite pour ôter mon manteau et souffler. Adam n'a rien…

Ce qu'a dit la voyante, on verra plus tard.

Je me retourne vers Adam, sa mine est soudain crispée. De nouveau, l'angoisse m'étreint le ventre. Adam relève la tête, sourcils froncés :

– C'est une invitation de Lorraine. Elle nous convie à un dîner chez elle.
– Lorraine ?

Adam secoue la tête. Il me tend l'invitation. La petite écriture de Lorraine nous invite effectivement, Adam et moi, à venir dîner chez elle pour un repas informel. Je n'en crois pas mes yeux… Lorraine a écrit mon nom. Je frissonne. Qu'est-ce qu'elle nous veut ? Je sens à nouveau la menace planer au-dessus de ma tête.

Et si la voyante disait vrai ?

III

INTIMIDATIONS

11
INQUIÉTUDES

Je reprends mes esprits dans la cuisine, essaie de rassembler ce qui peut l'être dans ma tête pour retrouver un peu de cohérence. Je fixe mon verre d'eau. Dans le salon, Adam, mes parents et Ryan discutent de leur journée, de leur expédition entre hommes en pleine nature, d'Adam et de son envie de prendre de la hauteur pour admirer le paysage, ce qui lui a valu quelques contusions… C'était une première pour lui, cette sortie. Il n'a pas encore le pied assuré pour marcher aux côtés de mon frère et de mon père, plus aguerris. Mais ce n'est pas tant cet incident qui fait battre mon cœur. L'entrevue avec la voyante plus tôt dans l'après-midi tourne en boucle dans mon esprit. Elle a prédit l'accident d'Adam, elle a vu les difficultés qu'il rencontrerait sur les sentiers.

Si elle a dit vrai pour ça, qu'en est-il du reste ?

Je la revois s'affoler devant ses cartes, je revois ses yeux pleins d'effroi, son trouble, ses paroles… La voyante m'a parlé de menaces, de menaces particulières, sombres et fortes, elle a aussi parlé de mort…

Celui qui nous menace est prêt à tout pour arriver à ses fins, il a déjà tué, il peut recommencer…

Voilà ce qu'elle a dit. Je suis encore glacée, incapable de me réchauffer. Je sais qui est cette menace, comment en douter désormais ? Lorraine Hill, la tante d'Adam, a déjà prouvé combien elle était dangereuse. Adam fait des recherches sur sa famille et son passé. Ses récentes découvertes montrent que Lorraine lui a toujours menti. Ses parents ne sont pas les viles personnes qu'elle a décrites à son neveu. Non, au contraire. La mère d'Adam était une femme bien, respectée et aimée de tous, son père ne l'a pas abandonné. Il a subvenu aux besoins de sa famille mais à distance. Pourquoi les parents d'Adam ont-ils été séparés ? Pourquoi son père ne s'est-il pas occupé d'Adam après la mort de sa mère ? Tant de questions encore n'ont pas trouvé de réponses… Les recherches sont longues et compliquées, comme si quelqu'un cherchait, ou avait cherché, à enterrer la vérité le plus profondément possible. Lorraine n'aime pas qu'Adam fouille son passé, c'est devenu une évidence.

Que cache-t-elle ?

Je ne crois pas aux voyantes en temps normal, mais celle-ci m'a fait une forte impression. Ce qu'elle a vu l'a bouleversée. Et ma mère et moi aussi, par la même occasion. Si elle dit vrai, Lorraine n'a pas fini de nous malmener. Mais jusqu'à quel point ? Serait-elle vraiment prête à attenter à la vie de son neveu ? À la mienne ? Est-ce qu'elle a poussé Paul à se suicider ? En lui avouant qu'elle n'était pas sa mère, mais sa belle-mère, le monde de Paul s'est effondré. En lui reprochant ses échecs pour arrêter les recherches d'Adam, en le manipulant avec mépris, n'a-t-elle pas cherché à l'écarter ? Je secoue la tête et frissonne. La famille Hill est mystérieuse. Adam doit continuer ses recherches pour découvrir qui était son père et comprendre ses décisions. Il ne peut en être autrement désormais. Peut-être nous faudra-t-il nous montrer un peu plus prudents à l'avenir ?

– Éléa, tout va bien ? fait une voix dans mon dos.

Ma mère. Comme j'aurais préféré qu'elle ne soit pas témoin de tout ça, qu'elle n'entende pas ces histoires de menace ! La garder en dehors de ces histoires.

– Oui, oui, ça va. Notre sortie m'a donné soif ! réponds-je en essayant de prendre un ton enjoué.
– Éléa, qu'est-ce qu'il se passe ici ? La voyante, de quelle menace parlait-elle ?

Bingo, ma mère ne va rien lâcher !

– Maman, tu sais bien que les voyantes aiment le spectacle, ça les rend plus crédibles. Oublie…
– Écoute, elle a vu l'accident d'Adam, elle ne s'est pas trompée sur ça. Alors il doit y avoir du vrai dans le reste ! Je sais bien que tu ne me dis pas tout, Éléa. Je suis une mère et je sens quand mon enfant me cache quelque chose.

– Je ne te cache rien maman, il n'y a pas de menace. Regarde, je joue pour le Philharmonique de New York, Adam est un homme bien, de quoi pourrais-je me plaindre ?

J'essaie de me montrer persuasive. Je n'ai pas envie de lui mentir, mais il n'est pas question que je lui confie tous les derniers incidents de ma vie : l'oiseau mort envoyé lors de mon premier concert au Philharmonique, le lien soupçonné entre l'incendiaire de notre maison et Paul Hill, les lettres de menace, les appels anonymes, les articles mensongers dans la presse, le passage à tabac d'Adam par les hommes de main de Paul, mon enlèvement, cette voiture qui a manqué nous renverser, mon frère et moi…

Avouer ce genre de choses à une mère, c'est comme provoquer un début de tsunami !

– Tu n'arriveras pas à me convaincre, Éléa, je sens que quelque chose se passe ici et que personne ne veut nous en dire plus. Ryan ne s'est toujours pas expliqué sur son déménagement soudain de New York à San Francisco ! Vous ne nous dites pas tout, les enfants, et ce n'est pas bien ! On s'inquiète !

Ryan a décidé de vivre ici parce que lui aussi s'inquiétait pour moi. Mais ça non plus, je ne peux pas le dire à maman…

– Ryan et Claire voulaient sans doute se rapprocher. Rien de plus maman, cherché-je à la convaincre.

Ryan et ma meilleure amie se sont mis en couple au même moment, c'est une excuse valable pour déménager. Vivre une relation à distance n'est pas évident.

– Je connais ton frère, il ne s'est jamais lancé si vite dans une relation. Il est venu ici juste après l'incendie, c'est tout de même étrange comme coïncidence !

Ma mère commence à s'agiter. Je me sens soudain à court d'arguments. Je suis lasse de tout ça…

Ma vie n'a rien de normal.

– Tu sais Éléa, reprend ma mère, nous habitons loin papa et moi, c'est dur d'être si loin de ses enfants. Mais quand en plus nos enfants nous cachent des choses, c'est encore plus angoissant. Alors puisque tu ne me diras rien, et je suis persuadée que tu as des choses à dire, promets-moi au moins d'être prudente. Et n'hésite pas à appeler si tu as besoin de nous.

Ma mère me serre contre son cœur. C'est un geste rare chez elle. Je suis tellement désolée de les inquiéter comme ça. Mais cela serait pire s'ils savaient tout. Peut-être un jour ? Je pose ma tête au creux de l'épaule de ma mère.

Qu'il est loin, le temps de l'insouciance !

Mes parents nous quittent ce soir. Toujours tenus par leur quincaillerie de Kelowna, ils ne s'accordent que de courts séjours avec nous. Le voyage doit les fatiguer mais c'est le seul compromis qu'ils s'autorisent pour passer du temps avec nous, leurs enfants. Peut-être qu'une fois à la retraite ils s'efforceront de venir plus souvent, et plus longtemps.

L'excitation de leur départ, les derniers moments ensemble, les éclats de rire sur les performances d'Adam en matière de pêche, animent le début de soirée. Et puis soudain, le vide. Mes parents ont repris avec joie l'hélicoptère pour les mener à l'aéroport et Ryan et Claire se sont eux aussi éclipsés. Nous nous retrouvons enfin seuls, assis dans le canapé, un peu assommés par le récent tourbillon que nous venons de vivre. Le week-end a été bien rempli !

– Eh bien, quel week-end ! finit par dire Adam.

– Je crois qu'il nous faudra une semaine pour nous en remettre, acquiescé-je.

– Ton père a décidé qu'il m'emmènerait pêcher lors de notre prochaine visite chez eux. Il m'a aussi parlé de bivouaquer, ajoute Adam dans un large sourire.

– Un bivouac ?!

– Hé oui ! Avec ce qui m'est arrivé, il pense que j'ai besoin d'une immersion complète en pleine nature !

– Une immersion « en milieu hostile » tu veux dire, complété-je en souriant. Remarque, tu sais maintenant qu'il faut te tenir éloigner des rochers…

– Hé ! Je ne pensais pas que des pierres pouvaient se décrocher et me tomber dessus. Tout avait l'air très solide ! essaie de se défendre Adam.

Je lance à Adam un regard dubitatif, purement moqueur. Il a juste manqué de chance, mais j'ai envie de le taquiner. Je pense que cet épisode restera longtemps entre nous, et que Ryan ne manquera pas de le chambrer à ce sujet.

– Mademoiselle Haydensen, je lis de la moquerie dans vos yeux ! dit Adam faussement fâché. Je vous mets au défi de m'accompagner à ce prochain bivouac et je suis curieux de voir comment vous vous en sortirez, citadine comme vous êtes !

– Vous oubliez que j'ai grandi là-bas, monsieur Ritcher, minaudé-je.

– J'ai hâte de vous voir lâchée en pleine nature !

Adam se rapproche de moi. Aussi près, je peux sentir l'odeur de sa peau, cette odeur terriblement enivrante et troublante. Mais au lieu de m'enlacer, d'un geste, il me donne un petit coup de coussin que je n'ai pas vu venir.

Monsieur est joueur ce soir…

J'en attrape un moi aussi et entre dans la bataille. J'évite de toucher son visage et ses égratignures. Nous bataillons comme deux enfants jusqu'à ce que je baisse les armes. J'ai besoin de reprendre mon souffle. Adam m'attire à lui. Je m'installe contre sa poitrine, la tête sur son torse, les jambes sur ses cuisses. Il me serre et me caresse doucement les cheveux. J'entends son cœur battre, je ferme les yeux.

– Mon ange, tu avais l'air paniquée en rentrant et ta mère

n'avait pas l'air bien non plus. Qu'est-ce qui vous a mises dans un état pareil ? demande Adam, brisant ce tendre moment.

J'ouvre les yeux et me redresse.

– Ma mère m'a entraînée voir une voyante. L'échange a été, disons… très étrange. Elle m'a dit qu'une menace planait sur moi, qu'il fallait que je me méfie, que cette menace avait tué et qu'elle n'avait pas peur de recommencer. La voyante était bouleversée et son attitude nous a un peu impressionnées.

– Une voyante ? J'espère que tu ne crois pas toutes ces balivernes.

– Je n'y crois pas non, mais elle a vu qu'il t'était arrivé quelque chose.

– Coïncidence ! Cette voyante a fait son spectacle, ça fait partie de son job. Ne te tourmente pas pour ça, mon ange.

– Je m'en remettrai. En revanche, ma mère est partie très inquiète. Elle se doute que je ne lui raconte pas tout.

– Je suis à l'origine de toute cette inquiétude autour de toi. Je te promets que quand on en aura fini avec tout ça, nous aurons une vie plus tranquille. En attendant, je ferai tout pour te protéger, souffle Adam en me regardant droit dans les yeux.

Les promesses d'Adam ne sont jamais faites en l'air. À cet instant, mon inquiétude de l'après-midi s'envole, j'éprouve une confiance totale en l'homme à mes côtés. Et je sens que j'ai une chance incroyable de l'avoir, même si cela implique quelques « difficultés » au quotidien. J'ai hâte de vivre cet « après », qu'on en termine avec ces questions, avec Lorraine…

Tiens, d'ailleurs, Lorraine...

– Qu'est-ce que tu penses de son invitation? demandé-je à Adam, en attrapant le carton laissé sur la table.

Nous n'avons pas eu l'occasion de reparler de cette invitation arrivée dans l'après-midi. Adam l'a ouverte alors qu'il soignait ses blessures, et je rentrais à peine de cette séance chez la voyante. Ce carton fait écho à la menace énoncée cet après-midi. Mais je ne dis rien de ma pensée à Adam. Il n'y croit pas et moi non plus, je n'y ai jamais cru.

– J'imagine que ce sera l'occasion pour Lorraine de jouer une nouvelle fois la comédie. Je suis très curieux de savoir pourquoi elle nous convie tous les deux. Il y a quelque chose derrière cette invitation, nous le découvrirons bien assez vite, commente Adam d'une voix froide. Je préférerais que tu ne viennes pas, pour t'éviter tout ça. Tu n'as pas besoin de t'exposer aux états d'âme de Lorraine.

– Je sais bien que tu aimerais me protéger de Lorraine, mais l'invitation est à nos deux noms et ce serait très mal vu que je ne vienne pas avec toi. Lorraine en conclurait que je nie ses efforts, insisté-je. Ne t'inquiète pas, je veux t'accompagner. Allons-y ensemble et découvrons ce qu'elle veut.

J'arrive à me montrer convaincante. Je veux prouver à Adam qu'il peut compter sur moi lui aussi. Et même si je ne pense pas être complètement sereine demain soir, je sais qu'Adam ne laissera pas Lorraine aller trop loin.

– Qu'est-ce que tu penses de monter un plateau dans la chambre ? J'ai faim, mais j'ai aussi envie de repos, de calme et de toi, me propose Adam, le sourire au coin des lèvres.

– Oh ! oui. Je valide ton programme, approuvé-je en plaçant un doux baiser sur ses lèvres.

– Pars devant et fais-nous couler un bain ! Je vais voir avec Gloria pour le plateau !

Je gravis l'escalier rapidement et entre dans la magnifique chambre d'Adam. J'aime ce lieu, ce grand lit au milieu de la pièce, la cheminée dans un coin, la télévision savamment camouflée derrière un miroir. C'est un précieux havre de paix dans lequel aucun de nos soucis n'est entré. Je me dirige vers la salle de bains et ouvre les robinets. L'eau coule en cascade. J'y jette quelques perles de bain, qui parfument tout de suite la pièce entière. J'allume la chaîne hi-fi et trouve une douce musique d'ambiance. Je veux que tout soit parfait…

Je me dépêche d'enfiler un déshabillé en soie noire, j'ai envie de séduire Adam, de voir briller ses yeux en me voyant, de le voir mordre sa lèvre. Mon cœur s'affole quand je l'entends passer la porte de la chambre. Je m'appuie sur le chambranle de la porte coulissante de la salle de bains, invitant Adam à me rejoindre. En me voyant, son regard s'obscurcit de désir et il me rejoint sans attendre. La soirée s'annonce sensuelle, torride même. Adam n'a rien perdu de ses forces malgré sa journée au grand air et je brûle d'envie de le sentir contre moi depuis que j'ai respiré son odeur…

Le réveil est tout aussi délicieux que le coucher. Adam me caresse le dos, paisiblement. J'ouvre les yeux en douceur.

– Allez petite marmotte, il est temps de se réveiller. Une longue journée nous attend, murmure Adam tout près de moi.

J'étire mon corps engourdi.

– Je crois au contraire qu'elle risque de passer très vite ! C'est la soirée chez Lorraine qui s'annonce longue, ajouté-je en soupirant.

Je rejoins Adam dans la cuisine. Rasé de près, avec son costume gris, sa cravate noire et sa chevelure savamment domptée, il est… magnifique. Je ne peux pas m'empêcher de lâcher un soupir de plaisir en me rappelant la force de ses bras, m'entourant, cette nuit.

M'entourant, moi !

Il me tend une tasse de café fumante.

– Est-ce que tu as le temps de m'accompagner ce matin à mon bureau ? J'ai rendez-vous dans une demi-heure avec Hayley, j'aimerais que tu sois là, me demande Adam visiblement enthousiaste.
– Tu vois Hayley ce matin ?

Notre amie journaliste est toujours très disponible, mais je me demande bien pourquoi Adam souhaite la voir.

– Oui, j'ai eu une idée, je t'expliquerai en route.

Adam est déjà prêt à partir et me laisse à peine le temps de finir mon café.

Quelle idée ?

Hayley est déjà là à nous attendre quand nous arrivons. Adam a eu le temps de s'expliquer dans sa voiture et je trouve son idée très bonne. Encore faut-il que Hayley accepte !

– Hayley, merci d'être venue aussi vite, dit-il en lui serrant la main chaleureusement. Allons dans mon bureau pour discuter.

– Vous aviez l'air assez pressé au téléphone. Et je ne commence ma journée que dans une heure au journal.

Je salue Hayley à mon tour. J'apprécie la jeune femme, elle est sincère et nous a toujours aidés. Il y a peu encore, elle m'a prévenue qu'une rumeur s'apprêtait à circuler sur ma prétendue grossesse. Grâce à elle, Adam a pu faire intervenir ses avocats et le site *people* qui a mis en ligne cette fausse information l'a retirée aussitôt et tout a été enlevé du web.

Nous nous installons dans ce coin salon que je commence à bien connaître. Peu de temps après notre entrée, un homme vient nous apporter un plateau pour le petit déjeuner.

Je vais peut-être pouvoir boire un café plus tranquillement !

Adam est le premier à prendre la parole.

– Hayley, j'ai besoin de vous et de votre talent d'investigatrice. J'ai décidé il y a quelque temps d'enquêter sur ma famille, mes parents plus exactement. J'ai découvert pas mal de choses mais je me retrouve un peu coincé concernant mon père. Il semblerait que toutes les informations sur lui soient protégées, et il m'est difficile d'approfondir mes recherches sans éveiller les soupçons. J'ai envie de me montrer discret, c'est pourquoi j'ai pensé à vous.

– Si je comprends bien, vous voulez que j'enquête sur votre père ? demande Hayley, concentrée.

– Exactement. Pour commencer, j'aimerais savoir où il a vécu à San Francisco avant de mourir. Si vous trouvez autre chose, je suis preneur.

– Je vais essayer de me renseigner. Je ne suis pas détective privé, mais je devrais trouver quelques éléments. Vous m'avez dit qu'il s'appelait Howard Hill, c'est bien ça ?

– Oui. Si on vous interroge au cours de votre enquête, ou si vous vous sentez menacée, surtout, prévenez-moi. Je ne tiens pas non plus à ce que vous vous mettiez en danger pour moi, prévient Adam.

– Oh ! vous savez, les sujets qui fâchent, c'est un peu mon cœur de métier. Découvrir qui était vraiment Howard Hill peut faire un très bon sujet de reportage. D'ailleurs, est-ce que vous me donneriez l'autorisation de publier certaines informations ? demande Hayley.

– Discutons-en le moment venu, d'accord ?
– OK ! Je vais m'y mettre tout de suite, j'imagine que vous êtes assez pressé d'avoir des réponses ?
– Je ne peux rien vous cacher, Hayley, avoue Adam en souriant.
– Très bien. Je vous tiens au courant !

Hayley est fine. Elle connaît les grandes lignes de notre histoire, elle sait que nous avons dû traverser pas mal d'épreuves ces derniers temps. Elle ne pose pas de questions inutiles et va droit au but. C'est ce qu'Adam apprécie chez elle.

– Bon, eh bien, il n'y a plus qu'à attendre, soufflé-je au-dessus de mon café.
– Oui, j'ai confiance en Hayley. Et si j'arrête les recherches de mon côté, Lorraine pensera peut-être que j'ai laissé tomber. Que je me contente de ce que je sais.
– Tu crois que ça peut marcher ?
– Oui. Ambrose et Lorraine sont trop présents dans ma vie en ce moment. Je sens qu'ils me surveillent. Je les laisse croire que je passe à autre chose !

Adam me sourit. Il affiche son éternelle assurance, il sait ce qu'il veut et où il va. Je suis toujours admirative de le voir aussi combatif et persévérant. Il n'abandonne jamais, trouve toujours de nouvelles ressources. Au tour de Lorraine d'être manipulée !

12
RÉUNION DE FAMILLE

Mon ventre se serre, je n'ai jamais eu autant le trac de toute ma vie, même avant un concert.

Enfin, c'est différent.

J'ai l'impression de m'apprêter à me jeter dans la gueule du loup. Au moins, pendant un concert, je sais quoi faire, je sais de quoi il est question. Je sais comment ça se passe. Là, c'est l'inconnu. Ce dîner chez Lorraine me donne froid dans le dos. Cette femme s'est toujours montrée distante à mon égard et n'a jamais vu d'un très bon œil mon arrivée dans la vie d'Adam. Paul m'a même avoué avant sa mort qu'elle lui avait demandé de malmener Adam à Riverton, pour lui faire abandonner ses recherches sur son passé. Et ça s'est fini à l'hôpital… Si elle a été capable de faire ça à son propre neveu, qui sait si elle n'est pas derrière autre chose ? Les lettres de menace, l'incendie de la maison, est-elle aussi derrière tout ça ? Comment savoir ?

Et ce dîner ? Se sent-elle seule, comme l'a glissé Ambrose à Adam la dernière fois ? A-t-elle vraiment envie de resserrer les liens avec la seule famille qui lui reste ? A-t-elle des regrets ? Cette femme a un don pour brouiller les pistes. À l'enterrement de Paul, elle est apparue comme une mère ravagée, et pourtant elle venait de rejeter son fils en le traitant d'incapable et en lui avouant qu'elle n'était pas sa mère, mais sa belle-mère. Paul a été trompé toute sa vie, manipulé. Il n'a été qu'un simple pion pour Lorraine, la personne idéale pour être son homme de main. Le monde de Paul s'est effondré et il s'est suicidé. Je n'oublierai jamais ses aveux quand il m'a enlevée. Lorraine ne sait pas qu'Adam et moi sommes au courant de son secret, ni qu'il a fait des recherches sur la vraie mère de Paul. Lorraine a menti toutes ces années à son beau-fils. Dans quel but ? Pour l'héritage ? Ces histoires me dépassent. Et en attendant, il faut l'affronter, ce soir, chez elle, sur son terrain.

J'en frissonne.

Nous serons sur nos gardes, Adam et moi.

Et comme je m'y attendais, la journée passe vite. J'ai beau prendre le temps, ralentir la cadence même de certains morceaux de violon, discuter avec tout le monde de tout et de rien, l'aiguille avance trop vite sur le cadran de l'horloge. Et dès que je passe la porte du conservatoire et que j'entre dans ma voiture pour aller me changer chez moi, une petite voix commence à me souffler à l'oreille : « N'y va pas… »

Si ça ne tenait qu'à moi ! Mais je ne veux pas laisser Adam s'y rendre seul.

L'appartement est vide quand je rentre. Claire est sur un nouveau projet et elle finit tard. Je dois donc choisir seule ma tenue pour ce soir. Elle doit être irréprochable, et il faut que je m'y sente bien.

Cette soirée me met suffisamment mal à l'aise pour ne pas en rajouter !

J'opte pour une jupe noire, un top fluide blanc et une veste de la même couleur. Je joue la carte de la sobriété, je ne pense pas me tromper avec cet ensemble. Quelques bijoux pour rehausser un peu l'ensemble, un maquillage soigné et un chignon pour retenir mes cheveux. Je m'observe dans la glace, je me scrute dans le moindre détail pour ne rien laisser au hasard. J'accompagne Adam, je dois être à la hauteur. L'angoisse me vrille le ventre.

Je devrais peut-être mettre une robe. Est-ce que je suis assez habillée ? C'est un dîner, pas un gala. Ah, je ne sais pas… Si seulement Claire avait été là !

À 19 heures tapantes, le chauffeur d'Adam sonne à l'interphone. Je n'ai plus le temps de me changer, je vais devoir y aller comme ça. Je chausse mes escarpins, ceux avec lesquels je ne marcherais pas des kilomètres, mais qui ont le mérite de me grandir et d'allonger un peu ma silhouette.

Et si Adam n'aime pas ?

Et toujours cette petite voix… Ce dîner est-il vraiment une bonne idée ? Et la voyante qui parlait de menaces ? Mon cœur bat à tout rompre, mes jambes flageolent, ma gorge se serre. Je me sens défaillir.

Si je fais un malaise, j'aurais une bonne excuse pour ne pas y aller…

Mais Adam m'attend devant sa voiture. Son sourire crispé ne m'aide pas à me sentir mieux.

– Tu vas à un entretien ? me demande-t-il en m'embrassant délicatement.
– Ça ne te plaît pas ? Ce n'est pas assez ? Je le savais ! Je remonte me changer et…
– Hé, doucement mon ange, je te taquine. Tu es très bien, c'est parfait.

Je lance à Adam un regard noir.

Ma tenue n'est vraiment pas le meilleur sujet de plaisanterie !

Adam se rend compte de ma nervosité et comprend que l'humour n'est pas à ma portée pour le moment.

– Mon ange, je te trouve parfaite, ajoute-t-il. Tu te sens prête ?
– Pas vraiment…, bougonné-je d'une voix faible.

Adam m'attire à lui. Je me blottis dans ses bras et respire son odeur, son parfum qui a tant de pouvoir sur moi. J'inspire profondément, j'arrive même à me détendre. Je sais où me réfugier si la soirée se passe mal… Adam m'apparaît encore une fois comme un roc, je sais qu'il est là pour me protéger si jamais les choses devaient mal tourner. Qu'il suffira d'un regard pour que je trouve son soutien. Je n'ai pas peur à ses côtés. Il me rassure.

Haut les cœurs ! Peut-être que cette soirée passera vite ?

Dans la voiture, j'observe Adam. Il porte un costume sombre lui aussi, très sobre. Si je donne l'impression de passer un entretien, lui semble se rendre à un dîner d'affaires. Adam n'a pas l'air tendu, ce que je lui envie. Mais sa mine sérieuse et son visage fermé révèlent qu'il n'envisage pas ce dîner comme une partie de plaisir. Il me tient la main, la caresse doucement du pouce. Quand il pose ses yeux sur moi, une douce chaleur m'enveloppe. Pour moi, et uniquement pour moi, son regard s'allume et son visage s'illumine. Il sait exactement comment me rassurer.

– Tu appréhendes, mon ange ? m'interroge-t-il doucement.
– Un peu…
– Ne t'inquiète pas. Lorraine n'osera aucune réflexion à ton égard en ma présence. Et même si elle ose, je sais comment lui répondre. Je ne te quitte pas de toute la soirée, il ne t'arrivera rien.

Je presse la main d'Adam un peu plus fort. J'ai confiance

en lui et ses paroles ont un effet bénéfique sur moi. Adam est à mes côtés et je n'ai rien à me reprocher de toute façon. Je n'aime pas l'idée que Lorraine puisse m'effrayer. Je n'ai pas envie de lui donner ce pouvoir sur moi !

– Je suis curieux de savoir ce que nous veut Lorraine, continue Adam en se tournant vers la fenêtre. Qu'est-ce qui peut bien se cacher derrière cette excuse du dîner familial ?

– Ambrose a dit qu'elle voulait te retrouver…

– Peut-être, même si je n'y crois pas vraiment. Restons sur nos gardes. Aucun mot en tout cas sur Paul, ni sur mes parents. Si c'est ce qu'elle veut savoir, laissons-la venir.

J'acquiesce. Il nous faut peu de temps pour arriver à la maison de Lorraine. Nous dépassons un immense portail de fer forgé, remontons une grande allée. Quelques lampadaires éclairent déjà ce qui semble être un parc immense, malgré le soleil encore rougeoyant. La pelouse est impeccable, parfaitement entretenue. Quelques buissons de buis sont disposés sur le lit de verdure. Adam me tend la main pour sortir de la voiture. À peine ai-je posé le pied au sol que mes escarpins s'enfoncent dans les graviers et je regrette déjà mon choix de chaussures. La maison est magnifique, majestueuse. Des allées partent derrière la maison, je suis curieuse de voir le jardin qu'elles doivent parcourir, mais l'heure n'est pas à la visite. Je suis déjà bien assez impressionnée par l'opulence de cette demeure. C'est sans doute l'une des plus belles maisons de San Francisco. Je fais quelques pas au bras d'Adam, qui m'entraîne vers le perron où nous attend un majordome. J'entends les pneus d'une voiture, me retourne et reconnais celle de mes gardes du corps. J'interroge Adam du regard.

– Simple précaution, murmure-t-il.

Arrivée au perron, je suis soulagée. Je ne risque plus de me tordre les chevilles dans les graviers. Mon pas se fait plus assuré. J'inspire un grand coup avant de passer la porte d'entrée. Le hall de la maison est aussi majestueux que l'extérieur. Un imposant lustre de cristal descend du plafond, de grands miroirs occupent la majorité des murs. Le marbre est omniprésent au sol, dans l'escalier qui s'ouvre vers l'étage et sur les colonnes. Malgré l'espace, je me sens oppressée. La décoration est chargée, Lorraine semble aimer les natures mortes, les portraits et les meubles anciens.

En habitué des lieux, Adam m'entraîne vers un salon. La pièce est un peu plus claire, mais toujours aussi chargée. J'ai l'impression d'entrer dans un musée. Ici une porcelaine, là un tableau de maître, des fauteuils aux tissus fleuris de style Louis XV, des consoles aux dorures brillantes, encore des miroirs, des chandeliers, du marbre… J'ai peur de bouger et de casser quelque chose ! J'aperçois Lorraine assise dans l'un des fauteuils. Je ravale aussitôt ma curiosité pour les lieux. Tout mon corps se tend. Lorraine n'est pas seule. Ambrose Carter est là aussi, je le vois de dos et reconnais aussitôt sa silhouette et sa calvitie.

– Adam, je ne t'ai pas entendu arriver, s'exclame Lorraine en tendant une main dans sa direction.

Elle ne compte visiblement pas se lever de son fauteuil, c'est à nous de la rejoindre. Adam serre une derrière fois ma main avant de la lâcher et de saluer sa tante. Ambrose se lève et les deux hommes échangent une poignée franche. Lorraine me détaille mais m'offre un sourire avenant quand je m'approche pour la saluer à mon tour.

Ce sourire donnerait-il le ton de la soirée ?

Ambrose est, comme à son habitude, très distant. Courtois, mais distant.

Je n'avais pas envisagé la présence d'autres personnes, trop occupée à penser à Lorraine. Ambrose est un proche de la famille, associé dans l'industrie pharmaceutique des Hill. Nous nous installons à notre tour dans un canapé et j'entends Adam échanger quelques banalités avec sa tante. J'essaie de remettre de l'ordre dans mes pensées, d'oublier un peu les lieux et de me concentrer sur ce qu'il se passe. Mais un rire haut perché attire mon attention. Il provient de la terrasse donnant sur l'arrière de la maison. La porte-fenêtre, grande ouverte, me permet d'observer à loisir ce jardin qui attirait tant ma curiosité il y a quelques instants.

Ne me dites pas que…

Et le rire reprend.

Oh ! non…

Je me retourne vers Adam et surprends son regard fixé lui aussi sur l'extérieur. Lorraine se rend compte de notre surprise et croit bon de préciser, au cas où nous ne l'aurions pas reconnue :

– Emy est là. C'était une amie très proche de Paul, Adam. Elle vient régulièrement me voir, on évoque nos souvenirs et…

La voix de Lorraine se brise. Je la regarde, étonnée, et la vois se tamponner les yeux. Je prends immédiatement la mesure du tour que prend cette soirée : Lorraine nous sert son côté « mère en deuil ». La comédie est donc de mise, le sourire accueillant n'était qu'une mise en bouche. Je m'imagine moi aussi jouer la comédie, lui prendre la main, la presser avec sollicitude et lui sortir un « Je comprends » plein de complaisance. Mais je m'abstiens.

Résumons : Ambrose et Emy sont de la partie. Nous sommes deux contre trois.

J'attrape à la volée une coupe de champagne que vient nous proposer une discrète serveuse et attends avant de la porter à mes lèvres.

Même si une furieuse envie de la boire d'un trait me titille.

– Vous êtes déjà là ! s'exclame une voix à la porte-fenêtre. J'ai cru que je n'arriverais jamais à raccrocher ! Adam, Éléa, quel plaisir de vous voir ici !

À peine ai-je le temps de me lever qu'Emy me pose deux bises bruyantes sur les joues.

– Toujours aussi sexy, Adam, ajoute-elle en s'agrippant à sa cravate.

Elle attrape à son tour une coupe de champagne avant de se laisser tomber dans un fauteuil à droite de Lorraine. Ça y est, nous y sommes, la soirée commence. Je réprime un soupir de lassitude.

Mais qu'est-ce que je fais là ?!

J'aimerais échanger ne serait-ce qu'un regard avec Adam, pour savoir ce qu'il pense de tout ça, mais je me sens observée, détaillée, par Emy en face de moi. Elle affiche une mine épanouie. Ses longs cheveux blonds tombent nonchalamment sur ses épaules. Je dois bien avouer qu'Emy est une belle femme, et la robe noire qu'elle porte met particulièrement en valeur sa silhouette de mannequin. Physiquement, je ne fais pas le poids…

– Bon, maintenant que tout le monde est là, levons nos verres à la mémoire de Paul, intervient Lorraine, des trémolos dans la voix.

Sagement, nous lançons tous en chœur un « À Paul ». Qui dans l'assemblée est vraiment sincère en pensant à Paul ? Je ronge mon frein, cette comédie m'exaspère…

– Je suis ravie que tu aies accepté mon invitation Adam, continue Lorraine. Nous nous sommes perdus de vue ces temps-ci. C'est dommage, nous sommes l'un et l'autre la seule famille qui nous reste.

– Tu sais que les affaires me prennent beaucoup de temps, ma tante, répond Adam en s'installant confortablement dans le canapé, visiblement à l'aise.

– Il n'y a pas que les affaires qui te prennent du temps, interrompt Emy de sa voix haut perchée en me désignant du doigt.

Je souris derrière ma coupe.

Je ne peux vraiment pas la sentir, celle-là !

– C'est vrai, continue Adam. Éléa compte beaucoup pour moi.

Je tourne la tête vers Adam, nos regards se croisent. Il a pris le parti de jouer le jeu de la comédie lui aussi, de se montrer avenant et chaleureux. Il faut que je me détende. Pour lui montrer que je le suis sur ce terrain, je lui offre un petit rire cristallin.

À moi le rôle de la parfaite petite compagne !

– Éléa, comment se passe votre vie au Philharmonique ? Je n'entends que de bons échos sur votre travail, me félicite Lorraine sur un ton mielleux.

– Merci, madame Hill. Je suis consciente de la chance que j'ai de faire partie de cette grande institution, réponds-je enjouée, un sourire plaqué sur mes lèvres.

– Je prévois d'assister à l'un de vos prochains concerts, j'ai hâte de vous entendre jouer.

– Je suis flattée, madame Hill.

Je pousse le vice jusqu'à rougir un peu.

Je crois que je m'en sors plutôt pas mal…

Les banalités continuent, la discussion est animée. Seul Ambrose se montre plus silencieux. On ne peut pas lui reprocher de ne pas entrer dans cette vaste hypocrisie. Je sens parfois son regard froid sur moi. Mais il se fait fuyant quand je l'observe à mon tour. Cet homme me met décidément mal à l'aise.

Quand Lorraine se lève enfin pour s'enquérir du dîner, je souffle intérieurement. C'est ce moment que choisit Ambrose pour parler affaires avec Adam et l'entraîner un peu à l'écart. Je serais paranoïaque, je me dirais que Lorraine et Ambrose ont fait exprès de me laisser en tête à tête avec Emy. Adam me lance un regard où je peux lire un soupçon d'inquiétude. Lui qui ne voulait pas me laisser seule… Je le rassure d'un discret hochement de tête. Quant à Emy, elle termine sa troisième coupe en me fixant. Je choisis de l'ignorer et me lève à mon tour. Je laisse ma curiosité reprendre le dessus et me dirige vers la terrasse extérieure. Espérer qu'Emy ne me suive pas est une douce utopie. Je l'entends déjà respirer derrière moi, une coupe pleine à la main.

– C'est magnifique non ? me demande-t-elle en fixant le jardin.
– Superbe…

Le parc est immense, fleuri avec soin. Les allées se rejoignent, permettant au promeneur de découvrir le moindre recoin de cette végétation contrôlée avec soin par la main de l'homme. La nuit est tombée mais tout est éclairé.

– J'adore cet endroit ! Adam et moi avons beaucoup batifolé ici, dit-elle sur le ton de la confidence.

Bien sûr. Je n'y crois pas une seconde. Bientôt elle va me dire qu'ils ont couché ensemble dans les parterres de fleurs…

Adam m'a avoué qu'ils n'avaient jamais fait l'amour et je le crois sur parole.

– Enfin, je ne dis pas ça pour te rendre jalouse, c'est de l'histoire ancienne. Mais j'aime bien me rappeler ces souvenirs… ça me fait encore des choses, si tu vois ce que je veux dire, ajoute Emy en me poussant du coude.

Je hoche la tête en souriant. Emy prend ça comme un signe d'encouragement et à mon grand désespoir, elle continue de parler.

– Paul aimait moins la nature. Adam et lui étaient si différents… Pauvre Paul, mourir si jeune, c'est affreux.

– C'est triste, en effet.

– Si j'avais su qu'il avait des tendances suicidaires, je ne l'aurais pas lâché d'une semelle. Je n'ai rien vu venir, il avait l'air d'aller bien, je ne comprends pas ce qui lui a pris.

À mes côtés, j'entends Emy renifler. S'ils étaient vraiment amis, je peux comprendre sa détresse. Si je perdais Claire moi aussi, ce serait terrible. Je baisse malgré moi la garde.

– C'est difficile parfois de se rendre compte à quel point nos proches vont mal. Ils ont le don pour cacher leur mal-être… Comment s'en vouloir ? dis-je, sincèrement compatissante.

– Paul était très mystérieux, souffle Emy. Tu es la dernière personne à l'avoir vu vivant, tu l'as trouvé comment ?

Comment sait-elle ?

– Ah bon ? demandé-je, faussement étonnée.

– Oui, il est venu au Philharmonique ce jour-là. Vous vous êtes parlé ?

Quelque chose m'alerte. La discussion vient de prendre une autre tournure et Emy a eu vite fait de sécher ses larmes.

Alors c'est ça ? Ils veulent savoir ce que Paul a pu me dire ? C'est ça, le but de ce dîner ?

Je reste évasive. Hors de question d'avouer ce que je sais.

– Je l'ai croisé, oui. Il avait l'air normal, je crois. Je ne me souviens plus, avancé-je.

– Il ne t'a rien dit de particulier ? Il ne t'a pas emmenée ailleurs ? insiste Emy.

Est-ce qu'elle sait que Paul m'a enlevée ?

– Il voulait m'emmener quelque part ? demandé-je à mon tour.

– Je ne sais pas… il aurait pu vouloir te dire quelque chose à l'abri des oreilles indiscrètes, hésite Emy.

Je fais mine de chercher dans mes souvenirs. Je sens Emy à l'affût. Lorraine doit l'avoir missionnée pour chercher à savoir ce que Paul a pu me dire.

Comme si j'allais tout avouer à Emy… C'est vraiment me prendre pour une idiote !

– Je n'étais pas la confidente de Paul, tu dois le savoir. Ce n'est pas à moi qu'il aurait confié un secret, dis-je, faussement sérieuse.

– C'est vrai, avoue Emy. Mais il avait un petit faible pour toi, ça aurait pu le pousser à te parler.

Un petit faible… J'entends encore Paul me dire qu'il me rendrait plus heureuse qu'Adam. Paul ne me voulait que par jalousie vis-à-vis d'Adam. Ça aussi, il me l'a avoué mais je ne vais sûrement pas l'apprendre à Emy !

– Tu crois qu'il avait un secret ? C'est pour ça qu'il se serait tué ? Tu as demandé à Adam ? l'interrogé-je innocemment.

Je sens Emy perdue, prise à son propre piège sous le feu des questions. Je perçois son hésitation : est-ce qu'elle doit continuer à me questionner ou laisser tomber ? Je décide de l'aider un peu.

– En fait si, Paul m'a parlé ce jour-là…

Le regard d'Emy s'agrandit. Elle attend la suite.

– Il m'a avoué qu'il n'aimait pas la musique et que sa présence au Philharmonique était juste une excuse pour me voir, dis-je d'une traite, sur le ton du secret.

Emy me regarde, les yeux vides. Est-ce qu'elle me croit ?

– C'est tout ce qu'il t'a dit ?
– Oui. Il est parti très vite après ça, conclus-je.

Je ne sais pas si Emy a gobé mon mensonge. Elle ne dit plus rien. Je profite de son silence pour mettre un terme à ce tête-à-tête, prétextant que le dîner doit nous attendre. En rentrant dans le salon, je vois Lorraine en pleine discussion avec Ambrose et Adam. Je les rejoins.

– Votre propriété est magnifique, madame Hill, souligné-je, avenante, pour faire plaisir à la maîtresse de maison.

Lorraine me remercie d'un signe de tête. Derrière moi, Emy fait son entrée. Et alors qu'Adam m'entraîne vers la salle à manger, j'aperçois dans un miroir le reflet de Lorraine et d'Emy en pleine messe basse. Je suppose qu'Emy lui fait un compte rendu de notre discussion sur la terrasse. J'ai hâte de pouvoir en parler avec Adam, mais l'occasion ne se présente pas au cours du repas. Ambrose continue de m'ignorer, Emy de lancer des commentaires peu pertinents et Lorraine d'afficher un sourire faussement bienveillant. Un étranger à cette scène pourrait se tromper quant à l'ambiance de cette soirée. Et quand, enfin, la porte de la voiture se referme derrière moi, à l'abri sur la banquette arrière, je peux enfin respirer librement.

– C'est fini ! soufflé-je en reposant ma tête contre le dossier.

Adam ne me laisse rien ajouter. Il m'attire doucement contre lui et pose ses lèvres chaudes sur les miennes. Derrière les vitres fumées, notre baiser passe inaperçu. J'aime ce petit réconfort. La voiture se met à rouler, nous éloignant pour de bon de cette soirée si particulière.

– Tu as été parfaite, mon ange, déclare Adam en me caressant la joue du bout des doigts. Quelle mascarade, ce dîner !

– Je sais maintenant pourquoi Lorraine voulait nous voir : Emy a cherché à savoir si Paul m'avait dit quelque chose avant de mourir.

– C'était donc ça, votre discussion sur la terrasse ? Lorraine m'a retenu alors que je cherchais à te rejoindre.

– Je les ai vues se parler ensuite, elle et Emy.

– Lorraine s'inquiète de ce que nous savons sur elle,

ajoute Adam, pensif.

– Oui, mais elle ne sera pas plus avancée. Emy n'est pas très douée pour enquêter.

Le téléphone d'Adam interrompt notre discussion. Il fronce les sourcils quand il voit le numéro affiché à l'écran.

– Allô ?… Quoi ?… Très bien, j'arrive tout de suite… Conrad est là ?… OK, dans dix minutes.

Puis, à son chauffeur :

– Au bureau, vite !

– Qu'est-ce qu'il se passe ? lui demandé-je, inquiète.

Adam se retourne vers moi, la mine furieuse.

– Mon bureau a été saccagé.

13
QUERELLE

– Tu n'as pas un service de sécurité pour éviter les cambriolages ?

– Si, et je compte bien leur demander comment ils ont pu laisser passer ça ! fulmine Adam.

La voiture roule à vive allure dans les rues de San Francisco jusqu'aux bureaux d'Adam. À cette heure avancée, la circulation est heureusement fluide. Adam est furieux. Le dîner chez Lorraine est déjà loin derrière nous. Gardant le hall, un agent de sécurité nous fait entrer. Adam ne lui dit rien et se dirige à grandes enjambées jusqu'à l'ascenseur. Avec mes escarpins, je peine à le suivre, mais je n'ose pas lui demander de m'attendre.

Adam a les yeux rivés sur les numéros des étages qui défilent. Je pose une main sur son épaule, je ne sais pas quoi faire d'autre face à cette colère. Il se retourne vers moi et esquisse un petit sourire.

– Je suis désolé, mon ange. J'ai des dossiers importants dans mon bureau, il faut que je sache ce qui a été volé pour pouvoir réagir vite, tu comprends ?

J'acquiesce. Conrad nous accueille devant la porte de l'ascenseur.

– Qu'est-ce qu'il s'est passé ? lui demande tout de suite Adam.

– La sécurité a vu grâce aux caméras quelqu'un entrer par la bouche d'aération. On a la vidéo, explique Conrad tout en se dirigeant vers le bureau.

– Conrad, attends, l'arrête Adam. Comment le service de sécurité a-t-il pu laisser passer ça ? Est-ce qu'ils n'ont vraiment rien pu faire ?

– Ils ont réagi vite Adam, le voleur a quand même eu le temps d'ouvrir les tiroirs, d'enlever les tableaux et de saccager la pièce. Mais a priori, il n'a rien emporté avec lui. On te laisse vérifier, on ne sait jamais.

Les deux hommes poursuivent leur chemin dans le couloir. Je les suis. Conrad a un peu apaisé Adam. Devant la porte du bureau, cinq hommes discutent entre eux. En voyant arriver Adam, les visages se ferment. L'un deux prend la parole.

– Monsieur Ritcher, je suis désolé. Nous n'avons pas attrapé ce cambrioleur, nous ne nous attendions pas à ce qu'il s'échappe par une bouche d'aération. Nous avons lancé l'alerte dès que nous nous sommes rendu compte de sa présence.

– Vous avez la vidéo ? demande Adam en passant la porte de son bureau.

Sur le seuil, Adam a un mouvement de recul puis il entre, suivi de Conrad. Le service de sécurité me laisse passer et j'aperçois à mon tour l'étendue des dégâts. Le bureau d'Adam est dévasté, les tiroirs sont ouverts, des papiers éparpillés. Les tableaux ont été déposés au sol, comme si le cambrioleur s'était assuré qu'il n'y avait pas de coffre derrière. L'homme de la sécurité, le chef de l'équipe sans doute, pose sur le fatras du bureau un PC portable qu'il ouvre.

– Voilà la vidéo, monsieur Ritcher, dit-il en cliquant sur un onglet.

La caméra du bureau d'Adam est installée dans le faux plafond, ce qui la rend très discrète. Je ne savais pas qu'il y avait des caméras ici et je me souviens de nos ébats dans le canapé.

Ça a été filmé ?!

Je me fais la promesse de le demander à Adam. Je m'approche de lui, curieuse de voir moi aussi ce qu'il s'est passé. La vidéo montre une personne. Homme ou femme, difficile à dire, la silhouette est sombre et porte une cagoule. On voit le cambrioleur fouiller dans le bureau, puis très vite, le signal d'alarme se met en action. Les gestes du voleur deviennent plus confus, il s'attarde juste sur les tableaux avant de repartir par une bouche d'aération encore grande ouverte. La vidéo ne révèle pas grand-chose mais montre que le service de sécurité est intervenu rapidement après l'effraction.

– Le voleur repart les mains vides, visiblement il cherchait quelque chose en particulier. Est-ce que tu reconnais cette silhouette Adam ? intervient Conrad.

– Non, répond Adam.

Puis s'adressant à l'équipe de sécurité :

– Vous savez si l'homme est sorti de l'immeuble ?

– On a essayé de le suivre dans les escaliers, un gars de l'équipe est passé par la bouche d'aération, on l'a guetté à toutes les issues possibles, répond le chef de la sécurité.

– Et ?

– Il n'est pas du tout passé par ces issues. On a retrouvé une vitre brisée, à l'étage du dessous et du matériel d'escalade. Le cambrioleur est descendu en rappel et a filé dès qu'il a touché le sol, termine le chef de la sécurité.

Adam et Conrad échangent un regard surpris.

– Un professionnel, commence Conrad.

– Qui savait exactement comment s'enfuir. Un coup bien préparé, ajoute Adam. Bon, je vais mettre de l'ordre ici et vérifier que rien n'a été volé.

– Monsieur Ritcher, nous avons vraiment fait le nécessaire, se sent obligé d'ajouter le chef de la sécurité.

– Je veux bien vous croire. Ne vous inquiétez pas, ce cambrioleur devait connaître la moindre faille dans la

sécurité, le rassure Adam. Nous ferons le point avec vous demain, nous nous sommes peut-être montrés naïfs à propos de ce genre d'attaque.
– Très bien, monsieur Ritcher.

L'homme s'en va, suivi de son équipe, visiblement rassurée par la réaction d'Adam.

– Bon eh bien, au travail, lance Adam à Conrad en montrant les tas de papiers qui jonchent le sol. Tu crois que c'est un espion de la concurrence ?
– Aucune idée Adam, répond Conrad dans un geste d'impuissance. S'il avait volé quelque chose, on en saurait plus, mais là…

Adam se redresse d'un coup et me regarde :

– À moins que ce soit… Lorraine nous a conviés chez elle pour un dîner, ce soir, explique-t-il à Conrad. Chose qu'elle n'a jamais faite. Elle m'a éloigné du bureau de cette façon. Peut-être qu'elle cherche à découvrir où j'en suis dans mes recherches sur mes parents…
– C'est une drôle de coïncidence en effet, accorde Conrad.
– Je fais bien de tout conserver en lieu sûr. Il faudra refaire passer une équipe pour vérifier s'il n'y a pas de micro ici et si nos brouilleurs sont toujours performants.

Conrad se lance dans le rangement et je m'apprête à m'atteler à la tâche moi aussi quand Adam suspend mon geste.

– Mon ange, ce n'est pas à toi de faire ça. On va en avoir pour la nuit à tout ranger, classer, vérifier… Rentre chez toi, les gardes du corps vont te ramener, me dit-il d'une voix douce en m'attirant à lui.
– Tu es sûr que tu n'as pas besoin de moi ?
– Tu as bien mérité de te reposer après cette soirée.

Nous aurions mérité tous les deux de nous retrouver au calme, en tête à tête, après la tension de cette soirée. Je soupire, la tête posée contre sa poitrine. Adam m'enlace, me serre un peu plus fort contre lui. Je pourrais y passer ma soirée mais je comprends que je ne suis d'aucune utilité.

Ces papiers doivent être du charabia pour moi !

Je m'éloigne à contrecœur. Après un dernier baiser, je me dirige vers la sortie, laissant Adam à son activité nocturne. Je l'observe sur le pas de la porte. Il vient d'ôter sa veste, de défaire sa cravate et de la lancer sur le dossier de son fauteuil. Adam surprend mon regard, me sourit en défaisant les premiers boutons de sa chemise. Je l'admire non pas uniquement parce qu'il est magnifique, mais pour tout ce qu'il est. Il gère cette nouvelle crise avec beaucoup de force. Je lui souffle un baiser de loin et rentre chez moi.

Je referme la porte de l'appartement, discrètement. Je ne sais pas si Claire est rentrée, et peut-être dort-elle. Je tiens à la main mes escarpins que j'ai enlevés dès le hall de l'immeuble. Mes pieds me remercient encore de cette délivrance.

Dans le salon, il y a de la lumière. Claire est penchée sur son ordinateur, concentrée.

– Éléa, te voilà, dit-elle avant de fondre en larmes.

Elle me tombe dans les bras.

Je crois que j'ai droit moi aussi à ma crise à gérer ce soir !

– Qu'est-ce qu'il se passe, Claire ? Pourquoi pleures-tu ? Laisse-moi poser mes affaires, et viens t'asseoir.

J'entraîne Claire dans le canapé. Elle s'essuie les yeux. J'ai rarement vu ma colocataire en larmes, la voir dans cet état me remue un peu.

– C'est Ryan, souffle-t-elle avant de repartir dans un nouveau sanglot. On s'est disputés.
– Au sujet de quoi ?
– Ryan trouve que je travaille beaucoup trop ces derniers jours. C'est vrai, je ne suis pas très présente, mais j'ai un nouveau projet, tu sais comment ça se passe… Je me suis toujours donnée à fond pour mon boulot, tu me connais. Il trouve que je le délaisse !
– Oh ! c'est pour ça ?!

Rien de bien dramatique !

Je sais que Claire s'investit toujours à fond, au point de

perdre de vue l'essentiel, mais elle est comme ça.

– Ryan va s'habituer. Il ne t'a jamais vue bosser, c'est une première pour lui, laisse-lui le temps de s'adapter et de se rendre compte que ce n'est pas si grave, rassuré-je Claire. Tu veux que je l'appelle demain ?

– Je suis désolée de te mêler à ça. Tu as raison, c'est une première pour nous deux, il faut qu'on trouve nos marques, renifle Claire.

– Bon, je lui passe un coup de fil demain. Tu travailles sur quoi ?

– Un truc vraiment intéressant, s'enthousiasme soudain Claire, ses larmes tout juste sèches sur ses joues. Le maire de San Francisco nous a chargés de lancer un musée pour enfants, il trouve que la ville est un peu pauvre pour la jeunesse. Mon chef m'a donné le dossier, c'est un travail de fou, mais hyper stimulant.

Ça y est, la machine est lancée…

– J'ai trouvé un super lieu pour le musée, une ancienne caserne de pompiers désaffectée. Réhabilitée, elle va être super. Demain, je rencontre un architecte, un mec spécialisé dans l'univers de la petite enfance, il prévoit de réaliser un truc poétique. Ça se présente hyper bien, j'ai le feu vert sur tout, je me sens pousser des ailes ! Tiens, tu fais quoi demain matin ? J'ai rendez-vous avec l'architecte à 10 heures à la caserne, viens, tu me conseilleras ! Tu connais bien les enfants toi !

Moi ? Connaître les enfants ? Je n'ai aucun enfant dans mon entourage...

Claire semble lire dans mes pensées.

– Enfin, tu es une artiste, tu as la sensibilité pour ça, ajoute-t-elle. Allez viens, ça me ferait vraiment plaisir de te montrer !

– OK, je viens, mais je ne m'attarde pas, je dois être au conservatoire pour 13 heures au plus tard, accepté-je.

De toute façon, impossible de lutter contre Claire. Elle m'aurait harcelée demain matin jusqu'à ce que j'accepte. Claire lance un cri de joie, les larmes sont loin.

Ryan sort avec une passionnée, il devrait s'en réjouir.

Je laisse Claire à son ordinateur et rejoins ma chambre. Ce n'est qu'une fois allongée dans mon lit que je laisse les muscles de mon corps se détendre les uns après les autres.

Je dors comme un bébé et me réveille reposée. Le sommeil a été réparateur. Après la journée d'hier, j'ai envie que celle-ci soit joyeuse. Avant de poser le pied au sol, j'appelle Adam, pour prendre des nouvelles. S'il dort encore, je lui laisserai un message. Mais il répond, dès la deuxième sonnerie. Sa voix chaude m'emplit de bien-être, je sens qu'il sourit à l'autre bout du fil.

– Mon ange, tu as bien dormi ? s'enquiert-il.

– Comme un bébé. Et toi ? Vous avez pu tout ranger ? Rien n'a été volé ?

– Rien du tout. Le cambrioleur n'a pas eu le temps ou il n'a pas trouvé ce qu'il cherchait.

– Tu as pu dormir un peu ?

– Très peu, tu as occupé toutes mes pensées… Toi dans ta jupe, hier, sur tes escarpins…

– Adam !

– On se voit ce soir ? Notre soirée d'hier a un goût d'inachevé.

– Oui, je trouve aussi, dis-je en sentant monter une vague de chaleur au creux de mes reins.

– Alors à ce soir, mon ange.

Je raccroche, les joues en feu. Ma journée commence plutôt bien.

Comme promis la veille, je suis Claire à son rendez-vous matinal dans cette fameuse caserne de pompiers. En l'état, difficile d'imaginer que le lieu puisse accueillir un musée. Ouvert à tous les vents, l'endroit a souffert du temps et est à l'abandon. Mais Claire a raison, le site est intéressant, il est bien situé et a sûrement « du potentiel », comme on dit.

L'architecte est déjà là, un jeune homme blond, sportif, et visiblement à la pointe des dernières technologies. Il dessine tout ce qui lui passe par la tête et note les remarques de Claire sur une tablette. Je me contente de suivre et de hocher la tête de temps en temps. Claire et lui sont à fond dans leur projet, l'échange entre les deux est vivant, complice. Je n'aime pas la façon dont l'architecte pose sa main dans le dos de mon amie, ni comment il la regarde. Claire est en train de se faire ouvertement draguer sous mes yeux. Son téléphone n'arrête pas de sonner. Quand elle aperçoit le numéro de son supérieur, elle s'excuse et s'isole pour prendre la discussion.

– C'est votre amie ? me demande aussitôt l'architecte qui ne la lâche pas des yeux.
– Oui.

Et d'ailleurs si tu pouvais arrêter de la mater devant moi…

– J'adore votre amie, elle est pétillante, j'aime ça chez une femme, commente-t-il. Vous savez si elle célibataire ?
– Non, elle sort avec mon frère. Et c'est sérieux, ajouté-je.

L'architecte me regarde, surpris. J'ai croisé les bras, il ne me manque plus qu'un rouleau à pâtisserie pour finir de l'impressionner.

Le message est clair ?

L'architecte plonge le nez dans sa tablette, l'air concentré. Je ne le quitte pas d'une semelle le restant de la visite. Sa main se fait nettement moins baladeuse.

– Je n'aime pas ce mec, lancé-je à Claire une fois la voiture de l'architecte partie.

– Pourquoi ? me demande-t-elle, surprise.

– Il n'a pas arrêté de te coller, de te toucher, de te draguer de toute la matinée. Tu sais qu'il m'a demandé si tu étais célibataire ?

– Oui, il est un peu lourd, j'avoue, mais très pro. Ce qu'il prévoit de faire est juste exceptionnel. Et ce n'est pas désagréable de se faire draguer…

– Hé oh ! tu sors avec mon frère !

– Oh ! Éléa, alors je ne peux plus te parler d'autres mecs ? Tu me fais une crise de jalousie ?

– C'est pas ça, mais… je n'aime pas ce mec, c'est tout.

– T'inquiète, je ne tomberai pas dans ses bras. Mais je ne vais pas le vexer non plus, il m'est trop précieux. Alors, tu en penses quoi, de tout ça ? finit-elle par me demander en me désignant la caserne.

– C'est pas mal, et tu as l'air bien partie, approuvé-je.

– J'espère aussi. Bon, il faut que je file au bureau. Dis, tu as eu Ryan ? Il ne répond pas à mes messages ce matin, s'attriste Claire.

– Je l'appelle au conservatoire, avant les répétitions, promis. Ne t'inquiète pas, il va t'appeler.

Claire me serre dans ses bras avant de rejoindre sa voiture.

Je n'aime pas ce rôle de tampon entre eux deux.

Arrivée au conservatoire, je m'isole pour appeler mon frère.

– Je m'attendais à ce que tu m'appelles, dit mon frère d'une voix morne en décrochant.

– Quel accueil ! Comment tu vas ?

– Claire t'a parlé ?

OK, allons droit au but…

– Oui, je l'ai retrouvée en larmes hier soir.

– On s'est un peu disputés, avoue-t-il.

– Tu sais Ryan, Claire est une bosseuse, ce n'est pas pour autant qu'elle t'oublie.

– Elle a annulé tous nos derniers rendez-vous et quand on se voit, elle est pendue au téléphone.

– Elle bosse sur un gros projet, ça va l'accaparer un temps, et puis tout redeviendra calme. C'est comme ça que ça se passe avec elle.

– J'ai du mal à la suivre quand elle est comme ça. On est allé à une soirée récemment, elle parlait à tout le monde, tout le monde la connaissait. J'étais là à traîner derrière elle. Je ne savais pas quoi faire ni où me mettre.

– Écoute, appelle-la, elle n'attend que ça. Elle a besoin que tu la soutiennes, même si elle ne le montre pas. Pas que tu bougonnes dans ton coin, OK ?

– Ouais, OK…

– Tu l'appelles ?

– Oui, OK, on va discuter.

– Bien. Et Ryan ! Commence par discuter au lieu de bouder ! Je ne vais pas faire le tampon entre vous à chaque dispute, OK ? C'est dingue comme tu ressembles à papa dans ces moments-là…

– Oh ! ça va, bougonne gentiment Ryan.

– Allez, je file ! À plus !

Mission accomplie.

Mon frère est têtu, mais il sait quand il doit arrêter de l'être. C'est à eux de régler ça maintenant !

J'entre dans le hall du conservatoire, où visiblement M. Glen m'attend. Il court à ma rencontre et ne me laisse même pas le temps de lui dire bonjour.

– Mademoiselle Haydensen ! Je vous attendais ! Vous êtes attendue à Las Vegas ce soir !

Las Vegas ? Attendue ? Pardon ?

Devant mon air surpris, le secrétaire du Philharmonique ajoute.

– Oslav Kievsky aimerait que vous jouiez avec lui ce soir sur scène à Las Vegas. On vient tout juste d'avoir la confirmation, c'est pour ça que je vous préviens aussi tard. Vous partez avec Max, votre avion décolle dans deux heures.

Oslav… Le célèbre violoniste se montre toujours aussi spontané dans ses désirs.

Mais comment refuser un nouveau duo avec lui ? Les derniers ont été tellement magiques…

– D'accord, monsieur Glen. Je file préparer un sac et je pars pour l'aéroport.

– Très bien, très bien. Tenez-moi au courant dès votre arrivée. Max a les billets d'avion. Allez, ne soyez pas en retard.

À peine la porte du conservatoire franchie que je la repasse de nouveau, pour sortir cette fois. Je pars pour Las Vegas et ça a l'air tout à fait normal. Je crois que je ne réalise pas vraiment… Sur la route me ramenant chez moi, j'appelle Adam. Il ne décroche pas. Je me souviens qu'il avait prévu de discuter avec son service de sécurité, ça doit lui prendre du temps. Je lui laisse un rapide message, lui expliquant que je me rends à Las Vegas, à la demande d'Oslav.

Je prépare une valise rapidement, prévois une tenue de soirée. Je ne sais même pas combien de temps je reste sur place ! Dans le doute, j'opte pour une seconde robe habillée. Je n'ai pas le temps d'optimiser ma valise et je prends un peu de tout.

Heureusement qu'elle roule !

Je retrouve Max à l'enregistrement des bagages. Mon répétiteur et désormais très bon ami m'avoue avoir été pris de court lui aussi. Ce voyage improvisé ne l'arrange pas, mais il sait lui aussi qu'on ne refuse pas une invitation d'Oslav Kievsky. Il me rassure quant à la durée du voyage, il possède nos billets de retour, prévu pour demain.

Le vol est rapide, il nous faut moins de deux heures pour arriver dans la ville des machines à sous, des casinos et des néons multicolores. Une voiture vient nous chercher et l'angoisse me gagne déjà.

Est-ce que je vais avoir assez de temps pour répéter? Parce que je ne me sens pas du tout capable de monter sur scène sans m'être échauffée avant!

Je confie mon inquiétude à Max. Il regarde sa montre et grimace.

Voilà qui n'est pas pour me rassurer!

Oslav nous accueille lui-même dans le hall du Caesars Palace, au pied d'une gigantesque fontaine surmontée de statues grecques. Le lieu est prestigieux, mais je n'ai pas le temps d'être éblouie. Le concert d'Oslav est prévu à 21 heures. Nous regardons nos montres: il est 18 heures.

Tout va bien.

Oslav me rassure avec son éternel calme. Nos valises, à Max et moi, sont emportées dans nos chambres. Le violoniste nous entraîne vers la salle de spectacle, un lieu mythique.

Je joue à Las Vegas, dans la magnifique salle de spectacle du Caesars Palace, dans trois heures, sans avoir encore répété. Non, vraiment, tout va bien!

– Tout va bien Éléa, me rassure Oslav. Je ne t'ai pas fait venir pour te mettre en difficulté. J'ai envie de jouer avec toi les morceaux enregistrés sur l'album. Tu les connais bien, tu ne devrais pas avoir de mal à t'en souvenir.

Max acquiesce. Je ne suis pas aussi confiante. Je manque d'expérience pour appréhender ce manque de répétition avec sérénité.

– Ça fait un peu caprice de star de vous avoir fait venir comme ça, non ? ajoute Oslav en riant.

– Un peu, avoué-je.

La complicité que j'entretiens avec Oslav me permet cette familiarité.

– Je m'en rends compte. Mais je ne reviens pas à San Francisco avant quelque temps. Las Vegas était la seule occasion de nous revoir avant… je ne sais pas quand d'ailleurs, ajoute Oslav comme pour s'excuser de ce « caprice ».

– Je suis toujours aussi ravie de jouer avec vous Oslav, je ne peux rien vous refuser.

Le temps est trop court pour le passer à discuter. Sur scène, nous nous mettons tout de suite au travail, parmi les techniciens occupés à parfaire leurs réglages. Oslav a raison, j'ai tellement travaillé les morceaux de l'album que mes doigts s'en souviennent bien. Mon instrument semble retrouver facilement les bonnes vibrations.

Je peux donc me faire confiance alors…

Une heure avant le spectacle, Oslav et moi allons nous rafraîchir et nous mettre en tenue. Max en profite pour me suivre dans ma suite et me donner ses éternels conseils. Je ne pouvais pas avoir de meilleur accompagnateur pour ce voyage !

La salle est pleine. À deux minutes de l'entrée en scène, le trac me vrille le ventre. Oslav ne perd pas son éternel sourire. Il entre le premier, je ne le rejoins que plus tard. Le temps de m'imprégner de sa musique en coulisse, de m'immerger dans son univers, de me laisser bercer par ses notes… que déjà j'entends prononcer mon nom.

C'est mon tour.

Face à face, dans le halo de deux projecteurs, nous échangeons un regard. Pas besoin de répéter des heures pour retrouver cette fluidité qui coule entre nous. Notre duo est avant tout un plaisir pour nous, même si nous le partageons avec le public.

Mon halo de lumière s'éteint à la dernière note, comme convenu avec le metteur en scène. Oslav me murmure un « merci » avant que je quitte l'espace qui lui est de nouveau entièrement dédié. Je rejoins les coulisses sur un nuage, la magie a encore opéré. Je ne trouve pas Max, en revanche.

Peut-être m'attend-il dans ma loge ?

Je pousse un cri en entrant. Ce n'est pas Max qui m'attend mais… Adam !

– Qu'est-ce que tu fais là ? demandé-je aussitôt.

– Tu ne te souviens pas ? On avait prévu de passer la soirée ensemble mon ange, me répond Adam, sourire aux lèvres.

– Mais Max… et Oslav ?

– Max sait qu'il ne doit pas t'attendre. D'ailleurs, Alan est là lui aussi.

– Alan est ici ?

– Oui, j'ai pensé qu'il aimerait passer la soirée avec Max, lui aussi, ajoute Adam, faussement désinvolte.

– Tu es…

– … parfait ?

J'embrasse Adam. Notre baiser est électrique, un frisson me parcourt le dos. Le voir ici ce soir ne pouvait pas me faire plus plaisir. Et me dire qu'il a fait profiter Alan, le mari de Max, de sa venue, le rend encore plus attirant.

– Mais Oslav ? m'inquiété-je.

– Oslav a des invitations pour ce soir, ne t'en fais pas pour lui. Tu devrais le recroiser demain avant de partir.

– Alors, nous avons notre soirée, soufflé-je tout près de ses lèvres.

– À nous, dans un palace de Las Vegas, mon ange, ajoute Adam, le regard allumé d'un nouvel éclat.

Je vais rassembler mes quelques affaires et range mon stradivarius dans son bel écrin. J'entraîne Adam vers ma suite du Caesars Palace et mon amant n'oppose aucune objection.

Au moment d'appuyer sur le bouton dans l'ascenseur, Adam retient ma main.

– J'ai loué une autre suite…

Nous nous envolons vers les sommets du Caesars Palace. Nous sommes seuls dans cet ascenseur, certainement surveillé par une ou deux caméras. Mon cœur s'accélère, imaginant ce que nous pourrions faire, ici, entre ces quatre parois. Adam s'approche de moi, je sais qu'il a assez de retenue pour ne pas me mettre dans une situation embarrassante. Mais il est si près que j'arrive à sentir son parfum et la chaleur de son corps. Nous ne nous touchons pas, mais la tension entre nous est palpable. Je croise les doigts pour que personne n'arrête ce moment, comme suspendu. Nos regards sont rivés l'un à l'autre. Celui d'Adam est intense, profond, pénétrant. Et puis, ses yeux descendent, s'attardent sur mes seins. Je retiens mon souffle, c'est comme si Adam me caressait du bout des doigts. Je respire de plus en plus vite.

C'est étrange, comme sensation. Nous n'avons aucun contact physique et pourtant, j'ai l'impression que ma peau frémit.

Adam fait encore un pas vers moi. Nos corps sont à quelques centimètres l'un de l'autre. Mon amant m'envoûte par cette proximité, par son regard électrisant qu'il plonge à nouveau dans le mien. Sa respiration est saccadée, sa bouche est entrouverte, légèrement humide. Il en faudrait peu pour que cette envie devienne trop forte et que nos corps fassent fi du lieu. La passion nous dévore, s'amuse de nous, mais nous parvenons encore à la contrôler, à faire durer cet instant, à exacerber ce désir qui naît au creux du ventre.

Il fait chaud dans cet ascenseur !

La porte s'ouvre, le courant d'air nous ramène à la réalité et, sans me lâcher des yeux, Adam recule de quelques pas. Avant de sortir, il m'attrape par la main. L'ascenseur se ferme derrière moi. Mon amant pose ses lèvres sur les miennes. Il m'offre un baiser rapide, mais délicat.

Comme une invitation…

Le couloir qui mène à cette nouvelle suite est calme, feutré. Nous n'y croisons personne. À cette heure, les casinos et restaurants doivent être pleins. Adam s'arrête devant une porte et sort de sa poche une carte magnétique.

– J'espère que cette chambre te plaira plus que la tienne. Si tu n'aimes pas, nous pouvons toujours changer, me dit-il en souriant.

J'entre. Je suis immédiatement attirée par une pièce où quelques bougies ont été allumées pour offrir une ambiance douce. Mais ce n'est pas le plus remarquable. Avant même d'y entrer, je lâche un cri d'admiration. Je ne sais pas où poser mes yeux tellement tout est magnifique. Cette pièce dispose d'une immense baie vitrée avec vue sur Las Vegas. La ville et ses lumières scintillent de mille feux. Les palaces voisins sont illuminés, le spectacle de cette cité démesurée sous nos pieds est à couper le souffle. Mon regard quitte la fenêtre pour se poser sur…

– Non ! m'exclamé-je en me tournant vers Adam.

Il m'offre un délicieux sourire en retour. Entourée de bougies, une large baignoire, ou plutôt une petite piscine, encastrée dans le sol, habite le cœur de la pièce. Des banquettes blanches, capitonnées, gardent cet espace d'eau. Je n'ai jamais vu ça de toute ma vie. Des serviettes moelleuses et des mules en éponge attendent gentiment qu'on ait besoin d'elles.

– C'est magnifique ! arrivé-je à dire à Adam, qui vient de me rejoindre sur le pas de la porte.

– Tu ne regrettes pas ta chambre ? On garde celle-là ? me taquine-t-il, comme s'il avait vraiment besoin de me le demander.

– Bien sûr !

Adam m'entraîne dans le reste de la suite. Tout est somptueux, bien sûr. Dans la chambre à coucher, le lit est installé au milieu de la pièce, dans un savant aménagement. Je dépose sur un fauteuil mon violon et l'étole qui couvre mes épaules. J'aperçois mes affaires à côté du lit. Adam s'est vraiment occupé de tout. Il me laisse le temps de me poser. Soudain, une pensée traverse mon esprit.

Je n'ai pas pris de maillot de bain !

Je ne veux pas rompre le charme de ce début de soirée avec ce détail basique. Mais ce « détail » me rend nerveuse. Bizarrement, sans cette petite barrière de tissu, je ne sais pas comment me rendre dans cette piscine sans envoyer un message clair à Adam. Je meurs d'envie de ce bain, d'admirer la vue en me prélassant dans l'eau, collée à mon amant, mais ma pudeur m'empêche de me montrer aussi libérée.

Comment me sortir de là ?

Une idée coquine me vient : j'ôte mes sous-vêtements. Quitte à se baigner nue, autant assumer dès le début. Le tissu de ma robe est une caresse sur mes seins et mes fesses. La tension érotique de la soirée vient de grimper encore un peu…

Pour la première fois depuis longtemps, je cherche Adam, nerveuse et tendue.

Pourquoi ? Est-ce l'ambiance électrique de Las Vegas ? La ville de tous les extrêmes ?

Je retrouve Adam dans le salon, occupé à regarder par la baie vitrée, un verre à la main, l'autre dans sa poche de pantalon. Il ne m'a pas entendue arriver. Je l'observe, ses épaules, sa taille, ses fesses, ses jambes solidement ancrées dans le sol. Même de dos, son pouvoir d'attraction sur moi est impérieux. Je suis attirée, comme aimantée. Sous le tissu de sa chemise, je connais la ligne de ses muscles, la puissance de ses bras. Et l'habileté de ses doigts… Il suffit que je le regarde, de dos, pour que mon sang se mette à bouillonner. Une vague de désir m'envahit, intacte, identique à celle ressentie il y a peu dans l'ascenseur.

Adam se retourne et m'aperçoit. Il pose son verre sur une table basse et vient à ma rencontre. Il a ce regard de prédateur, celui qui fait que je me sens incroyablement désirable. Ma robe, portée à l'occasion du concert, possède un décolleté qui ne laisse rien voir, mais tout imaginer. Mon amant s'approche et s'arrête à quelques centimètres de moi. Il lève sa main sur mon épaule et, du doigt, suit la ligne d'une des bretelles de ma robe. Quand il atteint le fin tissu, à la naissance de mon sein, je suspends ma respiration. Son doigt ne s'arrête pas là. Il descend encore plus bas, jusqu'à une petite proéminence qui vient de se dresser. Je laisse échapper un soupir de plaisir à ce contact, faisant éclore sur le visage d'Adam un sourire terriblement érotique.

– J'allais te proposer de descendre nous amuser avec les machines à sous, mais je crois que nous pouvons nous amuser autrement, murmure Adam en approchant sa bouche de mon cou.

La tension vient de monter d'un cran. Adam se tient à quelques centimètres de moi, seul son doigt caresse à m'en faire gémir le bout de mon sein. Sa bouche effleure ma peau, son souffle m'électrise, ma respiration s'accélère. Je mords ma lèvre, ferme les yeux. Je tourne délicatement la tête pour que ma bouche s'approche de la sienne, pour l'inviter à venir se poser sur la mienne. Mais ce n'est pas ce dont a envie Adam pour le moment.

Mon amant me plaque contre le mur et colle son corps au mien. Sa bouche me dévore désormais le cou. Il attrape mes mains et les colle à leur tour au-dessus de ma tête. Adam m'emprisonne, m'empêche d'esquiver le moindre geste vers lui. D'une main il agrippe mes poignets, de l'autre il m'explore, par-dessus le satin de ma robe.

– Cette robe, elle me rend fou, l'entends-je souffler.

Dans ma tête, une petite voix se félicite de mon choix.

Je la trouvais appropriée pour un concert, je ne m'attendais pas à ce qu'elle provoque une telle passion…

Adam attrape ma bouche, sans aucune retenue. Sa langue avertie vient rapidement trouver la mienne. Frustrée de ne pas pouvoir le toucher, j'y place tout mon désir. Notre baiser est fougueux, d'une vertigineuse intensité. Je sens le corps de mon amant se presser un peu plus contre le mien. Ma robe est longue, me tombe sur les chevilles. Adam se bat avec le tissu pour le remonter jusqu'à ma taille. D'un geste sûr, il soulève ma jambe et la place autour de sa taille. Je laisse échapper un autre soupir de désir. Je viens de sentir son sexe dur contre mon ventre.

Si seulement je pouvais le toucher ! L'agripper à mon tour, serrer ses fesses dans mes mains, presser son bassin un peu plus fort contre moi…

Adam continue de m'embrasser, je sens son désir s'accroître.

Sa main s'est glissée sur mes fesses. J'entends son grognement de surprise quand il se rend compte que je ne porte aucun dessous. Surpris, mais séduit ! Malaxant mes fesses, m'embrassant passionnément, Adam me rend folle. Je sens le désir me submerger. Je meurs d'envie de le toucher, de sentir son sexe contre le mien, j'ai peur de brûler vive tellement la passion me dévore de l'intérieur. Mais Adam ne semble pas changer de position, ni décidé à me rendre ma liberté. Au contraire, il vient de coller un peu plus ses hanches contre les miennes, nos deux sexes se touchent à travers les tissus de ses vêtements. Mon corps se tend, ma jambe se crispe autour de sa taille pour ne rien perdre de ce contact. Il s'écarte un peu de moi pour laisser passer sa main entre mes jambes. Experte, elle s'immisce dans mon intimité, ses doigts se fraient un chemin, se glissent délicatement au cœur de mon être. Et puis ils commencent à bouger avec assurance, à amplifier mon désir, mon excitation. À chaque frottement, à chaque mouvement, je perds un peu plus pied. Je gémis, la respiration d'Adam se fait plus rauque, plus saccadée aussi. Je ferme les yeux, je sens la vague de l'orgasme monter en moi. Je pousse des cris de plaisir, Adam se presse encore plus fort contre moi. Je sens que je vais défaillir tant le plaisir m'assaille, me surprend par sa force. Je… Un dernier mouvement de mon amant finit de me transporter. Je tombe littéralement dans ses bras quand il consent enfin à délivrer mes bras.

Adam, lui, n'a rien perdu de ses forces. Il me soulève, plaçant mon autre jambe autour de sa taille. Il me dépose délicatement sur le canapé du salon, au milieu des coussins. Je ferme les yeux, pour reprendre un peu mon souffle et le contrôle de mon corps. Quand je les ouvre à nouveau, Adam me fixe, ou plutôt, me couve du regard.

– Je t'adore avec les joues roses mon ange, dit-il en laissant échapper un soupir de bien-être.
– Je… Tu… Enfin…

Aucun mot ne saurait le décrire. Je n'en reviens pas d'avoir eu cet orgasme aussi puissant et surtout, sans qu'Adam n'ait eu à me pénétrer. Mon amant part dans un grand éclat de rire, amusé de ma béatitude.

– Je regrette de ne pas t'avoir vue jouer dans cette robe, sur scène. Je me serais jeté sur toi dans ta loge, souffle Adam en me caressant le visage.
– Je ne pensais pas qu'elle serait si…

Ciel, je ne vais pas finir mes phrases ce soir.

– Elle te va parfaitement. Garde-la précieusement, mon ange…

Il faudra que je pense à mieux me regarder dans la glace avec cette robe, je ne me suis rendu compte de rien en la portant tout à l'heure.

Adam se relève, l'œil toujours éclairé d'une brûlante intensité. Je le regarde s'éloigner. Sur une console attend une bouteille de champagne dans son seau. Mon rythme cardiaque s'accélère à nouveau. La tension entre nous n'a pas faibli et je me sens prête pour un second round. Si

Adam me trouve sexy dans cette robe, pourquoi ne pas jouer de ce pouvoir de séduction ? Mon corps s'anime, mon sang bouillonne dans mes veines. J'ai l'impression de me transformer en femme fatale. Cette nouvelle assurance me donne des ailes. Je déconnecte mon cerveau, je ne veux pas d'entraves à mon désir qui me vrille les reins, le ventre. Je me lève du canapé, me dirige vers Adam. Je suis une autre. Ma démarche est lascive. Mon amant m'observe, intéressé par le spectacle que je lui offre. Je passe ma langue sur mes lèvres. Arrivée à sa hauteur, je plaque mes deux mains sur son torse, le caresse. Nous ne nous lâchons pas du regard. Je déboutonne sa chemise, mes gestes sont assurés. Je la laisse tomber à terre. Le corps musclé d'Adam vibre devant moi. Comment résister ? À moitié nu, mon amant affiche une beauté indécente, une perfection à couper le souffle. Je ne résiste pas.

J'entraîne Adam dans la pièce voisine, où brûlent encore les bougies autour du bassin rectangulaire. Je l'attire vers les coussins, le pousse pour qu'il tombe doucement. Je m'agenouille devant lui. Mon amant se laisse faire, visiblement ravi de me voir aussi directive. J'ai terriblement envie de lui, de poser mes lèvres sur son corps, de sentir sa chaleur sous mes doigts… J'ai besoin de le toucher, de le sentir, de m'imprégner de lui. Mon envie est animale, presque vitale.

– C'est moi qui vais m'occuper de toi, annoncé-je, la voix grave.

– Laisse-moi t'aider, murmure Adam.

Son clin d'œil charmeur finit de m'embraser. D'un geste rapide et d'un léger mouvement du bassin, mon amant se libère de son pantalon. Je termine de le lui enlever avec sensualité. Mes mains remontent sur ses cuisses, explorent l'intérieur de ses jambes jusqu'à frôler du bout des doigts le renflement de son boxer. Le contact est électrique et arrache à Adam un grognement sourd. Ma main recouvre maintenant cette bosse, la masse doucement. Mon cœur bat à toute allure, j'entends mon amant respirer plus fort. En une fraction de seconde, il se retrouve nu. Son sexe puissant respire. Devant cette vision très érotique, mon excitation est à son paroxysme. Je l'attrape dans ma bouche, je le lèche, le caresse. Il se rejette en arrière, émet des gémissements rauques qui m'encouragent. Mes mains s'agrippent à son ventre, ma langue s'attarde sur le bout humide de son sexe, je le reprends en moi, plus excitée que jamais. Adam glisse ses mains dans mes cheveux, je le sens au bord de l'orgasme, son bassin bascule… Et j'arrête, je me recule.

Mon regard coquin rencontre celui de mon amant. Brûlant de désir, la bouche entrouverte, Adam est au bord du gouffre. Mon arrêt soudain doit le frustrer… Je ne veux pas le faire attendre. Sous ses yeux intenses, je me relève. Je le domine et, sans le quitter des yeux, je laisse tomber ma robe sur mes chevilles. Je ne porte aucun sous-vêtement, je suis nue face à lui. Le spectacle que j'offre à mon amant a l'air de lui plaire. D'un mouvement décidé, je le chevauche, m'assois sur ses cuisses et entoure sa taille de mes jambes. Nos deux sexes se touchent enfin. Je rejette ma tête en arrière tant ce simple contact est jouissif. Adam n'en peut plus d'attendre la suite, il m'agrippe les fesses et me guide pour entrer en moi. Je ne me fais pas désirer, c'est exactement ce que je veux. Mon sexe humide s'ouvre et s'empale sur son membre dur. Je crie au premier mouvement de va-et-vient. Adam l'accentue, je me cambre un peu plus pour le laisser s'enfoncer plus loin. Cette chevauchée s'emballe, mon amant est un étalon fougueux. Adam choisit ce moment pour titiller de sa langue mon téton. Cette soudaine et inattendue décharge de plaisir délivre mon orgasme. Je gémis longtemps, chaque nouvel à-coup fait durer le moment. Mon amant explose à son tour dans un long cri sourd de délivrance et de volupté.

Nous nous serrons l'un contre l'autre pour reprendre notre souffle. Celui d'Adam est chaud sur ma peau. Son corps est moite, je hume avec délectation cette odeur masculine mêlée à son parfum. Le regard que nous échangeons à nouveau est tendre, heureux.

– J'aime cette robe et j'aime encore plus quand tu ne portes rien dessous, mon ange. Il n'y a rien de plus excitant…

Je souris, ravie de mon audace.

– Que dis-tu de prendre un bain, et de profiter de cette magnifique vue ? murmure Adam au creux de mon oreille.

J'acquiesce. Mon amant m'aide à me défaire de lui. Il attrape mon visage entre ses mains et m'embrasse. Je ne sais pas comment décrypter ce baiser, mais j'ai l'impression qu'Adam n'est pas tout à fait rassasié…

Vraiment ?

L'eau est chaude, c'est un délice d'y entrer nue. Je suis surprise par la profondeur de ce qui ressemble plus finalement à une petite piscine d'intérieur. Je pose mes bras au bord du bassin et appuie mon menton sur le dos de mes mains, laissant mon regard se perdre dans les lumières de Las Vegas. Mon corps se détend, je ferme les yeux et prends une grande inspiration. J'entends derrière moi le tintement des verres sur le sol et le bruissement de l'eau à l'entrée de mon amant.

Adam vient se coller derrière moi. Je sens son sexe contre mes fesses.

Non, mon amant n'est pas rassasié…

Il écarte mes cheveux et mord la naissance de ma nuque. Je sens que je vais avoir beaucoup de plaisir face à cette magnifique vue…

14
PACIFIC HEIGHTS

Je retrouve Max et Oslav pour le petit déjeuner. À cette heure, le palace est calme. Adam a dû repartir à la première heure avec Alan, le mari de Max. En apercevant le regard pétillant de mon répétiteur, j'ai comme l'impression que sa nuit a elle aussi été très… courte.

– Tu remercieras Adam, me glisse Max dans l'oreille en s'installant à table.

Oslav est volubile ce matin, il monopolise la conversation. Il aime ces concerts à Las Vegas, ces soirées qui se terminent au petit matin. Il retrouve une seconde jeunesse. Il a fait l'effort de nous rejoindre ce matin, nous avoue-t-il, mais nous assure qu'il est prêt à retourner se coucher. Nous ne l'accaparons pas longtemps, notre avion nous attend. Nous serons à San Francisco aux alentours de 12 heures et M. Glen nous a d'ores et déjà prévenus que nous pouvions prendre notre après-midi, Max et moi.

Je ne suis pas contre un peu de repos !

Nous avons un concert ce soir, mais comme je ne tiens pas la place de premier violon, j'ai moins de pression sur les épaules.

Je retrouve l'appartement avec plaisir. Moi qui pensais le trouver vide, je retrouve Claire en pyjama et robe de chambre. Ce qui, vu l'heure de la journée, est assez inhabituel.

– Tu ne bosses pas ? lui demandé-je.

Claire relève la tête doucement. J'aperçois ses yeux bouffis. Je me précipite à ses côtés.

– Qu'est-ce qu'il se passe ?
– C'est Ryan…
– Quoi ! Ça ne s'est pas arrangé entre vous ? Je l'ai eu hier, il m'a dit qu'il t'appellerait…
– Il m'a appelé, on a fait la paix… Mais on s'est de nouveau disputés hier soir…
– Pourquoi ?
– J'avais une soirée, pour le projet du musée. Je lui ai proposé de venir. L'architecte était là aussi… et tu te rappelles comment il est… Ryan et lui n'ont pas arrêté de s'envoyer des piques. En rentrant, Ryan m'a fait une scène de jalousie. Il m'a dit que… que je devais rester avec ces personnes-là, que lui n'était qu'un simple étudiant, qu'il ne se trouvait pas assez intéressant… Il est parti et… et… je crois que c'est fini.

La voix de Claire est chevrotante. Elle est très affectée.

Bon, me voilà à nouveau entre les deux…

– Écoute, je vais aller le voir et lui parler, tenté-je de la consoler.

– Il avait l'air si… si convaincu !

– Ryan est buté. Mais il n'est pas idiot. Je vais aller le voir sur le campus. En attendant, secoue-toi. Habille-toi. Ne laisse pas tomber ton projet, OK ? C'est aussi important pour toi, encouragé-je Claire.

Ma coloc se lève à contrecœur. Mais elle sait que j'ai raison. S'il y a bien une chose qui peut la rebooster, c'est son travail.

Moi qui voulais me reposer…

Je gare ma voiture sur le campus de Ryan. Je connais vaguement son emploi du temps mais il vient de me confirmer par SMS que ses cours sont terminés. Je le cherche au milieu des étudiants et ne tarde pas à l'apercevoir. Je m'arrête net.

C'est pas vrai ! Pas encore elle !

Emy discute avec mon frère, ils ont l'air de se connaître, leur discussion semble les mettre de bonne humeur. Je les observe de loin, je fulmine.

Qu'est-ce que cette fille fabrique avec mon frère ? Qu'est-ce qu'elle cherche encore ? Et bien sûr, mon frère tombe dans le panneau de la jolie blonde sympa ! Il va m'entendre ! Il va vraiment m'entendre !

Leur échange se termine, j'attends un peu qu'Emy soit hors de vue pour m'approcher de mon frère.

– Salut, petite sœur, dit-il en me voyant arriver.
– Salut, marmonné-je. Tu connais cette fille ?
– Emy ? On se croise de temps en temps, elle est très sympa.

Je me retiens de ne pas franchement me mettre en colère.

– Est-ce que tu sais qui est cette fille ? insisté-je, de plus en plus agacée.
– Non… Tu la connais, toi ? demande Ryan, apercevant mon énervement.
– Tu te souviens des fausses rumeurs dans les journaux, des diffamations, de la conférence de presse qu'Adam a dû organiser pour démentir ce ramassis de mensonges ?

Ryan acquiesce.

– Eh bien, cette fille que tu trouves si sympa a fait croire qu'elle était enceinte d'Adam et que j'avais brisé leur famille. Et encore, je ne te raconte que ça ! Cette fille est la gentille protégée de Lorraine et une amie de Paul. Est-ce que tu as besoin de plus de détails ou tu commences à cerner un peu le personnage ? !

Je ne parle plus, je crie.

– Non, souffle Ryan, surpris.

– Je suis prête à parier qu'elle sait que tu es mon frère et qu'elle ne te parle pas juste pour le plaisir de se faire un nouvel ami !

– Calme-toi Éléa, si j'avais su… Elle m'a dit qu'elle débarquait elle aussi à San Francisco et qu'elle ne connaissait personne, essaie de se défendre mon frère.

– Ben voyons…

Ryan a l'air sincère. Je ne peux pas lui en vouloir de s'être fait manipuler. J'en veux surtout à Emy de s'approcher de mon frère. Je tente de me calmer.

– Dis, j'ai vu Claire ce matin. Elle a pleuré toute la nuit, elle croit que c'est fini entre vous, c'est vrai Ryan ?

– Je me doutais que tu voulais me voir pour ça… Écoute, je ne sais pas. Sa soirée d'hier, je me suis senti si transparent parmi toutes ses relations. Et ce mec qui n'arrêtait pas de la draguer… Il est architecte, je suis étudiant.

– Je l'ai déjà croisé, et c'est vrai qu'il est un peu collant. Mais Claire n'est pas du tout intéressée par lui !

– Aujourd'hui non, mais demain ? J'ai l'impression que nos deux univers ne s'accordent pas, elle croise du monde, je m'enferme pour mes études. Elle va se lasser…

Mon frère racle le sol du bout du pied. Il a l'air touché lui aussi.

– Ryan, je connais Claire. Elle adore son métier, elle part souvent à droite, à gauche, ça ne doit pas être simple à suivre, je te l'accorde. Mais Claire est sérieuse et si elle a franchi le pas avec toi, c'est aussi parce qu'elle aspire à se poser. Elle ne veut pas d'un mec comme elle, elle veut quelqu'un qui lui apporte le calme, qui la pose et qui lui fasse vivre autre chose que son quotidien. Alors, fais-lui confiance. Je ne l'ai jamais vue aussi heureuse, ni si triste que ces deux derniers jours.

– Écoute, c'est très gentil ce que tu essaies de faire Éléa, mais laisse-moi gérer ça à ma façon. Je ne sais pas ce que je ressens, OK ? Et je n'ai pas envie de la suivre partout comme un petit chien ! s'énerve Ryan.

– Mais Ryan…

– Laisse tomber, Éléa ! Ne te mêle plus de ça ! Je dois te laisser, j'ai ma garde qui commence dans une heure à l'hôpital.

– Mais Ryan !

Mon frère me laisse là, sans même se retourner. Je soupire.

Qu'il m'énerve, quand il est fermé comme ça !

Claire ne va pas du tout être contente du résultat. J'espère au moins que, si mon frère met un terme à cette relation, il le fera proprement !

J'espère quand même que ce n'est pas fini entre eux…

Mon téléphone vibre. C'est un message d'Adam.

[Peux-tu me rejoindre à mon bureau ? Hayley a des informations.]

Ah, Hayley a trouvé…

[J'arrive, je suis là dans une quinzaine de minutes.]

Je regarde dans la direction où mon frère est parti. Je soupire encore une fois.

Je suis désormais une habituée des bureaux d'Adam. La sécurité m'ouvre même la porte battante pour accéder aux ascenseurs, je n'ai plus besoin de sortir ma carte personnelle, hormis pour utiliser l'accès privé à l'étage d'Adam. Hayley est déjà là. Adam prend le temps de m'accueillir, m'embrasse, pas aussi langoureusement que cette nuit, mais un baiser tout de même prononcé. Je m'installe dans le canapé. Je ne peux m'empêcher de regarder le plafond, là où la caméra de surveillance est située. Depuis que j'ai vu la vidéo de la tentative de cambriolage, je sais qu'il y en a.

Il faut que je demande à Adam si nos ébats ont été filmés. Si c'est le cas, je ne pourrai plus regarder les agents de sécurité comme avant…

– Maintenant qu'Éléa est là, dites-nous tout Hayley, vous avez trouvé quelque chose ? demande Adam, avec une impatience contenue.

– Oui, j'ai pu retrouver l'adresse de votre père. J'ai de la chance d'avoir un bon ami notaire qui me devait un service. Il a regardé ce que la famille Hill avait acheté comme maisons à San Francisco. Il n'y en a qu'une au nom de Howard Hill, ainsi que celle de Riverton, mais vous devez déjà le savoir pour celle-ci, explique Hayley en sortant un bloc-notes de son sac.

– Et elle se situe où, cette maison ? interroge Adam, tendu.

– Dans le quartier de Pacific Heights, répond Hayley.

– Quoi ?!

Adam se retourne vers moi. Devant l'air surpris de Hayley, je pense qu'une précision s'impose :

– Adam possède une maison dans ce même quartier.

– Il se pourrait que je sois voisin de la maison de mon père ?! s'exclame Adam.

– Voici l'adresse, dit Hayley en lui tendant un bout de papier.

Adam en prend connaissance. Il reste un temps silencieux, à lire et relire ces quelques lignes.

– Effectivement, ce n'est pas très loin, souffle-t-il.

Je ne connais pas très bien le quartier de Pacific Heights. Je n'y mets les pieds que depuis que je suis avec Adam. Très huppé, disposant des plus belles villas de San Francisco, c'est l'un des quartiers les plus recherchés.

– Je veux la voir, dit soudain Adam.

– Tu veux aller voir cette maison, maintenant ? demandé-je, surprise.

– Oui. Je veux voir cette maison. Je veux savoir si je la connais, si elle me rappelle des souvenirs. Hayley, vous avez quelque chose de prévu maintenant ?

– Euh… non, pas dans l'heure, répond la journaliste.

– Vous pourriez nous y emmener ? Votre voiture est sans doute plus discrète que la mienne, ajoute Adam.

Hayley acquiesce dans un sourire. En effet, devant sa voiture, nous nous arrêtons tous les trois en souriant. Une vieille guimbarde nous attend, une petite américaine comme il en existe tant.

– Mais elle est fiable, se sent obligée d'ajouter Hayley, comme pour défendre sa voiture.

Mon amie prend le volant, Adam s'installe sur le siège avant et je me glisse à l'arrière. Avec la circulation de ce milieu de journée, nous mettons un peu de temps à parvenir dans les hauteurs de Pacific Heights. Je reconnais la route pour aller chez Adam, mais nous tournons juste avant sa rue. Comme des touristes, nous égrenons sur la chaussée les numéros des énormes villas, jusqu'à tomber sur celle du père d'Adam. Hayley se gare discrètement sur le trottoir d'en face. La rue est calme. Adam a les yeux rivés sur cette demeure imposante très carrée à la façade foncée, tranchant avec le blanc des fenêtres. De là où nous sommes, nous pouvons apercevoir un grand escalier menant au perron. Rond, ce dernier est entouré de colonnes blanches. Au-dessus, une petite terrasse. Le jardin semble entretenu. D'ici, je ne sais pas si la maison est occupée.

Adam ne dit rien. Il observe. Sa mâchoire est crispée. Je suis la première à rompre le silence.

– Cette maison te dit quelque chose ?
– Rien du tout, répond-il d'une voix sourde.

Soudain, Adam sort de la voiture, traverse la rue pour s'approcher du portail. Je le suis, instinctivement. Hayley est sortie elle aussi, mais reste à distance. Je continue de regarder Adam. Derrière ses lunettes de soleil, je ne peux pas distinguer son regard. Mais ses lèvres sont pincées. C'est comme une rencontre pour lui. Il découvre une partie de la vie de son père…

Puis soudain, il lève le bras, fait signe à quelqu'un d'approcher.

Mais à qui fait-il signe ?

J'entends une porte de voiture se fermer, puis une seconde. Mes gardes du corps… Ils sont là, eux aussi…

– Faites le tour de cette maison, essayez de voir si vous pouvez entrer, sans vous faire voir. Si vous avez le moindre doute, ne faites rien, ne courez aucun danger, et ne vous mettez pas dans une situation qui pourrait être embarrassante. Rapportez-moi ce que vous aurez vu. Je vous donne quinze minutes, pas une de plus, ordonne Adam aux deux hommes.

Les gardes du corps se séparent. Je n'ai jamais entendu Adam parler de cette façon. S'il pouvait lui-même entrer, je suis sûre qu'il le ferait. Mais ce serait trop risqué pour lui… Hayley nous a rejoints. Adam se retourne vers elle.

– À qui appartient-elle maintenant ? lui demande-t-il.

– Cette maison a rejoint le patrimoine de Lorraine Hill à la mort de votre père, murmure Hayley, tant elle doit sentir que le moment est grave.

– Mais… Pourquoi est-ce que cette maison ne t'est pas revenue ? interviens-je, surprise. Tu es son descendant direct.

– Encore un mystère à éclaircir, souffle Adam, entre ses dents.

Les minutes s'écoulent. Je trouve le temps long. Je crains qu'une voiture de police vienne nous demander de partir, ou nous embarque, ou encore nous prenne pour des rôdeurs. Pire, je crains qu'une caméra de surveillance nous filme et qu'à l'autre bout, Lorraine nous observe… J'en ai la chair de poule. L'un des hommes d'Adam revient en secouant la tête. Il n'a pas pu passer par le côté qu'il a pris. Les minutes s'écoulent, Adam consulte sa montre. Hayley se glisse dans sa voiture pour nous y attendre. Nous sommes prêts à partir quand le second garde du corps apparaît, essoufflé.

Il a pu entrer dans le jardin. Il n'a vu aucun signe de vie. Dans la maison, le mobilier est recouvert de grands draps blancs, signe que personne n'habite ici en ce moment. Que fait Lorraine avec cette maison ? Pourquoi la garde-t-elle ?

Elle n'a pas besoin de la louer pour arrondir ses fins de mois…

Adam remercie les deux hommes et leur demande de rejoindre leur voiture. Nous restons tous les deux devant cette maison inaccessible.

Si seulement elle pouvait parler et nous raconter son histoire !

– Est-ce que tu crois que Lorraine l'a gardée intacte depuis la mort de ton père ? Que ce sont ses meubles qui sont encore là ? Ses affaires ?

Mes questions ne trouvent pas de réponses. Adam fixe la maison. Je pose ma main sur son bras, pour le sortir de ses pensées.

– Je ne sais pas, fait-il en se détournant de la maison. Je ne sais rien de cette maison. Il va falloir que je le découvre. Cette demeure détient peut-être une des clés du mystère.

Nous quittons les lieux. Avant de m'engouffrer dans la voiture de Hayley, je lui jette un dernier coup d'œil. Cette maison me donne le frisson.

Mais pourquoi Lorraine a-t-elle hérité de la maison et pas Adam ?

15
FACE À FACE

Sur le trajet qui nous ramène à son bureau, Adam se montre très silencieux. La découverte de cette maison l'affecte. Pour lui, ce doit être comme une rencontre avec son père, par procuration. Découvrir l'univers de son père, un lieu qui devait lui être familier, c'est un peu comme l'approcher de plus près. Adam, qui n'a rien connu de son proche parent, peut désormais l'imaginer passant le portail matin et soir, montant les marches du perron, faisant les cent pas sur la terrasse… Mais cette maison appartient aujourd'hui à Lorraine.

Elle revenait de droit à Adam, pourquoi ne jamais lui en avoir parlé ?

– Adam, si vous le voulez bien, j'aimerais continuer de creuser sur votre père. J'ai quelques pistes à exploiter à son sujet, ça pourrait être intéressant de savoir où elles mènent, pour vous, demande Hayley en nous déposant au pied de l'immeuble.

Adam réfléchit un instant, puis répond :

– OK, allez-y. Mais n'oubliez pas, ne vous mettez pas en danger. Je ne veux pas que tout ceci puisse vous nuire.
– Pas de problème ! Enquêter sur des sujets difficiles, c'est mon métier, ne l'oubliez pas ! souligne Hayley en souriant.

Nous quittons notre amie journaliste. Son implication n'est pas intéressée, elle souhaite sincèrement apporter son aide, avec ses moyens, à cette situation pesante pour nous.

Si nous pouvions en être libérés pour de bon...

– Je dois retourner travailler mon ange. Merci d'être venue, me dit Adam, droit dans les yeux.
– C'est important pour toi. Et je tiens moi aussi à découvrir la vérité sur ton passé. Et j'ai aussi hâte que tout ceci se termine vite, avoué-je.
– Oui, souffle Adam. Une fois qu'on en aura fini avec tout ça, je m'occuperai de toi, que de toi.

Adam m'attire contre lui et m'embrasse. Devant l'intensité de ce baiser, mes jambes se transforment en coton.

Oh ! oui, j'ai hâte !

Je reprends le chemin de ma voiture. Je peux enfin m'octroyer un peu de repos avant de filer au conservatoire pour le concert de ce soir.

Il me faut tout de même répéter...

Quand je rentre chez moi pour la deuxième fois de la journée je ne trouve pas Claire. Elle a dû suivre mes conseils et se rendre à son travail.

Une très bonne chose !

J'ai un peu de temps devant moi. Sans me poser de question, je file dans ma chambre pour m'accorder une petite sieste. Je coupe mon téléphone.

Je veux dormir !

Le sommeil est capricieux. Il faut dire que je ne l'aide pas beaucoup. Entre Ryan et Claire, le père d'Adam, Emy et le Philharmonique, mon cerveau ne trouve pas le repos. Dépitée, je n'insiste pas. J'attrape mon ordinateur, je n'ai pas encore consulté mes e-mails de la journée.

Tiens, un message de Claire...

De : Claire Swanson
À : Éléa Haydensen
Objet : Ryan

Re,
Ton frère est un con ! Désolée, mais c'est vrai ! Il m'a appelée tout à l'heure pour me dire qu'il voulait qu'on fasse un

break. Je suis en colère, il ne m'a même pas laissé parler !

Bref, je vais me concentrer sur mon projet, donc, ne t'inquiète pas si tu ne me croises pas beaucoup ces prochains jours. J'ai rendez-vous avec l'architecte ce soir… Je ne sais pas si je dois noyer mon chagrin dans ses bras ou l'envoyer sur les roses !

En tout cas, merci d'avoir essayé d'arranger les choses. Et heureusement que tu n'as pas le même caractère que ton frère !

++
Claire

Je suis scotchée. Je ne comprends pas mon frère…

De : Éléa Haydensen
À : Claire Swanson
Objet : RE : Ryan

Je suis désolée, je ne sais pas quoi te dire…
Pour l'architecte, ne fais rien que tu ne regrettes après !
Je suis persuadée que Ryan retrouvera la raison.
Bon courage pour ton boulot !
Éléa

Je ne peux rien faire pour les aider. J'ai déjà parlé deux fois à Ryan, sans succès. De toute façon, ce sont leurs histoires de couple, je ne peux rien y faire.

Hormis surveiller ça de près.

J'occupe le reste de mon après-midi très studieusement, mets de l'ordre dans mes papiers, range, classe… Je suis heureuse quand vient l'heure de me libérer de cette tâche et de retrouver la musique. Au conservatoire, je rejoins rapidement mes collègues. Le premier violon de ce soir est un peu angoissé.

Je le comprends !

Il sera au centre de l'attention. Je n'éprouve à son égard aucune jalousie. J'ai eu mon heure de gloire hier soir avec Oslav et ça ne me dérange pas du tout d'être en retrait.

Et vu mon état, ce n'est pas plus mal !

Quelque chose me gêne. Je me sens mal à l'aise. Aux côtés des autres violonistes le concert se passe plutôt bien. Mais l'angoisse me serre le ventre. Ce n'est pas comme d'habitude. Je lance un regard rapide autour de moi, tout le monde est concentré. Mon regard se porte vers le premier rang des spectateurs. Mon sang se glace. Lorraine est là, et me fixe. Elle ne détache pas son regard du mien, elle ne se détourne pas pour regarder l'ensemble du Philharmonique. La haine que je lis dans ses yeux me fait frissonner. J'essaie de l'oublier, de me concentrer sur la musique. Je rate une note, heureusement sans incidence sur le déroulement du concert.

Reprends-toi !

J'essaie d'oublier ses yeux, son attitude, d'éviter de regarder dans sa direction. Mais ma main tremble. Je dois être livide. Impossible de reprendre le contrôle. À la fin du concert, mon sourire est feint, je n'ai qu'une hâte, rejoindre les coulisses, oublier ce fâcheux épisode.

Je m'en veux de m'être laissée impressionner comme ça !

Rater une note, en plus !

Mais ce regard ! On est loin de l'attitude aimable à son dîner. Quel changement radical. Je crois que j'ai vu le vrai visage de Lorraine ce soir. Elle ne cachait pas sa haine envers moi… Perdue dans mes pensées, je rejoins la loge, délaissant mes collègues en train de savourer le traditionnel pot de fin de concert. J'ai besoin de me remettre. Mais quand je pousse la porte de la loge, je pousse un cri de surprise. Lorraine est là !

– Lorraine, que faites-vous là ? demandé-je d'une voix sourde.

Je jette un œil derrière moi, espérant qu'un musicien, n'importe qui, soit derrière moi. Personne…

– Ne vous inquiétez pas Éléa, je ne vais pas vous accaparer très longtemps, répond-elle avec une voix aussi dure que son regard.

Instinctivement, je place mon violon entre elle et moi, sur mon ventre. Comme un rempart, une protection…

– Je suis au courant de vos manigances, jeune fille. Adam fait des recherches sur son passé et je suis persuadée que c'est vous qui l'avez poussé à le faire ! Ne faites pas l'innocente, Paul m'a tout dit ! Il a mis Adam sur écoute, il a tout su ! Mais je vous conseille de faire machine arrière. Persuadez Adam de tout arrêter, sinon, je peux vous assurer qu'il ne résultera rien de bon de tout ça. Ni pour vous ni pour Adam.

Le ton est menaçant. Je suis glacée, je ne peux pas bouger, aucun son n'arrive ne parvient à franchir mes lèvres. Lorraine pourrait me tuer sur place avec ce regard.

– Prenez ces menaces très au sérieux Éléa. Ryan, Claire et vos parents pourraient en souffrir.

Je me pousse sur le côté pour laisser passer Lorraine. Sans ajouter un mot, elle quitte la pièce. J'attends quelques minutes pour m'assurer qu'elle n'est plus dans les parages, puis je m'effondre sur une chaise. J'ai froid, je frissonne. Lorraine vient de dévoiler son vrai visage. La menace annoncée par la voyante… D'un coup, des images se superposent dans ma tête : mes parents en pleine discussion avec Lorraine le soir d'un concert, Emy avec Ryan sur le campus… Elle a approché tous mes proches, elle a déjà commencé à s'introduire dans mon cercle. Je serre les poings. Il est hors de question que je me laisse impressionner par cette femme abjecte ! Je dois juste prévenir Adam, il faut protéger mes parents, Ryan, Claire ! Tout le monde !

– Tout va bien, Éléa ? fait une voix à côté de moi.

C'est Max, je ne l'ai pas entendu entrer.

– Tu es pâle ! Tu as de la fièvre ? Tu es toute glacée ! remarque-t-il.

Je tremble, c'est nerveux.

Et Max, il est en danger lui aussi ?

Ne bouge pas, j'appelle Adam !

Je suis incapable de bouger, c'est comme si Lorraine m'avait figée sur place. J'entends Max parler au téléphone, il me regarde, inquiet. Il part ensuite me chercher à boire, essaie de couvrir mes épaules. Je n'arrive pas à me reprendre, mais il faut que je le rassure…

– Ça va, Max, c'est certainement un coup de froid, soufflé-je en esquissant un sourire.

– Repose-toi demain, reste au chaud. Je préviens M. Glen. Cet aller-retour à Las Vegas t'a fatiguée !

– Éléa !

Adam est déjà là ! Je suis aussi en train de perdre la notion du temps.

Lorraine viendrait-elle de me jeter un sort ?

Sa mine est inquiète. Je ne peux rien lui dire encore, en tout cas pas devant Max.

– Je te ramène, dit-il en m'aidant à me relever. Merci Max de m'avoir prévenu !

– De rien, dit-il en tendant à Adam mon violon, rangé dans son étui. Repose-toi, Éléa !

La force d'Adam me fait du bien. Mais je ne lâche pas son bras pour sortir. Il m'aide à me glisser dans la voiture. J'ai peur que Lorraine soit là, elle ou ses hommes de main. Quand Adam me rejoint sur la banquette, je lui demande tout de suite de rouler. Il fait signe à son chauffeur.

– Mon ange, tu m'inquiètes, tu as la mine défaite. Max m'a dit que tu étais malade. Je suis venu aussi vite que possible, s'inquiète Adam en me tenant la main.

– Non, je ne suis pas malade. C'est Lorraine…

– Lorraine ? Tu as vu Lorraine ce soir ?!

Je raconte tout à Adam, le regard tout au long du concert, sa présence dans les loges, ses paroles, la dureté dans sa voix, ses menaces sur mes proches. Plus je parle et plus je sens que la colère monte chez Adam.

– Elle t'a menacée directement ! s'enflamme-t-il. Elle est allée trop loin ! Je ne le permettrai pas ! Je vais aller la voir, je vais lui parler, moi aussi je peux la menacer. Je n'ai pas peur d'elle ! Elle s'attaque à toi, sans se cacher, et te menace ? Non, c'est terminé, je ne peux pas laisser passer ça !

Arrivés chez lui, Adam me soutient toujours pour m'aider à sortir de la voiture. Il serre les dents, il est profondément en colère. Je pense qu'il s'en veut aussi de ne pas avoir été là pour me protéger. Je m'installe dans le canapé. Adam s'éclipse et revient peu de temps après avec un plateau chargé d'une tasse de thé fumante et de quelques friandises à grignoter, sans doute jetées à l'aveugle. Le liquide chaud me fait du bien, je le sens se distiller dans mon corps. Je perds cette impression de froid. Adam m'observe, s'inquiète, fait les cent pas. Je m'apaise enfin, retrouve mes esprits.

– Adam, appelé-je doucement en lui faisant signe de s'asseoir. Écoute-moi. Je ne veux pas que tu arrêtes tes recherches. Je veux que l'on découvre ce qui rend Lorraine si menaçante. J'ai juste une faveur à te demander…

– Tout ce que tu veux, mon ange, dit-il en pressant mes mains dans les siennes.

– Protège mes parents, Claire, Ryan, Max, tous les gens que j'aime. Je veux continuer la bataille, mais je veux être sûre qu'ils ne risquent rien.

– Je vais faire ce qu'il faut mon ange, ils seront tous en sécurité. Je vais passer quelques coups de fil pour mettre leur protection en place dès ce soir.

Adam m'attire à lui, me caresse les cheveux. J'ai soudain envie de pleurer, les nerfs sans doute. Car je n'éprouve aucune tristesse. Seulement de la colère.

Que Lorraine ose toucher à un cheveu de mes proches !

Puis il s'éloigne, attrape son téléphone. De loin, je l'entends discuter. Adam s'occupe de tout, il a entendu mes peurs. Il agit pour mon bien-être, ses actes me rassurent. Je peux toujours compter sur lui.

Toujours.

Je me réveille ce matin littéralement accrochée à Adam. Il a pris soin de moi toute la soirée, m'a communiqué sa force. Une bonne nuit de sommeil a fait le reste, je me sens mieux. J'ouvre un peu plus les yeux et me rends compte que ceux d'Adam sont grands ouverts. Il m'observe doucement.

– Bonjour, mon ange, murmure-t-il.

Oups, en serrant Adam contre moi, je l'empêche de se lever !

Je le libère aussitôt, confuse.

– Je n'ai pas osé te réveiller en bougeant, sourit-il.
– Tu aurais dû, je suis désolée, tu es en retard ?
– Non, ça va. Et ce n'était pas désagréable, souffle-t-il en m'embrassant d'un doux baiser.

Je regarde ma montre. Il est tout de même 9 heures ! Adam file se préparer, je descends dans la cuisine pour attaquer le petit déjeuner. Je meurs de faim !

Adam me rejoint, le téléphone collé à l'oreille. Il raccroche, se sert un café et se tourne vers moi :

– Comment tu te sens ce matin ?
– Mieux, beaucoup mieux !
– Bien. Je vois Conrad dans dix minutes au bureau. On va s'organiser pour la protection de tout le monde.
– Discrètement ? Je ne voudrais pas que mes parents s'inquiètent.
– Oui, personne ne s'apercevra de rien, je te rassure. Hayley m'a laissé un message. Je la vois avant le déjeuner. Tu peux nous rejoindre ?
– Bien sûr. Je ne travaille pas aujourd'hui, Max a prévenu M. Glen de mon état de fatigue d'hier.
– Je dois filer mon ange, tu n'as besoin de rien ? Je peux te laisser seule ?
– Oui, ça ira. Je me prépare et je te rejoins directement à ton bureau.

Adam est ma protection rapprochée attitrée. Je termine mon petit déjeuner, discute un peu avec Gloria. La chaleur de la vieille femme est bienvenue ce matin.

Quand j'arrive au bureau d'Adam, emmenée par les gardes du corps, c'est Conrad qui m'accueille, plein de sollicitude lui aussi. Il m'entraîne dans son bureau, Adam étant en rendez-vous. Il m'informe de tout ce qui a été mis en place pour mes proches. Je le sens lui aussi très en colère et il fait tout pour me rassurer. Adam et Conrad se donnent du mal. Ils prennent la menace et mes craintes au sérieux. J'ai confiance en eux, mais mon cœur ne peut s'empêcher de se serrer.

Je ne veux pas que ma famille ou mes amis soient impliqués !

Adam passe la tête dans l'entrebâillement de la porte. Hayley est arrivée elle aussi. Adam enchaîne les rendez-vous, passe d'une entrevue professionnelle à une autre concernant sa vie privée. J'admire sa capacité d'adaptation !

Comme la veille, nous nous installons devant Hayley, et comme la veille, j'ai une pensée pour les caméras de surveillance.

Je n'ai pas encore eu l'occasion de poser la question à Adam.

En revanche, Hayley affiche une mine nettement plus grave que la veille. Sans attendre, elle va droit au but.

– Je crois avoir mis le doigt sur quelque chose qui pourrait être énorme ! Je me suis plongée dans toutes les coupures de presse qui ont suivi la mort de votre père et de votre oncle. Une en particulier m'a intriguée. Le journaliste de l'époque s'interrogeait sur Lorraine. Tenez, j'en ai fait une copie.

Adam attrape l'article en question et commence sa lecture. Je me rapproche de lui pour lire à mon tour.

– J'ai beaucoup lu sur le sujet et il est l'un des seuls journalistes à parler d'elle dans ces termes, continue Hayley.

Il trouvait que la mort des associés Hill arrangeait particulièrement les affaires de Lorraine et du seul associé encore vivant, Ambrose Carter. En héritant de la fortune de leur mari et beau-frère en attendant que vous et Paul soyez grands, Lorraine prenait la tête d'une immense fortune et Ambrose le total commandement de l'industrie pharmaceutique créée à trois, avec votre oncle et votre père. Pour le journaliste, Lorraine et Ambrose pouvaient faire ce qu'ils voulaient tant que vous n'étiez pas majeurs.

– Ambrose n'avait plus besoin de l'accord des autres associés pour prendre les décisions, réfléchit Adam. Il devait juste se référer à Lorraine mais à mon avis, tant que l'industrie rapportait beaucoup d'argent, elle ne devait pas trop s'en occuper…

– Le journaliste trouve la mort de vos proches trop intéressante pour eux deux, il trouve ça étrange. Et encore plus parce que Howard et Henri sont morts en même temps, ajoute Hayley.

– Il a creusé ses interrogations ? demande Adam.

– Non, je ne trouve plus trace de ce journaliste après cet article. Peut-être qu'il n'a pas su prouver qu'Ambrose et Lorraine voulaient le contrôle total de l'empire Hill. Je n'ai pas trouvé que ça. J'ai continué de creuser la vie de Howard Hill, sa vie mondaine, sa présence dans des galas de charité, ce genre de choses. J'ai trouvé un nom qui revient beaucoup, accolé au sien. C'est Simon Collins. Ça vous dit quelque chose ?

Adam secoue la tête.

– Ce Simon Collins est encore en vie. C'est un ancien

avocat à la retraite, qui exerçait à l'époque de votre père, ici à San Francisco. Ce qui est étrange, c'est qu'il a cessé son activité peu de temps après la mort de Howard. Il est parti s'installer à Bakersfield. Et il y vit toujours, conclut Hayley.

Que d'informations d'un coup !

Lorraine et Ambrose à la tête de l'empire Hill en attendant que les deux héritiers directs, Adam et Paul, aient leur mot à dire ? Est-ce qu'un lien particulier unit Ambrose et Lorraine ? Ils voulaient les pleins pouvoirs ? Mais pour faire quoi ? Pour amasser encore plus d'argent ? Howard et Henry gênaient tellement Ambrose ? Deux voix contre une pour prendre des décisions, ça devait effectivement apporter de la frustration chez Ambrose. Mais de là à imaginer que la mort de deux hommes peut être liée à cette envie de tout contrôler ?

Et ce Simon Collins ? Disparaître après la mort de Howard… C'est louche… Est-ce qu'il a joué un rôle dans tout ça ?

Je regarde Adam. Je n'aime pas ça. Est-ce que lui aussi en arrive à penser qu'on aurait pu se débarrasser de son père et de son oncle pour une histoire d'argent, de pouvoir ?

Je m'égare, ça ne peut pas aller aussi loin…

Mais qui sait…

IV

LE CHEMIN DE LA VÉRITÉ

16
LES ATTAQUES DE TROP

Le silence est pesant. Ni Hayley ni moi ne prononçons une parole. Nous observons Adam. Les traits tirés, les sourcils froncés, il lit et relit l'article de presse que notre amie vient de lui donner. Des dizaines de questions doivent lui traverser l'esprit. Cet article ne nous apprend rien de nouveau. Howard et Henry Hill, le père et l'oncle d'Adam, sont morts dans un accident d'hélicoptère. Mais il soulève une nouvelle question : est-ce que Lorraine et Ambrose Carter n'avaient pas intérêt à provoquer cet accident ? Lorraine Hill héritait de la fortune de son mari Henry et prenait possession de celle de son beau-fils Paul et de son neveu Adam en attendant leur majorité. Quant à Ambrose Carter, le troisième associé de l'industrie pharmaceutique des Hill, il obtenait les pleins pouvoirs décisionnaires après la disparition de Howard et de Henry.

L'enquête sur ce drame n'a révélé aucun sabotage, rien ne peut laisser croire à un homicide. L'incident mécanique n'a jamais été remis en question. Il est fort probable qu'il ne s'agisse que d'une simple et malheureuse coïncidence.

Ambrose et Lorraine ont profité malgré eux de cette tragédie. Mais comment ne pas imaginer qu'ils auraient pu être responsables de leur mort ?

Si Lorraine n'avait pas été aussi abjecte avec nous, cette question ne nous viendrait pas à l'esprit. Lorraine a été la tutrice d'Adam après la mort de sa mère. Au lieu de son père, pourtant encore en vie. Lorraine a menti sur la mère d'Adam, sur Paul et sur Howard... Adam sait désormais que son père ne les a jamais abandonnés, lui et sa mère, qu'il a toujours été présent, qu'il aimait toujours sa femme Leslie. Mais quelque chose les empêchait de vivre tous les trois réunis et, après la mort de sa mère, quelque chose empêchait Howard de récupérer son fils. Mais quoi ?

Lorraine a toujours raconté à Adam qu'il avait une mauvaise mère et un père défaillant. Elle n'est que mensonges et menaces. Depuis que Paul lui a appris les investigations d'Adam sur ses parents, Lorraine est perturbée. Ces recherches sur le père d'Adam la gênent, mais pourquoi ? Ce doit être énorme pour l'inciter à venir me menacer, directement, pour s'exposer comme elle ne l'avait jamais fait auparavant. Lorraine a montré son vrai visage, a cherché à m'intimider en évoquant mes proches. Elle souhaite que je convainque Adam de tout arrêter, de ne plus chercher à savoir ce qui a tant éloigné son père.

Mais c'est trop tard.

Si Lorraine ne s'obstinait pas à stopper ces recherches

par tous les moyens possibles, jusqu'à faire agresser son propre neveu pour lui faire peur, Adam aurait-il eu la même détermination ? Si Lorraine n'avait pas cherché à me nuire, aurais-je encouragé Adam à persévérer ? Lorraine cache et protège beaucoup trop d'informations. Et Adam a le droit de connaître la vérité sur son père. Comment se construire un futur serein si le passé est instable ?

– Donc, si on résume, Lorraine et Ambrose avaient tout à gagner avec la mort de mon père et de mon oncle, déclare Adam pour lui-même.

– C'est effectivement ce que laisse penser cet article, commente Hayley. Mais ça ne veut pas dire pour autant que Lorraine et Ambrose ont cherché cette situation. Ils en ont profité, mais toutes les morts sont profitables quand une fortune est en jeu.

– Et puis surtout, jamais personne n'a avancé la théorie du meurtre, à l'époque, interviens-je en me souvenant de mes récentes recherches sur Internet. L'enquête sur l'accident a conclu à une défaillance technique. S'il y avait eu des doutes, ça aurait été soulevé mais là, rien…

Adam acquiesce. Lorraine et Ambrose sont peut-être des profiteurs, mais de là à orchestrer un double meurtre… J'ai peine à le croire et chasse cette idée de ma tête.

Non, ce serait trop ignoble…

– Et ce Simon Collins, qui apparaît à plusieurs reprises dans vos recherches, vous savez quoi de plus sur lui ? demande Adam à Hayley.

– Hormis le fait qu'il était proche de votre père et qu'il a quitté San Francisco rapidement après sa mort, pas grand-chose, confesse la journaliste. Il vit en ce moment à Bakersfield. Je devrais pouvoir trouver son adresse exacte facilement.

– Merci Hayley, merci beaucoup. J'aimerais pouvoir prendre les choses en main, mais avec les menaces que Lorraine a proférées à l'encontre d'Éléa hier soir…

– Lorraine t'a menacée ? l'interrompt Hayley en se tournant vers moi.

– Oui, après le concert. Elle m'attendait dans la loge. Elle m'a demandé de persuader Adam de tout arrêter, sinon elle pourrait s'en prendre à mes proches, raconté-je.

– Si je peux donner mon avis sur cette situation, Lorraine protège un secret qui m'a l'air énorme, avance Hayley. De toute ma carrière de journaliste, je n'ai jamais croisé de personnage aussi déterminé et froid que cette Lorraine.

– C'est pour ça qu'il faut absolument nous montrer discrets, reprend Adam. Si vous sentez que quelque chose cloche, vous devez m'en informer tout de suite.

– Je le ferai, Adam. J'ai l'avantage de passer pour quelqu'un de discret, observe Hayley en souriant. Ça me permet de passer inaperçue.

– D'ailleurs, il faudrait que nous arrêtions de nous rencontrer ici au bureau, on ne sait jamais, continue Adam.

– J'ai une idée ! s'exclame Hayley. Laissez-moi publier un autre sujet sur vous, n'importe quoi, ça expliquera mes allées et venues ici. Après tout, depuis nos entretiens et l'exclusivité que vous me donnez, ce n'est pas si improbable.

– Bonne idée. Je demande à mon service de communication de vous contacter à ce propos, approuve Adam. Merci

Hayley, merci beaucoup. C'est très agréable et c'est un vrai soulagement de pouvoir compter sur vous.

Hayley est touchée par ces paroles. Elle rougit. La jeune femme est devenue notre amie, une vraie personne de confiance, un soutien dans cette bataille. Elle est non seulement efficace dans son métier, mais elle est aussi une véritable alliée pour nous. Jamais je ne regretterai ce jour où nous nous sommes rencontrées, devant le conservatoire. Hayley a désormais sa place dans ma vie.

La journaliste nous laisse à nos questions. Désormais, toute notre attention est tournée vers ce Simon Collins.

Adam rassemble les papiers que Hayley a laissés derrière elle. Ces nouvelles informations ne l'ont pas ébranlé. Aucune lassitude ne transparaît dans ses gestes, bien au contraire. Adam est un combattant dans l'âme.

Un combattant terriblement sexy !

Ces épreuves pourraient physiquement marquer n'importe qui, mais pas lui. Son regard s'assombrit parfois, mais c'est bien tout ce qu'il laisse transparaître. Il relève la tête, s'aperçoit que je l'observe, et son visage s'éclaire d'un sourire.

– Quand tu me regardes comme ça mon ange, tu me donnes l'impression d'être le roi du monde.
– Tu l'es, pour moi, dis-je en m'approchant de lui.

Sur la pointe des pieds, je dépose un délicat baiser sur ses lèvres. Ce contact, les mains d'Adam dans mon dos, me réconfortent. La passion qui nous anime tous les deux ne semble pas être affectée par toutes ces histoires sordides…

Mais au fait !

– Il faut que je te demande, me souviens-je soudain. Est-ce que, quand on a fait l'amour ici, dans ton bureau, les caméras nous ont filmés ?

Je lève les yeux vers le faux plafond, où sont dissimulées les caméras de surveillance. Le soir du cambriolage de ce bureau, j'ai appris leur présence ici.

– Filmer ? Nos ébats ? J'aime garder un souvenir de ces moments-là…, répond Adam, visiblement amusé par ma question.

Il plaisante ou il est sérieux ?

Je plisse les yeux pour le cerner, dubitative.

– Vraiment ?

Adam part dans un grand éclat de rire :

– Non, ne t'inquiète pas mon ange, je ne te mettrais pas dans ce genre de situation. Je coupe les caméras quand j'arrive le matin, ce que je fais ici, pour les affaires ou avec toi, est strictement confidentiel.

– C'est ce que je pensais, mais ça me trotte dans la tête depuis l'autre soir. Tu as fini par découvrir qui s'est introduit ici ? On t'a volé quelque chose ?

– Aucun document, papier ou objet n'a été dérobé. C'est le mystère le plus total. Un de plus…

Sur ces mots, Adam attrape le lobe de mon oreille avec sa bouche. Une décharge me parcourt le dos.

– Je dois malheureusement travailler. Mais je compte continuer ce que j'ai commencé, dit-il en ponctuant chaque mot d'un baiser dans mon cou. Très vite.

Je fonds dans ses bras, entourée de son parfum enivrant. Mais je dois me reprendre, le devoir nous appelle.

– Qu'as-tu prévu aujourd'hui ? me demande Adam.

– Après l'incident d'hier soir, on m'a donné ma journée. Je pense aller voir mon frère. Je ne sais pas comment il va depuis sa dernière discussion avec Claire.

– Ça ne s'arrange pas entre eux ?

– Je ne sais pas trop. J'essaie de ne pas m'en mêler mais ça m'a l'air compliqué.

– Fais attention à toi, d'accord ? Tu as de nouveaux gardes du corps qui rejoignent les premiers. Je tiens à ce qu'il ne t'arrive rien.

Deux de plus ?

Adam prend très au sérieux les menaces de Lorraine. C'est pourquoi je lui ai demandé hier de protéger mes parents, Claire et Ryan.

Pour qu'il ne leur arrive rien à eux non plus.

Je quitte Adam et emporte un peu de son odeur avec moi. Je soupire en m'arrachant à la douce chaleur de ses bras, au profond bien-être que je ressens en sa présence.

Haut les cœurs, nous ne nous quittons pas pour très longtemps ! Ce soir sans doute…

J'attrape mon téléphone au fond de mon sac pour joindre Ryan. Je ne tiens pas une nouvelle fois à essayer de le convaincre d'arranger les choses avec Claire. Si mon frère a décidé de prendre du recul avec elle, je dois respecter son choix. Et agir en tant que sœur. Il a peut-être besoin de mon réconfort, de discuter, de quelqu'un qui lui remonte le moral. Il ne connaît pas encore grand monde ici à San Francisco, depuis son récent emménagement. Il ne répond pas à son téléphone. J'essaie à nouveau : pas de réponse. Il n'a pas cours ce matin, il ne travaille pas non plus.

Peut-être qu'il ne veut pas me parler ? Qu'il croit que je vais encore le sermonner ? Je vais faire un saut chez lui, ce sera plus simple pour discuter.

J'appelle l'ascenseur et me retourne machinalement. Tout est calme, tout le monde travaille dans une ambiance studieuse, chacun à son bureau, derrière les parois vitrées. Je ne connais personne ici, sinon de vue. Soudain, j'aperçois Conrad qui débouche d'un couloir. Il se dirige vers le bureau d'Adam au pas de course. Je l'entends crier, avant de passer la porte :

– Adam ! On a un problème !

Et tout va très vite. Il se retourne, m'aperçoit, court vers moi.

Qu'est-ce qu'il se passe ?

– Éléa, revenez, me dit-il d'une voix grave.

Je le suis, Adam nous attend à la porte de son bureau, la mine interrogative. Conrad ferme la porte derrière nous. Je n'aime pas l'expression de son visage.

– Adam, on a un problème avec Ryan, finit-il par lâcher.
– Ryan ! m'exclamé-je.

Mes jambes sont prêtes à se dérober.

– Les gardes du corps viennent de m'appeler. Ils viennent d'emmener Ryan à l'hôpital, continue Conrad.

À l'hôpital ? Mon frère est à l'hôpital ?

– Quel hôpital ? arrivé-je à demander.
– Au Mémorial, il...

Je ne laisse pas à Conrad le temps de finir sa phrase. Mon frère est à l'hôpital, je dois le rejoindre, tout de suite ! Je me précipite dans l'ascenseur qui vient d'ouvrir ses portes. J'entends Adam crier mon nom, il me demande de l'attendre. Mais je ne peux pas. Si mon frère est à l'hôpital, c'est peut-être parce que Lorraine a mis ses menaces à exécution.

C'est peut-être à cause de moi… Et c'est peut-être grave !

Je n'ai pas le temps de pleurer, je ne pense qu'à retrouver mon frère.

Mon Dieu, Ryan…

Je retrouve ma voiture dans le parking, déposée ce matin par un de mes gardes du corps car je l'avais laissée la veille au conservatoire.

Aux urgences de l'hôpital, l'infirmière d'accueil me confirme la présence de mon frère et m'indique le box où je peux le rejoindre. Je pousse le rideau entourant son lit et le trouve assis, son téléphone à la main. Il ouvre grands les yeux en m'apercevant, sans doute étonné de me voir ici.

– Ryan ! crié-je à moitié.

Mon frère est salement amoché. Ses lèvres sont gonflées, son visage tuméfié. Il porte à l'arcade un pansement, son bras est en écharpe.

– Éléa, qu'est-ce que tu fais là ? J'allais t'appeler, dit-il dans une grimace de douleur.

– Qu'est-ce qui t'est arrivé ! demandé-je en m'approchant du lit, glacée.

– Je faisais mon footing ce matin et un mec m'est tombé dessus par derrière. Il m'a mis au sol et m'a donné des coups de pied. Je n'ai rien vu, j'ai essayé de me protéger la tête. Ça s'est passé très vite. Deux hommes m'ont ramassé et déposé ici.

Je serre les dents mais un sanglot me secoue.

Lorraine...

– Hé, ça va petite sœur. Je ne savais pas que San Francisco craignait autant que New York, essaie de plaisanter Ryan.

– Est-ce que tu as mal ?

– Ça va, les médecins m'ont donné ce qu'il faut et...

– Ryan ! Éléa !

Adam vient d'arriver, suivi de Conrad.

– Oh ! vous êtes venus en nombre, s'étonne encore Ryan, visiblement ravi.

– Qu'est-ce qu'il s'est passé ? ! demande Adam à son tour.

Mon frère répète ce qu'il vient de me dire. Une infirmière nous rejoint pour annoncer que Ryan peut rentrer chez lui. Je l'aide à enfiler son sweat, je n'arrive pas à prononcer un mot tellement je me sens coupable. Adam a la mâchoire crispée, Conrad le visage fermé.

– Bon, vous allez me dire ce qu'il se passe ? s'inquiète Ryan. Et comment vous saviez que j'étais ici ?

– Quelqu'un t'a reconnu et m'a appelée aussitôt, mens-je. C'est pratique que tu travailles dans un hôpital : s'il t'arrive quelque chose, je suis prévenue rapidement par tes amis.

Ryan me regarde d'un air sceptique. Mais ses contusions calment son envie d'en savoir plus. Il émet un grognement quand il pose le pied par terre. Adam et Conrad se précipitent pour l'aider. Je décide de ramener Ryan chez lui, Adam et Conrad nous suivent en voiture. Je ne tiens pas à inquiéter mon frère, il a assez donné aujourd'hui. Je veux juste le ramener chez lui et le savoir en sécurité. Adam m'aide à le mettre dans son lit. Les antalgiques l'assomment complètement. Nous le laissons récupérer et je lui promets de passer le voir plus tard dans la journée.

– Ça va, mon ange ? me demande doucement Adam sur le trottoir.

– Si ça va ? Mon frère vient de se faire passer à tabac, et tu me demandes si ça va ? C'est ma faute s'il est dans cet état, Lorraine… elle a… Pourquoi est-ce que ses gardes du corps ne l'ont pas protégé ? Tu m'avais promis qu'il ne lui arriverait rien ! crié-je.

Mes nerfs lâchent, je craque. Je ne supporte pas l'idée que tout est ma faute…

– Mon ange, calme-toi, tente de m'apaiser Adam en me

prenant dans ses bras. Ce n'est pas ta faute. Les gardes du corps sont intervenus aussi vite qu'ils ont pu, mais ils avaient laissé un peu d'avance à Ryan pendant son footing pour qu'il ne découvre pas leur présence. Ils ont fait partir l'agresseur et ils ont tout de suite emmené Ryan à l'hôpital.

– Tu veux dire que ça aurait pu être pire ?

– Je ne sais pas, peut-être, n'y pense pas. L'essentiel est que Ryan ne va pas trop mal.

– Si tu n'avais pas mis en place sa protection, Ryan aurait pu…

Ma voix se brise.

Est-ce que Lorraine est derrière cette agression ?

Je pleure maintenant à chaudes larmes dans les bras d'Adam, vidant ce trop-plein de stress. Conrad se fait discret et s'est éloigné à quelques pas de là. Soudain, mon téléphone sonne. J'aperçois le numéro de Claire à travers mes larmes. J'essaie de m'éclaircir la voix et de ne rien laisser transparaître quand je décroche.

– Claire ?

– Éléa, j'ai besoin de toi ! Est-ce que tu peux venir me dépanner ? Je suis à la caserne désaffectée, tu te souviens ? Ma voiture est en rade ! Un petit malin s'est amusé à lacérer mes pneus !

– Quoi ?!

Ce n'est pas possible, Ryan, puis maintenant Claire… ça ne peut pas être une coïncidence. Adam, inquiet, m'interroge du regard.

– Ça m'énerve ! Je suis bloquée et j'ai un rendez-vous important ! ajoute Claire, excédée.
– Attends, je suis avec Adam, je lui explique.

Je relate à Adam ce qu'il vient de se passer pour Claire. Conrad s'est rapproché. Lui et Adam échangent un regard.

Oh ! je n'aime pas ce regard.

– Dis-lui qu'une voiture passe la prendre, ses gardes du corps ne sont pas loin, ils s'occuperont de sa voiture, me chuchote Adam en faisant signe à Conrad.

Le bras droit d'Adam attrape à son tour son téléphone.

– Ne bouge pas Claire, Adam t'envoie une voiture, informé-je mon amie.
– OK super. Mais ça m'embête de laisser ma voiture ici !
– Ne t'inquiète pas pour ça, ils…
– Ils sont déjà là ! Dis donc, c'est du service rapide ! Ils sont pas mal, en plus ! Remercie Adam pour moi, je dois te laisser, je suis hyper en retard ! À plus.

Claire vient de raccrocher. Je suis abasourdie par cet enchaînement d'événements.

– Je crois que Lorraine nous envoie des messages, entends-je dire Adam à Conrad. Elle n'est plus dans les menaces, elle est passée à l'action. Il faut vraiment que tout le monde se montre vigilant.
– Les équipes de Ryan et Claire sont prévenues. Je vais appeler celles de vos parents Éléa, me glisse Conrad.

Mes parents…

Je reprends mon téléphone, mon cœur bat la chamade.

Jamais deux sans trois… Non, pas mes parents !

Il n'y a pas de décalage horaire avec Kelowna, ils doivent déjà être au travail. Si tout va bien… La sonnerie ajoute à mon stress.

Pourquoi tardent-ils à répondre !

– Allô ? fait enfin la voix de ma mère au bout du fil.
– Maman, c'est moi, Éléa, est-ce que…
– Oh ! Éléa, c'est toi. J'attends un appel de l'assureur, je ne peux pas rester trop longtemps au téléphone. Tu ne devineras jamais ce qui s'est passé ici…

Non…

– Le magasin est sens dessus dessous. Ton père a déjà commencé à ranger, mais on a eu quelques dégâts sur la porte d'entrée. L'assureur doit me rappeler et…

– Et vous, est-ce que ça va ? demandé-je d'une voix blanche.

Au son de ma voix Adam comprend immédiatement qu'il se passe quelque chose.

– Oui, oui, nous allons bien, ton père et moi. On a découvert le magasin saccagé ce matin en arrivant. Je t'assure, vivement la retraite, j'ai du mal à supporter ce stress, peste ma mère. Enfin ! Je te laisse Éléa, rappelle-moi plus tard, d'accord ?
– Oui maman, bon courage…

Ryan, Claire, mes parents. Hier soir, Lorraine menaçait mes proches. Ce matin, ils ont tous été touchés.

Elle n'a donc plus peur de rien, elle est prête à tout !

Face à mon silence, Adam prend la parole.

– Mon ange, je suis désolé de vous avoir entraînés, toi et tes proches, dans mes histoires…
– Ne sois pas désolé. Tu ne peux pas contrôler Lorraine. Tu as fait ce qu'il fallait, tu as mis mes proches sous protection, qui sait ce qui aurait pu se passer si tu ne l'avais pas fait ?
– C'est vrai Adam, intervient Conrad. Je viens d'avoir l'équipe de Kelowna. Ils ont surpris deux hommes cette nuit près de la maison des parents d'Éléa. Nos hommes se sont montrés et ils ont déguerpi. Ils ont dû se rabattre sur le magasin.

– Lorraine vient de faire une grosse erreur, grince Adam, entre ses dents. Que je ne la croise pas, qu'elle n'ose pas venir à moi !

– Retournons au bureau discuter de tout ceci entre nous. Nous y serons mieux, propose Conrad.

Adam acquiesce. Moi aussi. Conrad décide de prendre ma voiture pour rentrer. Je rejoins Adam dans la sienne. Assise sur la banquette arrière, je me rends compte que je serre mon téléphone. Mes doigts sont crispés, presque blancs. Je n'éprouve plus aucune peur, mais de la colère. Adam a raison. Lorraine est allée trop loin.

17
PRÊTE À SE BATTRE

Je suis silencieuse sur le chemin qui nous ramène au bureau d'Adam. La colère me vrille l'estomac. Lorraine m'a menacée et nous a envoyé des messages en attaquant mes proches. Ryan est celui qui a été le plus touché… Il ne faut pas que je la croise, il ne faut pas que je la voie. Il est désormais impossible d'imaginer que nous puissions avoir de bonnes relations, impossible d'oublier. Et dire qu'il y a peu nous dînions chez elle ! Que je la complimentais sur son intérieur ! Si je dois remettre les pieds chez Lorraine, c'est bien pour déverser ma colère !

Est-ce qu'elle va s'arrêter là ou est-ce qu'elle compte poursuivre, prendre encore ma famille et mon amie pour cibles ? Heureusement qu'Adam a fait le nécessaire, qu'ils sont tous protégés. Sinon… Un sentiment de culpabilité m'assaille. Le même que j'ai éprouvé pour Claire, quand notre maison a brûlé. Si le coupable avait un lien avec Paul, la police n'a jamais réussi à savoir si Paul avait commandité ce précédent drame. À mes côtés, Adam serre les dents, il est tendu. Il a le regard ailleurs, tourné vers la fenêtre. Il me serre la main mais je le sens tourmenté.

De retour dans le bureau d'Adam, je me laisse tomber dans le canapé et pose la tête dans mes mains. Je les entends discuter, Conrad et lui, de la situation.

– Rappelle toutes les équipes, engage du monde. Je veux une surveillance vingt-quatre heures sur vingt-quatre, commence Adam. Je veux que tout le monde soit prêt à réagir. Et un rapport deux fois par jour.

– Bien Adam. Et pour Éléa? demande Conrad.

– Double l'équipe aussi, je veux des gens postés devant son appart.

– Je vais faire le nécessaire, compte sur moi.

Conrad ferme discrètement la porte en partant. J'ai l'impression qu'Adam et lui sont en train de monter une petite armée. Adam me rejoint, je lève la tête vers lui. Son regard est anxieux.

– Éléa, est-ce que ça va?

– Je ne sais pas, avoué-je, lasse. J'ai peur, mais je suis en colère aussi. J'ai envie d'aller voir Lorraine, de crier, de casser ses objets d'art…

– Je suis furieux aussi.

Adam m'attire doucement contre lui. Je pose la tête contre son torse. J'entends son cœur battre d'un rythme régulier.

– Éléa, murmure-t-il dans mes cheveux. Il suffit d'un mot de ta part pour que j'arrête tout. J'arrête de courir après mon père, je ne tiens pas à te mettre en danger. Ni à ce qu'il arrive quelque chose, à ta famille ou à toi. Je ne pourrais pas me le pardonner.

Je relève la tête et mets toute la détermination dont je suis capable dans mes yeux.

– Tu as le droit de connaître ton passé, ton histoire. Je ne veux pas que tu arrêtes, au contraire. Je veux que tu découvres toute la vérité et que Lorraine n'intervienne plus dans notre vie. Tu as fait tout ce qu'il faut pour protéger mes parents, Ryan et Claire. Maintenant, je compte bien me battre à tes côtés. Lorraine ne me fait pas peur, je ne crains rien quand je suis à tes côtés.

Adam plonge son regard dans le mien. Je retrouve dans ses yeux sa force naturelle.

– Très bien, on continue. Mais le jour où tu sens que ça va trop loin, dis-le-moi. Entre mon passé et mon avenir, mon choix est fait.

Avenir? Adam parle d'avenir? Pourquoi est-ce que j'en frissonne? L'intensité dans ses yeux? Me parle-t-il d'un avenir à deux?

– Il faudrait peut-être prévenir Ryan et Claire, ajoute Adam après un court instant de silence. Ils savent ce que nous traversons depuis le début.

– Tu crois ? J'ai peur de les effrayer.

– Ryan a tout de même déménagé pour te protéger, et Claire n'est pas du genre à se laisser marcher dessus, souligne Adam. S'ils se montrent prudents, ils ne seront plus des cibles faciles.

– OK, mais je n'en parle pas à mes parents. Tout leur expliquer serait trop compliqué, et ma mère ferait trop d'histoires.

– Ta mère pourrait te pousser à me quitter, s'amuse Adam. Non, tes parents doivent rester en dehors de ça, tu as raison.

Non seulement ma mère pourrait me pousser à quitter Adam, mais aussi à quitter la ville et à retourner au calme et à la tranquillité de Kelowna. Je n'arrêterais pas d'en entendre parler !

– Je vais appeler Claire et Ryan et leur parler de tout ça ce soir. Plus vite ce sera fait, plus vite je me sentirai soulagée. En attendant, je vais te laisser travailler.

– Tiens-moi au courant. Je fais pareil si j'ai du nouveau de mon côté. Et fais bien attention à toi, d'accord ?

Nous nous quittons dans une dernière étreinte, tendre. Mon cœur bat la chamade. Après toutes ces émotions, Adam a prononcé le mot « avenir » en parlant de nous deux. Je quitte le bureau d'Adam et décide de faire un détour par celui de Conrad. Je frappe à sa porte avant de glisser ma tête.

– Éléa ? Vous avez besoin de quelque chose ? demande-t-il immédiatement en m'apercevant.

– Non, rien. Je voulais juste vous remercier. Pour ce que vous faites.

– Oh ! Eh bien, de rien, dit-il d'un air gêné. Vous ne méritez pas ce qu'il vous arrive. C'est un peu ma façon à moi de prendre les armes contre Lorraine, ajoute-t-il en plaisantant.

Devant l'immeuble, j'aperçois ma voiture garée. Je jette un œil aux alentours et aperçois mes gardes du corps. Je leur souris. Je me sens en sécurité, aux aguets, mais bien entourée. Avant de monter dans ma voiture, je prends le temps d'appeler Claire.

– Salut Éléa ! Dis donc, super efficaces les hommes qu'Adam a envoyés ce matin. Les pneus de ma voiture sont changés, je la récupère dans une heure ! s'enthousiasme mon amie en décrochant.

– Super ! Dis, je dois te parler ce soir, tu peux me rejoindre à l'appart de Ryan après ton boulot ?

– Si c'est pour nous mettre face à face et parler de nos problèmes, non merci ! Je préfère que ça vienne de lui !

– Non, pas du tout. C'est important Claire, viens chez Ryan ce soir, OK ?

– Qu'est-ce qu'il se passe ? Tu m'inquiètes à être si sérieuse !

– Je préfère t'en parler ce soir, promets-moi de venir, Claire.

– OK, je serai là. Rien de grave, Éléa ?

– Je te dis tout ce soir.

– OK, à ce soir alors.

J'imagine que Claire se pose des questions en ce moment. Adam a raison, il faut qu'ils sachent tous les deux. J'envoie dans la foulée un SMS à Ryan. Il doit encore être en train de dormir, avec tous ces médicaments ingérés ce matin.

[Je passe en fin d'après-midi pour voir comment tu vas.]

Mon après-midi s'offre à moi. Avec tout ça, nous n'avons même pas pris le temps de déjeuner, mais je suis incapable d'avaler quoi que ce soit. Ni de rentrer et de me retrouver seule à ressasser les événements de la matinée.

Non, il faut que je m'occupe.

Je décide de me rendre au conservatoire, j'ai envie de retrouver la fraîcheur de Max, de jouer aussi, ça ne peut que me faire du bien.

Max… Est-ce que Lorraine sait que Max est mon ami ? Est-ce que Max aussi… ?

Mon ventre se crispe à nouveau. Ma relation avec Max est récente, il a peut-être échappé à cette vague dramatique. Le sourire que je lis sur son visage quand j'entre dans la salle de répétition me rassure. Il prend le temps de terminer sa discussion avant de me rejoindre.

– Éléa, tu devais te reposer aujourd'hui !
– Je me sens mieux, ne t'inquiète pas. Et toi, tout va bien ? demandé-je innocemment.
– Oui, ça va, rien de nouveau depuis hier.
– Et Alan va bien ?

– Oui, je pense… Tu es bien curieuse, qu'est-ce qu'il se passe ?

– Oh ! rien, je prends des nouvelles, rien de plus.

– Tiens, en parlant de nouvelles, je crois que M. Glen en a appris une ce matin qui n'a pas l'air de le réjouir. Il s'est enfermé dans son bureau. Tu devrais aller le voir, il voulait te parler demain, mais puisque tu es là…

– OK, je vais le voir… À plus tard !

Le secrétaire du Philharmonique est encore dans tous ses états.

Ça devient une habitude…

Quelle nouvelle le bouleverse ? La porte de son bureau est ouverte. Je donne quelques coups sur le chambranle pour qu'il lève la tête et s'aperçoive de ma présence.

– Éléa, je pensais que vous ne veniez pas aujourd'hui !

– Je me sens mieux, alors je suis venue.

– C'est bien, c'est bien…, répète-t-il, ailleurs.

– Est-ce que tout va bien monsieur Glen ? Max m'a dit que vous vouliez me voir ? insisté-je.

– Oui, c'est vrai. Entrez, fermez la porte.

Je m'exécute et m'assois dans le fauteuil devant son bureau.

– Les travaux de l'Avery Fisher Hall à New York avancent très vite, m'apprend M. Glen. Ils devraient être achevés d'ici à quelques semaines.

– Déjà ?! m'exclamé-je.
– Eh oui, déjà. Les responsables du Philharmonique évoquent déjà notre retour.
– Oh !
– Nous avons mis tellement de cœur à notre installation ici que nous avons oublié qu'elle n'était que provisoire, ajoute-t-il.

Après l'incendie qui a ravagé l'Avery Fisher Hall, l'antre du Philharmonique de New York, Adam avait eu l'idée de tous nous déménager à San Francisco, pour que personne ne se retrouve au chômage. Mais c'est vrai, il n'a jamais été question d'une installation définitive.

– Je tenais juste à vous en informer, Éléa. Je sais que vous avez des attaches ici à San Francisco et qu'il sera sans doute plus dur pour vous de repartir à New York. Mais sachez que vous ne serez pas la seule. Nous sommes nombreux à nous être attachés à cette vie ici. Enfin, notre maison n'est pas là, souffle M. Glen.
– C'est vrai, mais je suivrai le Philharmonique à New York, comme cela a toujours été prévu, assuré-je.

Quitte à ce que cela me brise le cœur ?

– Que tout ceci reste entre nous, Éléa. Une annonce officielle devrait être faite prochainement.
– Très bien, je ne dirai rien.

M. Glen a l'air affecté par cette perspective de départ. Se

serait-il lui aussi attaché à la ville ? Je quitte son bureau, pensive. Je savais que ce moment arriverait, mais avec tous ces derniers événements dans ma vie privée, j'ai occulté le fait que le Philharmonique est avant tout new-yorkais. Mais tellement de choses ont changé depuis mon audition. En postulant au Philharmonique, je savais que je devrais vivre à New York et quitter Claire. Mais depuis… Ma relation avec Adam a pris plus d'ampleur, nous sommes plus proches que jamais avec mon amie et Ryan n'habite même plus à New York. Je risque donc de me retrouver seule, éloignée des gens que j'aime. Mais je ne peux pas non plus sacrifier cette place si importante pour ma carrière.

Pourquoi l'apprendre aujourd'hui, pourquoi pas demain ou la semaine prochaine ? La journée n'a-t-elle pas été assez dure ? Mes nerfs n'ont-ils pas été assez sollicités ? Comment faire pour rester ici sans nuire à ma carrière ? Il faut que je trouve une solution. Je ne peux pas partir à l'autre bout du continent alors que tout le monde est ici… J'assiste aux répétitions de mes collègues. Mais d'une oreille seulement. Mes pensées se portent sur le départ, les événements de la matinée et ma prochaine discussion avec Ryan et Claire ce soir.

Quelle journée !

Quand je sonne à la porte de mon frère, j'éprouve encore un coup au cœur quand j'aperçois son état. Son agresseur ne l'a vraiment pas raté. Ryan m'explique avoir dormi une bonne partie de la journée. Il se sent mieux, légèrement handicapé par son bras douloureux, mais il me rassure. Ses contusions devraient rapidement se résorber, « parole d'étudiant en médecine ». Alors qu'il sort de la salle de bains où il s'est rafraîchi, je lui apprends que Claire s'apprête à nous retrouver.

– Quoi ?! Ah non, je ne suis pas d'accord. Je n'ai pas du tout envie de parler à Claire et encore moins qu'elle me voie dans cet état. Sérieusement, Éléa, tu crois que c'est le moment ? s'énerve-t-il.

– Je ne lui ai pas demandé de passer pour parler de vous deux Ryan, j'ai quelque chose d'important à vous dire. Je sais que ce n'est pas le moment, mais il faut vraiment que je vous parle.

– Et ça mérite de nous réunir dans la même pièce ? Elle a accepté de venir ?

– Je ne lui ai pas laissé le choix, et oui, ça mérite de vous réunir. Crois-moi Ryan, vos histoires de couple ne me regardent pas, mais là… c'est important.

– Est-ce que ça a un rapport avec ce matin ? demande-t-il, calmé.

– Oui…

– Je me doutais qu'il y avait quelque chose de louche. Toi, Adam et Conrad qui débarquez d'un coup alors que je n'ai eu le temps de ne prévenir personne… C'est grave ?

– Attendons Claire, d'accord ?

Mon amie ne tarde pas à arriver. Claire et Ryan viennent tout juste de suspendre leur relation. Ils ne se sont pas parlé depuis ce moment douloureux, j'imagine que c'est difficile de se retrouver dans la même pièce. Mais quand Claire aperçoit l'état de Ryan, elle ne peut s'empêcher de s'inquiéter.

– Qu'est-ce qu'il t'est arrivé ? demande-t-elle.
– Un mec m'est tombé dessus pendant mon footing ce matin. Mais ça va, répond-il, distant.

Devant cette froideur affichée, Claire ne cherche pas à en savoir plus. Elle se tourne vers moi :

– Bon alors, qu'est-ce qu'il y a de si important ?
– Asseyez-vous tous les deux, proposé-je.

Ryan s'installe dans son canapé et Claire prend soin de choisir une chaise, à bonne distance de mon frère. Je passe outre cette ambiance tendue. Elle m'attriste, mais ça n'est pas le plus important ce soir.

– Vous vous souvenez de Lorraine Hill ? commencé-je.
– La tante d'Adam qui t'accuse de la disparition de son neveu et le fait tabasser sur un parking désert ? Difficile de l'oublier ! commente Claire.
– Adam continue les recherches sur son passé. Après sa mère, il cherche désormais à en savoir davantage sur son père, et ça n'a pas l'air de plaire à Lorraine, continué-je.

Dans son canapé, Ryan se redresse.

– Elle vous crée toujours des ennuis ? demande-t-il.
– Elle est venue au conservatoire hier soir et m'a menacée. Si Adam n'arrête pas ses recherches, elle m'a avertie qu'elle s'attaquerait à vous.

Ryan et Claire échangent un regard. Ryan est le premier à prendre la parole.

– L'agression de ce matin ? C'est elle ?
– On pense que oui. Pareil pour ta voiture, Claire.
– Tu as eu un problème avec ta voiture ? demande Ryan en se tournant vers Claire.
– Oui, mes quatre pneus ont été lacérés, répond-elle. Éléa, tu veux dire que Lorraine s'attaque à nous ?
– On pense qu'elle met ses menaces à exécution pour montrer à Adam qu'elle est prête à tout. Ryan, les parents aussi…

Ma voix s'étrangle.

– Papa et maman ? Eux aussi ?

Ryan est debout, les poings serrés.

– Leur magasin a été saccagé cette nuit, soufflé-je. Mais eux n'ont rien.

Mon frère tape le mur de sa main valide.

– C'est pas possible !

J'essaie de reprendre le contrôle de ma voix.

– Vous êtes tous sous surveillance depuis hier soir. Dès que j'ai prévenu Adam des menaces de Lorraine, il a mis en place des équipes de protection pour chacun d'entre vous.

Ryan, les hommes qui t'ont amené à l'hôpital ce matin et qui nous ont prévenus, c'étaient tes gardes du corps. Claire, pareil pour ceux qui se sont occupés de toi après ton appel.

– C'est pour ça qu'ils sont venus si vite ! commente Claire.

– Oui. Nos parents aussi ont une équipe qui les protège. Cette nuit, ils ont surpris des hommes qui tentaient de rentrer dans leur maison. Ils ont dû se rabattre sur le magasin. Tes gardes du corps étaient trop loin de toi Ryan pour intervenir ce matin. Ils devaient se montrer discrets, pour ne pas vous inquiéter. Mais maintenant que vous êtes au courant, ils pourront agir plus vite.

Le silence s'installe. Ryan et Claire semblent assommés par mes paroles.

– Vous êtes en sécurité maintenant, mais il faudrait que vous soyez prudents, si jamais... Je suis désolée que tout ça vous touche, je suis désolée Ryan, je ne pensais pas que tout irait si loin...

Ma voix se brise à nouveau.

Est-ce qu'ils vont exploser de colère ? M'accuser de mettre en danger leur sécurité ? Me demander de ne plus jamais les approcher ?

– Donc, là dans la rue, partout où je vais, il y a des hommes qui me suivent pour me protéger, c'est ça ? m'interroge Claire.

– Oui, c'est ça, acquiescé-je.

– OK. Je vais leur dire que s'ils chopent quelqu'un qui

me veut du mal, je veux qu'ils me préviennent pour que je lui file quelques claques aussi. Je pense que ça pourrait me faire du bien !

– Je suis désolée Claire, vraiment…

– Ne sois pas désolée ! Lorraine est immonde de s'en prendre à tes parents. OK, la situation est un peu tendue, ce n'est pas commun d'avoir des gardes du corps, mais ça ne va pas m'empêcher de vivre pour autant, continue Claire.

– Mais pourquoi Lorraine ne veut-elle pas qu'Adam fasse des recherches sur son père ? intervient Ryan.

– C'est un mystère. Mais Adam persévère, il veut savoir la vérité.

– Et il a bien raison, adhère Claire. Ne t'inquiète pas Éléa, on sera prudents. Faites ce que vous avez à faire et nous, eh bien, on fait attention.

– Je suis d'accord, si j'avais pu attraper le mec qui m'a fait ça ce matin, je lui aurais donné un message pour cette Lorraine, s'agace Ryan.

– Dans l'état dans lequel tu es, tu ne risques pas d'envoyer beaucoup de messages, le taquine Claire.

– Mais je n'ai rien, c'est superficiel, se défend Ryan.

– Ah oui ? Même si j'appuie là ? demande Claire en se rapprochant de mon frère.

– Aïe ! crie Ryan au moment où Claire touche une de ses côtes.

– C'est bien ce que je dis. Il ne t'a pas loupé, quand même ! Tu as tout ce qu'il te faut ? s'enquiert Claire, la voix soudain adoucie.

– Oui, souffle Ryan, troublé. Les médecins m'ont donné des antalgiques.

Claire et Ryan viennent d'enterrer la hache de guerre et je me sens presque de trop dans cette pièce.

– Je n'ai rien prévu ce soir, tu veux que je reste ?

La question de Claire est pleine de sous-entendus. Mon amie tend une perche à Ryan, est-ce qu'il va savoir la saisir ?

– OK, lâche mon frère après un court moment de réflexion.

Oui !

– Je dois retrouver Adam, glissé-je. Je suis tellement désolée de vous entraîner dans tout ça.

– Ne t'inquiète pas pour nous, dit Claire. On est de votre côté !

– Oui, et surtout, préviens-moi si tu as du nouveau du côté des parents ! ajoute Ryan.

– Si tu les appelles, ne leur dis rien surtout. Je ne leur ai rien expliqué, je ne veux pas les inquiéter, précisé-je à Ryan.

– Je crois aussi qu'il vaut mieux qu'ils restent en dehors de tout ça, approuve Ryan. Maman serait capable de débarquer ici et de nous ramener à la maison tous les deux !

C'est exactement ce que j'ai dit à Adam tout à l'heure !

Je serre Ryan et Claire contre moi. Sans le savoir, mon frère et mon amie viennent de me rendre toutes mes forces pour me lancer définitivement dans cette bataille contre

Lorraine. Sans leur soutien, tout aurait pu être différent… Je repars avec non seulement leur détermination, mais aussi l'idée que tout n'est pas fini entre eux. Ils ont retrouvé la complicité naturelle qui les liait jusqu'à présent.

S'il peut sortir quelque chose de bon de toute cette histoire, alors…

Je rejoins Adam au Mandarin. Je sais qu'il y est, il délaisse souvent sa maison pour sa suite à deux pas de son bureau. Quand il m'ouvre la porte, dans sa tenue décontractée, toute la tension de la journée s'efface. Il est beau à couper le souffle ! Je me jette sur lui, l'embrasse passionnément. J'ai besoin de lui, de son étreinte, de son odeur sur moi. Adam répond à mon baiser, et me porte jusqu'à la chambre à coucher.

18
UN MARIAGE DANS L'AIR

Adam se lève discrètement, pour ne pas me réveiller. Je fais semblant de dormir, pour l'observer et laisser libre cours à mes pensées. Cette nuit a encore été magique, nos corps se découvrent chaque fois un peu plus et leur rencontre donne lieu à un feu d'artifice de plaisir. Je me trouve encore un peu gauche parfois, mais Adam me guide, m'accompagne dans mes caresses. J'ai l'impression qu'il sait exactement comment révéler l'amante que je suis. Cette passion qui nous habite, l'un et l'autre, n'a pas faibli depuis notre rencontre. Elle s'épanouit et suscite ce besoin perpétuel de nous toucher, de nous sentir, de nous séduire. J'aime percevoir le regard d'Adam posé sur moi, ce regard qui me donne des papillons dans le ventre. Le charme magnétique d'Adam opère dès qu'il est près de moi. Les événements récents occupent beaucoup mon esprit, mais mon corps lui, me rappelle toujours cet impérieux pouvoir d'attraction. Je me demande encore comment un homme aussi beau, aussi sexy, peut être attiré par quelqu'un comme moi.

Cette alchimie qui nous rapproche est bien mystérieuse.

J'ai dû me rendormir sur ces pensées. Quand je me réveille, la suite est silencieuse. À côté de moi, sur l'oreiller d'Adam, je trouve une rose rouge. Je sens son délicat parfum.

Adam m'a offert une fleur, et pas n'importe laquelle…

Cette petite attention me réchauffe le cœur. C'est le sourire aux lèvres que je pose le pied au sol.

La journée commence terriblement bien !

Je saisis mon téléphone pour envoyer à Adam un message quand je me rends compte que j'en ai reçu un. C'est Hayley qui me demande si elle peut me retrouver ce matin, au plus vite. La dernière fois qu'elle a cherché à me joindre, c'était pour m'annoncer qu'une rumeur de grossesse me concernant commençait à se répandre sur Internet.

C'est quoi maintenant ? Un amant caché ? Une maladie incurable ?

Je lui réponds, en soupirant :

[Je suis au Mandarin, on peut se retrouver au bar pour

prendre un café ?]

[OK. Je suis là dans vingt minutes !]

Hayley est plutôt pressée…

Ça ne me dit rien qui vaille…

Je décide d'informer Adam au cas où une mauvaise nouvelle se profilerait à l'horizon.

[Merci pour la fleur, elle est magnifique… Hayley veut me voir en urgence ce matin, je crains une mauvaise nouvelle.]

[J'espère que non, on en a eu assez ces derniers temps… Tiens-moi au courant, ma jolie fleur…]

Je m'assois à une table et commande un café. J'ai le ventre trop noué pour m'offrir un vrai petit déjeuner. Même mes doigts sont glacés. Hayley est un peu en retard, mais elle finit par me rejoindre, essoufflée mais les yeux brillants.

– Excuse-moi pour le retard, mais cette circulation… Je vais prendre un café aussi, dit-elle en s'adressant au serveur.

– Alors, qu'est-ce qu'il y a de si urgent ? Je t'avoue, je n'aime pas quand tu me demandes de se voir aussi vite !

– Oh ! non, je ne voulais pas t'inquiéter. C'est plutôt une bonne nouvelle, inattendue, mais une vraie bonne nouvelle, s'enthousiasme Hayley avec un large sourire.

J'observe mon amie. Je l'ai rarement vue si souriante et épanouie. Mon inquiétude s'est envolée et a laissé place à la curiosité. Hayley fait durer le suspense en prenant le temps de sucrer son café. Je suis à deux doigts de la pousser à parler quand enfin elle daigne m'en dire plus.

– Je t'ai parlé de mon amoureux, souffle-t-elle sur le ton de la confidence. Mark est grand reporter, il est souvent loin. Bref, il se pose quelques jours à San Francisco, il arrive demain. Et il en a profité pour…
– Pour…, continué-je, suspendue à ses lèvres.
– Pour me demander en mariage ! s'exclame Hayley.
– Oh ! Hayley, félicitations !

Hayley m'avait glissé un jour combien cette distance entre Mark et elle leur pesait. J'imagine sa joie, non seulement de le retrouver, mais aussi de recevoir cette demande !

C'est si romantique…

– Vous comptez vous marier quand ?
– Demain ! m'annonce-t-elle dans un éclat de rire.

Je m'étrangle avec ma gorgée de café.

Demain ?

– Vous vous mariez demain ?! répété-je, abasourdie.

– Oui, Mark n'est pas là très longtemps et on veut profiter de ce moment où on peut vraiment le faire.

– Je comprends, mais organiser un mariage pour demain, c'est compliqué !

– Oh ! non, on ne veut pas d'un gros truc, une petite cérémonie rapide nous suffit. On veut juste se marier, ajoute Hayley, le sourire radieux.

– Hayley, je suis tellement contente pour toi !

– Je voulais aussi te demander si tu voulais être ma demoiselle d'honneur et m'aider un tout petit peu ? Je suis terriblement excitée, j'ai rêvé de me marier avec Mark, mais je suis totalement paniquée à l'idée de franchir le cap !

– Tu veux que je sois ta demoiselle d'honneur ! Mais oui bien sûr ! Et bien sûr, je t'aide. On va faire ce qu'il faut avec le temps qu'on a. Je veux que tu sois belle et sereine quand tu diras oui demain. Oh ! Hayley, c'est magnifique !

Je suis ravie et flattée que Hayley me choisisse pour l'accompagner dans ce moment aussi important. C'est aussi la première de mes amies à se marier.

Je vais prendre ma mission à cœur, Hayley le mérite ! Mais je n'ai jamais fait ça…

– Tu travailles ce matin ? demandé-je, prête à passer à l'action. Je vais au conservatoire en début d'après-midi, on peut commencer dès maintenant. Ta robe ? Tu as une robe ?

– Tu es sûre ? Je n'ai pas de robe, non…

– Bon, commençons par ça, si tu as la robe, tu as l'essentiel !

– OK, mais quelque chose de simple alors !

Je fais une rapide recherche sur mon téléphone pour voir les magasins de robe de mariée de San Francisco. Devant la longue liste affichée par le moteur de recherche, je blêmis.

Il va falloir cibler !

Certaines enseignes disposent d'un catalogue en ligne. Nous sommes toutes les deux penchées au-dessus de mon téléphone. Heureusement, Hayley sait ce qu'elle veut, et ce qu'elle ne veut pas. Le tri est vite fait. Nous repérons deux, trois modèles, dans deux boutiques différentes. Nous décidons de commencer par l'une d'elles. J'entraîne Hayley dans ma voiture.

Je dois la chouchouter !

La première boutique de robes de mariée nous laisse un peu sceptiques : trop de frous-frous et d'artifices, trop de tout. Rien ne correspond au mariage express de mon amie, ni à son caractère. La seconde, au contraire, nous séduit dès que nous passons la porte. Hayley s'arrête devant un mannequin. La robe qu'elle observe est une longue robe blanche, près du corps. La coupe est simple, et le tissu immaculé est serti ici et là de quelques brillants qui la mettent en valeur. Une large bretelle couvre une épaule alors que l'autre est entièrement dénudée. Hayley me regarde. J'acquiesce. La vendeuse du magasin s'approche de nous… et me dévisage :

– Excusez-moi, vous ne seriez pas Éléa Haydensen ? La violoniste du Philharmonique ?

Je la regarde, surprise. C'est bien la première fois qu'on me reconnaît en tant que musicienne.

– Euh, oui, c'est bien moi.

– Je le savais ! ajoute, heureuse, la vendeuse. Je vous ai vue jouer récemment et j'adore comment vous nous offrez la musique. Mon mari et moi, nous avons été tellement émerveillés ! Il ne me croira pas quand je lui dirai que vous êtes venue ici ! Est-ce que je peux vous demander une photo ?

Une photo ?

Je me tourne vers Hayley, qui me sourit.

– Donnez-moi votre appareil, je vais vous prendre avec Éléa, propose mon amie à la vendeuse.

– Oh ! c'est gentil, vraiment je suis ravie ! s'exclame la jeune femme qui se place immédiatement à côté de moi.

Une fois le cliché obtenu et l'enthousiasme de la vendeuse passé, celle-ci se rappelle soudain pourquoi nous sommes là.

– Vous avez besoin d'une robe ? me demande-t-elle.

– Non, pas moi, mon amie, précisé-je.

Hayley lui montre la robe et lui demande si elle peut

l'essayer. Trop contente de notre rencontre, la vendeuse semble prête à nous dérouler le tapis rouge.

Ça en devient presque gênant…

Hayley passe en cabine et ressort. Cette robe est faite pour elle. Elle est parfaite, ni trop ni pas assez, elle scintille à la lumière, souligne la fine silhouette de Hayley… Mon amie semble séduite et émue. Elle a elle aussi un véritable coup de foudre pour cette robe.

– Mademoiselle, vous êtes magnifique ! confirme la vendeuse. Quelques retouches au niveau de la taille et elle sera parfaite sur vous. Pour quand vous la faut-il ?

– Demain…, avance doucement Hayley.

La vendeuse la regarde et plisse les yeux.

– Demain… demain ?

– Oui demain, confirmé-je en m'avançant. Vous pensez que c'est faisable ?

La jeune femme regarde Hayley des pieds à la tête, touche la robe.

– C'est que… j'ai déjà beaucoup de travail…

– S'il vous plaît…, imploré-je.

– Bon. C'est vraiment parce que cette robe est faite pour vous. Redressez-vous, je vais placer mes aiguilles, accepte la vendeuse en attrapant son matériel.

Hayley et moi échangeons un regard victorieux.

Nous avons la robe !

– Elle sera prête pour demain matin, je ne peux pas faire plus vite !

– C'est parfait, dis-je. Je passerai la prendre, et je te l'apporterai, comme ça tu auras le temps de te coiffer, ajouté-je en m'adressant à Hayley.

Nous quittons le magasin, le sourire aux lèvres. Hayley est radieuse.

– Merci Éléa, je ne pensais pas trouver une robe aussi belle et aussi vite !

– Elle te va si bien ! Tu seras très belle ! Tes parents seront très émus.

– Mes parents ne seront pas là, ni ceux de Mark. On n'a pas le temps de faire venir tout le monde. Mais tant pis, on refera une fête, plus tard, avec tout le monde.

– C'est dommage oui, mais vu les délais…, dis-je en réfléchissant. Bon, ce soir, avec Claire, on ira boire un verre à trois. Ce ne sera pas un vrai enterrement de vie de jeune fille, mais bon, il faut quand même célébrer ta dernière soirée de célibataire !

Je ramène Hayley à sa voiture, là où elle l'avait laissée ce matin avant de partir en quête de sa robe. Sur le chemin, j'apprends que non seulement leurs proches ne seront pas présents, mais qu'ils n'ont rien prévu après le passage à l'hôtel de ville.

Ce n'est pas possible, on peut tout de même faire mieux !

Nous nous donnons rendez-vous le soir même dans un bar du centre-ville. Avant le conservatoire, je décide de faire un crochet par le bureau d'Adam. Il doit attendre de mes nouvelles, autant lui en donner de vive voix !

– Éléa, j'attendais de tes nouvelles !

Adam se lève précipitamment de son bureau et s'approche de moi, le regard interrogateur.

– Oh ! excuse-moi, j'ai été prise dans un tourbillon !
– Alors, qu'est-ce que Hayley te voulait ? me demande-t-il en m'entraînant vers le canapé.

Je lui raconte ma matinée en détail. Au fur et à mesure de mon récit, les traits d'Adam se détendent et prennent une expression amusée.

– Je suis d'accord avec toi, déclare Adam, Hayley mérite au moins une belle fête. Si tu as besoin d'argent, tu sais que…
– Oh ! non, l'interromps-je. Je ne veux pas mettre Hayley mal à l'aise. Je vais me débrouiller pour lui organiser quelque chose de sympa.
– Bon, laisse-moi au moins appeler le Mandarin alors, pour qu'ils s'occupent du déjeuner. Ce sera mon cadeau de mariage ! insiste Adam.
– Il n'y a pas beaucoup d'invités, tu sais. Je vais voir si

Claire et Ryan sont là, si Max et Alan peuvent se libérer aussi, ils se sont bien entendus la dernière fois… Je ne connais aucun ami de Mark en revanche, réfléchis-je.

– J'ai ma petite idée sur la question…, souffle Adam avec un sourire mystérieux.

– Oh ! je connais cette expression ! Tu prépares quelque chose !

– Non rien !

Adam me bascule en arrière pour me faire taire et penser à autre chose.

Je suis persuadée qu'il a quelque chose derrière la tête, mais quoi ?

Soudain, on frappe à la porte. Adam et moi nous redressons à regret. Conrad entre, il se précipite vers nous.

– Adam… Oh ! bonjour Éléa ! dit-il en m'apercevant. Adam, Hayley vient de vous envoyer un e-mail avec l'indicateur « important ». Il s'agit peut-être de l'information que vous attendiez.

Adam se lève et se précipite derrière son écran.

– C'est l'adresse de Simon Collins, à Bakersfield, nous informe-t-il, d'une voix grave. Nous allons pouvoir avancer.

Puis, s'adressant à Conrad :

– Essaie de joindre John Bleth et demande-lui d'enquêter discrètement sur cet homme. Je veux savoir s'il connaît Lorraine, s'il est lié d'une quelconque façon à elle ou à Ambrose. Qu'il fasse une enquête de terrain avant que j'aille voir directement cet homme.

– Je l'appelle tout de suite, Adam.

Conrad nous quitte et m'adresse un signe de tête. Je me souviens de John Bleth, il m'a aidée et soutenue quand Adam a disparu. Sans lui, nous ne l'aurions pas retrouvé aussi vite. Adam sait s'entourer, c'est un détective efficace.

– Est-ce que tu veux que je reste ? demandé-je doucement à Adam.

– Non, tu as un mariage à mettre en place et cet heureux événement tombe à point nommé pour apporter un peu de gaieté dans tout ça, dit-il en pointant du doigt son écran. Sois prudente pour ta soirée entre filles, d'accord ? Je ne veux pas apprendre que les gardes du corps vous ont portées pour vous ramener chez vous !

Le ton est à la plaisanterie. C'est vrai, nous avons besoin de ces moments de légère insouciance, de ces bouffées d'air.

Arriverons-nous, Adam et moi, à avoir un jour l'esprit léger ?

Je quitte le bureau d'Adam, portée par son regard. Ce regard si enveloppant…

Je retrouve Max au conservatoire. Il promet d'être présent le lendemain et d'informer Alan. Si son mari ne peut être présent durant la rapide cérémonie à l'hôtel de ville, il devrait tout de même pouvoir venir au déjeuner. Mais après l'enthousiasme soulevé par cette annonce de mariage, Max me glisse ses inquiétudes. M. Glen lui a confié notre prochain retour à New York. Cette perspective ne l'enchante pas. Il a toujours vécu à San Francisco, Alan est professionnellement bien installé ici et ce déménagement risque de leur poser quelques problèmes. Max se pose les mêmes questions que moi : pouvons-nous nous permettre de quitter le Philharmonique ? Est-ce que cette place mérite que nous quittions nos proches ou que nous bouleversions nos quotidiens ? Max, même s'il a été engagé ici, à San Francisco, juste après notre arrivée, savait pertinemment que notre vrai port d'attache était New York. Mais, comme moi, il avait « oublié ». Son inquiétude réveille les miennes. Est-ce qu'il existe une solution pour nous éviter ce déménagement ?

Claire est emballée quand je lui propose notre soirée entre filles. Pour elle qui travaille dans l'événementiel, l'organisation de mariage est un vrai jeu d'enfant. Avant que Hayley nous retrouve au bar, nous faisons le point pour savoir où nous en sommes, à presque vingt heures du début des festivités. Et Claire n'est pas en manque d'idées. Quand elle apprend que le déjeuner aura lieu dans une salle de réception du Mandarin, elle décide de s'occuper de la décoration. Elle fait jouer son carnet d'adresses et obtient, en quelques appels, la promesse d'une salle soigneusement décorée.

J'ai hâte de voir la tête de Hayley quand elle découvrira ce que nous avons préparé ! Je ne connais pas du tout Mark, j'espère qu'il appréciera lui aussi !

En nous rendant au bar, en début de soirée, Claire me glisse qu'elle viendra avec Ryan. S'ils ne sont pas officiellement ensemble, ils ne sont pas non plus complètement séparés.

Décidément, cette journée n'est pas avare en bonnes nouvelles !

L'ambiance du bar, un peu lounge, convient parfaitement à notre soirée. Musique d'ambiance, petit dancefloor, rideaux épais aux vitres, fauteuils en cuir et bougies sur les tables basses, nous sommes parfaitement dans notre élément. Nous trinquons avec enthousiasme à ce mariage qui se profile et à cette vie de célibataire qui s'éteint. Claire anime la soirée, nous pousse aux confidences, aux aveux quant à nos relations passées et actuelles, à nos fantasmes, nos désirs, nos rêves. Tout y passe. Nous rions de bon cœur, les serveurs ont compris l'importance de cette soirée et apportent une attention particulière aux verres de Hayley. Mais soudain, je me raidis. Emy s'approche de notre table, avec son habituel sourire hypocrite. Claire et Hayley lui tournent le dos et ne la voient pas arriver.

– Éléa, dis donc, je ne savais pas que tu fréquentais ce genre de bar ! Ça nous fait un autre point commun ! Quand je te dis que nous devrions devenir copines !

Elle n'a pas un regard pour mes amies. Vu son œil un peu hagard, je pense qu'elle a déjà dû bien profiter de la soirée.

– Ah mais il n'y a pas que ça d'ailleurs, dit-elle en s'accrochant à la table. Ton frère Ryan, il est magnifique ! Un peu jeune, mais il a de l'avenir !

Quand je l'entends prononcer le nom de Ryan, mon sang ne fait qu'un tour. Mais ce n'est rien comparé à la tête que fait Claire. Je crois qu'Emy s'est engagée sur un terrain glissant… Je sens que Claire est prête à bondir, je décide d'en rajouter une couche.

– Emy a rencontré Ryan sur le campus, expliqué-je à Claire.
– Oh ! oui, continue Emy, sans se douter de ce qui l'attend. Il a promis de me rappeler, tu pourras lui dire que j'attends son coup de fil ?

Et voilà, Emy a prononcé les mots de trop. Il est temps d'assister au spectacle.

– Euh, excuse-moi, commence Claire. Je pense qu'il ne t'appellera pas.

Emy jette pour la première fois de son arrivée à notre table un regard vers Claire et Hayley.

– Et pourquoi ça ? demande-t-elle, méprisante.
– Parce qu'on est ensemble, ça me paraît une bonne raison, ajoute Claire posément mais fermement.

– Ce n'est pas ce qu'il m'a dit, insiste Emy.
– Écoute-moi bien, lâche Claire. Je sais qui tu es, les histoires pourries que tu racontes sur Éléa et Adam. Tu ne t'approches pas de Ryan, tu ne lui parles même pas. Je n'ai pas la patience d'Éléa, si j'ai un souci avec toi, crois-moi, tu le sentiras passer. Alors, éloigne-toi, libère l'espace, parce que je n'ai juste pas envie de perdre mon temps avec toi ce soir. Mais t'es prévenue, fais gaffe à toi, je n'ai pas peur des nanas dans ton genre.

Claire s'est levée de son fauteuil en parlant et toise maintenant Emy. La jeune femme, d'habitude si sûre d'elle, hésite. Elle n'a pas l'air de savoir si elle doit surenchérir ou faire profil bas. Elle recule d'un pas, tremblant sous l'effet de l'alcool, ou de la peur, et décide de s'en aller.

– Je connais un meilleur bar, jette Emy avant de nous quitter.

Claire se rassoit, satisfaite.

Je pense qu'Adam aurait apprécié la scène.

Nous chassons très vite Emy de nos esprits et reprenons le cours de notre discussion. Une discussion qui glisse rapidement sur nos propres mariages, à Claire et moi. Celui de Hayley nous donne des idées, des envies de bonheur à deux.

Convoler avec Adam… je n'y avais jamais pensé, mais l'idée me séduit.

19
AMARRES LARGUÉES

Adam peut être rassuré, nous sommes rentrées sans l'aide de nos gardes du corps. Ça ne veut pas dire pour autant que nous sommes fraîches ce matin, mais un bon maquillage, une aspirine et un café devraient nous faire du bien. Hayley a passé la nuit à la maison. Claire a proposé de la préparer ce matin, le temps que j'aille récupérer la robe. Et au fur et à mesure que nous émergeons des brumes de la veille, l'excitation nous gagne.

Hayley se marie dans quelques heures !

Le futur marié a bien atterri ce matin à San Francisco et se prépare de son côté avec son témoin. Les deux tourtereaux se retrouveront donc, en tenue de cérémonie, directement à l'hôtel de ville, et ce, après des semaines passées loin l'un de l'autre. Hayley est fébrile, qui ne le serait pas à sa place ? Je me prépare rapidement, ma mission matinale est la plus importante. Je ne dois pas prendre de retard dans la circulation, ni ajouter du stress à la future mariée.

Il me faut peu de temps pour être au volant de ma voiture, sur le chemin de la boutique. Mais quelque chose cloche. J'ai l'étrange sentiment d'être suivie et cette sensation se confirme au moment où je me gare devant le magasin. Une voiture, peu discrète, se gare à son tour non loin de là. Avant de descendre, j'appelle l'un de mes gardes du corps. Ce n'est vraiment pas le moment de se montrer imprudente, mais peut-être que je m'inquiète pour rien.

– Mademoiselle Haydensen ? fait une voix grave au téléphone.

– J'ai l'impression d'être suivie, est-ce que vous avez remarqué la voiture vous aussi ?

– Je confirme, oui, elle vous suit depuis votre départ. On la surveille. On va faire vérifier la plaque. On est prêts à intervenir s'il le faut, mademoiselle.

– OK, merci.

Je raccroche et sors de ma voiture. La boutique vient tout juste d'ouvrir et je n'ai pas de temps à perdre. Je pousse la porte du magasin, non sans jeter un œil autour de moi. Je ne vois pas le conducteur de la voiture, les vitres sont fumées.

Je n'aime pas du tout cette sensation d'être observée !

La vendeuse de la veille m'accueille chaleureusement et me propose de patienter, le temps qu'elle glisse la robe dans sa housse de protection. Peu de temps après, je reçois un SMS du garde du corps. Ils ont identifié la voiture, elle appartient à… Emy. Donc Emy m'observe de sa voiture ?

Étonnant de la voir debout aussi tôt, vu son état hier soir, elle n'a pas dû prendre qu'une seule aspirine ce matin !

Donc Emy me piste ? Elle va croire que je me marie… Mais oui ! Elle cherche un nouveau scoop pour Lorraine !

Mais quelle pauvre fille, elle n'a donc rien d'autre à faire ?

Je souris. Puisqu'elle est là, autant lui donner ce qu'elle attend… De jolis clichés de moi ! Je m'approche de la vitrine, attrape quelques accessoires de mariée, un voile, une tiare, et fais semblant de les essayer. Je prends une mine réjouie et, quand la vendeuse approche avec la robe, je n'hésite pas une seconde à serrer la housse contre moi, comme si on me donnait le plus beau cadeau de la terre.

Je remercie chaleureusement la vendeuse, qui me glisse en plus un sac comprenant les chaussures et les accessoires choisis la veille. J'emporte avec moi la panoplie complète de la future mariée, il ne me reste plus qu'à rentrer à la maison. J'ai hâte de savoir quels échos ma prestation recevra !

Je ne me soucie plus d'Emy quand je donne à Hayley sa robe. Pendant que Claire la prépare, je file dans ma chambre pour revêtir une robe fourreau rose. Une délicate ceinture noire affine ma taille et mon décolleté est mis en valeur par une dentelle, noire elle aussi. Claire a choisi une robe longue, classique mais colorée, pour souligner ce jour de fête. Quant à la mariée, elle est à couper le souffle. Quand j'entre dans le salon et que je la découvre, prête à partir, je suis émue.

– Allez les filles, on préserve notre maquillage au moins jusqu'à la cérémonie, nous ordonne Claire gentiment, pourtant émue elle aussi.

Adam a eu la délicate attention de nous envoyer une limousine. Hayley s'installe confortablement, elle trépigne d'impatience à l'idée de retrouver Mark, mais aussi de devenir sa femme. La voiture se gare devant l'hôtel de ville. On nous conduit à un petit salon pour nous y faire patienter. Je laisse Hayley et Claire ensemble et pars à la recherche d'Adam. Je l'aperçois de loin, il est magnifique dans son costume noir avec sa cravate grise. Mon cœur s'emballe, je ne vois que lui. Adam m'aperçoit à son tour, il me sourit. Et nous restons là tous les deux, à nous observer. Le temps semble s'être arrêté. Je me surprends à penser que j'aimerais être à la place de Hayley, et Adam à celle de Mark. Il n'y a que nous dans ce hall, je fais abstraction du bruit et du monde. Quelque chose passe entre nous, quelque chose d'indescriptible. Et puis la réalité nous rattrape, quelqu'un me bouscule, s'excuse. Mon devoir se rappelle à moi, je rejoins Adam. Il m'accueille d'une voix grave, comme si ce moment hors du temps l'avait troublé, lui aussi.

– Tu es resplendissante, mon ange, me souffle-t-il en m'emprisonnant dans ses bras. Dommage que nous soyons occupés… Viens voir, j'ai une surprise, ajoute-t-il en m'entraînant dans l'un des petits salons de mariage.

Il ouvre la porte et je découvre une pièce bondée. Pendant un moment, je crois qu'il s'est trompé. Devant ma mine interrogatrice, Adam m'explique, un sourire malicieux aux lèvres :

– J'ai pensé que Hayley et son futur mari seraient heureux de se marier avec leurs proches…

– Tu les as fait venir ? demandé-je, ébahie.

– Oui, quelques coups de téléphone, et voilà. Mes collaborateurs s'y connaissent aussi en organisation de mariage.

– Oh ! Adam ! Hayley va être trop heureuse ! Mais, le Mandarin ? L'hôtel sait-il que nous sommes plus nombreux ? m'inquiété-je.

– Oui, ne t'en fais pas… Tout est prêt ici, il ne manque plus que les mariés.

– Tu es si… généreux… et si attentionné… Merci !

– Tu me remercieras plus tard, mon ange. Va chercher Hayley ! Il faut qu'elle et Mark découvrent cette surprise ensemble.

– Oui…

Je serre la main d'Adam, je n'ai pas de mots pour exprimer toute ma gratitude. Adam rate rarement une occasion d'apporter un peu de bonheur aux autres. Et sans jamais s'en vanter, ni attirer l'attention sur lui. Nous sortons tous les deux, Adam ferme les portes derrière lui et se place à l'entrée. Il tient à garder sa surprise intacte, il s'implique dans ce mariage… Je fonds devant son attitude. Il a l'air d'y prendre tellement de plaisir ! J'aperçois Ryan, Max et Alan qui attendent eux aussi dans le hall. Je n'ai pas encore vu Mark, je ne sais pas du tout à quoi il ressemble. Je retrouve Hayley et Claire. J'ai du mal à ne pas sourire bêtement et à résister à l'envie de mettre Claire dans la confidence. Je me contente de leur dire que tout est prêt, et que nous n'attendons plus que le marié.

Devant la porte du salon de mariage, où se tient toujours Adam, un homme vient à la rencontre de Hayley. Claire et moi restons en retrait. Mark se tient debout devant Hayley et semble ému devant sa future femme. Grand, brun, avec des petites lunettes, il porte un trois-pièces avec une fleur à la boutonnière, Mark ne ressemble pas au grand reporter que je m'imaginais. S'il avait porté un pantalon de treillis, un sac en bandoulière et un tee-shirt beige, j'aurais sans doute pu le reconnaître. Les futurs mariés s'embrassent, heureux de se retrouver. Puis Hayley se tourne vers nous et commence les présentations. Adam nous a rejoints.

– Mark, dit-elle d'une voix légèrement enrouée. Voici Éléa, Claire et Adam.

– Hayley m'a beaucoup parlé de vous, merci de nous avoir aidés pour ce mariage ultra rapide.

Sa voix est grave, chaleureuse.

– Nous discuterons plus tard, il est temps d'y aller, signalé-je. Vous êtes prêts ?

Mark et Hayley se regardent et acquiescent. Adam, Claire et moi passons devant pour leur ouvrir la porte du salon de mariage. Un hoquet de surprise les fige sur le pas de la porte. Ils viennent de découvrir que leurs parents, leurs familles et leurs amis se tiennent debout devant eux. Hayley se tourne vers moi, les larmes aux yeux.

– Mais… comment avez-vous fait pour…

– Chut… Vas-y, ils vous attendent, murmuré-je en désignant l'assemblée.

Mark et Hayley entrent dans la pièce et prennent le temps de saluer tout le monde. Ils sont heureux, c'est une évidence. Claire nous souffle, à Adam et moi un « Bien joué » avant de rejoindre Ryan. Je regarde Adam : il sourit, satisfait.

Mon cœur bat pour lui, c'est une évidence.

La cérémonie de mariage à l'hôtel de ville est rapide, solennelle, mais le public, enjoué et heureux d'y assister, contribue largement à donner plus d'enthousiasme à ce moment. Une fois la bague au doigt, Hayley tombe dans les bras de ses parents. Elle n'est pas au bout de ses surprises, quand, arrivée au Mandarin, elle découvre la salle de réception superbement décorée. Claire me fait un clin d'œil de loin.

Quel travail d'équipe !

Au cours du cocktail qui précède le repas, le téléphone d'Adam se met à vibrer. Il m'appelle avant de répondre, c'est Lorraine.

Les nouvelles vont vite !

Je lui ai rapidement conté l'épisode de ce matin, Emy dans sa voiture et la mascarade que j'ai faite dans la boutique. Adam répond, avec détachement.

– Oui… Non, je ne vois pas de quoi tu parles… Ah… Je suis occupé, vérifie tes sources avant de m'appeler.

Adam lui raccroche au nez alors que j'entends encore la voix énervée de Lorraine.

Elle doit fulminer ! Quant à Emy, elle risque de passer un sale quart d'heure !

Adam soupire, levant les yeux au ciel.

– J'ai résisté à ne pas parler des menaces qu'elle t'a faites. Mais qu'elle ne recommence pas à m'appeler pour des inepties pareilles. Ma tante est tombée bien bas si elle croit tout ce que lui rapporte Emy, grince Adam.

Je hoche la tête.

Est-ce que les deux femmes déjeunent ensemble pour se raconter les derniers potins de la ville ? Ce serait le genre d'Emy…

Le déjeuner est délicieux. J'observe Hayley et Mark. Les jeunes mariés profitent de leur moment, et leur bonheur efface les horreurs de Lorraine. Avant que la fête ne prenne fin, ils nous entraînent à part, Adam et moi.

– Je ne sais pas comment vous remercier pour tout ça, c'est tellement magique ! nous confie Hayley, des étoiles plein les yeux.

– C'est vrai, c'est juste énorme, nos proches… Mais comment avez-vous fait ? demande Mark.

– Vos familles avaient vraiment envie de partager ce moment avec vous, il fallait juste leur donner les moyens de venir, explique Adam.

– Vous nous avez beaucoup gâtés, ajoute Hayley en nous serrant dans les bras. Merci !

– À vous d'organiser votre voyage de noces maintenant, glissé-je, changeant de sujet pour éviter de pleurer comme une madeleine.

– Ça ne sera pas pour tout de suite, je repars demain pour l'Inde. Mais c'est prévu, intervient Mark en serrant sa femme contre lui. Merci beaucoup Éléa, Adam.

La salle de réception se vide. Les invités sont partis pour l'aéroport. Ce mariage spontané est une réussite, mais il nous laisse un peu hébétés. Claire et Ryan sont repartis ensemble. Ils ne se sont pas quittés de toute la matinée, leur réconciliation est en bonne voie.

– Je suis tiraillé entre l'envie de retrouver ma suite avec toi et celle de retourner au bureau pour mes réunions de l'après-midi, me glisse Adam avec un sourire.

– Je risque de m'endormir si je rencontre un lit, grimacé-je.

– Qui a dit que nous irions au lit ? dit Adam en m'embrassant doucement l'épaule. J'ai autre chose à te proposer, si tu es d'accord.

– Ah oui ?

– John m'a envoyé son compte rendu. Ce Simon Collins ne semble avoir aucun lien avec Lorraine ou Ambrose. Il confirme tout ce qu'on sait déjà, commence Adam. Je compte aller le voir et j'aimerais que tu viennes avec moi.

– Bien sûr, tu sais que je te suis !

– Pour brouiller les pistes, au cas où nous serions suivis, je te propose de partir en bateau ce soir. Tout le monde croira que nous partons pour une croisière à deux. Demain matin, après avoir accosté à Santa Barbara, nous nous rendrons directement à Bakersfield. Quand dis-tu ?

Une croisière à deux, Adam et moi sur un bateau…

– C'est une très bonne idée !

– La nuit s'annonce claire et la mer calme, cette croisière sera avant tout un moment pour nous, mon ange…

Adam continue de m'embrasser délicatement, le long de mon cou. Ce contact et la perspective de cette nuit éveillent mes sens.

– Une voiture passera te prendre ce soir pour t'emmener à la marina, conclut Adam avec un dernier baiser.

Je soupire.

Je voudrais déjà y être !

Les répétitions au conservatoire se déroulent lentement et la fatigue ne m'aide pas à être pleinement concentrée sur mon travail. Je peux m'éclipser plus tôt et filer à l'appart pour préparer un sac. Après ce stress de l'organisation du mariage, le calme du Pacifique est le bienvenu.

Lui et les bras forts d'Adam.

Sur le bateau, Adam m'attend en tenue décontractée. Je le rejoins sur le pont alors que le soleil commence à décliner à l'horizon. La légère brise marine fait voler ma jupe, ce qui n'échappe pas au regard coquin d'Adam. L'équipage termine les derniers préparatifs. Du pont, je peux apercevoir un intérieur spacieux et clair, des canapés beiges, de larges fauteuils. Le lieu a l'air immense et complètement différent du dernier bateau que m'a fait visiter Adam, sur lequel il m'a offert le stradivarius. Adam n'a pas l'intention de me faire visiter. Il me tend une coupe et prend appui sur le bastingage, où je le rejoins, les yeux rivés sur la mer.

– Prête pour une petite escapade en mer ? dit-il en portant la coupe à ses lèvres

– Oui, une petite parenthèse avant de découvrir la vérité, peut-être…

– Laissons ce Simon Collins pour le moment et ne pensons qu'à nous. J'ai d'autres envies pour ce soir : j'ai fait installer des caméras, tu m'as donné des idées hier…, ajoute Adam avec un sourire plein de malice.

Adam se tourne vers moi et pose un baiser sur mes lèvres, plein de promesses. Mon ventre se crispe aussitôt.

– … que je compte bien réaliser.

Ses mots résonnent dans ma tête alors que le yacht s'éloigne lentement de la marina.

La brise marine n'arrive pas à me rafraîchir tellement la température est montée. Il a suffi du sourire aguicheur d'Adam, d'un regard plein de promesses érotiques, pour que mon corps tout entier s'enflamme.

Il m'est impossible de résister à cet homme.

Déjà, les lumières scintillantes de San Francisco disparaissent de mon champ de vision. Nous sommes désormais en pleine mer et la nuit s'installe. Tout est couleur d'encre autour du bateau, tout est calme. Le bruissement de l'eau contre la coque est le seul bruit audible. Même les allées et venues de l'équipage, sur le pont supérieur, nous parviennent étouffées. Nous sommes véritablement seuls au monde sur cet espace restreint, doucement éclairé par les quelques sources lumineuses du salon. D'ici peu, les étoiles brilleront dans le ciel. Je ne sais pas ce dont j'ai le plus envie : observer les étoiles, nue aux côtés de mon amant, ou apprécier une plus grande intimité dans notre cabine.

Les deux…

Adam vient de disparaître par l'escalier menant au pont supérieur, sans doute pour donner les dernières consignes de navigation avant la nuit.

Ou peut-être pour souligner notre envie d'intimité ?

Je l'observe. Son pantalon en lin souligne les muscles de ses cuisses, dessine sa taille et ses fesses rondes. Sa chemise noire, décontractée, tranche avec celle qu'il portait aujourd'hui, au mariage de Hayley. Pas de cravate, pas de boutons à n'en plus finir… Sa chemise au col tunisien, qu'il porte volontairement ouverte, laisse apercevoir son torse.

Un torse que mes lèvres imaginent déjà embrasser…

De retour, Adam s'approche de moi et effleure mes lèvres. Aussitôt, mon cœur se met à palpiter. Il m'invite à le suivre jusqu'au bastingage arrière du bateau. Sur la mer, le sillage du bateau forme une écume cotoneuse. Plus près de l'eau, l'air se fait plus frais. Je frissonne malgré le contact tout proche d'Adam. Mon amant surprend mon léger mouvement et vient se placer derrière moi, m'entourant de ses bras forts. Je ne regrette pas pour autant de ne pas avoir pensé à mettre un gilet sur ma robe à bretelles. Je n'aurais pas aussi bien senti la caresse des lèvres chaudes de mon amant au creux de ma nuque, ni son souffle dans mon cou.

– La soirée est belle, murmure-t-il dans mon dos.

Je tourne légèrement la tête. C'est ce moment que choisit le vent marin pour souffler, révélant le parfum très masculin d'Adam. Son odeur m'enveloppe, ses bras m'enserrent. Je suis dans les bras de l'homme le plus sexy de San Francisco et sans doute de tous les États-Unis, et c'est moi qu'il a choisie pour l'accompagner. Je ne peux pas m'empêcher d'être flattée. Adam continue de m'embrasser, les épaules, la nuque, le cou. Soudain, il me mord, ses dents s'attardent sur ma peau. Je frissonne des pieds à la tête. Mon amant continue de me déguster alors que ses mains remontent sur mon ventre, jusqu'à mes seins. Sous le tissu de ma robe, je sens mes tétons se dresser. Comme s'ils souhaitaient indiquer le chemin à ses doigts longs et fins, avertir de leur présence et signifier leur envie d'être touchés, malmenés, caressés. Je ferme les yeux, l'abordage de mon amant sur mon corps me laisse sans défense. Mon ventre se crispe, mon intimité se réveille. Ma respiration devient saccadée alors qu'Adam savoure mon corps à sa guise. Ses mains pressent mes seins, titillent mes boutons roses. Je pousse un léger gémissement, rejette la tête en arrière. Sur mes fesses, je sens naître l'excitation chez mon amant. Il n'en faut pas plus pour que le désir m'arrache un cri. Adam porte sa main à mes lèvres. Je passe ma langue sur ses doigts, je me sens prête à les dévorer. Je glisse son index entre mes lèvres. Je veux qu'Adam comprenne qu'il m'excite et que je suis prête à répondre à toutes ses attaques érotiques.

Il enlève sa main, la redescend le long de mon corps, de ma taille. Ses deux mains se posent sur mes hanches et lentement, ses doigts remontent le tissu de ma robe. Je veux qu'il m'embrasse, que nos langues se trouvent. Je veux que cette tension s'accentue encore. Je tourne la tête, les lèvres entrouvertes, les yeux cherchant le regard de mon amant. Les lèvres d'Adam remontent le long de mon cou, aspirent le lobe de mon oreille, le mordillent. Puis sa bouche rencontre la mienne, nos langues se trouvent et partent dans une danse endiablée. Notre baiser est passionné, fougueux, et fait monter d'un cran notre excitation. Je ne sais pas sur quoi me concentrer. Sur ce baiser humide et chaud qui me fait perdre la tête ou sur les mains d'Adam qui, maintenant, se glissent sous ma robe et commencent à se frayer un chemin vers mon bas-ventre, sous la dentelle de mon tanga.

Adam me presse contre lui un peu plus fort, son sexe est terriblement dur. Sa main se faufile derrière les derniers remparts de mon intimité. En découvrant à quel point je suis excitée, Adam émet un grognement. Et il commence son mouvement de va-et-vient, mon clitoris est électrique. Chaque passage m'arrache un cri.

C'est si bon…

Je vacille mais mon amant me soutient, je m'accroche à la rambarde et laisse mon bassin se mouvoir sous les gestes assurés d'Adam. Il en faudrait peu pour que mon corps soit submergé par une vague de plaisir. Je la sens d'ailleurs venir mais j'ai envie de plus, j'ai envie de quelque chose de plus fort, de nouveau. Je me redresse légèrement et, d'une voix rauque, j'intime à Adam :

– Prends-moi !

Ces deux mots embrasent mon amant. Je sens son sexe contre mes fesses. Adam libère son membre tendu vers le ciel et fait rouler ma culotte sur mes cuisses. Aucun tissu ne nous gêne plus. Je me penche légèrement en avant, écarte un peu les jambes. Le sexe brandi d'Adam se fraie un chemin entre mes fesses, trouve l'entrée de la volupté. Je me sens accueillante et j'exerce une rapide pression pour que son membre me pénètre. Je pousse un cri, recommence. Je le fais entrer, puis sortir. Adam accepte mon jeu, me tient par la taille. Soudain, son sexe se retrouve en entier au creux de mon corps. Mon amant me donne des coups de reins, mon bassin prend le rythme. Nous bougeons tous les deux, nous gémissons tous les deux. Je sens une douce chaleur commencer à prendre forme dans mon ventre. Je sens qu'elle se distille dans mes veines, qu'elle gagne chaque recoin de mon corps. Adam passe sa main sur mon pubis et se met de nouveau à caresser mon clitoris. Je chavire, sans bouée de sauvetage. Ce contact met le feu aux poudres, mon orgasme est intense, il me submerge. Mon amant me suit à son tour dans cette explosion sensuelle. Nos corps se calment, mais pas notre désir. Adam s'éloigne de moi, me libère. Je me redresse mais reste plaquée contre lui. Il rajuste ma robe et son pantalon. Nous restons accrochés l'un à l'autre, le temps de reprendre notre souffle.

– Mon ange, tu me surprends toujours. Ton pouvoir sur moi est déroutant, je ne sais pas si je dois m'en réjouir, ou m'en inquiéter, dit-il doucement en m'invitant à me retourner.

Nous nous faisons face. Ses yeux brillent dans l'ombre. Je ne perçois pas nettement l'expression de son visage, mais le son de sa voix est chaud.

– Tu sais aussi comment éveiller mes sens, soufflé-je, en mordant ma lèvre.

Soudain, un éclair d'effronterie traverse le regard d'Adam. Il me montre mon tanga, d'un air victorieux. J'essaie de l'attraper, en vain. Adam est plus rapide que moi.

– Je crois que tu n'en auras plus besoin, dit-il en le glissant dans la poche de son pantalon.

Je m'offusque moyennement. Mes fesses sont nues, caressées par le fin tissu de ma robe. Cette simple sensation met mon corps sous tension… Je me sens plus libre, plus accessible. Avec Adam, j'ai l'impression de devenir une autre dans ces moments d'intimité. Moi qui manque de confiance en mon potentiel érotique, il me suffit de penser à Adam, de l'observer, de l'effleurer même, pour qu'un insatiable désir de le toucher, de le sentir bouger en moi, se fasse sentir. Nos corps se répondent à merveille, ils dépassent notre raison. Et que devrais-je dire de son pouvoir à lui, de son magnétisme qui me fait perdre mes moyens !

Un nouveau coup de vent nous touche. Je frissonne.

– Tu as froid, constate Adam en me caressant le bras du doigt. Rentrons.

Adam m'attrape la main et je le suis à l'intérieur du bateau. Le salon est luxueux, soigneusement décoré dans des teintes crème, du sol au plafond. Des lambris d'acajou viennent apporter un côté raffiné. Un immense canapé court le long d'un côté du bateau, près du bar.

Les soirées ici doivent être conviviales.

Surtout, le salon est beaucoup plus grand qu'il n'y paraît à l'extérieur. Dans un autre coin, un billard attend sagement que l'on vienne s'occuper de lui. Un petit couloir s'ouvre plus loin, menant certainement vers les cabines des passagers.

– Ce bateau est magnifique, dis-je en tournant sur moi-même, observant chaque détail.

– Je m'en sers pour les sorties entre amis. Tu ne verras aucun bureau ici, aucun ordinateur. Quand je suis à son bord, mon travail reste au loin sur la terre ferme. C'est ma bulle d'oxygène.

– Et ta bulle de plaisir ? demandé-je, soudain curieuse.

Adam s'est toujours montré discret quant à ses précédentes conquêtes.

– Seulement avec toi, mon ange. Tu es la seule et unique femme que ce bateau ait vue.

Après avoir appuyé sur un interphone, Adam revient vers moi. Son regard est celui d'un prédateur se délectant d'ores et déjà de sa proie. Je frissonne encore une fois, non pas de froid, mais de désir.

Cette intensité dans le regard est annonciatrice de plaisir. Adam attrape ma main et pose ses lèvres sur l'intérieur de mon poignet. Je ne pensais pas cette partie de mon corps érogène, et pourtant, je sens mes joues s'enflammer. Mon amant sourit devant ma surprise, que je ne masque pas. Il s'en amuse, me lance un regard coquin et commence à me mordiller le poignet. Je déglutis avec difficulté.

L'arrivée de l'un des membres de l'équipage, portant un plateau sur les bras, me donne l'occasion de respirer à nouveau. Adam me laisse dans un clin d'œil et remercie l'homme, qui s'éclipse aussitôt. Je ne peux m'empêcher de baisser la tête et de porter mon regard vers mon poignet.

Cette petite zone-là peut apporter autant de sensations ?

Non seulement ce baiser a réveillé mes sens, mais mon cœur cogne follement dans ma poitrine. Le regard d'Adam, cette invitation dans ses yeux, cette promiscuité, son aura magnétique… Loin ou près de moi, je n'ai qu'une envie, ce soir : me glisser dans ses bras, sentir son torse nu, la chaleur de son corps, et son sexe grandi sous l'effet de son désir pour moi.

Est-ce l'air marin qui amplifie mon désir impérieux de ne faire plus qu'un avec son corps ? Ou juste mon corps qui, une fois encore, décide de prendre les choses en main ?

Adam m'observe en me servant un verre derrière le bar. Je ne soutiens pas son regard, j'ai l'impression qu'il pourrait me consumer sur place. Je parcours le salon, caresse le mobilier du bout des doigts. Dans mon dos, je sens que mon amant ne me quitte pas des yeux, qu'il me détaille… J'essaie de ne pas défaillir, de me montrer la plus naturelle possible.

Le billard. Parfait pour me donner une contenance.

Je m'approche de cet énorme meuble, les boules sont en place, les queues croisées sur le tapis vert.

– Tu as déjà joué ? demande une voix derrière moi.

Adam vient de me rejoindre, deux verres à la main. Je fais non de la tête.

– Tu vas voir, c'est très simple. Tout est une question de mouvement et de précision, ajoute-t-il en posant les verres.

Il me tend une queue, en attrape une autre. Mon amant se penche sur la table et commence une démonstration de billard. Mais je n'écoute pas ce qu'il dit, j'observe son corps. Je me mords les lèvres devant ses fesses, j'imagine son sexe se presser contre la table.

Comme j'aimerais être à sa place.

Je serre la queue entre mes deux mains, devant moi. J'entends au loin la voix d'Adam, mais toute mon attention se porte sur sa silhouette, ses muscles qui se dessinent sous ses vêtements, son profil ravageur. J'ai envie de caresser ses fesses, de glisser ma main sous son pantalon… Ma respiration s'accélère, mes lèvres s'entrouvrent. Sans que je m'en rende compte, mes mains vont et viennent sur la queue de billard.

– Ce que tu fais à cette queue est terriblement érotique, mon ange. Je vais être jaloux.

La voix rauque d'Adam me tire de mes pensées. J'observe mes mains, surprise. Je rougis.

– Tu m'as l'air très dissipée, ajoute Adam en s'approchant de moi. Un peu de pratique devrait plus te passionner.

Mon amant me montre la table de billard de la main, m'invitant à jouer à mon tour.

Je n'ai rien regardé, rien écouté !

Je me penche sur la table, maladroite. J'essaie de taper une boule, sans succès.

– Tss, Tss, mademoiselle, vous n'avez rien écouté. J'hésite entre persévérer dans votre éducation ou vous punir pour votre inattention, fait la voix chaude et vibrante d'Adam.

Il se penche vers moi, place ses mains sur les miennes et guide mes gestes. Mais je ne suis plus au billard. Le corps de mon amant est plaqué contre le mien, je sens sa respiration dans mon cou.

Je ne suis pas en état d'apprendre à jouer au billard ce soir !

Devant ma totale inefficacité sur le tapis vert, Adam baisse les bras.

– Vous êtes dissipée, mademoiselle. Je crois hélas que je ne peux rien faire pour vous…, dit-il en me fixant droit dans les yeux, une fausse nuance de reproche dans la voix.

Je me mords une nouvelle fois la lèvre inférieure.

Je me fous du billard, c'est toi que je veux !

Adam semble lire dans mes pensées. Un éclair vient de traverser son regard. D'un geste, il m'assoit sur la table du billard et s'installe entre mes jambes. Mon amant est pris d'une rage soudaine, une rage à laquelle je réponds. La fureur de son baiser est communicative, je n'attendais que ça. Je serre mes jambes autour de sa taille, je sens l'urgence de mon désir.

Mon amant ne perd pas de temps et passe ma robe par-dessus ma tête. Il observe quelques secondes mes seins sous la dentelle de mon soutien-gorge, tendus vers lui, prêts à être libérés. Leur appel est entendu, mon amant dégrafe mon dessous d'une main et empoigne l'un de mes seins de l'autre. Je gémis. Mais ce n'est pas ce que j'attends, je le repousse légèrement, agrippant de mes mains maladroites la fermeture de son pantalon. Mon désir exige d'être assouvi, mon ventre me fait mal tellement il réclame avec force le sexe d'Adam. Mon amant comprend mon impatience et y répond à la perfection. Il ôte son boxer d'un geste. Nos deux sexes se font face. Je frémis devant son membre bandé, un long frisson me parcourt le dos. En un mouvement je m'approche du bord de la table, Adam m'attrape les fesses. Et soudain, mon amant est en moi. Cette entrée fulgurante m'arrache un cri !

Enfin !

Mon amant me torpille, ses coups sont profonds, forts. Il émet des gémissements rauques, je m'accroche à lui et d'un coup, c'est l'explosion. Je suis emportée loin par le plaisir. Au même moment, Adam se crispe, il m'attrape les cheveux avant de gémir à son tour, porté par cet élan de jouissance parfaite.

Nous nous accrochons l'un à l'autre pour recouvrer nos esprits, haletants. Je m'aperçois qu'Adam porte toujours sa chemise. Je souris devant mon impatience, je n'ai même pas pris le temps de le déshabiller. Moi en revanche, je ne porte plus rien sur cette table de billard, soudain très inconfortable. Je me tortille un peu et Adam m'attrape avant de me porter jusqu'au canapé, où il me dépose délicatement. Puis il enlève sa chemise et s'allonge à mes côtés, posant sa tête sur mes jambes. Il a une vue imprenable sur mes seins. Je pose une main sur sa poitrine et sens les battements de son cœur retrouver un rythme normal. Je glisse une main dans ses cheveux.

Le sourire d'Adam ne masque pas ses intentions.

Je crois qu'il ne s'agit que d'une pause…

20

L'ENVELOPPE DE HOWARD

Cette nuit sur le bateau a été divine. Jamais nous n'avions fait l'amour de façon si sensuelle. Adam et moi sommes plus amoureux que jamais et nos ébats gagnent en passion. C'est compliqué ce matin de retourner à la réalité. Dans quelques minutes, nous accosterons dans la marina de Santa Barbara où nous attendent une équipe de gardes du corps et John Bleth, le détective privé. Cette croisière entre dans sa seconde partie. Rencontrer Simon Collins est déterminant dans la suite des recherches sur le père d'Adam. Je ne peux pas m'empêcher de me sentir tendue. Le plan mis en place par John et Adam pour se rendre à Bakersfield donne l'impression d'une visite top secret. Adam tient à se montrer discret, Lorraine nous surveille peut-être, d'une façon ou d'une autre. Et on sait désormais qu'elle peut tenter n'importe quoi contre nous et nos proches. La discrétion s'impose donc, et Adam a mis les moyens pour que ce voyage à Bakersfield passe le plus inaperçu possible.

– Tu as bien dormi, mon ange ? me demande Adam, sur le pont, une tasse de café à la main.

Dans son jean et son sweat blanc, Adam affiche une allure décontractée derrière ses lunettes de soleil. Même son visage semble serein, son sourire détendu.

Comment fait-il ? J'angoisse pour deux ?

Son baiser ne trahit aucun stress, bien au contraire.

– Tu as l'air très détendu, lui fais-je remarquer.
– C'est vrai, c'est grâce à toi et à la nuit que nous venons de passer. Je suis porté par ton amour, je me sens plus fort à tes côtés, mon ange…, se confie Adam, le regard plongé dans le mien.

Mon cœur manque un battement. Ce regard…

– Et je suis impatient de rencontrer ce Collins, ajoute-t-il en se tournant vers la marina.

J'aimerais afficher une telle décontraction, mais mes doigts sont bel et bien crispés sur ma propre tasse de café. J'ai tellement hâte de savoir si cet homme détient la clé de nos mystères… L'équipage est sur le pont lui aussi, préparant notre arrivée. La journée s'annonce belle, le climat de cette partie de la Californie tient ses promesses. Le jupon en lin blanc et le débardeur que j'ai choisis devraient me permettre de ne pas souffrir de la chaleur qui s'annonce. Et le regard que me porte Adam me confirme qu'il apprécie ma tenue.

Après l'entrevue avec Collins, aurons-nous encore l'envie de profiter du retour ?

Nous amarrons rapidement au milieu des autres yachts de la marina. Très vite, John monte à bord. Je retrouve avec plaisir le détective, qui nous avait beaucoup aidés à Riverton. J'avais eu le temps d'apprécier son efficacité professionnelle, mais aussi son côté très humain. Lui et Adam se saluent d'une poignée de main franche. Il serre la mienne avec plus de délicatesse et m'offre un sourire bienveillant.

– La mer a été calme ? demande-t-il en prenant place sur l'une des banquettes du pont.

– Excellente, répond Adam.

– Simon Collins vous attend, enchaîne John qui, comme à son habitude, va droit au but. Il a même l'air très impatient de vous voir, Adam. Quand il a su que vous le recherchiez, il a blêmi, j'ai même cru qu'il allait faire un malaise. Mais il s'est vite repris et a accepté sans discuter.

– Il n'a fait aucune remarque sur l'objet de notre venue ? s'enquiert Adam.

– Aucune, il s'est contenté de hocher la tête. C'est un homme peu expansif, et c'est comme s'il s'attendait à cette visite. Il n'a pas été surpris, il n'a rien dit si ce n'est qu'il vous attendait.

– Bon, très bien. J'informe tout le monde de notre départ et on se met en route d'ici à une dizaine de minutes, décide Adam.

Adam se tourne vers moi. Je hoche la tête, je suis prête à partir et à faire la rencontre de cet homme. Sur la terre ferme, nous rejoignons la voiture de John. Derrière nous, je vois des hommes s'engouffrer dans les leurs. Cinq voitures nous suivent, Adam n'a pas lésiné sur les moyens. Je reste silencieuse alors qu'Adam et John continuent de discuter du travail du détective.

Bakersfield étale ses grandes lettres capitales sur un très large panneau, au-dessus de la route. John roule encore quelque temps et débouche dans un quartier calme à l'écart du centre-ville. Il arrête enfin sa voiture devant une petite maison de plain-pied, blanche, terriblement banale, à l'image de beaucoup d'autres dans la rue. Mon cœur commence à battre plus fort. J'observe Adam, qui semble toujours conserver son sang-froid. Avant de descendre, il consulte son téléphone.

« Bien, tout le monde est en place. On devrait être tranquilles pour discuter avec Collins », dit-il.

John acquiesce, la mine sérieuse. Je jette un coup d'œil par la vitre arrière. Les voitures des gardes du corps se sont fondues dans le paysage. Adam et John sortent de la voiture, je fais de même. Adam m'attend et m'attrape la main. Il ne cherche par ce geste aucun réconfort, mais il doit sentir que je suis tendue.

Si Lorraine apprend que nous sommes ici, de quoi serait-elle capable ? Est-ce qu'elle connaît elle aussi ce Simon Collins ?

Nous remontons la petite allée et John frappe à la porte. Je retiens mon souffle quand j'entends bouger à l'intérieur. Adam a retiré ses lunettes de soleil, sa mâchoire se crispe. La porte s'ouvre. Un homme d'une soixantaine d'années se tient debout devant nous.

– Monsieur Collins, voici Adam, dont je vous ai parlé, et sa compagne Éléa, nous présente brièvement John.

Grand et mince, les cheveux grisonnants, il nous observe avant de nous laisser entrer. Nous pénétrons dans sa maison, au mobilier sommaire. Simon Collins vit avec l'essentiel. Le vieil homme a une démarche plutôt lente et s'assoit dans un fauteuil avec beaucoup de précaution, comme s'il risquait de se casser. Il n'a pas dit un mot.

John avait dit qu'il était peu expansif, mais là…

D'un signe de la main, il nous invite à prendre place en face de lui. Les bras sur les accoudoirs de son fauteuil, il réunit ses deux mains devant lui et pose la tête dessus. Il ne quitte pas Adam des yeux. Ce silence est étrange et confère à ce moment un sentiment particulier.

Sommes-nous les bienvenus ici ?

Adam n'a visiblement pas l'intention de rompre ce silence, ni John, qui a opté pour une posture discrète. En retrait, il a décidé de s'asseoir plus loin.

Peut-être suis-je de trop ?

Mais alors que je m'interroge sur ma place ici, Simon Collins prend la parole.

– Adam. Ta venue est un vrai soulagement pour moi, commence l'homme d'une voix tremblante, certainement due à son âge. Je vais enfin pouvoir accomplir ma mission. Il n'y a plus de temps à perdre. Il faut que tu saches !

Mission ? Temps à perdre ?

Je sens Adam se tendre, toute son attention est rivée sur le vieil homme.

– Une mission ? répète Adam.
– Ton père m'a demandé un service, un jour. Tu sais, ton père était un homme bon et généreux. Je ne sais pas ce qu'a pu te raconter Lorraine à son sujet, mais ça ne doit pas être la réalité.
– Vous connaissez Lorraine ?
– Si je la connais ! Ah, je suis bien content de ne plus la voir, quelle femme monstrueuse, et malhonnête avec ça. Elle ne s'intéressait qu'à la fortune de son mari, elle ne pensait et ne vivait que pour l'argent. Je n'ai jamais aimé cette femme, ton père non plus, et je me demande même si ton oncle, Henry, ne regrettait pas son mariage, s'énerve Colins.
– J'ai beaucoup de questions à vous poser sur mon père, monsieur Collins. Vous avez raison, Lorraine a dit beaucoup de mensonges sur mon passé, ce que je découvre tout juste,

explique Adam. Vous êtes sans doute le seul à avoir connu mon père et à pouvoir m'en parler.

– J'ai bien connu ton père oui, et ta mère aussi. Nous avons fait nos études ensemble, nous nous connaissions depuis si longtemps… J'ai eu l'occasion de rencontrer Leslie plusieurs fois et même d'assister à leur rencontre. Nous nous fréquentions souvent, tes parents et moi. Ils avaient toujours l'air très amoureux. Et puis, du jour au lendemain, ta mère a disparu. Howard n'a jamais vraiment répondu à mes questions à son sujet, comme s'il ne pouvait pas parler. Ta mère est partie s'installer à Riverton, et je n'ai jamais su pourquoi. C'était un secret bien gardé. Tes parents communiquaient par mon intermédiaire. J'ai respecté leur silence à ce propos.

– Vous croyez que quelqu'un les empêchait de parler ? questionne Adam.

– Sûrement. Ton père a toujours été quelqu'un d'affable et puis, du jour au lendemain, il s'est montré angoissé, tendu. Nous étions amis mais il a commencé à espacer ses visites, se souvient tristement Collins en regardant dans le vague.

– Vous savez pourquoi mon père ne m'a pas récupéré à la mort de ma mère ? demande Adam, plein d'espoir.

– Hélas non. Nous ne nous voyions déjà plus beaucoup à l'époque. Je n'ai même pas appris tout de suite la mort de ta mère. Howard était devenu l'ombre de lui-même, on ne le voyait plus aux réceptions données par leur grande entreprise. Quant à Henry, Lorraine le suivait partout, je n'ai jamais pu lui parler de son frère sans que cette femme soit là, à traîner derrière nous…

– Vous croyez que Lorraine empêchait Howard et Henry d'agir librement ?

– Je ne sais pas, je peux juste dire qu'elle était omniprésente. Lorraine supervisait la famille Hill et on ne voyait plus qu'Ambrose, leur associé, pour parler de la société. J'ai perdu tout contact avec ton père, à mon grand désespoir.

Nouveau moment de silence. Simon Collins se frotte les yeux. Adam poursuit :

– J'ai appris que mon père s'occupait de nous, ma mère et moi. Il ne s'est jamais confié à vous ?

– Bien sûr que ton père s'occupait de vous ! Il avait envie de fonder une famille et Leslie et lui avaient l'air si heureux. Je suis persuadé que quelque chose l'empêchait de vous voir, de vivre avec vous, et quand il a fini par venir me voir juste avant l'accident, j'en ai eu la confirmation.

– Mon père est venu vous voir avant de mourir ?

– Oui, j'ai été très surpris quand il est venu à mon cabinet. Il avait terriblement vieilli, il était rongé par l'inquiétude, j'avais un autre Howard sous les yeux. Je m'en souviens comme si c'était hier. On s'est retrouvés dans mon bureau, il a accepté un scotch et il s'est un peu détendu. Il m'a dit que sa vie lui avait échappé, qu'il était fatigué. Il m'a confié une enveloppe, que je devais te remettre.

– Une enveloppe ? répète Adam.

– Oui, je ne sais pas ce qu'elle contient. Je l'ai conservée précieusement, et placée dans un coffre dans une banque ici, dans le centre-ville de Bakersfield. Je vais te chercher la clé.

Le vieil homme se lève difficilement, quitte la pièce et revient quelques instants plus tard. Il tend une petite clé à

Adam, qui l'attrape délicatement. Nos yeux sont rivés sur cette petite clé. À quel secret donne-t-elle accès ?

– Ton père m'a demandé de veiller sur cette enveloppe. Je devais te la faire parvenir une fois Lorraine morte. Mais tout ceci n'a que trop duré. Tu dois découvrir ce que ton père voulait te confier, je suis sûr que c'est de la plus haute importance pour toi. Lorraine est trop intervenue dans nos vies. Il est temps que ça cesse, je ne veux plus qu'elle soit une barrière dans ta famille, Adam. J'espère vraiment que tu découvriras ce que tu cherches dans cette enveloppe, que tu découvriras que ton père était un homme bon.

– Lorraine est déjà très présente dans nos vies, soufflé-je doucement.

Simon Collins me regarde, étonné.

– Lorraine s'est effectivement montrée très présente ces derniers temps, explique Adam. Depuis qu'elle a découvert mes recherches sur mes parents, elle multiplie les menaces. Elle a déjà provoqué quelques incidents dans la vie d'Éléa et celle de ses proches. Elle est prête à tout pour que je cesse mes recherches.

– Cette femme n'a donc pas changé, s'emporte Simon. Soyez plus forts qu'elle ! Tes parents n'ont sans doute pas eu la force de lui tenir tête Adam, trouvez le moyen de lui résister ! Cette femme est abjecte !

Simon s'étrangle, John s'empresse de lui donner un verre d'eau. Le vieil homme reprend son souffle avec difficulté.

– Monsieur Collins, je peux vous poser une dernière question ? demande Adam. Pourquoi avez-vous quitté San Francisco après l'accident de mon père ?

– La concurrence était devenue trop rude, les jeunes avocats étaient des loups. Et puis, après la visite de ton père, mon bureau a été saccagé. Deux jours après, ton père mourait. Je ne sais pas si on était venu chercher cette enveloppe, mais j'ai senti qu'il était temps de partir, de m'éloigner de cette ville.

Le vieil homme commence à montrer des signes de fatigue. Cette discussion lui fait revivre un triste passé qui l'affecte toujours. J'aimerais pouvoir lui apporter un peu de réconfort, lui dire que tout ira bien maintenant. Mais cet échange m'attriste moi aussi. M'attriste et me révolte. Howard Hill n'a pas été maître de son destin, il aurait pu vivre avec sa famille, Adam aurait pu grandir avec ses parents. Mais ça ne s'est pas passé comme ça…

Pourquoi ?

Adam se lève, je l'imite. La rencontre touche à sa fin.

– Merci, monsieur Collins, merci beaucoup de nous avoir parlé.

– Va chercher cette enveloppe, tu verras, je ne l'ai pas touchée. Elle est exactement comme ton père me l'a donnée.

– On va s'en occuper. Je ne sais comment vous remercier d'avoir conservé ce message de mon père. Laissez-moi organiser votre protection. Nous avons pris toutes les précautions, mais Lorraine est prête à tout, propose Adam.

– Oh ! non, que Lorraine ou ses hommes viennent, j'ai fait mon devoir. S'il doit arriver quelque chose, ce n'est plus très grave maintenant.
– Je préfère vous savoir en sécurité, monsieur Collins. Juste le temps que toutes ces histoires se terminent, insiste Adam.

Les deux hommes se serrent chaleureusement la main.

Un jour peut-être, qui sait, nous reverrons Simon dans de meilleures circonstances ?

Nous quittons le vieil homme comme nous sommes entrés, en silence. Adam serre toujours dans sa main la clé que vient de lui confier Simon.

– John, dit-il enfin en s'adressant à son ami détective, prend cette clé et rends-toi à la banque. Je ne peux pas y aller moi-même, je risque d'être reconnu. Je te fais suivre par une voiture, et retrouve-nous ensuite au bateau. J'ai besoin de savoir.
– OK, je sais quoi faire. À tout à l'heure.

John monte rapidement dans sa voiture alors qu'Adam passe un appel rapide. Aussitôt, une voiture arrive, prête à escorter John. Nous restons devant la maison de Simon Collins quelques instants.

– Comment te sens-tu ? soufflé-je doucement à Adam.
– Excité. Mon père m'a laissé une enveloppe. J'ai hâte de savoir ce qu'elle contient… Il a laissé une trace, pour moi. Tu ne peux pas savoir l'effet que ça me fait, moi qui

ai si longtemps cru qu'il n'éprouvait que de l'indifférence à mon égard.

– Tu ne savais pas…

– Oui, mais maintenant qu'on a la conviction que quelque chose a séparé mes parents, je dois savoir de quoi il s'agit, conclut Adam, plus déterminé que jamais.

Une autre voiture vient de se garer devant nous. Nous rentrons à la marina de Santa Barbara, reconduits par deux gardes du corps. Nous nous tenons la main. À cet instant, toutes nos pensées sont tournées vers John.

Pourvu qu'il ne lui arrive rien!

Sur le pont du bateau, nous attendons. Parfois serrés l'un contre l'autre, parfois tendus vers le ponton, attendant impatiemment de voir apparaître John. Impossible pour moi d'avaler quoi que ce soit, je suis trop angoissée. J'ai peur d'apprendre que John a eu un accident, qu'une voiture lui a foncé dessus ou encore que l'enveloppe n'est plus dans le coffre. Adam aussi est impatient, mais il gère mieux la pression, comme d'habitude. Et puis soudain, John arrive. Il remonte le ponton d'un pas rapide, bien entouré par deux gardes du corps. Il tient quelque chose dans sa main… Arrivé sur le pont du bateau, il ne dit rien. Il tend simplement une enveloppe à Adam.

Les battements de mon cœur s'accélèrent. Adam observe cette enveloppe en papier kraft très épaisse. Il la tourne, la retourne, elle ne porte aucune inscription. John s'éclipse et me laisse seule en compagnie d'Adam. Je me retire un peu plus loin, ce moment lui appartient. Howard Hill est présent lui aussi, je peux le voir, l'imaginer, satisfait et rassuré. Enfin, son message est passé. Enfin, Adam possède ce qu'il souhaitait tant lui confier…

Adam s'assoit au bord de la banquette. Très précautionneusement, il commence à l'ouvrir. Il regarde à l'intérieur. Et je n'en crois pas mes yeux. Lui d'habitude si fort, si solide, je le vois ciller, je vois ses yeux s'agrandir, je l'entends étouffer un hoquet de surprise.

Qu'y a-t-il dans cette enveloppe qui le bouleverse tant ?

V

MORT À L'HORIZON

21
CE PÈRE, ENFIN

Je laisse Adam prendre connaissance du contenu de cette enveloppe. L'ami de son père l'a conservée des années en lieu sûr pour qu'elle lui revienne. C'est chose faite. Adam est en train de découvrir ce que son père a tenu à lui laisser. Des photos ? Des lettres ? Des explications ?

Des réponses à nos questions ?

Howard Hill explique-t-il son absence auprès de son fils ? Les larmes me montent aux yeux. Les révélations de Simon Collins, rencontré plus tôt dans la journée, me serrent le cœur et me laissent un goût amer. Howard et Leslie s'aimaient, Simon les a connus heureux. Et du jour au lendemain, Leslie, la mère d'Adam est partie. Howard a perdu sa joie de vivre et n'a jamais révélé à son ami ce qui avait séparé le couple. Simon s'est fait messager entre Leslie, à Riverton, et Howard, à San Francisco. C'est ainsi qu'il tenait son rôle de père, à distance. Simon est convaincu que quelque chose de grave empêchait Howard de vivre avec sa famille. Avant sa mort, Howard s'était transformé. Il avait peur, il était devenu distant, angoissé. Pourquoi ? Qu'y avait-il de plus important que sa propre famille ?

La mâchoire d'Adam est crispée. Il ne laisse rien transparaître, il s'est fermé. C'est un peu sa première rencontre avec son père… Je croise les doigts pour que le contenu de cette enveloppe nous aide à avancer et à comprendre. Simon Collins devait attendre que Lorraine meure pour remettre l'enveloppe à Adam, mais Simon a décidé qu'il ne fallait plus attendre. Lorraine est encore au cœur de cette histoire. Pourquoi ? Cette enveloppe comporte-t-elle des révélations inquiétantes à son sujet ?

Je m'appuie sur le bastingage du bateau. Adam n'a pas pris la peine d'aller dans la cabine. Il s'est installé sur la banquette sans attendre une minute de plus, impatient de comprendre. Dans ce coin en retrait de la marina de Santa Barbara, nous sommes au calme. Le soleil est à son zénith, la matinée est passée à une vitesse folle. J'entends le clapotis de l'eau sur la coque du bateau. Tout est si calme alors que nous vivons des moments si mouvementés !

Adam relève la tête, son regard trouve le mien. Je ne sais pas décrire l'expression de son visage tant il est fermé. Ses yeux me transpercent, il est ailleurs, ce n'est pas moi qu'il voit.

Faut-il que je le rejoigne ? Que je le laisse seul ?

Soudain, son visage s'illumine. D'un coup, Adam sourit, me sourit. Il me fait signe de venir m'asseoir à ses côtés, sur la banquette. Je m'installe, jette un œil sur tous les documents étalés sur la table. Je vois des visages, des sourires, je ne sais pas si j'ai le droit de les observer, de les détailler.

C'est la vie d'Adam...

Son bras s'attarde dans mon dos, il ne dit rien. Son regard balaie à nouveau le contenu de l'enveloppe et revient sur moi.

– Est-ce que ça va ? soufflé-je doucement, rompant le silence.

Adam se passe la main sur le visage puis pose son menton dans sa paume, le coude sur la table.

– Il va me falloir du temps pour digérer tout ça, dit-il en me montrant les papiers. J'ai l'impression d'avoir fait un bond dans le passé, de découvrir mes parents pour la première fois.

Tout en me parlant, Adam s'empare de photos pour me les montrer.

– Mon père m'a laissé des photos de lui et de ma mère, avant ma naissance. Simon avait raison, ils ont l'air très heureux.

J'étudie les clichés du couple et découvre pour la première fois la mère d'Adam, Leslie. Elle est belle, incroyablement belle.

Grande, élancée, blonde : magnifique. Son visage est doux, son regard si chaleureux. J'éprouve immédiatement un coup de cœur pour elle et un terrible regret de ne pas avoir pu la connaître. Adam lui ressemble, c'est certainement d'elle qu'il a hérité sa beauté parfaite, mais il a aussi les traits et la carrure de son père. Howard et Leslie formaient un très beau couple et leur enfant est le fruit d'une harmonie parfaite entre eux.

– C'est fou comme tu ressembles à ta mère, mais tu as le charisme de ton père aussi, fais-je remarquer tout haut.

Adam sourit à ma remarque et observe de nouveaux ses parents, songeur.

– Après celles-là, il n'y a plus de photos de mon père. Juste de ma mère, enceinte, de moi bébé ou d'elle et moi, continue Adam. Mes parents ont sans doute été séparés au tout début de la grossesse de ma mère.

Je prends une photo de la mère d'Adam. Leslie pose devant l'église de Riverton, dans le jardin fleuri que nous avons vu, nous aussi, lors de notre séjour là-bas. Leslie a perdu de sa joie de vivre. Elle sourit, mais il y a comme un voile devant ses yeux. Et cette expression s'accroît quand elle regarde Adam, plus grand, sur une autre photo. Il y a de la mélancolie sur ces clichés, un sentiment d'inachevé.

Adam enfant était déjà très beau…

– Mon père a gardé beaucoup de lettres de ma mère. Elle

lui raconte toute notre vie, tous mes progrès... Il y a même certains dessins de moi, regarde, ajoute Adam.

– Ton père te transmet tous tes souvenirs d'enfants, à sa façon. Tu te souviens de tout ça ? demandé-je.

– Vaguement, certaines photos m'évoquent des choses, mais c'est tout.

– Est-ce que ta mère explique pourquoi ils ne sont plus ensemble ?

– Non, jamais. Elle rapporte juste que mon père lui manque mais elle ne parle jamais de la situation. Et toutes les enveloppes sont adressées à Simon, pas à mon père directement...

– Simon était le garant du lien qui vous unissait tous les trois...

Adam me tend des lettres. Sa mère avait une écriture fine, très élégante. Je les parcours, lentement, m'envolant à mon tour des années en arrière :

« Mon cher Howard,

Adam vient de faire ses premiers pas. Il ne s'arrête plus ! J'aurais tellement aimé que tu sois là pour le voir. Ton fils te ressemble beaucoup. Il sait ce qu'il veut et n'arrête jamais tant qu'il n'a pas réussi. Ses premiers pas lui ont valu quelques bosses, mais il y est arrivé... »

Dans une autre lettre :

« Tu peux être fier, Adam est un petit garçon généreux. Je le trouve parfois un peu trop sérieux pour son âge.

La présence d'un père doit lui manquer. Si seulement tu pouvais être là. Je vous imagine jouer au base-ball dans le jardin… Tu trouveras la photo de classe d'Adam. Elle n'est pas trop réussie, le pauvre était malade… Mais notre fils reste beau malgré tout, n'est-ce pas ? »

Ces lettres sont pleines d'amour. Leslie ne se plaint jamais de l'absence de Howard, elle semble accepter cette distance… Il lui manquait, c'est certain, mais je ne lis rien qui implore le père d'Adam de venir les rejoindre.

Mais pourquoi étaient-ils séparés ?!

– Ta mère avait l'air si doux, soufflé-je, émue.

– Mon père m'a fait un cadeau énorme en me laissant ces souvenirs. J'ai l'impression de la retrouver, de retrouver un bout de moi que j'avais enfoui très loin.

Adam jette un regard affectueux sur les photos de sa mère. Comme il a dû être difficile pour le petit garçon qu'il était de passer de la chaleur de sa mère à la froideur de Lorraine après l'accident mortel de Leslie !

– Je n'ai pas tout ouvert. Il me reste cette lettre à lire, elle m'est adressée, ajoute Adam d'une voix grave.

Il tient sans ses mains une enveloppe. Ce courrier lui est directement adressé. Adam l'observe.

– Est-ce que tu veux que je te laisse seul pour la lire ?

demandé-je doucement.

– Non, reste mon ange. Je veux que tu la lises avec moi.

Je me serre un peu contre lui. Ma gorge est sèche, mes mains sont glacées.

Cette lettre, quel message livre-t-elle ?

Adam sort la lettre de son enveloppe. C'est un mot de Howard. Un mot d'un père à son fils.

« Mon fils,

Je ne sais pas par quoi commencer cette lettre. Je jette tous mes brouillons les uns après les autres. Mais il faut bien que je me lance… Je t'aime de tout mon cœur Adam, et ta mère aussi. Je vous ai aimés tous les deux. Tu as grandi sans moi, je n'ai pas pu être le père que je voulais être. Mais je ne t'ai jamais oublié, je pensais à vous tous les jours. Ta maman m'envoyait de tes nouvelles régulièrement, je t'ai vu grandir de cette façon. Nous discutions beaucoup elle et moi de ton éducation, j'ai fait ce que j'ai pu, de là où j'étais.

Tu dois certainement m'en vouloir de ne pas avoir été là, surtout à la mort de ta mère. Quel chagrin ! Je ne sais pas si tu croiras ces mots, mais si j'avais pu être à vos côtés, je l'aurais été. *Je ne peux pas t'en dire plus, je préfère garder pour moi ce pesant secret. Mais crois-moi Adam, vous étiez plus en sécurité loin de moi qu'à mes côtés. Ce fut tellement difficile de te savoir si près de moi, à San Francisco, après la mort de ta mère. Je ne pouvais pas venir te voir, ni entrer en contact avec toi… Il en allait de ta vie ! Lorraine nous a séparés, elle aurait été capable du pire si j'avais cherché à te voir, t'approcher… Tu portes le nom de ta mère, pas le mien. C'est mieux ainsi. Nous avons pensé, ta mère et moi, que le nom des Hill pourrait être un fardeau.*

Pardonne-moi Adam, de ne pas avoir su être assez fort pour lutter, pardonne-moi d'avoir été faible face à cette femme ! Mais je vous aimais, ta mère et toi, du plus profond de mon être. J'ai commencé à m'éteindre à petit feu quand ta mère a dû partir…

Adam, je te laisse avec tous ces bons souvenirs de notre famille. Parce que, malgré tout, nous étions une famille. Peut-être es-tu toi-même père à l'heure où tu lis ces lignes. Je te souhaite tout le bonheur du monde, Adam. Je sais que ta mère t'a transmis de saines valeurs… Lorraine n'a pas pu te pervertir. Tu dois être quelqu'un de bien. J'ai toujours été fier de toi, mon fils. Je regrette tellement de choses… Pardonne-moi.

À toi et pour toujours,

Ton père. »

Les larmes ruissellent sur mes joues, en silence. Quelle douleur dans cette lettre ! Je tourne mon visage vers Adam.

Comment vit-il cette lettre, ce message d'amour, ces regrets ? Très fugacement, je crois apercevoir une larme au coin de son œil. Une larme de colère. Adam se lève brusquement, risquant d'emporter dans son mouvement lettres et photos à la mer. Les poings serrés, la mâchoire crispée, les sourcils froncés, Adam est en rage.

– Lorraine ! Cette fois, on a la preuve qu'elle est à l'origine de tout ça ! crie-t-il.

Instinctivement, sentant la colère dominer tout l'être d'Adam, je rassemble les papiers et glisse tout dans l'enveloppe, que je serre dans ma main. Je m'attends à ce qu'Adam déverse sa hargne, je ne l'ai jamais vu aussi furieux !

Lorraine...

Elle a brisé une famille, rendu malheureux deux êtres qui s'aimaient, empêché un père de voir son fils et elle n'a raconté que de vils mensonges sur leur dos ! La colère d'Adam est compréhensible, il est blessé au plus profond de lui-même. Cette femme est ignoble ! Adam retrouve son calme, sa colère devient glaciale. Et c'est sans doute la pire. Je le rejoins près du bastingage et pose ma main sur son épaule.

– Éléa, dit-il d'une voix sourde. Mon père, il... Je serai plus fort que Lorraine, je dois ça à mes parents. C'est terminé, elle doit répondre de ses actes. Il faut que je la voie, elle parlera. Je la ferai avouer ce secret. Crois-moi, elle n'aura pas d'autre choix que de parler.

La colère d'Adam n'est pas près de faiblir. Il n'est pas homme à agir par passion, à ruer dans les brancards. Mais il est tenace, déterminé, et Lorraine a touché à ce qui était le plus précieux pour lui : sa famille. Adam vient de découvrir un père dont il ne soupçonnait même pas l'amour. Lorraine doit désormais s'expliquer, c'est une évidence.

– Dis-moi si je peux faire quelque chose, soufflé-je.

Adam m'enlace, je pose ma tête contre son torse. Il respire mes cheveux, me serre contre lui.

Lorraine a voulu m'écarter moi aussi...

– Mon ange, je crois qu'à partir de maintenant, nous allons devoir nous montrer plus prudents. Dès que Lorraine saura où nous en sommes, je m'attends à une guerre ouverte. Et je ne tiens pas à lui laisser cette victoire, me dit-il droit dans les yeux.
– Je vais appeler Ryan et Claire pour les prévenir.

Adam me serre de nouveau contre lui, puis pose son front contre le mien.

– Prête à me suivre dans l'ultime bataille ? me demande-t-il en souriant.
– Prête, plus que jamais !

Le visage d'Adam vient de trouver un peu de paix. Et de nouveau, cette force tranquille qui l'anime et le rend si séduisant s'empare de lui.

– John ! appelle-t-il.

John, le détective qui nous a tant aidés, descend les quelques marches qui mènent jusqu'au pont inférieur.

– John, prends une équipe de gardes du corps avec toi, demande des renforts, et retournez tous auprès de Simon Collins. Mets-y tous les moyens qu'il faut, cet homme doit être en sécurité.

– Très bien Adam, je m'y rends tout de suite ! lance John, déjà à terre.

– Et appelle-moi dès que tu es arrivé pour me dire que tout est OK ! lui crie Adam.

John acquiesce de la main, pouce levé. Adam avait déjà promis à Simon une protection malgré les réticences du vieil homme… Ces dernières heures, riches en découvertes et en émotions, ont quelque peu retardé sa mise en place. J'espère qu'il ne lui est rien arrivé depuis notre départ…

– Il ne doit rien arriver à cet homme. Il est le dernier lien entre mes parents et moi, il doit encore avoir plein de souvenirs à partager… Hors de question que Lorraine l'atteigne lui aussi ! commente Adam, comme s'il avait lu dans mes pensées.

– J'appelle Ryan et Claire.

– Dis-leur que je mets plus d'hommes derrière eux. Et tes parents aussi, juste au cas où. J'appelle Conrad, il va s'occuper de tout ça.

Je hoche la tête. J'ai l'impression de mettre en place un vrai plan de bataille. Je sens l'adrénaline couler dans mes veines. J'appelle Ryan en premier.

– Salut petite sœur !

– Ryan, comment tu vas ? Tu te remets de ton agression ?

– Mes bleus disparaissent, mes voisins ne me regarderont bientôt plus de travers comme si j'étais à éviter. Alors, et vous ? Du nouveau dans toutes vos histoires ?

– Oui, on avance, dis-je sans entrer dans le détail. Écoute Ryan, Adam a décidé d'ajouter des gardes du corps à ceux que tu as en ce moment et…

– Un problème, Éléa ? m'interrompt-il, soudain sérieux.

– Je ne sais pas mais… il faudrait que tu sois plus prudent. OK ?

– Je suppose que tu ne m'en diras pas plus…

– Non, pas tout de suite, mais plus tard, promis. Fais juste super attention à toi, l'imploré-je.

– Et ça va aller pour toi ?

– Oui, Adam fait ce qu'il faut.

– Tu as prévenu Claire ? demande-t-il très vite.

– Non, tu es le premier.

– OK. Bon, appelle-la. Je rassemble quelques affaires et je m'installe chez vous. Je préfère être avec elle, ça me paraît… évident.

– Bien sûr, vas-y. Envoie-moi un SMS quand tu seras à l'appart !

– OK, et toi aussi fais attention à toi ! Et les parents,

même traitement ?

– Oui, pareil, soufflé-je.

– Bon, je n'aime pas ça petite sœur, mais je pense que vous savez ce que vous faites. Dis à Adam qu'il peut bien sûr compter sur moi.

– Merci Ryan, à plus tard.

Je respire mieux. Ryan et Claire se sont séparés il y a peu, mais leur complicité n'est pas morte. Elle s'est réveillée quand Ryan a été agressé par un homme de main de Lorraine. Et si Ryan tient tant à protéger Claire, c'est que leur histoire n'est pas terminée… Mon amie répond à son tour dès les premières sonneries.

– Alors Éléa, cette croisière en mer ? fait sa voix enthousiaste dans le téléphone.

– Ça serait long à te raconter… Tout va bien de ton côté ?

– Impec ! Je n'ai eu aucun souci ces derniers temps.

– Tant mieux. Tu vas avoir d'autres gardes du corps, Adam renforce toutes les équipes.

– Il s'est passé quelque chose ? s'inquiète Claire.

– Je t'en parlerai plus tard, OK ?

– OK…

– Et Ryan arrive, il compte s'installer à l'appart, dis-je d'un trait.

– Quoi ?!

– Oui, il veut être avec toi, au cas où…

– Ton frère joue au preux chevalier ? hum… J'aime bien l'idée ! s'amuse Claire. Mais plus sérieusement, faites attention à vous, OK ? Tu rentres quand ?

– On lève l'ancre sous peu, on devrait être là ce soir.
– Ne vous faites pas torpiller par un sous-marin sur le chemin du retour !

Je rigole. Claire a le don de placer un peu d'humour même dans les situations les plus délicates. L'idée que Ryan rejoigne Claire me soulage. À deux, avec une armada de gardes du corps, ils devraient moins représenter des cibles faciles.

J'observe Adam, lui aussi au téléphone. J'éprouve un vrai élan d'amour pour cet homme. Je suis attirée comme un aimant, je me sens animée d'un profond désir de l'accompagner et de rester à ses côtés le plus longtemps possible. Lorraine a réussi à séparer Leslie et Howard, jamais elle n'obtiendra la même chose de nous. Adam a raison : pour ses parents, nous devons arrêter ses desseins machiavéliques.

Il me reste à joindre mes parents. Depuis le saccage de leur magasin, lui aussi orchestré par les hommes de main de Lorraine, le soir de ses menaces, je n'ai pas pris le temps de prendre de leurs nouvelles. Ils ne savent rien de ce qu'il se trame ici et encore moins de l'équipe qui veille discrètement sur eux. Contrairement à Ryan et Claire, je préfère laisser mes parents en dehors de tout ça. Ils seraient beaucoup trop inquiets s'ils connaissaient toute la vérité. Et je ne tiens pas à les malmener.

Je m'isole à l'intérieur du bateau, loin de l'agitation que crée Adam sur le pont, avec ses nombreuses allées et venues. Le téléphone sonne. Pas de réponse. Je réessaie à nouveau. Rien.

Le magasin est ouvert pourtant ! Il doit y avoir quelqu'un...

– Allô !

La voix de ma mère, enfin !

– Maman, c'est Éléa, comment ça va ?
– Décidément, tu appelles toujours au mauvais moment ces derniers temps !

Je me fige.

– Qu'est-ce qu'il se passe ? Vous avez été cambriolés, encore ?
– Mais non, pas du tout ! Ça, c'est déjà de l'histoire ancienne ! Non non, le maire est là, il veut organiser une fête pour nous et nous faire « citoyens d'honneur » de la ville.

Je sens un profond soulagement m'envahir ! J'ai eu peur !

– Oh ! c'est une bonne nouvelle ! En quel honneur, cette distinction ? demandé-je pour alimenter la discussion.
– Il considère que nous contribuons à la vie de Kelowna et que notre magasin est devenu emblématique de la ville. Nous sommes fiers, ton père et moi !
– Vous pouvez ! Quand a lieu cette fête ? On pourrait peut-être venir ?

– Oh oui, j'y tiens ! Vous devez être là, ton frère et toi ! Je t'appellerai pour te donner la date. Bonne journée !

Ma mère raccroche rapidement. Bon, je peux être rassurée, mes parents sont à mille lieux de se douter de quoi que ce soit. Cette distinction est une aubaine, ils seront trop accaparés pour se rendre compte qu'ils sont surveillés. En revanche, je viens de gagner un aller-retour pour le Canada ! Impossible de décliner !

Je retrouve Adam sur le pont. Il discute avec le capitaine du bateau, sans doute à propos de notre retour. Effectivement, nous levons l'ancre. Nous rentrons à la maison.

Adam et moi sirotons un cocktail de fruits, allongés sur des banquettes, et grignotons sur le pont un rapide pique-nique que le cuisinier du bateau nous a préparé. Nous avons sauté le déjeuner, mais nos estomacs n'ont pas tardé à réclamer leur dû. Après les nombreux coups de téléphone passés et le choc de la lettre de Howard Hill, le calme est de retour. Je sais qu'il risque d'être de courte durée, mais cette parenthèse est bien appréciable. Adam a retrouvé sa bonne humeur. John a appelé et nous a rassurés. Simon Collins est sous la surveillance d'une dizaine d'hommes.

Nous sommes protégés du soleil chaud de l'après-midi, sous la caresse de la brise marine. Adam effleure mon bras. Derrière ses lunettes de soleil, je ne sais pas s'il m'observe ou si son regard se porte vers l'horizon. Il se détend lui aussi. Quant à moi, je sens monter sous ses doigts une douce chaleur qui n'est pas due au soleil…

– Mon ange, souffle-t-il. Je suis désolé.
– Pourquoi ? demandé-je soudain inquiète.

Je me redresse sur mon coude, attendant la suite.

« Je viens de te présenter à mes parents sans y mettre les formes », ajoute-il en souriant.

Je souris à mon tour.

– Je suis en tout cas très heureuse de mettre un visage sur leur nom, avoué-je.
– Je ne peux pas changer le passé, ni parler pour eux, mais je suis convaincu que tu leur aurais plu.

Sa voix se fait plus grave. Adam s'est redressé, il tient ma main dans la sienne.

– Tous ces événements m'ont beaucoup fait réfléchir, continue-t-il. Je n'ai jamais pensé à me poser ; vivre une histoire sérieuse avec quelqu'un ne m'a jamais effleuré. Mais tout est différent avec toi, tout est simple, naturel…

Mon cœur s'accélère dans ma poitrine, je me sens rougir… Adam est-il en train de m'avouer ses sentiments ?

– Je ne sais pas comment tu arrives à supporter tout ce

que je te fais vivre. Je sais que tu m'aimes mon ange, mais je ne pensais pas l'amour capable de ça. J'ai encore beaucoup à apprendre, mais je veux l'apprendre avec toi… Tu es ce qu'il m'est arrivé de mieux ces dernières années.

Adam s'est rapproché de moi. Il vient chercher mes lèvres pour y déposer des baisers, tendres et chauds.

– Mon ange, tu es si… parfaite, murmure-t-il.

Je chavire. Adam ne s'est jamais ouvert de cette façon. J'aimerais que le temps s'arrête, que je me délecte de ses mots, que je profite de chacune de ses paroles… Mais ses baisers m'emportent, éveillent mon désir. Nous sommes transportés par ce moment indescriptible qui vient de nous toucher lui et moi. À l'attraction de nos deux corps l'un pour l'autre vient s'ajouter une toute autre aura. Mon sentiment est indescriptible, notre relation vient de gagner en profondeur. Un lien encore plus solide vient de se tisser entre nous. Adam le ressent lui aussi, son regard n'est pas le même quand il m'entraîne vers notre cabine. Il brûle toujours autant de désir, mais son intensité est plus forte.

22
L'ESPOIR DE RESTER

Nous profitons du retour pour recharger nos batteries intérieures. Nous sommes collés l'un à l'autre, profitant de la tranquillité que nous offre le Pacifique à l'approche de San Francisco. Le soleil décline à l'horizon, la fin de la journée est proche. Adam n'a pas prévu de contacter Lorraine dès notre arrivée. Comme à son habitude, il préfère prendre le temps d'agir avec intelligence. Je l'ai surpris tout à l'heure, alors que je sortais de la salle de bains après notre étreinte passionnée, à regarder les photos de ses parents. Adam est en colère, mais il éprouve une colère froide, qu'il domine parfaitement. Pour le moment, il ne montre rien. Ou plutôt, il doit considérer que ce n'est pas le moment.

San Francisco se dessine à l'horizon, nous ne sommes plus très loin du port. Soudain, Adam se détache de moi, me regarde, et se précipite vers le pont supérieur. Aussitôt, le bateau stoppe sa course. Adam redescend, le sourire aux lèvres. Je le regarde, surprise.

– Mon ange, ne rentrons pas tout de suite. Profitons encore de cette journée, de cette soirée qui s'annonce magnifique, me propose-t-il en me prenant dans ses bras.
– Tu veux qu'on reste ici ?
– Oui, invitons nos amis, faisons-les venir. J'ai envie de partager ça avec eux. Profitons de ce moment.

Je trouve l'idée très séduisante. Nous pourrions passer une très belle soirée, tous ensemble, réunis sous les étoiles, bercés par l'océan.

– Une petite soirée improvisée ? Bonne idée, et je crois que nous l'avons bien méritée, acquiescé-je. Laisse-moi appeler tout le monde.
– Je vais organiser leur venue et demander au cuisinier de s'occuper de tout.

Avant de se lancer dans la logistique, Adam me garde contre lui. Ces derniers événements nous rapprochent. Et quand l'enthousiasme habite mon milliardaire, il retrouve une expression joyeuse, malicieuse même, comme s'il retrouvait goût aux petits plaisirs. J'aime le voir détendu, je sais que dans ces moments-là, nous pourrions facilement succomber à une vague de désir… Je soupire en regardant Adam.

Nous aurions aussi pu passer une nouvelle soirée dans l'intimité de notre cabine…

J'attrape de nouveau mon téléphone. Ryan et Claire sont ensemble à l'appart, il m'est donc plus simple de les joindre.

Ils sont partants, plutôt deux fois qu'une d'ailleurs. Max et Alan acceptent aussi l'invitation et je dois laisser un message sur le répondeur de Hayley pour la prévenir. À l'intérieur du bateau, j'entends que l'équipage s'active. Des bateaux à moteur doivent faire les allers-retours de la terre ferme au yacht, pour acheminer nos amis. Même le traiteur, sollicité par le cuisinier, doit apporter le nécessaire à cette soirée improvisée. Tout l'équipage est occupé. Je propose mon aide mais on me remercie gentiment. Je peux au moins ranger nos crèmes solaires et nos effets personnels, qui traînent ici et là. Adam est au téléphone, je ne le dérange pas, la discussion a l'air sérieuse. Je décide de prendre mon violon. Je n'ai jamais joué sur le pont d'un bateau, je me demande bien quel son peut me renvoyer l'océan…

Toute à cette nouvelle expérience, je ne surprends pas tout de suite le regard admiratif d'Adam, venu me rejoindre. Je me rends compte qu'il y a bien longtemps que je n'ai pas joué pour lui, juste pour lui. Aussi, j'entame un morceau de Pachelbel, l'un de mes préférés, le *Canon en ré majeur*, plein d'espoir à mes yeux, et terriblement opportun pour nous deux, ce soir… Adam m'écoute dans un silence religieux. Je joue de mémoire, sans fausse note. Je suis transportée, j'y mets toute ma passion et tout mon amour pour lui. À la dernière note, j'abaisse mon instrument, je sens que j'ai les yeux un peu humides. Adam me regarde toujours, s'approche doucement et m'attrape pour me serrer contre lui. Ce moment-là est magique lui aussi. Même l'équipage est venu m'écouter. Il s'éclipse doucement, pour nous laisser seuls…

– Mon ange, murmure Adam. Ta musique a le don de m'emporter dans ta bulle. Quand je t'écoute, c'est comme si plus rien d'autre au monde ne comptait.

Après une tendre étreinte, nous nous éloignons l'un de l'autre, heureux.

– Je dois appeler Simon pour prendre de ses nouvelles, finit par dire Adam. Je veux le rassurer quant au contenu de cette enveloppe.
– Oui, tu as raison, ça l'apaisera peut-être de savoir que le message de ton père a bien été transmis.

La discussion entre Simon et Adam est brève. Le vieil homme n'est pas du genre à s'épancher. Mais même s'il se montre très bourru, je suis persuadée qu'il est heureux d'avoir conservé le lien entre Howard et sa famille et de savoir que son devoir est accompli. J'ai hâte de le recroiser, dans d'autres circonstances.

Le ciel commence à prendre une teinte orangée, le soleil s'apprête à nous quitter dans une petite heure. J'entends le bateau à moteur approcher, avec à son bord Ryan, Claire et Hayley. Un autre suit avec Max, Alan et Conrad. Ils sont tous là et je suis heureuse de retrouver tout ce petit monde, visiblement ravi d'être là. Adam les accueille chaleureusement. Un buffet a été dressé sur le pont.

Ryan se porte mieux, je suis soulagée de le voir en meilleure forme. Quant à Hayley, notre jeune et nouvelle mariée, elle est tout sourire. Elle resplendit encore, même si Mark a déjà dû repartir en reportage. Mais ils se sont promis de se consacrer du temps et de partir en voyage à deux, loin de leurs carrières de journalistes.

– Alors, qu'est-ce que vous avez appris de nouveau pour que ça mérite autant de prudence ? me demande un peu plus tard Claire, m'attirant à l'écart.

– On a rencontré un vieil ami du père d'Adam. Howard lui avait confié une enveloppe pour qu'il la donne à Adam, expliqué-je.

– Il y avait quoi dedans ?

– Des photos, des lettres de Leslie adressées à Howard qui lui racontaient leur vie à Riverton. Et puis une lettre de Howard, pour Adam…

– Howard a laissé un message pour Adam, répète Claire, les yeux ronds.

– Oui, une lettre bouleversante. En gros, Howard lui dit que Lorraine les a séparés. Si jamais il les approchait, il craignait pour leur vie.

– Non !

– Adam s'apprête à avoir une discussion franche avec sa tante…

– Je comprends mieux… Et comment il le vit ?

– Il veut en finir avec Lorraine, il veut des explications. Il est en colère, je le sens.

– Je crois que je n'aurais pas été aussi patiente que lui, dès le pied à terre, j'aurais foncé chez Lorraine !

– Oui, dis-je en souriant. Je t'imagine ! Adam préfère prendre son temps. Mais dès qu'il se sentira prêt…

– San Francisco peut se préparer à un nouveau tremblement de terre !

– Il y en a qui le vivraient en bonne compagnie, n'est-ce pas ? taquiné-je Claire en désignant Ryan du regard.

– Ce n'est pas ce que tu crois, nous ne sommes pas ensemble ! tente de se défendre Claire.

– C'est juste une question de temps !

– OK, j'avoue, c'est bien parti. Mais on ne se prend pas la tête, on laisse faire les choses. On est bien ensemble et puis, on verra…

Claire couve mon frère des yeux.

Entre Hayley et son mariage et la réconciliation entre Ryan et Claire qui se dessine, nous ne manquons pas d'amour autour de nous !

Max et Alan sont les seuls à ne pas afficher un franc sourire. Ils ont au contraire l'air tendus et se parlent du bout des lèvres. Je profite d'un moment où Alan entre dans le salon intérieur pour m'approcher de mon répétiteur.

– Ça n'a pas l'air d'aller ce soir ? commencé-je.

– C'est le moins que l'on puisse dire… Alan n'est pas rassuré quant au départ du Philharmonique à New York, commente Max d'une voix lasse.

– Tu l'as mis au courant ?

– Je n'avais pas le choix, ça va avoir un impact direct sur notre couple. Il ne peut pas quitter la ville, et moi je n'ai pas du tout envie de quitter mon job. Dans les deux cas, l'un de nous deux va devoir faire un gros effort…

Le dilemme de Max me renvoie au mien. Les travaux de l'Avery Fisher Hall à New York sont bientôt terminés et le Philharmonique devra reprendre ses quartiers à l'autre bout du continent. Nous avions naïvement perdu de vue le côté provisoire de cette installation à San Francisco. Et aujourd'hui, devant le fait accompli, nous devons nous préparer à partir. Pour Max comme pour moi, cela signifie quitter nos proches. Quitter Adam. Quitter mes amis. Ou quitter ma place au Philharmonique… Le choix est délicat.

– Eh alors, vous êtes bien silencieux tous les deux, s'inquiète Adam qui vient juste de nous rejoindre. Tout va bien ?

– La situation du Philharmonique nous tracasse, admet Max.

– Quelle situation ? me demande Adam, surpris.

– Éléa ne t'en a pas parlé ? m'interroge à son tour Max.

– Non, c'est vrai, je n'ai pas pris le temps de discuter de tout ça avec toi… On a été assez occupés ces derniers temps, réponds-je. On a appris que les travaux à New York arrivaient à leur fin.

– Ah oui, c'est vrai… Je dois justement voir les représentants du Philharmonique dans les jours qui viennent. J'avais complètement oublié. Le retour à New York, effectivement.

– Nous savions nous aussi que notre situation ici ne devait pas durer, continué-je. M. Glen nous en a parlé il y a peu, tu comprends que l'idée de partir ne nous réjouit pas.

– Oui, acquiesce Adam. Nous nous sommes tous habitués

à vous avoir ici… Tu aurais dû venir m'en parler dès que tu l'as su.

– On avait d'autres sources de stress à ce moment-là, dis-je pour me défendre.

– Je sais que tu ne seras pas épanouie à New York, sans tes amis, sans Claire ni Ryan, poursuit Adam. Même si je peux facilement me déplacer, ce ne sera pas pareil non plus… Alan ne peut pas quitter San Francisco, c'est ça pour toi, Max ?

– Ouaip, confirme Max.

– Bon, je ne vois qu'une seule solution, restez ici, avance Adam, l'œil soudain brillant.

– Je ne sais pas si perdre notre place au Philharmonique est une bonne idée pour nos carrières, conteste Max.

– San Francisco n'a pas de Philharmonique, lancez-le, propose Adam.

Créer un Philharmonique à San Francisco ?

Max et moi échangeons un regard. Adam vient de faire sa proposition comme s'il s'agissait d'une évidence.

Ça pourrait être la solution… Mais on parle de créer un nouveau Philharmonique !

Max est le premier à réagir. Son visage vient de s'éclairer.

– C'est une très bonne idée ! s'enthousiasme-t-il. Mais c'est un projet monstre ! Je suis persuadé que d'autres musiciens nous suivraient ! Sans compter M. Glen !

– Éléa, qu'en penses-tu ? me demande doucement Adam.

Les deux hommes attendent ma réponse. Je ne sais pas quoi penser, je n'avais jamais envisagé cette possibilité. Max a raison, c'est un énorme projet.

– Je pense qu'il faut y réfléchir, trouver des fonds et…

– Ne t'inquiète pas pour les fonds, je peux lancer une nouvelle levée de fonds et je suis persuadé que vous trouverez d'autres mécènes amateurs de musique classique, m'interrompt Adam. M. Glen a l'air très investi, je suis persuadé qu'il ferait un parfait directeur.

– Il faudrait être sûr que le projet se réalise avant de lui en parler, continué-je. Demandons-lui déjà s'il tient vraiment à rester et…

Une idée vient de me traverser l'esprit.

– Oslav, nous pourrions lui demander d'en être ? Il m'a dit qu'il aimerait bien transmettre son savoir… Il pourrait faire un très bon mentor !

– Et avoir la meilleure violoniste du monde dans les rangs pour commencer un nouveau Philharmonique ne peut que nous aider à monter ce projet ! adhère Max.

Ce projet est fou, mais Adam l'aborde avec une désinvolture déconcertante. J'oublie parfois toute la puissance dont il dispose tant il n'en joue pas ouvertement. Et cette confiance en lui inébranlable, cette certitude qu'il a de toujours tout réussir, de pouvoir tout faire. Je suis émerveillée par cette volonté qu'il affiche, quoi qu'il se passe. Non seulement Adam peut soulever des montagnes, mais il sait aussi communiquer son désir de réussite. Adam me donne des ailes, sans lui, je ne pourrais même pas imaginer me lancer dans un projet d'une telle envergure. Avec lui à mes côtés, j'ai l'impression d'être grandie. Ce projet est énorme, mais tellement excitant. Et s'il est bien mené, nous pourrons non seulement rester avec nos proches, chez nous, mais conserver aussi une place dans un Philharmonique. Ce serait à nous de le développer, de lui apporter un vrai succès, peut-être égal à celui de New York… Quel projet ! Et Adam a l'air si confiant.

Max et Adam échangent déjà sur le sujet. Alan les rejoint et se fait happer par la discussion. Je vois un sourire se dessiner sur ses lèvres, les deux hommes retrouvent des gestes tendres l'un envers l'autre. Il faut que ce projet voie le jour, il faut tenter l'aventure, et pas seulement pour nous.

Je me réveille ce matin blottie dans les bras d'Adam. Nous sommes rentrés hier soir, quittant le yacht pour la suite du Mandarin. La soirée a été merveilleuse. La nuit aussi. Adam m'a redonné de l'espoir et je me rends compte à quel point il tient lui aussi à ce que je reste. Il m'a glissé cette nuit, aux portes du sommeil, qu'il ferait tout pour qu'un Philharmonique prenne résidence ici, à San Francisco. C'est un peu sa façon à lui de me dire qu'il tient à me garder près de lui…

– Bonjour mon ange, tu as bien dormi ? me demande-t-il en me caressant les cheveux.

– Pas trop, j'ai rêvé du Philharmonique toute la nuit… Tout le monde repartait pour New York, il ne restait que Max et moi…

– Ne t'en fais pas, je crois en ce projet. Il faut que tu t'entoures et tout ira tout seul, tu verras, me rassure Adam.

Je me serre un peu plus contre lui.

– Je suis aussi persuadée que cette idée est excellente. Mais effrayée. Je sors tout juste de l'académie de musique et je projette de lancer un Philharmonique ? C'est effrayant…

– Tu y arriveras, tu es assez forte pour ça, mon ange… Et je sais comment te mettre en forme pour commencer la journée du bon pied !

Adam se glisse sur moi et commence à me dévorer le cou. Je ne sais pas si l'amour me rend plus forte, mais il insuffle en moi de la bonne humeur !

J'ai prévu de me rendre directement dans le bureau de M. Glen à mon arrivée au conservatoire. Sans son approbation, sans son enthousiasme, ce projet de Philharmonique à San Francisco risque d'être plus compliqué à mettre en place. C'est un peu sur lui que reposent nos espoirs. Je frappe à la porte, un peu angoissée. Je sais que Max attend de mes nouvelles, pas très loin d'ici.

J'ai une pression énorme sur les épaules. Lancer des projets, c'est le job de Claire, pas le mien !

M. Glen m'accueille, curieux de ma visite.

– Vous souhaitiez me voir Éléa ? m'interroge-t-il tout de suite.

– Oui, je voulais discuter avec vous du Philharmonique.

– Très bien, qu'est-ce qu'il y a de si important ?

– Vous aviez l'air assez… attristé l'autre jour, quand vous m'avez parlé de notre retour à New York, commencé-je prudemment

– Effectivement, c'est une perspective qui ne m'enchante pas.

– Nous sommes plusieurs dans cette situation. Il nous est venu l'idée, un peu folle sans doute, d'installer un Philharmonique à San Francisco.

J'observe la réaction de M. Glen. Le secrétaire ne saute pas de joie, il ne dit rien. Il se contente de m'observer. Je crains qu'il me rie au nez, qu'il juge impossible un tel projet, qu'il me fasse sortir de son bureau en criant à la trahison… Mais enfin, son visage s'éclaire et il prend la parole :

– Vous aimeriez créer un Philharmonique à San Francisco, répète-t-il. Qui est prêt à rester ?

– Il y a Max et d'autres musiciens qui n'ont pas envie de quitter ce qu'ils ont construit ici ces derniers mois. Et il y a moi aussi.

– Mais il faut des fonds, la passion ne suffit pas, fait-il remarquer.

– Adam est prêt à investir dans ce projet, et nous chercherons d'autres mécènes, argumenté-je, pleine d'espoir.

M. Glen se tait à nouveau. Il réfléchit.

– Je vous suis, Éléa! déclare-t-il enfin, tapant son bureau du poing. Votre idée n'est pas mauvaise, mais elle demande à être construite. Laissez-moi discuter de ce projet avec les représentants de New York. Si nous devons partir, il faut une organisation irréprochable et la promesse que le Philharmonique de New York ne sera pas affecté. Je vais m'occuper de ces détails. Je vous tiens au courant mais pour le moment, pas un mot aux musiciens.

– Très bien, monsieur Glen.

Je suis surprise par la réaction du secrétaire. Je ne m'attendais pas à ce qu'il prenne les choses en main aussi rapidement. Encore une fois, il se montre très investi, très réfléchi. Il sait comment agir, je fais confiance à son discernement et à son tact.

M. Glen ferait vraiment un bon directeur…

– Merci Éléa, vous venez d'égayer ma journée. Vous ne pouvez pas savoir comme la perspective de ne pas quitter San Francisco me soulage. Vous pouvez compter sur moi!

Je quitte M. Glen sur ces bonnes paroles. Le Philharmonique de San Francisco compte déjà trois membres. Je suis persuadée que les rangs s'étofferont rapidement. Il ne me reste plus qu'à contacter Oslav et à le convaincre de nous rejoindre. Sa présence serait un atout de taille pour développer le projet et le mener à bien. Oslav sait transmettre sa passion, il apporterait tellement aux musiciens!

23
INTIMIDATION

Max m'attend effectivement dans un couloir du conservatoire et s'enquiert de la réaction de M. Glen quant à l'annonce de notre projet. Depuis hier soir, Max est une pile électrique, et les propos tenus par le secrétaire du Philharmonique le rassurent. Il nous est difficile de nous concentrer pendant les répétitions. M. Glen est peut-être en ce moment même en pleine discussion avec les responsables new-yorkais… J'ai moi aussi une mission aujourd'hui : contacter Oslav Kievsky et lui parler de ce projet. Je m'éclipse au moment d'une pause, pas question de parler ouvertement de tout cela devant les autres. Mais manque de chance, Oslav n'est pas joignable. Son assistante me promet de lui transmettre mon message.

Max est un peu déçu quand je le retrouve quelques instants plus tard. Il va falloir nous montrer patients. Nous ne recroisons pas M. Glen de tout l'après-midi.

Adam m'a proposé de dormir dans sa suite une nouvelle fois. Je crois qu'il est plus rassuré de me savoir avec lui que seule à l'appart. Je n'ai pas refusé. Déjà parce que j'ai envie de laisser Ryan et Claire se retrouver tranquillement et parce qu'il me semble que ma place est en ce moment aux côtés d'Adam. La création d'un nouveau Philharmonique ne me fait pas oublier les derniers événements. Cette histoire-là n'est pas terminée. La preuve, quand je retrouve Adam dans sa suite au Mandarin, ce n'est pas l'homme chaleureux et enthousiaste que j'ai quitté ce matin qui m'attend sur la terrasse. Je le sens fermé, froid. Un verre à la main, son regard est perdu sur la ville. Il doit repenser à la lettre de son père, à ce secret qu'il n'a pas dévoilé, à Lorraine. Dans son costume sombre qu'il n'a pas pris le temps de quitter, Adam est impressionnant. Il se retourne, son regard m'atteint comme une flèche. Il s'adoucit aussitôt mais je ne peux m'empêcher de frissonner.

Je ne souhaite pas un jour provoquer la colère d'Adam !

– Excuse-moi mon ange, j'étais perdu dans mes pensées, je ne t'ai pas entendue, dit-il en me rejoignant. Alors dis-moi tout : comment a réagi Glen ?

Tout en s'enquérant de ma journée, Adam se dirige vers le bar pour me servir un verre. Je le suis.

– Mieux que je ne l'espérais. Il m'a proposé de parler lui-même aux responsables du Philharmonique, pour les préparer. Je n'ai pas encore eu de nouvelles.

– Bien, très bien, sage décision ! C'est un allié de taille s'il partage votre envie de rester ici, commente Adam, satisfait. Et Oslav ?

– J'ai laissé un message, il doit me rappeler. Et toi, ta journée ? demandé-je à mon tour quand il me tend mon verre.

– Usante et longue. Des réunions à n'en plus finir. Il me tarde d'avoir cette discussion avec Lorraine, mais Conrad a su trouver les mots pour me faire patienter encore un peu.

– Conrad est sage, acquiescé-je, même si je sais au fond de moi qu'Adam trépigne. Ton esprit ne doit pas être pollué le moment venu.

– Je n'attendrai pas longtemps, ma patience a des limites, souffle Adam, comme un avertissement.

Le regard d'Adam se durcit à nouveau. Non, il ne pourra pas attendre longtemps, sous peine d'exploser.

– Mais laissons tout ça loin de nous ce soir, ajoute-t-il en m'attrapant par la taille. Le producteur de Woody Allen m'a envoyé son dernier film, un repas japonais doit nous être monté d'ici une heure et je crois qu'une petite séance dans le jacuzzi serait idéale pour bien débuter la soirée.

Une soirée pour mettre nos inquiétudes sur pause et nous laisser aller à notre propre plaisir ? Adam n'a pas besoin de me convaincre des bienfaits de son programme. Et quand il commence à desserrer son nœud de cravate, je ne peux m'empêcher de me mordre la lèvre. Il prend une attitude si sexy quand il commence à se déshabiller.

Je me demande s'il a conscience de ce qu'il dégage…

Alors que j'apprécie la silhouette d'Adam, mon téléphone se met à sonner. Adam lève un sourcil interrogateur.

– C'est peut-être Oslav ? supposé-je tout haut.
– Réponds, mon ange, c'est important, m'encourage Adam.

J'attrape mon sac, le fouille et trouve enfin mon smartphone. C'est bien Oslav !

– Allô ! dis-je en espérant qu'il n'ait pas déjà raccroché.
– Éléa, bonsoir. Je viens d'avoir votre message. Que se passe-t-il ?

Je m'assois dans un fauteuil. Adam me fait signe et s'éclipse.

– Je vais aller droit au but, je sais que votre temps est précieux. Le Philharmonique de New York s'apprête à repartir et nous sommes quelques-uns à avoir eu l'idée de créer un Philharmonique ici, à San Francisco, exposé-je d'un trait.
– Éléa, vous ne comptez pas repartir à New York ? s'inquiète aussitôt Oslav.
– San Francisco n'a pas de Philharmonique et pourtant le public est là. Il y a une place à prendre et…
– Certes, ce serait une très bonne chose pour la ville, m'interrompt-il. Mais vous lancer dans un tel projet, à votre âge. Vous êtes en début de carrière Éléa, votre désistement pourrait être mal perçu.

Je sens que je perds pied. Je pensais avoir le soutien d'Oslav, lui qui me connaît si bien, c'est la douche froide.

– Éléa, c'est un très beau projet, mais n'allez pas vous brûler les ailes. Quel est votre rôle dans tout ça ?

J'essaie de me reprendre.

– Mon rôle ? Je ne fais que partager un projet qui me tient à cœur, Oslav. Ma musique reste ma priorité, c'est tout ce qui compte à mes yeux. C'est pour ça que je vous en parle.

– Comment ça ?

– Vous m'avez souvent dit que vous aimeriez vous poser, transmettre votre passion, apprendre aux autres. Peut-être qu'une place dans ce nouveau Philharmonique pourrait vous aider à réaliser vos envies…

– Éléa, vous me promettez de ne pas arrêter la musique ?

– Bien sûr ! Je n'ai pas l'âge, ni l'aptitude, ni le désir, de prendre une quelconque responsabilité dans ce nouveau Philharmonique. J'aime trop la musique, vous le savez bien, m'écrié-je passionnément.

– Bien, vous m'avez fait peur. Qui suit ce projet ?

– M. Glen a pris les choses en main et doit discuter avec les responsables new-yorkais de cette création. Max tient à rester lui aussi. Et Adam est d'accord pour faire partie des mécènes.

– Bon, laissez-moi y réfléchir, Éléa. Ce n'est pas une décision à prendre à la légère et je suis flatté que vous ayez pensé à moi. Pourquoi ne pas en parler de vive voix ? Je ne sais pas à quel moment nous pouvons organiser une rencontre, il faut que je voie avec mon assistante.

– D'accord, dis-je d'une voix faible.

– Éléa, je n'ai rien contre votre projet, ne vous méprenez pas. Mais je pense avant tout à votre carrière. Vous seriez peut-être mieux à évoluer dans un Philharmonique expérimenté, mais ce n'est que mon avis. Rencontrons-nous pour en parler ! Il faut que je vous laisse, j'ai un gala ce soir. À bientôt, Éléa.

– À bientôt…

Oslav raccroche, me laissant sans voix. Et si Oslav avait raison ? Si, trop aveuglée par mon envie de rester ici, je perdais de vue ce qui est important : la musique ? Et si mon envie de quitter le Philharmonique de New York se retournait contre moi ? Ce projet si enthousiasmant prend soudain un autre goût. Oslav est quelqu'un de sage, il a de l'expérience. Est-ce que je dois me ranger à son avis ou tenter de le convaincre ? Je ne sais plus.

– Ça va, mon ange ? demande Adam derrière moi.

– Oslav, il… n'a pas l'air très emballé. Il a peur pour ma carrière.

– Il ne veut pas rejoindre un nouveau Philharmonique ?

– Il a dit qu'il y réfléchirait… Il veut me voir pour en parler…

– Alors tout va bien, il ne t'a pas fermé la porte ! Mon ange, ne t'inquiète pas pour ta carrière. Je suis sûr que vous serez bien encadrés, avec le même genre de professionnels que vous avez actuellement. Rien ne va fondamentalement changer, juste votre cadre de vie. Crois-moi, mon ange. Laisse Oslav réfléchir et vous en discuterez calmement. Tu sauras le convaincre. Oslav et toi, vous êtes faits pour travailler ensemble.

Les mots d'Adam agissent comme une crème apaisante. Mais à cet instant, je comprends que rien n'est encore joué. Cette aventure ne se fera peut-être pas. Si personne ne nous suit, alors, il faudra nous résoudre à partir. On ne peut pas créer un nouveau Philharmonique sans les meilleurs.

– Allez viens, notre soirée nous attend, me souffle tendrement Adam.

– C'est gentil de venir me voir, me lance Claire quand elle me voit arriver.

Après le départ d'Adam ce matin, j'ai décidé de venir voir l'avancée du projet de Claire. Celui de réhabiliter une caserne désaffectée pour la transformer en musée destiné aux plus jeunes. Ce genre de réalisation titanesque fait partie du job de Claire. Elle suit sa mise en œuvre, a su s'entourer des meilleurs et le carnet des prochaines expositions commence même à se remplir. Je suis là parce que je m'intéresse à son travail, mais aussi peut-être pour m'inspirer d'elle et puiser dans sa force. Les paroles d'Oslav me perturbent encore.

– Viens, je te fais visiter. Tu vas voir, ça a beaucoup changé depuis la dernière fois.

Claire m'entraîne à l'intérieur et effectivement, le lieu est méconnaissable. Les murs ont été refaits, le sol aussi, une grande baie vitrée est en cours d'installation et à l'étage un puits de lumière inonde une pièce immense.

– Il reste encore plein de choses à faire, la mise en couleurs, l'installation des différents espaces… Mais mon chef est ravi, et moi aussi !
– Tu peux, ça s'annonce plutôt bien ! Tu as déjà prévu la soirée d'inauguration ? demandé-je en redescendant l'escalier menant au rez-de-chaussée.
– Dans quelques jours, on devrait avoir plus de visibilité sur cette date, mais en attendant je… Qu'est-ce qu'elle fout là, celle-là ?

Je me tourne vers Claire, étonnée. De qui parle-t-elle ? Je sens Claire sur ses gardes, crispée. Je suis son regard et j'aperçois Emy. Elle vient d'entrer, accompagnée de trois brutes épaisses. Elle nous lance un regard de défi et murmure quelques mots aux hommes derrière elle. Ils se dispersent, font tomber les pots de peinture au sol, tentent d'impressionner les ouvriers, lancent les outils. Emy ne nous lâche pas des yeux, fière de son effet. Claire fonce sur elle comme une furie, mais elle est arrêtée par l'un des molosses.

– Qu'est-ce que tu viens faire ici ? hurle Claire.

Je suis Claire de près. Emy porte toute son attention sur mon amie. Son regard affiche un profond dédain.

– Tu fais moins la maligne, persifle Emy à Claire. Tu t'es crue la plus forte l'autre soir, maintenant, c'est à mon tour de te montrer de quoi je suis capable. Tout ce qui est là, je peux le faire saccager, en un claquement de doigts.

– Tu n'as pas le droit Emy, interviens-je. C'est une propriété de la ville ici !

– Et alors ? La police va venir m'arrêter ? Oh mon dieu, j'ai peur ! Arrête Éléa, tu es pitoyable…

– Sors d'ici, maintenant ! C'est toi qui es pitoyable ! Tu n'as pas pu venir sans tes hommes de main, s'ils n'étaient pas là, tu n'oserais même pas passer la porte ! tente de s'imposer Claire.

La grosse brute la retient fermement, mais il ne semble pas lui faire mal pour autant. Emy n'a pas digéré de se faire mettre en boîte l'autre soir au sujet de Ryan. Elle a été blessée dans son orgueil et elle vient se venger. C'est elle qui est pathétique ! Elle est comme Lorraine, ce n'est pas pour rien qu'elles sont amies d'ailleurs. Emy court après l'argent, elle est égoïste, prête à raconter n'importe quel mensonge en échange d'un chèque. On peut dire que Lorraine en a fait un bon petit soldat.

– Va-t'en, Emy ! fulminé-je à mon tour.

Je suis à deux doigts de perdre mon sang-froid et l'éclat de rire d'Emy ne m'aide pas à me contrôler.

– Sinon quoi ? Tu vas sortir ton violon et m'agresser avec lui ? Oh non, je sais, je sais… Tu vas m'écraser avec tes kilos en trop, hein ?

À ces mots, Claire se débat de plus belle.

– Je vais te… ! commence Claire.
– Oh ça suffit les filles ! Éléa, petite Éléa, n'as-tu pas compris ? J'ai Lorraine derrière moi, je peux tout faire, tout dire. Vous n'êtes rien vous, toi, Adam, tes amis… Vous êtes des parasites. Lorraine va vous écraser, d'ici peu tu quitteras la ville tellement tu auras peur. Vous n'êtes pas les plus forts, vous pouvez le croire, mais vous nous faites rire !

Du coin de l'œil, j'aperçois nos gardes du corps, ils sont tous là, les miens, ceux de Claire, plus d'une dizaine d'hommes prêts à intervenir. Leur présence me galvanise et ma colère me fait parler. Je n'ai pas peur de cette fille, ni de Lorraine, qu'elles le comprennent toutes les deux une bonne fois pour toutes !

– Tu peux parler Emy, je n'ai pas peur de toi, et Lorraine me fait plus pitié qu'elle m'effraie. Tu es comme elle, abjecte ! Tu finiras seule, détestée de tous. Je ne partirai pas de San Francisco, certainement pas à cause de vous. Tu n'es rien Emy, tout au plus une marionnette. Tu finiras comme Paul, quand Lorraine en aura assez de ta compagnie. C'est toi qui devrais quitter la ville et essayer de te racheter une conscience. Mais ici, à mes yeux, tu n'es qu'une pauvre fille idiote. Ce n'est pas Lorraine qui t'intéresse, c'est son argent !
– Éléa se rebelle, attention ! crache Emy. Crois ce que tu veux, ça m'est égal. Mais tu ne diras pas que je ne t'ai pas prévenue !

Emy se fige. Elle vient d'apercevoir nos gardes du corps qui viennent de faire quelques pas. Du coin de l'œil, elle fait le tour, jette un œil derrière elle. Elle qui se croyait en position de force, elle ne devait pas s'attendre à ce que nous disposions nous aussi de notre garde rapprochée. La grosse brute lâche Claire, visiblement mal à l'aise. Les hommes d'Emy se sont massés derrière elle. Emy me jette un dernier regard.

– Et tu veux me faire croire que Lorraine ne vous fait pas peur ? Adam vous fait protéger, comme c'est touchant ! Éléa, tu es prévenue !

Emy nous quitte, la tête haute. Nos gardes du corps ne lâchent pas des yeux les trois hommes qui ont perdu de leur superbe dans cet échange. Claire serre les poings, le poids qui m'oppressait s'envole.

– Si j'avais pu la noyer dans un pot de peinture ! explose Claire. Bon sang, on la laisse partir comme ça ?!

L'un de mes gardes du corps vient de me rejoindre et me demande si ça va. Je fais signe que oui. Les ouvriers retournent à leur poste de travail, certains nettoient les dégâts. Emy s'en sort bien. Claire tempête dans son coin, râle, insulte copieusement Emy. Mon cœur reprend son rythme normal. Je n'ai pas envie de perdre du temps avec cette fille.

– Pas trop de dégâts ? demandé-je à Claire.

– Non, à première vue, juste de la peinture par terre, rien de bien méchant. Elle a juste voulu faire de l'esbroufe, comme si elle allait nous faire peur.

Je souris. Claire ne se laisse pas facilement intimider et Emy était loin de l'impressionner.

– Bon, en tout cas, notre petite armée est au point, sourit Claire en regardant autour d'elle.

– Oui. Ils sont découverts à présent, finie la discrétion pour eux.

– Tant mieux ! Emy réfléchira à deux fois avant de vouloir faire la belle devant nous.

– Je dois partir au conservatoire, je peux te laisser ?

– Bien sûr, j'ai mes hommes ! plaisante Claire. Vas-y, j'ai encore plein de boulot et il faut que j'aille expliquer à tous les ouvriers ce qu'il vient de se passer, sinon, ils ne vont pas revenir demain !

Je laisse Claire sur son chantier. J'hésite à appeler Adam pour lui parler de ce qui vient d'arriver, mais ça n'en vaut pas la peine.

Au conservatoire, M. Glen et Max m'attendent pour me parler de notre projet. Le secrétaire nous fait entrer tous les deux dans son bureau pour que notre discussion reste discrète.

– Alors Éléa, commence M. Glen. Max m'a parlé d'Oslav et de votre idée de l'intégrer dans le prochain Philharmonique. Vous avez des nouvelles ?

– Je lui ai parlé hier soir mais il demande à y réfléchir. Il veut que l'on se rencontre, pour qu'on en discute de vive voix, mais il est très pris. Je ne sais pas du tout quand il sera disponible, expliqué-je.

Je sens les deux hommes déçus, surtout Max. Ils attendaient une bien meilleure nouvelle.

– Voilà ce qu'on va faire, reprend M. Glen. Je vais décaler l'annonce officielle que je devais faire à toute l'équipe du Philharmonique de New York concernant le retour. Éléa, essayez de profiter de ce temps pour nous fournir un projet solide, des garanties pour ceux qui restent, voyez avec les conseillers d'Adam si les logements provisoires peuvent être reconduits, par exemple. Je vais m'occuper, comme je vous l'ai dit, de parler avec les responsables et de faire une liste des personnes qui pourraient nous rejoindre dans ce projet. Il faut que ce projet soit pertinent, qu'il tienne la route !

Les directives de M. Glen sont claires, le secrétaire a pris les choses en main et ne tient pas à baisser les bras.

Il veut tout faire pour que ça marche.

Je hoche la tête, acceptant toutes ses demandes.

– Et moi, qu'est-ce que je peux faire ? interroge Max.
– Soyez nos oreilles parmi les musiciens, le staff... J'imagine que tout le monde sait officieusement que le Philharmonique s'apprête à rentrer chez lui. Éléa, continue le secrétaire, prenez votre après-midi. Plus tôt notre dossier sera bon, plus tôt nous pourrons agir.

Si Oslav était ici, il me soufflerait de ne pas m'écarter de la musique.

Mais quelque part, tout ce que je fais, c'est justement pour ne pas la quitter...

Je ne m'attarde pas, je dois voir les conseillers d'Adam, les mêmes qui se sont occupés de l'installation du Philharmonique à San Francisco. Je me rends directement dans ses bureaux, en espérant qu'Adam ne se trouve pas en pleine réunion.

– Éléa, je ne t'attendais pas, m'accueille Adam, étonné par ma visite impromptue.

– Je suis désolée, il fallait que je vienne te voir. J'ai besoin de toi.

– Assieds-toi. Rien de grave ?

– Non. M. Glen aimerait présenter aux responsables, aux musiciens, à tout le monde, des perspectives solides quant à une installation définitive ici. Savoir par exemple si tout ce qui a été mis en place provisoirement pourrait prendre un caractère définitif, tu vois ?

– OK, vous avez besoin d'une assise logistique.

– Oui, il veut que le projet devienne concret. Qu'il ait des choses à proposer à ceux qui exprimeraient leur envie de rester, soufflé-je, un peu dépassée par le travail titanesque qui semble m'attendre.

– Oh ! tu as l'air épuisée, mon ange, remarque Adam. Je vais demander à ceux qui ont travaillé sur l'installation du Philharmonique de s'occuper de ça.

– Non, je dois le faire ! protesté-je.

– Ils seront plus efficaces que toi, et plus rapides. Ils connaissent déjà toutes les ficelles. Tu vas perdre du temps à prendre connaissance de tout ce qui a été mis en place. Je t'assure, laisse-les faire, insiste Adam.

– Mais…

– Non, pas de protestation. Je sais que ce projet te tient à cœur, mais tu dois aussi prendre du recul pour mieux agir.

– Comme toi.

– Oui voilà, comme moi, sourit Adam.

– Tu as sans doute raison. Mais laisse-moi au moins être en contact direct avec eux !

– Je te laisse même passer ton après-midi avec eux, si tu le souhaites ! Tu seras au cœur de cette logistique.

Je ferme les yeux. L'aide d'Adam m'est très précieuse, je ne peux pas le nier. Et je l'accepte volontiers, j'ai besoin de lui, du travail de ses conseillers. Je l'entends discuter au téléphone, les prévenir de mon arrivée. Je ne compte pas rester passive pour autant.

Je quitte Adam, prête à rejoindre un étage inférieur où m'attendent déjà quelques personnes. Mais avant de franchir la porte, Adam m'arrête.

– J'ai entendu parler de l'incident de ce matin, commence-t-il.

Emy, je l'avais oubliée…

– Ah oui, Emy. Oh ! ce n'est rien de grave. Elle a juste voulu nous impressionner mais elle a raté son coup.

– Tu es sûre ?

– Oui, tu sais ce n'est vraiment rien, je t'assure. C'est anecdotique.

– Bon, tant mieux. J'ai une surprise pour toi ce soir. Rejoins-moi à 17 heures ici.

– Une surprise ? À quoi je dois m'attendre ?

– Tu le sauras ce soir, mon ange. File, le devoir t'appelle.

Adam ne m'en dit pas plus. J'ai beau le supplier, il garde stoïquement sa surprise pour lui. Dans les moments les plus inattendus, quand nos esprits sont accaparés, Adam propose toujours une trêve, une échappatoire, une parenthèse pour nous deux. Il nous préserve, il n'oublie pas notre couple.

Une autre preuve de son amour pour moi ?

Je n'aime pas ça, mais je me laisse faire. Adam vient de me bander les yeux, sur l'héliport situé en haut de son bureau, m'intimant l'ordre de ne pas tricher. L'hélicoptère n'est pas un de mes moyens de transport favoris, mais alors les yeux bandés… Dans le casque, sa voix sensuelle, chaude, me rassure. Je serre sa main au décollage. Il nous faut peu de temps, moins d'une heure sans doute, pour que nous touchions à nouveau la terre ferme.

La porte de l'hélicoptère s'ouvre, laissant entrer une odeur marine et le bruit des vagues. L'océan est proche. Adam me fait faire quelques pas, je hume cet air plein d'iode.

– Prête à découvrir le paradis ? me demande-t-il, un brin de malice dans la voix.

– Oui !

Adam détache doucement le bandeau qui enserre ma tête. Mes yeux doivent s'habituer à la lumière, mais il me faut peu de temps pour découvrir ce « paradis ». L'océan s'étale sous mes yeux, bordant une petite crique rocheuse. Je me trouve sur la terrasse en bois d'une villa. Aucune autre habitation n'est visible. Nous sommes seuls. La petite plage, entourée de rochers, nous tend les bras.

– Mais où sommes-nous ? demandé-je en tournant sur moi-même.

– À quelques kilomètres seulement de San Francisco. J'ai découvert cette crique il y a quelques années, et j'ai pu faire construire cette villa. C'est très ressourçant comme endroit, m'explique Adam.

Et surtout magnifique. Adam m'enlace.

– J'ai envie de sentir le sable chaud sur ta peau…

Sa voix se fait plus grave, mon ventre se crispe. Je veux goûter le sel de l'océan sur son corps, moi aussi…

Et comme un enfant qui n'a pas vu la mer depuis une éternité, Adam m'entraîne en direction de la petite plage. À peine a-t-il posé son pied sur le sable qu'il se baisse pour retirer ses chaussures et remonter le bas de son pantalon.

Je l'imite, délaissant mes ballerines. J'ai heureusement fait le choix de passer une robe en lin, boutonnée sur le devant, assez courte pour ne pas risquer de la tremper par les vagues. Adam me tend la main, me détaille du regard. En me baissant, mon décolleté a dû lui offrir une vie plongeante sur mes seins. Je frémis sous ce regard enveloppant et pénétrant. Je ne me sens jamais aussi attirante que lorsqu'il me regarde de cette façon, intensément.

J'attrape sa main, prête à le rejoindre, les yeux rivés aux siens. Le doux vent marin souffle dans mes cheveux. Mais Adam ne m'entraîne pas vers l'océan comme je l'avais pensé, mais avec force contre lui. D'un mouvement, il me presse dans une étreinte ferme. Son regard ne quitte pas le mien, nous ne parlons pas. Mon corps en revanche m'envoie des signes de satisfaction, heureux de toucher au plus près celui qui le fait tant vibrer. J'observe le visage de mon amant, ses yeux noirs ont pris un éclat ambré sur cette plage. Il me domine, ne desserre pas son étreinte, il l'accentue même un peu. Il entrouvre la bouche, j'aperçois ses dents blanches, si parfaites. J'imagine sa langue, chaude et humide, ses lèvres appellent les miennes. Ma respiration s'accélère et, soudain, Adam fond sur moi.

Mon amant me dévore et je réponds à sa fougue. Je pose mes mains derrière sa nuque pour l'attirer encore plus près de moi, pour que la pression de ses lèvres sur les miennes gagne encore en intensité. Nous nous serrons avec force l'un contre l'autre, nos langues se chevauchent, s'unissent, notre baiser nous élève au-dessus de tout. Je gémis doucement et Adam me répond aussitôt par un grognement. Nous venons de nous mettre en appétit, nos corps sont en ébullition. Aussi près de moi, je sens son sexe se durcir. Le souffle court, nous nous éloignons pourtant l'un de l'autre, surpris par notre propre voracité, surpris mais amusés par ce désir inouï qui dépasse notre raison.

– Je te désire tellement que je pourrais arracher tous les boutons de ta robe, ici et maintenant, souffle Adam d'une voix grave.

Je le regarde dans les yeux, prise d'une idée coquine. Je défais doucement un bouton, puis un autre, révélant un peu plus mes seins et le tissu de mon soutien-gorge. Je le nargue, testant son self-control. Mon cœur bat tellement la chamade, je suis sûre que mon amant peut l'entendre. Mais si c'est le cas, ce n'est pas à ça qu'il prête attention. Son doigt effleure le dessus de ma robe, suit un chemin du haut vers le bas, passe sur mon soutien-gorge, entre mes seins, pour redescendre sur les derniers boutons, toujours en place.

– Tu ne m'aides pas à te résister…

– Je ne te lance qu'une invitation, tu n'es pas obligé de l'accepter, avancé-je, faussement innocente.

– Tu joues avec le feu, ma belle. Tu sais que si je t'attrape, tu ne pourras plus m'échapper. Tu seras complètement à ma merci…

Adam se mord la lèvre, ce qui a le don de me faire chavirer. Il peut faire ce qu'il veut de moi, sur cette plage, à quelques pas à peine de la maison. Nous n'avons même pas réussi à atteindre le sable humide. Cette passion dévorante qui nous anime quand nous sommes seuls et libérés de tout ne nous en a pas laissé le temps. Mais ce serait trop facile d'y succomber. Notre plaisir est encore meilleur quand il passe par un peu de frustration.

C'est toi qui vas être à ma merci…

Je m'éloigne d'Adam, subitement, en lui lançant un regard aguicheur. Je fais quelques pas en direction de l'océan, peut-être que sentir un peu de fraîcheur atténuera mon irrépressible envie de me jeter sur lui. Mais c'est sans compter sur celle de mon amant, qui me rattrape aussitôt et pose ses lèvres sur les miennes, dans un nouveau baiser enflammé. Je soupire, à deux doigts de déposer les armes et de faire fi de toute frustration. Je me retiens pour ne pas lui arracher son pull et sa ceinture. Aussi, quand Adam retire ses lèvres et pose un doigt sur les miennes, je lui lance un regard lourd de reproches.

– Donne-moi deux minutes, le temps d'aller chercher une couverture pour nous installer, dit-il, satisfait de son effet sur moi.

Ah, il veut jouer, lui aussi…

Je libère sa main de mes doigts. Sans m'en rendre compte, je l'avais agrippé pour ne pas qu'il m'échappe, ou pour m'accrocher à lui, je ne sais pas trop. Je le regarde partir vers la maison, pieds nus dans le sable. Sa démarche nonchalante, son dos musclé, ses fesses, ses cuisses contractées par l'effort, tout en lui est sensuel. Même en s'éloignant de moi, Adam accentue son attraction sur moi, à son insu. Je pourrais tomber sur place juste devant ce spectacle.

Je vais lui réserver une petite surprise !

Je décide de m'avancer plus près de l'océan. Un rapide coup d'œil derrière moi m'assure qu'Adam est hors de vue. Je déboutonne ma robe entièrement et, une fois libérée, elle se met à voler autour de moi comme une chemise ouverte. J'ôte mes sous-vêtements et replace ma robe, que je reboutonne à moitié. Là, sous les rochers qui parsèment cette petite crique, je glisse mes affaires, assurée qu'ils ne s'envoleront pas. Mon cœur s'affole à l'idée de l'effet de surprise que je réserve à mon amant. Il ne devrait pas s'apercevoir tout de suite que je ne porte rien sous ma robe… Je me replace face à l'océan, innocente. Je ferme les yeux, offrant tout mon être aux rayons encore chauds du soleil. Je n'ai pas vraiment besoin d'être réchauffée, mais cette sensation est douce. J'entends dans mon dos Adam qui revient, je me retourne imperceptiblement pour le voir installer rapidement une couverture sur le sable et y déposer un panier pour l'empêcher de s'envoler.

Elle a l'air moelleuse et confortable…

Je souris quand Adam me rejoint et, comme je l'imaginais, il ne se rend pas compte que quelque chose vient de changer. Derrière moi, il m'entoure de ses bras et regarde vers l'horizon. Mes cheveux au vent lui caressent le visage et, pour s'en protéger, il cache sa tête au creux de mon épaule.

– Tu sens déjà bon le soleil, mon ange, constate-t-il.

Adam me retourne pour me regarder dans les yeux, et il m'embrasse de nouveau, comme s'il éprouvait le besoin vital de ce contact. Ses doigts se plaquent dans mon dos, glissent vers mes fesses. Je me serre contre lui, constate qu'il ne porte plus qu'un simple tee-shirt moulant son corps de dieu grec. Je suis frappée par son parfum, qui agit comme un aphrodisiaque sur moi. Je suis prise à mon propre piège : nue sous ma robe, sous ses doigts, plaquée contre lui, je me sens incapable de résister à mon excitation. Ce baiser devient vertigineux.

– Ne restons pas debout, murmure Adam dont le regard vient de s'embraser.

Nous rejoignons rapidement la couverture. Adam me fait asseoir devant lui, entre ses jambes. Dans cette position, impossible de nous embrasser, je n'ai aucun contact avec lui. Je veux protester, montrer mon désaccord, mais il ne tarde pas à glisser sa main sur mon ventre. Aveuglément, il part à la recherche des boutons de ma robe, défait rapidement ceux qui jouaient encore leur rôle. Ses doigts touchent ma peau, remontent vers mes seins. J'entends son hoquet de surprise quand il arrive à mes seins nus. Sa deuxième main se rend aussitôt vers mon ventre, pour se faufiler entre mes jambes. Mon amant semble apprécier.

– Je vois que tu m'attendais…

Je réponds par un faible gémissement. Sa main caresse mes seins, passant lentement ses doigts sur mes tétons tendus. Mon corps s'anime déjà de délicieuses sensations, accentuant la tension érotique qui enfle dans mon ventre. Je me tortille, rejette ma tête sur le côté, offrant ma nuque aux morsures de mon amant. Tout mon être s'électrise. Instinctivement, j'écarte légèrement mes jambes.

– Adam…

Je laisse échapper un cri, presque de douleur, tellement mon sexe me fait mal. Mon désir devient insoutenable, j'ai besoin que mon amant me libère… Je l'entends respirer plus fort. Sa main vient de se glisser dans mon intimité. Ce contact est un supplice. Je suis au bord du précipice, il suffirait qu'il… Adam vient de glisser deux doigts en moi et quelques mouvements fermes suffisent à libérer un puissant orgasme. En bougeant, mon amant le fait durer, le prolonge, augmente son intensité. Je gémis de plus belle, totalement abandonnée, emportée. Mon bassin bouge au rythme de sa main jusqu'à ce que mes dernières forces me quittent et que la tension de mon corps se dissipe. Mon amant retire ses mains pour mieux m'entourer de ses bras. Ses jambes couvrent les miennes. Il me tient, de toute sa puissance. Je me laisse aller, submergée, heureuse dans cette bulle.

Nous restons ainsi quelque temps, sans voix, à observer l'horizon, les mouvements des vagues sur le sable, le soleil qui décline. Pour rien au monde je n'échangerais ma place. Adam me serre avec une telle force…

– Mon ange, murmure-t-il. Mais où as-tu mis tes sous-vêtements ?
– Sous la pierre, dis-je en montrant du doigt un rocher.

Adam rit derrière moi. Je souris à mon tour. Je ne manque pas d'audace, j'avoue.

– Si j'avais su qu'une surprise m'attendait, je n'aurais pas été si long.
– Tu m'as laissé juste le temps qu'il fallait.

Je me redresse. Aussi confortable que soit ma position, elle m'empêche cependant de le voir. Adam me libère et je m'installe à ses côtés, rajustant ma robe au passage. Adam m'observe. Son regard a conservé la même intensité, son désir est intact. Il se redresse et attrape dans le panier à nos côtés deux verres et une bouteille de vin blanc. Il pose à mes côtés une seconde couverture.

Il a tout prévu !

Il nous sert deux verres et me rejoint sur la couverture, allongeant son corps, ses jambes, et posant la tête sur sa main. Je l'imite, appréciant le calme des lieux, les yeux plongés dans un ciel légèrement orangé au coucher du soleil. Je porte mon verre à mes lèvres. Le vin, légèrement sucré, apporte une nouvelle saveur à ce moment. Adam ne commet décidément jamais de faute de goût.

– Ce vin est délicieux, dis-je, rompant le silence.
– Pas autant que toi.

Le regard que me lance Adam est terriblement torride.

– Tu ne m'as pas encore goûté, souligné-je, effrontée.

Il n'en fallait pas plus à Adam pour me chevaucher, m'arrachant mon verre pour me libérer les mains.

– Laisse-moi vérifier !

Mon pouls s'accélère, mon amant écarte les pans de ma robe, m'offrant nue au ciel. Mais il est hors de question qu'il garde ses habits. Je défais sa ceinture, déboutonne son jean. D'un geste, Adam passe son tee-shirt au-dessus de sa tête. Je suis aux premières loges pour admirer ses épaules carrées, ses abdominaux dessinés. Mon amant me domine de toute sa musculature, et sa peau appelle mes caresses. Je m'empresse de descendre son pantalon, son boxer, avant de porter les mains sur son torse. Adam fait le reste et se retrouve nu, à son tour, le sexe tendu vers moi. Je gémis devant le spectacle, mon ventre s'anime violemment.

Et quand la bouche de mon amant s'attarde sur les pointes de mes seins, aspirant, léchant ma peau, je sens le désir m'assaillir. Alors que ses mains s'attardent, malaxant ma poitrine, sa bouche descend, lentement, doucement, effleurant mon ventre, mon corps se crispe, mon sexe se tend, prêt à recevoir ce baiser, cette langue si aventurière. Mon corps est en feu et j'explose quand il commence à titiller mon clitoris. Sa bouche me caresse au creux de mon sexe, sa langue se frotte à lui. Mon amant ne fait pas que me goûter, il me déguste, me dévore à me rendre folle. Mes mains agrippent son dos, mes ongles marquent sa chair, je succombe à la force de ce plaisir fulgurant, profond.

Mon amant revient vers moi, remonte doucement. Il m'attrape les lèvres cette fois, m'embrasse outrageusement. Mes mains glissent le long de son corps, suivent les bosses de ses muscles. Je trouve enfin son sexe, l'entoure de mes doigts et commence à le caresser. Adam me laisse volontairement un peu d'espace, s'allonge à mes côtés, m'offrant tout le loisir de m'occuper de ce membre tendu. À mon tour de le chevaucher, de lui donner du plaisir. Je frotte mon sexe au sien, alors qu'Adam m'attrape une nouvelle fois les seins. Je bouge mon bassin, j'appuie férocement pour que ce contact nous arrache des cris à tous les deux. Les grognements de mon amant attisent mon désir. Je me penche vers lui et attire d'une main son sexe vers ma bouche. Je le traite comme un objet précieux, alterne les coups de langue et les caresses douces, appuyées. Le changement de rythme le rend fou, mon amant se tend vers moi, soulevant son bassin pour ne rien perdre de ce traitement. Il glisse ses mains dans mes cheveux, et je continue, encore et encore, à prendre soin avec délice de ce sexe si viril.

Je sens qu'Adam est lui aussi au bord de succomber. Je redresse la tête, le regarde droit dans les yeux. Il finit par jouir en prononçant mon nom, le corps vibrant. Il lui faut du temps pour ouvrir de nouveau les yeux. Je m'allonge sur le ventre, doucement, à côté de lui, couvrant au passage son corps si chaud de baisers. Je tempère mon excitation, attendant que mon amant reprenne ses esprits. J'attrape mon verre, sirote ce doux nectar. Adam me rejoint enfin, souriant.

– Je te confirme mon ange, tu es bien meilleure que ce vin, souffle-t-il en se passant la langue sur les lèvres.

Mon amant attrape à son tour son verre et prend le temps de déguster sa gorgée. Mon corps patiente, mais n'attend que son assaut. Adam me détaille du regard, sa main effleure mon dos, insiste sur mes fesses. Il s'y attarde même, les masse, ce qui n'est pas pour calmer mon exaltation, bien au contraire.

– Mon ange, tu m'offres un spectacle terriblement excitant. Tes fesses me font un de ces effets ! siffle-t-il, une pointe d'excitation dans la voix.

Je jette un regard vers son sexe et, effectivement, l'effet est notable !

Adam se glisse derrière moi, s'allonge sur moi. Il tend mes bras au-dessus de ma tête, accroche mes mains aux siennes. J'écarte un peu plus mes jambes, cambre légèrement mes reins. Mon amant me pénètre doucement, nos corps s'ajustent pour permettre à son sexe de se glisser plus profondément. À son premier mouvement du bassin, je laisse échapper un râle de plaisir. Mon amant bouge en moi, de plus en plus vite. Nos souffles s'unissent, notre désir grandit, là, sur cette plage. Je sens le souffle chaud d'Adam dans mon cou, il me mord la nuque. J'accompagne ses mouvements, je bouge à mon tour pour suivre son rythme et m'offrir chaque fois un peu plus.

Je vais au-devant de chacun de ses coups, nos corps sont en harmonie, ils se répondent parfaitement. Mon plaisir se fait plus intense, je le sens gonfler, je me cambre encore un peu plus et soudain, j'explose. Le fracas d'une vague sur le sable vient couvrir mon cri, Adam s'abandonne à son tour. Notre danse érotique s'apaise, mon amant me libère mais me garde serrée contre lui. Nous sommes fourbus, comme étourdis par une intense volupté. D'un geste, Adam nous couvre de la seconde couverture. Au chaud, nous nous offrons un moment de répit, nos jambes entremêlées, agrippés l'un à l'autre.

24
UN SECRET BIEN GARDÉ

Le petit déjeuner face à l'océan est un luxe qui me séduit beaucoup plus que les bijoux ou les robes de créateurs. Je me mords les lèvres au souvenir de nos corps nus sur cette plage. Nous étions seuls au monde, avec pour seuls spectateurs les rochers de cette crique et l'océan.

Si je pouvais me réveiller ici, tous les matins, me remplir de cet air marin pour la journée, retrouver le calme des lieux après une journée harassante. Et observer Adam, sur la plage. Ou revivre la même soirée qu'hier…

Adam s'est levé plus tôt pour aller nager, son corps ruisselle d'eau de mer. Il s'offre une petite séance sportive matinale et je profite du spectacle. En me voyant m'installer sur la terrasse, il me fait un signe de la main, m'envoie un sourire ravageur. Face à la mer, il débute une séance de tai-chi. Ses mouvements sont harmonieux, aériens. C'est donc dans cet art qu'il puise sa force intérieure ? Adam est concentré, plein de maîtrise. Je suis captivée, non seulement parce que son corps en mouvement est magnifique, mais aussi parce qu'il dégage une réelle sérénité. Je me détache à regret de ce spectacle, je dois me préparer pour être prête à partir d'ici une heure. Je crois que, de tous les endroits qu'Adam m'a fait découvrir, cette villa au bord de l'océan est mon préféré.

– Je ne te savais pas amateur de tai-chi, dis-je à Adam dans l'hélicoptère.

– Depuis une dizaine d'années, mais c'est vrai que j'en ai beaucoup délaissé la pratique ces derniers temps. C'est un tort, ça me fait énormément de bien.

Le voyage de retour en hélicoptère se passe mieux. Je n'ai plus les yeux bandés, je peux apprécier la vue sur la ville et ses alentours.

– S'il faut revenir plus souvent pour que tu t'y remettes, je suis prête à te suivre !

Et si je peux encore profiter du spectacle…

– Mon ange, tu rougis, dit-il en m'attrapant la main et en déposant un baiser au creux de ma paume.

Je me mords la lèvre, son baiser a le don de faire dériver mes pensées vers son corps nu, sentant le sable et le sel…

Mais pourquoi fallait-il revenir si vite ?

– Cette maison t'inspire, on dirait, continue Adam.

Ses lèvres effleurent mon poignet. C'est un supplice ! Son téléphone se met à vibrer. Je ne sais pas si je dois être déçue de cette interruption ou soulagée que la tension retombe.

– Hayley vient de m'envoyer un message, commente Adam soudain sérieux. Elle veut me parler, mais pas au bureau.
– Pourquoi ?
– Elle ne le dit pas, elle a l'air juste pressée. Allons au Mandarin, nous y serons tranquilles pour discuter.

La réalité nous rattrape. Hayley a dû trouver quelque chose de très important dans ses recherches sur le père d'Adam pour souhaiter nous voir discrètement. Cette façon d'agir ne lui ressemble pas, elle a toujours partagé ses découvertes dans les bureaux d'Adam jusqu'à présent. Le visage d'Adam s'est fermé, mais il me tient toujours la main. Malgré tout, il n'oublie pas que l'atterrissage est une épreuve délicate pour moi.

Le Mandarin dispose lui aussi de sa zone d'atterrissage pour hélicoptères. Son hélisurface est réservée à ses clients les plus importants. Hayley ne tarde pas à nous rejoindre dans la suite. En l'apercevant, je sens que ses découvertes sont importantes. Elle n'affiche plus la même mine épanouie que nous lui trouvions lors de la soirée sur le bateau.

– Hayley, tout va bien ? lui demandé-je aussitôt.
– Je crois que j'ai mis le doigt sur quelque chose de

grave, dit-elle en s'installant. Je ne voulais pas vous en parler dans les bureaux, je pense qu'il vaut mieux se montrer prudents.

– Qu'est-ce que vous avez trouvé ? interroge Adam, tendu.

– Vu que je ne trouvais pas grand-chose sur votre père, je me suis orientée vers l'entreprise pharmaceutique qu'il a créée avec votre oncle et Ambrose Carter. Il y a eu une rumeur, qui a circulé très rapidement, sur des pratiques douteuses quant aux tests de certains médicaments. Les articles de l'époque évoquent des confidences de chercheurs en poste à ce moment-là. Mais l'histoire a été tuée dans l'œuf. Les chercheurs se sont rétractés et le sujet n'a plus jamais été abordé dans la presse. Disparu, du jour au lendemain.

– Peut-être qu'il ne s'agissait que de salariés mécontents, avance prudemment Adam.

– Pas sûr ! J'ai retrouvé quelques-uns de ces chercheurs qui travaillaient pour l'entreprise de votre père. Ils sont tous à la retraite maintenant. J'en ai rencontré trois et ils ont tous eu la même réaction : ils ont refusé catégoriquement de répondre à mes questions et de parler de leur ancien travail. Ils se sont tous décomposés quand j'ai évoqué les tests, continue Hayley.

Adam garde le silence, il réfléchit.

– Adam, vous n'avez jamais entendu parler de ces tests ? demande Hayley.

– Non, répond Adam. Je n'ai jamais éprouvé d'intérêt pour cette entreprise. Ambrose et Lorraine ont toujours tout géré du plus loin que je me rappelle.

– Il y a quelque chose de louche là-dessous, des fraudes sur des tests de médicaments, c'est grave ! observe Hayley. Ces chercheurs étaient réellement effrayés.

– C'est effectivement inquiétant, mais comment savoir s'il s'agit d'une simple rumeur ou de faits réels si personne ne veut en parler ? Sur quoi puis-je m'appuyer pour déclencher une enquête officielle ? réfléchit Adam.

– Qui sera en plus fortement médiatisée… On ne rigole pas avec l'industrie pharmaceutique, il s'agit de la santé des citoyens, poursuit Hayley.

– La prudence s'impose, surtout pour vous, Hayley. Si ces rumeurs sont avérées, je pense que certains ne seront pas ravis de savoir que vous ressortez ces vieux dossiers, ils pourraient essayer de vous faire taire. Je ne suis pas sûr de vouloir vous exposer, vous en avez déjà beaucoup fait.

– Je peux continuer à chercher, mais je ne peux pas vous garantir de garder le secret. Si tout ça est vrai et qu'on apprend que je n'ai rien dit, je risque mon job. C'est mon boulot de journaliste de révéler la vérité.

– Je comprends Hayley, acquiesce Adam. Laissez-moi prendre le relais. Si j'apprends quoi que ce soit, je vous promets de vous tenir informée. Si la presse doit commenter, il est juste que vous soyez la première. Mais laissez-moi du temps.

– Très bien, je me mets en retrait. Tout ceci prend désormais une tournure professionnelle, vous êtes le fils de Howard Hill, ma situation à vos côtés devient délicate.

– Vous avez raison, évitons de trop nous rencontrer prochainement, notre amitié ne doit pas nuire à votre carrière. Merci Hayley, vous êtes quelqu'un de loyal, les gens comme vous se font rares.

Hayley se lève. Je l'accompagne jusqu'à la porte de la suite et la serre dans mes bras. Elle peut à tout moment bouleverser notre vie, faire paraître dans son journal ses récentes découvertes. Lancer toute la presse sur le sujet. En acceptant de patienter, elle nous fait gagner du temps, elle permet à Adam d'agir. Mais il suffit d'une fuite, qu'un autre journaliste la devance, pour que son journal lui reproche son silence. Elle se tait parce qu'elle est notre amie. Je comprends sa position délicate. Je souffle en fermant la porte et rejoins Adam.

– Qu'est-ce que tu vas faire ? demandé-je.

– Il faut agir, je dois aller voir Lorraine et Ambrose, je dois savoir.

Adam glisse les mains dans les poches de son pantalon et marche jusqu'à la baie vitrée.

– Tu te souviens ? Dans sa lettre, mon père disait qu'il valait mieux que je ne porte pas le nom des Hill… Et si tout ça était lié ?

Je croise les bras sur ma poitrine, je frissonne malgré moi. La voix d'Adam est grave. Je m'en souviens, en effet.

– Je vais aller voir Lorraine et Ambrose, très vite. Je veux que tu sois en sécurité, mon ange. Que tu restes ici, que tu ne bouges pas tant que tu n'as pas de mes nouvelles.

– Tu veux y aller… maintenant ? Seul ? Attends au moins d'en discuter avec Conrad !

– Je ne peux plus attendre, mon ange. Lorraine et

Ambrose détiennent la clé de tout ça. J'irai d'abord voir Lorraine, puis Ambrose. Il le faut.

La voix d'Adam se fait plus tendre. Il sent mon stress, mon inquiétude. Je ne tiens pas à le savoir seul face à Lorraine, on ne sait pas de quoi elle est capable. Il faut qu'il se protège lui aussi !

– Je viens avec toi ! déclaré-je subitement. J'ai toujours été là, je ne te laisse pas y aller seul !

– Non Éléa, pas cette fois.

– Je ne te laisse pas le choix, Adam, insisté-je. Tu ne peux pas me laisser ici, morte d'inquiétude, à attendre ton appel !

Adam me serre contre lui, je respire son odeur.

C'est évident, je ne le quitte pas !

– Mon ange… On ne sait pas comment peut réagir Lorraine et il est hors de question que je te mette en danger.

– Tu feras ce qu'il faut, comme d'habitude. Tu mettras des hommes partout. Mais je viens avec toi, dis-je en le regardant dans les yeux.

Adam capitule, il esquisse même un sourire.

– Quelle têtue tu fais ! Bien, je vais appeler Conrad, on va en discuter et voir comment on va procéder…

Je me serre un peu plus contre lui.

Je n'aurais pas pu attendre ici à faire les cent pas en étant morte d'inquiétude.

Je laisse Adam s'éloigner et appeler son bras droit. Conrad saura le conseiller. La colère vient d'enfler dans le cœur d'Adam et je ne suis pas sûre qu'il puisse la contenir encore bien longtemps… Mon téléphone sonne à son tour.

Décidément !

C'est Oslav. J'avais complètement oublié le Philharmonique…

– Éléa, entends-je en décrochant. Ça va vous sembler précipité, mais j'ai du temps aujourd'hui pour parler avec vous du Philharmonique. Est-ce que l'on peut se voir, je ne suis pas loin, je suis à San José. Disons en fin d'après-midi ?
– Oslav, je…

On peut dire qu'il tombe assez mal !

Adam revient vers moi et m'interroge. Je lui explique la situation.

– Vas-y en hélicoptère, l'aller-retour sera plus rapide comme ça, me murmure-t-il.
– Mais et toi ?
– Vas-y, c'est important pour toi ! insiste Adam.

Je reprends le téléphone.

– Oslav, c'est d'accord. Je serai là en fin d'après-midi, je ferai le voyage en hélicoptère.
– C'est parfait Éléa, à tout à l'heure.

Oslav raccroche. Aussitôt je me tourne vers Adam.

– Mais ça tombe au plus mauvais moment ! Promets-moi de ne rien faire en mon absence.
– Oui… Tu seras de retour assez vite, ça me laisse le temps de discuter avec Conrad. Tu dois y aller, c'est important pour toi, tu le sais, et Oslav n'est pas facile à croiser !

Je ne sais pas quoi penser, je suis tiraillée. Adam a besoin de moi.

– Mon ange, dit-il doucement en me prenant le visage dans ses mains. En construisant ton avenir, tu construis un peu le nôtre.

Ces paroles me troublent… Notre avenir… J'embrasse Adam avec fougue. Je n'ai pas les mots pour commenter ses paroles.

Me voilà de retour sur l'hélisurface du Mandarin, un peu stressée de devoir faire ce voyage en hélicoptère seule. Adam a demandé à un de mes gardes du corps de m'accompagner, mais je ne me vois pas lui tenir la main… Pour une fois, je ne suis pas enthousiaste à l'idée de retrouver Oslav, mais il le faut. M. Glen et Max attendent beaucoup de cette entrevue.

J'observe l'hélicoptère.

C'est dans ce genre d'appareil que Howard et Henry Hill sont morts…

J'essaie de chasser cette idée de ma tête, mais avec ce que nous venons d'apprendre, le passé me rattrape. Une appréhension me serre le cœur, je suis comme tétanisée. Je ne sais pas pourquoi mais j'ai peur, je n'arrive pas à faire un pas. Devant moi, l'hélicoptère m'attend. Le pilote me fait de grands signes, mais je ne peux pas bouger. Mes pieds sont comme collés au sol.

– Tout va bien, mademoiselle ? m'interroge le garde du corps.

– Je ne sais pas, je n'arrive pas à bouger. Je crois que j'ai peur, lui avoué-je.

– Qu'est-ce qu'il se passe là ? Allons, il faut y aller ! crie le pilote en nous rejoignant.

– Deux minutes ! intervient mon protecteur.

– Le plan du vol est strict, il faut y aller ! Maintenant ! insiste le pilote.

Il a raison, il faut partir. Pourquoi est-ce que Howard revient me hanter ?

– Allez, mademoiselle, l'hélicoptère ne va pas vous manger !

– Je vous trouve bien pressant, dit le garde du corps en se plaçant entre le pilote et moi. Vous commencez par vous calmer et vous parlez sur un autre ton. Ensuite, si Mlle Haydensen n'est pas en mesure de prendre cet hélicoptère, elle ne le prendra pas !

– Oui, mais… Je ne sais pas si je pourrai voler, plus tard et… là, nous avons les autorisations, il faut y aller, balbutie le pilote. Vous pouvez peut-être la porter ?

Mon garde du corps se redresse, puis se tourne vers moi. Il se penche et me murmure à l'oreille :

– Je ne sens pas cet homme, restez près de moi.

Je regarde le pilote, effarée. La situation m'échappe.

– J'ai besoin de renfort sur l'hélisurface. Prévenez Adam ! ordonne mon garde du corps dans son téléphone, sans s'en cacher du pilote.

Ce dernier blêmit, regarde autour de lui. Il n'a aucune échappatoire, hormis l'hélicoptère. Son visage se décompose.

– Écoutez, ce n'est pas ma faute ! J'ai reçu un appel ce matin, cette jeune femme devait absolument prendre cet hélicoptère, commence à lâcher le pilote.

– Qui t'a appelé ? questionne durement le garde du corps.

– Je ne sais pas, c'était un appel anonyme. Il fallait que je simule des défaillances techniques, pour l'effrayer. On m'a payé pour ça, j'avais une enveloppe dans mon casier, je ne sais rien de plus.

Je me mets à trembler, nerveuse.

On voulait me faire peur ?

Je manque de vaciller. Qui a pu donner un tel ordre ?

Lorraine...

– Éléa, est-ce que ça va ?

Adam est là, accompagné de la sécurité. Je tombe dans ses bras. Mon garde du corps lui raconte ce qu'il vient de se passer. Adam me serre contre lui. Il demande à ses hommes de s'occuper du pilote. Nous restons tous les trois seuls.

– Mais qui a pu savoir que je prenais l'hélicoptère ? demandé-je doucement.
– Donne-moi ton téléphone, dit Adam après un court temps de réflexion.

Je fouille dans mon sac pour attraper mon appareil. Adam le tend au garde du corps, qui s'empresse de pianoter sur le clavier.

– Bonne déduction, monsieur, un mouchard a été installé sur ce téléphone, conclut-il.

Quoi ?

– Est-ce que Lorraine a eu accès à ton téléphone ? Emy ?

m'interroge Adam.

Je réfléchis. Mon téléphone est toujours dans mon sac. Il n'y a qu'au conservatoire où…

– Le soir du concert, Lorraine m'attendait dans la loge. Il y avait toutes mes affaires ! me souviens-je.

– On a notre explication, déclare Adam au garde du corps. Vous pouvez nettoyer ce téléphone ?

– Bien sûr, je m'en occupe !

Lorraine s'est introduite dans mon téléphone ? Elle a tout entendu de ma discussion avec Oslav ?

– À son âge ? Lorraine sait mettre un mouchard ? fais-je, interloquée.

– C'est un jeu d'enfant, mademoiselle, il suffit d'installer une application, de connecter deux appareils entre eux, c'est très facile, m'explique le garde du corps.

– Lorraine est pleine de ressources, constate Adam. Ma tante est désormais à la pointe en matière de nouvelles technologies !

Nous quittons l'hélisurface en voiture pour retrouver le confort de la suite. Je ne réalise pas ce qu'il vient de se passer. Adam me serre toujours contre lui, comme s'il avait besoin de garder un contact physique avec moi.

Oslav, je dois prévenir Oslav !

Adam me tend son téléphone, Oslav répond quasiment aussitôt. Ma voix au téléphone est saccadée, désespérée même. Je lui parle d'un empêchement de dernière minute, sans entrer dans le détail. Je crains d'avoir perdu l'opportunité de le convaincre. Le grand violoniste entend le désarroi dans ma voix. Compréhensif, il me propose de réaliser une vidéoconférence, de nous voir, mais à distance. J'éprouve un profond soulagement. Nous filons au bureau d'Adam.

Adam me laisse dans un bureau où son assistante s'occupe de la connexion. En fermant la porte derrière lui, il croise les doigts. Dans la voiture tout à l'heure, il a été parfait. Il a su trouver les mots pour m'encourager, pour me redonner un peu de hargne, pour me rappeler mon plaisir de jouer, l'envie de Max, de M. Glen et des autres de rester ici. Je dois convaincre Oslav de rejoindre ce futur Philharmonique de San Francisco. Si un musicien comme lui nous rejoint, alors d'autres suivront son exemple et notre projet tiendra la route.

La connexion se fait avec San José. Oslav est inquiet, il s'enquiert de ma santé. Je le rassure sans lui donner de précisions. Je lui expose notre projet, il comprend l'enjeu, y trouve de l'intérêt. C'est un défi qu'il semble prêt à relever. À l'unique condition que je lui promette de ne jamais quitter le violon. Condition acceptée, je n'ai pas l'intention de sacrifier ma passion. Nous nous quittons sur une note positive cette fois. Oslav Kievsky termine sa tournée et accepte de venir s'installer à San Francisco.

Je reste un court moment seule dans le bureau pour apprécier l'instant. Quel soulagement ! Enfin une bonne nouvelle ! Je crois que le Philharmonique de San Francisco vient de naître officiellement. J'ai hâte de l'annoncer à Max !

Je rejoins Adam dans son bureau, je suis sur un petit nuage. Après l'incident de cet après-midi, cette nouvelle tombe à point. Je frappe à la porte et passe ma tête dans l'entrebâillement. Adam est en pleine discussion sérieuse avec Conrad. J'ai envie de lui sauter dessus et de lui dire que cette fois, c'est évident, je reste à San Francisco. Il se lève quand il m'aperçoit, et vient vers moi.

– Alors ?
– C'est bon ! Il est partant !

J'explose de joie et me jette dans ses bras. Adam a l'air ravi, sincèrement, et on dirait aussi qu'il est soulagé…

– Super, tu restes auprès de moi, souffle-t-il au creux de mon oreille en me serrant contre lui.

Il me garde quelques instants contre lui, avant de reculer.

– Tu as fait ce qu'il fallait. C'est à mon tour maintenant. Tu veux toujours venir avec moi chez Lorraine ?
– Maintenant ?

Je regarde Conrad, sa mine est grave.

– Oui. Il est temps.

Je prends une grande inspiration.

– Je te suis, dis-je, plus déterminée que jamais.

25
AUX PORTES DE LA FOLIE

Je ne sais pas définir l'état dans lequel je me trouve. Un mélange d'excitation, d'envie d'en finir, de confronter une bonne fois pour toutes Lorraine à ses actes, à ses mensonges, un peu de crainte aussi, d'anxiété. Adam a l'air tout à fait maître de lui, comme toujours. Son attitude affiche une réelle détermination. Il souhaite obtenir des réponses.

Mais est-ce que Lorraine acceptera de les donner ?

Encore une fois, nos gardes du corps nous suivent. J'ai même pu récupérer mon téléphone avant de partir : il peut désormais être utilisé sans soucis et dispose dorénavant d'une autre application capable de détecter d'éventuels nouveaux mouchards. Notre sécurité physique est assurée, même si je n'imagine pas Lorraine sauter sur nous avec un coupe-papier. Je m'attends plus à des remarques acerbes, à des paroles blessantes. Comment me préparer à être la cible de son mépris ? En espérant avoir des réponses à nos questions, une bonne fois pour toutes.

Pourvu que nous n'ouvrions pas la boîte de Pandore…

Lorraine ne nous attend pas. Quand j'aperçois au loin la grille de sa demeure, les battements de mon cœur s'accélèrent. Nous y sommes. Je regarde Adam, son visage est impassible. Quand notre voiture se gare au bas du perron, il se tourne vers moi, comme pour s'assurer que je le suis toujours, que je n'ai pas changé d'avis. Je lui souris. Pendant une fraction de seconde, sa beauté me frappe, l'attraction qui nous unit s'exprime aussi dans ces moments clés de nos vies. Je le suis, avec une confiance sans faille.

Le majordome de Lorraine nous ouvre la porte et nous demande de patienter dans cette immense entrée. Adam n'attend pas et pénètre aussitôt dans le salon. Je le suis. Sur le seuil de la porte, nous nous arrêtons tous les deux. Ambrose est là, confortablement installé, et lit le journal, un verre de scotch près de lui. Lorraine n'est pas dans la pièce, ça ne ressemble pas à une visite de courtoisie…

Ambrose vit ici ?

Je regarde Adam, il semble lui aussi surpris de cette présence.

Le bruit de notre arrivée le pousse à lever la tête vers nous, il a l'air surpris de nous voir tous les deux. Je le sens même un peu gêné, pris de court, que nous le surprenions ici avec un tel détachement.

– Adam, qu'est-ce que vous faites là ? demande-t-il, visiblement sur la défensive. Lorraine n'attendait pas votre visite !

– Vous avez raison Ambrose, acquiesce Adam d'une voix froide. L'effet de surprise est réussi, je ne m'attendais pas à vous voir aussi... installé ici.

– Je... Lorraine m'a invité à prendre un verre, c'est tout, s'explique maladroitement Ambroise.

– Ce n'est pas plus mal, continue Adam. C'est même parfait. Où est ma tante ?

– Je suis là Adam, fait une voix sèche du côté de la terrasse.

Lorraine entre à son tour dans la pièce, son air est mauvais, le même que celui qu'elle m'a offert le soir de ses menaces, dans la loge.

– Je n'aime pas les visites surprises, Adam. Je m'étonne même de te voir ici, surtout avec elle, persifle-t-elle.

– Et moi, Lorraine, je n'aime pas les surprises que j'apprends tous les jours ces derniers temps sur votre compte ! assène Adam.

– Et de quelles surprises parles-tu, Adam ?

Ambrose s'est rassis dans son canapé. La présence de Lorraine semble le galvaniser. Passé son trouble, il nous regarde aussi, l'œil mauvais, méprisant. Son attitude a le don de m'exaspérer. Adam fait quelques pas dans le salon pour se retrouver plus près, face à sa tante. Je me place sur le côté, observant la joute qui s'apprête à avoir lieu entre Adam et Lorraine. L'ambiance dans la pièce est glaciale.

– La liste est longue, je ne sais même pas par quoi commencer, Lorraine. Tes menaces, tes attaques, tes mensonges sur mes parents… et Paul, énumère Adam en fixant Lorraine droit dans les yeux.

– Comment oses-tu parler de Paul sur ce ton alors que je pleure encore mon fils ?

– Non Lorraine, ça ne marche plus. Paul a parlé à Éléa avant de mourir…

Adam se tourne vers moi. Lorraine me regarde. Si son regard avait pu me figer sur place, je me serais transformée en statue de pierre. Adam me laisse la parole, je vais enfin pouvoir révéler tout ce que Paul m'a dit avant son suicide… Lorraine va être mise devant ses mensonges.

La mère éplorée… Tu parles !

– Paul est venu me voir, le jour de son suicide, au conservatoire. Il m'a emmenée dans une maison vide, commencé-je doucement. Il m'a parlé de votre implication dans l'agression d'Adam, et que vous avez cherché à effrayer votre neveu pour qu'il arrête ses recherches sur sa mère.

– Mensonges ! Vous n'êtes qu'une petite garce qui souhaite éloigner Adam de sa famille ! me lance Lorraine, haineuse.

– Paul était prêt à tout pour vous faire plaisir Lorraine, pour que vous l'aimiez, que vous vous intéressiez à lui, continué-je sans me démonter, me souvenant de la détresse de Paul cet après-midi-là. Il a toujours fait tout ce que vous lui demandiez, mais pour vous, ça n'était jamais assez ! Vous l'avez rejeté, Lorraine, vous l'avez poussé à se suicider en lui avouant que vous n'étiez pas sa mère ! Vous l'avez brisé !

– Mensonges, mais que de mensonges…

Lorraine se défend, mais sa voix se fait moins assurée. Je surprends Ambrose qui se tourne vers elle. Son regard est éloquent. Il ne s'attendait pas à ce que nous en sachions autant.

– Non, Lorraine, intervient calmement Adam. J'ai vu l'acte de naissance de Paul. Nous savons que tu n'es pas sa mère.

– Et alors ? ! Qu'est-ce que ça change ? Je l'ai élevé comme mon fils !

– Ah oui, en le manipulant ? En le transformant en homme de main ? Comme un pion que tu pouvais jeter ?

– Paul n'a jamais su être à la hauteur, il n'était pas comme toi, Adam. Je l'ai vu tout de suite quand tu es arrivé dans nos vies. Tu étais le meilleur fils Hill !

Ces paroles me font mal pour Paul. Cette femme ne l'a jamais aimé…

– C'est pour ça que tu as décidé de devenir ma tutrice ? Pour avoir le meilleur des Hill ? demande Adam, les poings serrés.

Je sais qu'Adam pense à son père, que sa colère vient de monter d'un cran. Ambrose doit sentir que la situation est prête à s'envenimer encore un peu plus.

– Tu sais très bien pourquoi je t'ai élevé, Adam, fait Lorraine d'une voix plus attendrie. Ton père était défaillant, tu n'avais que moi…

– Arrête ! explose Adam en tapant du poing le mur à ses côtés, nous faisant tous sursauter. Arrête de mentir Lorraine ! Je sais toute la vérité ! Howard, mon père, n'a jamais sombré dans l'alcool parce qu'il était désespéré de ne pas me retrouver ! Il savait parfaitement où j'étais, à Riverton, avec ma mère ! Il n'est pas mort en me cherchant, il est mort dans l'hélicoptère, avec Henry ! Tu n'as fait que me mentir ! Mais mon père a réussi à me transmettre des photos, des lettres de ma mère, il m'a écrit ! Sans que tu n'en saches rien, toi qui as séparé mes parents, toi qui as tellement effrayé mon père qu'il a été obligé de nous éloigner. Tu l'as éloigné de moi ! Tu l'as menacé de nous tuer si jamais il nous approchait. L'accident de ma mère… Est-ce que c'est toi qui l'as fait disparaître ? Est-ce que tu m'as aussi menti sur ça ?

– Comment est-ce que…, bafouille Lorraine, sonnée par cette découverte.

– Mes parents ont réussi à garder contact malgré tes menaces ! Ils ont toujours gardé un lien, ils ont réussi à tromper ta vigilance ! Tu m'as menti toute ma vie en racontant des mensonges sur ma mère et sur mon père ! Tu as fait en sorte que je les déteste, que je me détache de mon père, de son héritage ! J'en suis venu à détester le nom des Hill. Et tout ça pour quoi ? Pour servir tes intérêts personnels. Moi aussi j'ai été ton pion, mais c'est terminé !

Silence. Lorraine ne dit rien, mais ses traits sont déformés par la colère. J'avale ma salive avec difficulté.

– Maintenant que je sais tout, tu vas me dire pourquoi !

crie Adam, en rage.

– Écoute Adam, tout ceci va trop loin, s'impose Ambrose. Tu t'es obstiné à faire ces recherches sur le passé et tout ceci est en train de briser la famille qu'il te reste. Tu ne peux pas venir ici et proférer des accusations injustifiées !

– Ces recherches vous gênent depuis le début, continue Adam. Lorraine, tu es toi-même venue attaquer Éléa, tu l'as menacée directement. Tu t'en es pris à ses proches, à moi !

– Tu n'as aucune preuve de ce que tu avances ! s'exclame Lorraine, méprisante.

– Non je n'ai pas de preuves, tu as trop de talent pour ça, je dois le reconnaître. Mais tant que je serai en vie, je peux t'assurer que je te ferai payer tout ce que tu as fait. Je trouverai des preuves ! menace Adam à son tour.

– Adam, ça suffit ! Rentre chez toi, reprends tes esprits, s'enflamme Ambrose.

Ambrose défend Lorraine… C'est plutôt lui qui devrait partir !

– Ambrose, je vous trouve bien concerné par nos histoires de famille, fait remarquer Adam, un sourire soudain narquois aux lèvres. Puisque vous tenez tant à participer à cette conversation, vous allez peut-être pouvoir nous éclairer sur les tests, les médicaments… ?

À ces mots, l'arrogance quitte le visage de Lorraine. Ambrose blêmit.

– Cette fois tu vas vraiment trop loin ! Arrête de fouiller

le passé, je te le demande une dernière fois ! s'étrangle Ambrose. Sinon, je peux t'assurer que je tue Éléa !

En disant ces mots, Ambrose se précipite vers moi.

– Ambrose ! crie Adam.

Mais avant de réussir à m'atteindre, l'homme porte aussitôt la main à son cœur et tombe au sol. Son visage se crispe de douleur. Lorraine se jette à ses côtés. Ambrose est terrassé par une crise cardiaque. J'attrape mon téléphone, appelle les secours. Adam s'agenouille à son tour.

– Est-ce que tu es content de toi, Adam ? vocifère Lorraine, dans un accès de rage. Tu ne me fais pas peur, Ambrose a raison, arrête de fouiller le passé. J'ai déjà eu tous les membres de cette famille, je t'aurai toi aussi !

Adam a un léger mouvement de recul, frappé par ces paroles. Lorraine ne s'occupe plus de lui. Je l'entends prendre une voix douce, au-dessus d'Ambrose.

– Ambrose, respire. Tout va bien se passer, ne t'inquiète pas. Il ne nous arrivera rien, reste avec moi, je t'en supplie, ne me laisse pas…

Je m'approche. Ses mains tremblent, le sourire de réconfort qu'elle adresse à Ambrose n'en est pas un. Il ressemble plus à une grimace, à un rictus. Lorraine semble avoir du mal à contrôler les sentiments contradictoires qui l'assaillent. Les événements nous échappent, nous avons déclenché un cataclysme…

Soudain, Ambrose tend le bras vers Adam et commence à murmurer des paroles inaudibles. Adam baisse la tête, je m'approche un peu plus.

– Adam, articule Ambrose avec beaucoup de difficulté. Pardon… Tu méritais… tellement mieux… Ton père… Lorraine, elle… elle…

Lorraine ne le laisse pas finir, elle se jette sur lui, hystérique, emportée par la rage et la folie.

– Tais-toi bon sang, tais-toi !

Le bras d'Ambrose retombe. Son regard se glace. Ambrose vient de rendre son dernier souffle. Adam se relève, Lorraine éclate en sanglots et pose sa tête sur le torse du défunt.

Pardon ? Pourquoi pardon ? Qu'a voulu dire Ambrose ?

VI

APRÈS LA TEMPÊTE

26
LA DÉCISION TOMBE

La confrontation n'a pas donné le résultat escompté. Mais il fallait s'y attendre. Lorraine n'a pas avoué : ni ses mensonges sur les parents d'Adam ni son odieux chantage qui a éloigné la famille de son neveu et empêché Adam de vivre avec son père après la mort de sa mère. Lorraine est restée hautaine, oscillant entre le mépris et la colère. La tante d'Adam a tout de même été ébranlée quand nous lui avons dit tout ce que nous savions, quand nous avons évoqué Paul, son prétendu fils. Mais elle n'a rien dit, gardant pour elle toutes les réponses aux questions d'Adam. Pourquoi l'avoir empêché de vivre avec sa famille réunie ? Pourquoi Howard a-t-il souhaité qu'Adam prenne le nom de sa mère, Ritcher, et pas celui des Hill ? Pourquoi avoir cherché à arrêter ses enquêtes sur son passé ?

La tension est montée au cours de cette entrevue chez Lorraine, et Ambrose, étonnamment présent et visiblement bien installé chez elle, en a payé les frais. Pourquoi d'ailleurs était-il là, agissant comme s'il était chez lui ? Ambrose, l'associé du père d'Adam dans l'entreprise pharmaceutique, a perdu son sang-froid quand Adam a évoqué les tests douteux sur les médicaments. Hayley, notre amie journaliste, a mis le doigt sur cette sombre affaire, étouffée par le passé. Ambrose, habituellement si glacial, si calme, a littéralement perdu la raison à l'évocation de cette histoire.

Tout a été si rapide ensuite…

Ambrose a menacé de me tuer si Adam persistait à fouiller autant le passé. Et en se précipitant sur moi il a été terrassé par une crise cardiaque. Lorraine nous a alors dévoilé un nouveau visage. L'angoisse l'a submergée quand elle a vu Ambrose allongé sur le sol. Et puis, quand ce dernier a demandé pardon à Adam, elle s'est jetée sur lui, le sommant de se taire, quasiment hystérique. Et Ambrose est mort.

Les secours sont arrivés trop tard, le massage cardiaque n'a pas permis de le ramener à la vie. Ambrose est parti sur ces derniers mots évoquant Lorraine. Mais il n'a pas réussi à aller plus loin et il nous laisse aujourd'hui avec encore plus de questions. Nous avons quitté la maison, laissant Lorraine partir avec Ambrose, défaite, silencieuse, accrochée à lui. Cet attachement nous a surpris, Adam et moi.

Dans la suite du Mandarin où nous sommes rentrés, Adam me tend un verre.

Pas sûre qu'un seul suffise pour me remettre de mes émotions…

J'observe Adam. Comment vit-il ces derniers événements ? Son beau regard noir s'est assombri, son visage s'est fermé. Il a besoin de silence pour prendre un peu de recul et analyser la situation.

– Je ne sais pas quoi penser de cette visite, finit-il par lâcher. Non seulement je n'en sais pas plus, mais j'ai encore plus de questions en tête.

J'acquiesce, pensive.

Pourquoi pardon ? Que voulait-il dire par : « Lorraine, elle a… » Lorraine a fait quoi ?

– Je n'ai jamais vu Lorraine perdre ainsi son sang-froid, elle d'habitude si hautaine, poursuit Adam. Et Ambrose… Non, vraiment, je ne sais pas quoi penser de tout ça.

– Le sujet des tests sur les médicaments avait l'air d'être sensible en tout cas, ajouté-je.

– Mon ange, si Ambrose avait touché un seul de tes cheveux…, dit Adam en me rejoignant.

– Il n'en a pas eu le temps, le pauvre.

– Le pauvre ? Je ne sais pas si « le pauvre » est approprié. Que faisait-il chez Lorraine ? Il avait l'air de se sentir chez lui… Et puis son pardon… pardon pour quoi ?

Les mêmes questions hantent Adam. Je soupire. J'avais

tant espéré de cette rencontre. J'avais naïvement pensé que Lorraine allait tout nous dire.

On en est loin !

– Est-ce que tu crois qu'on arrivera un jour à avoir des réponses ? demandé-je à Adam, soudain abattue.

Adam m'attire contre lui.

– Je t'en fais la promesse, mon ange. Lorraine ne va pas pouvoir se cacher derrière son silence bien longtemps.

Je pose ma tête contre sa poitrine. J'entends les battements de son cœur, calmes, réguliers. Doucement, Adam m'entraîne sur la terrasse de sa suite. Nous avons connu ici notre première nuit d'amour… Ce souvenir me fait du bien. Nous avons traversé tellement de choses depuis. Je lève la tête, des étoiles scintillent dans le ciel. Adam ne me quitte pas. Nous sommes accrochés l'un à l'autre dans le silence. Nous n'avons besoin de rien de plus : juste de nous sentir vivants.

La nuit a été tendre. Nous avons réussi à chasser la tension de la veille. Dans le lit déjà vide, je m'étire. Une autre journée commence. Et qui sait ce que nous réserve Lorraine après l'épisode d'hier soir ?

Peut-être que la mort d'Ambrose va l'éloigner de nous quelque temps ?

Je retrouve Adam déjà attablé devant son petit déjeuner. Son sourire n'est pas aussi radieux que d'habitude, mais il me réchauffe. Dans son costume sombre avec sa fine cravate noire, plein de charisme malgré sa mine légèrement soucieuse. Son regard profond me transperce. Adam est incroyablement beau.

Préoccupé, mais beau.

Mes yeux se portent sur une pile de journaux. Adam lit la presse le matin, mais jamais à ce point !

– La mort d'Ambrose fait la une de tous les journaux, dit-il en suivant mon regard. Je sens que la journée va être chargée d'appels.

– Tu vas devoir faire une intervention à la presse ?

– Je vais essayer de l'éviter. J'ai d'autres priorités aujourd'hui !

Le regard d'Adam s'est mis à pétiller. L'enthousiasme le gagne. Devant ce changement d'attitude, je l'interroge :

– Je ne sais pas ce que tu prévois, mais ça n'a pas l'air d'être lié à Lorraine.

– Tu as raison. J'ai rendez-vous ce matin avec le maire et le conseil municipal pour évoquer l'installation d'un nouveau Philharmonique en ville. Je n'ai pas besoin de leur accord, mais leur soutien est bon à prendre.

Le Philharmonique… Je l'ai oublié, pas Adam. Il pense à tout, pare à toutes les éventualités. Je suis admirative. Malgré toutes les complications de la situation actuelle, il œuvre encore à la création d'un Philharmonique à San Francisco. Si la ville est persuadée de l'utilité d'une telle installation, notre avenir est plus qu'assuré ! Et Adam y a pensé…

– Tu crois que la ville pourrait émettre une objection ? demandé-je.

– Non, je suis confiant. Ça ne peut qu'apporter un nouvel attrait à San Francisco. C'est un atout pour le maire.

Adam est convaincu par ce projet depuis la minute où il l'a évoqué. L'installation du Philharmonique à San Francisco est une évidence pour lui, elle l'est aussi pour moi quand je lis dans son regard autant de certitude.

– Mon ange, ta vie est auprès de moi, ici à San Francisco.

Sa main se déplace vers la mienne, son pouce vient caresser mes doigts. Je frissonne en entendant ces paroles. Adam me veut avec lui, je n'arrive toujours pas à me convaincre que je ne rêve pas quand il me parle de cette façon.

Je dois passer au bureau d'Adam dans la matinée pour récupérer quelques dossiers. M. Glen, le secrétaire du Philharmonique, m'a demandé expressément de lui fournir tous les papiers utiles à l'installation définitive de tous les membres du Philharmonique qui souhaitent rester à San Francisco. Ce sont des collaborateurs d'Adam qui, au moment de notre arrivée ici, s'étaient chargés de l'installation de tous dans la ville, à titre provisoire. Maintenant, il s'agit de leur proposer des solutions définitives. Notre dossier est prêt, je pense avoir soulevé toutes les questions de logistique. Mais une fois encore, les collaborateurs d'Adam ont eux aussi pensé à tout. Si certains musiciens, techniciens ou autres membres du staff veulent s'installer ici au lieu de repartir pour New York, ils pourront le faire en toute confiance. Leur confort matériel est assuré. Les relations d'Adam sont nombreuses et elles ont été largement sollicitées.

Mon pas est léger quand j'entre dans le conservatoire après le déjeuner. Notre projet est plus qu'en bonne voie et je crois avoir fait tout ce qui était en mon pouvoir. J'ai réussi à convaincre Oslav Kievsky, le grand violoniste, de nous rejoindre. Lui qui souhaitait s'installer après ses très nombreuses tournées internationales a décidé de poser ses valises à San Francisco et de transmettre sa passion pour la musique. C'est une nouvelle que ni Max ni M. Glen ne savent encore. Ils m'attendent d'ailleurs, dans le bureau du secrétaire. Je les rejoins aussitôt. Je suis accueillie par leurs visages interrogateurs.

– Alors ? me demande Max, impatient.

Je n'ai pas le cœur à les faire languir. Pour mon répétiteur aussi, l'installation définitive à San Francisco est primordiale.

– Je n'ai que des bonnes nouvelles, réponds-je rapidement. Oslav termine sa tournée et nous rejoindra après.
– *Yes !* s'exclame Max.

Je crois surprendre un infime élan de joie dans l'attitude de M. Glen.

– Monsieur Glen, voici le dossier que vous m'avez demandé, continué-je. Tous ceux qui souhaitent rester ici peuvent le faire sans aucun souci. Leur logement est assuré, les conjoints pourront trouver un emploi, les inscriptions à l'école sont maintenues pour ceux qui ont des enfants… Vous verrez, je crois qu'on a répondu à toutes les questions qui pouvaient se poser.

Je tends tous les documents au secrétaire, qui s'empresse de les parcourir.

– Bien, dit-il après un court instant. Je vais étudier rapidement tout ceci. La réunion avec les responsables du Philharmonique a lieu dans quelques minutes. Merci Éléa, c'est à mon tour d'entrer en scène.

– Vous allez leur annoncer notre intention de rester ? demande fébrilement Max.

– Oui, mais je pense que les rumeurs leur sont déjà parvenues aux oreilles. Les bruits de couloir n'ont pas manqué ces derniers jours, répond le secrétaire.

– Vous êtes optimiste ? continue Max.

– Nous verrons bien…

Nous nous levons tous trois et M. Glen sort le premier de son bureau. Le moment est solennel. Le secrétaire a désormais les cartes en main pour que les responsables du Philharmonique acceptent de se défaire de quelques musiciens. Mieux vaut pour nous tous que cette réunion se passe le mieux possible.

Max et moi suivons M. Glen vers le hall du conservatoire. Et alors que nous nous apprêtons à nous quitter et à laisser le secrétaire vivre la plus grande réunion de sa vie, Adam surgit.

– Adam ! m'exclamé-je.

Je comprends, à son large sourire, que la réunion de ce matin avec le maire s'est plus que bien passée. Sans un mot, je me jette dans ses bras. Il a réussi.

Adam réussit toujours ce qu'il entreprend.

– Qu'est-ce qu'il se passe ? demande Max, devant nos mines réjouies.

Adam prend la parole et s'explique :

– J'ai rencontré le maire ce matin pour lui parler de notre projet. Il est enthousiaste et n'attend que notre feu vert pour commencer à en parler. Monsieur Glen, je vous accompagne à la réunion, je pense que je pourrais répondre aux questions financières.
– Tu ferais ça ? l'interrogé-je, émerveillée par tant d'investissement.
– Bien sûr. Je suis le principal mécène de toute cette opération, il est normal que je sois là.

Dommage que Max et M. Glen nous regardent. Devant eux, je me retiens pour ne pas sauter sur Adam.

– Tu fais tellement pour nous, lui murmuré-je à l'oreille.

– Mon ange, tu sais que c'est intéressé. Je veux te garder. Et si j'ai bien compris, c'est important aussi pour d'autres, glisse-t-il à son tour en me serrant contre lui.

Max et moi les regardons tous les deux partir, emprunter le couloir qui les mènera à cette fameuse réunion. Seuls, nous échangeons un regard.

– Eh bien, il ne nous reste plus qu'à attendre, commente-t-il.

– Je ne vais pas réussir à me concentrer cet après-midi.

– Moi non plus.

Et effectivement, nos esprits sont ailleurs. Lui ne relève pas les fausses notes des musiciens, et quant à moi, je n'ai aucune idée de ce que je joue. Difficile de donner le change à mes collègues alors que la discussion, dans une salle pas très loin de nous, doit battre son plein.

Pourvu que les responsables ne nous jettent pas en apprenant notre envie de rester !

Au moment de la pause, une jeune violoniste vient me poser quelques questions sur le futur du Philharmonique. Elle me confie avoir entendu parler de notre retour et, comme je suis la compagne d'Adam, elle pense que je sais quelque chose. Je ne peux rien lui dire, je me contente de lui répondre que nous serons bientôt informés de la suite. À sa grimace de frustration, je comprends que je n'ai pas satisfait sa curiosité.

Les minutes passent lentement, c'est un supplice pour Max et moi que de regarder ce temps qui s'égrène aussi peu rapidement. Mais enfin, c'est l'heure, les musiciens quittent leurs pupitres. Nous prenons notre temps pour réunir nos affaires, nous rangeons la salle, ramassons les partitions, et très vite nous manquons d'occupation. La réunion n'est pas terminée et il est hors de question pour nous de partir. Devant la machine à café, nous prenons notre mal en patience. Tout y passe : des jeux sur nos smartphones, des discussions sur nos projets de vacances, la consultation compulsive d'e-mails… Et enfin, au bout de deux heures de cette insupportable attente, je reçois un SMS d'Adam :

[Réunion terminée, je t'attends dans le hall.]

Nous courons presque pour rejoindre Adam. En l'apercevant au loin, mon cœur se serre. Sa silhouette se détache parfaitement dans la faible lumière des spots encore allumés. M. Glen se tient à ses côtés. À cette distance, impossible de savoir s'ils sont satisfaits ou non. Nous retenons notre souffle et approchons doucement. Les deux hommes se retournent, j'ai envie de crier pour qu'ils parlent.

Pourquoi ce silence ? Je veux savoir !

M. Glen est le premier à prendre la parole.

– C'est fait ! Les responsables sont au courant de notre volonté de rester. Je vais laisser M. Ritcher le soin de vous raconter tout en détail. Je vais rentrer chez moi, digérer la nouvelle.

La nouvelle ? Quelle nouvelle ?

Le ton de M. Glen ne présage rien de bon. Pourquoi est-ce qu'il n'en dit pas plus ? Il nous serre la main et nous quitte. Je me tourne vers Adam, je sens Max très tendu à mes côtés.

– Ça s'est si mal passé que ça ? lui demandé-je, anxieuse.

Adam sourit et un poids s'envole de ma poitrine. À ses yeux, à cette étoile qui brille dans ce regard, je sens qu'Adam s'amuse de la situation et qu'il aime nous faire languir.

Mais je sens aussi la réussite…

– Non au contraire. M. Glen est surtout sous le choc de sa nomination en tant que directeur du Philharmonique de San Francisco.

– Ça veut dire que…, commence Max.

– Que le projet est définitivement lancé, oui. Les responsables se doutaient que certains souhaiteraient rester ici. L'un d'entre eux le désire aussi d'ailleurs. Mais venez, allons prendre un verre, je vous raconterai tout.

Je lis le soulagement dans les yeux de Max, mais je crois qu'il ne réalise pas encore. Moi non plus d'ailleurs. Je veux des détails, je veux pouvoir sauter de joie, embrasser Adam, le couvrir de mon amour.

Si tout ceci arrive, c'est grâce à lui !

Enfin détendus, nous levons nos coupes de champagne rosé à la nouvelle. Le lieu est intime, cosy, presque privé. Le serveur a donné à Adam la meilleure table. Je me serre contre lui dans un canapé, Max nous fait face. Petit à petit, mon ami se détend. Il vient même de passer un coup de téléphone à son mari Alan pour qu'il nous rejoigne. Qu'il soit aussi de la fête et partage ce bonheur avec nous.

Adam nous explique tout en détail, se montre patient devant nos questions et notre enthousiasme débordant. Des auditions sont d'ores et déjà programmées, non seulement pour le nouveau Philharmonique, mais aussi pour remplacer les membres qui ne retournent pas à New York. Demain, une autre réunion se tiendra, avec les musiciens et toutes les équipes. Nous saurons alors qui choisira de rester. Je n'en reviens pas. Je vais faire partie de cette aventure magique du lancement d'un nouveau Philharmonique. Et surtout, je vais rester avec les miens, ici, à San Francisco.

Dans ce grand lit de la suite du Mandarin, j'attends qu'Adam me rejoigne, retardé par un appel professionnel. Je ne peux pas me défaire d'un sourire qui va me donner des crampes.

Je reste ! C'est sûr, je reste !

Quand Adam s'approche, dans son boxer si sexy moulant ses fesses à la perfection, je l'observe, je le parcours du regard. Je l'apprécie. Son magnétisme est troublant et a toujours le don d'éveiller mon corps et mes sens. Je ne me lasse pas de cette sensation, de ce qu'il me procure, comme ça, juste en posant mes yeux sur lui. Adam a un corps parfait, mais son intelligence, sa façon d'aborder la vie, son implacable confiance en lui, lui donne une aura toute particulière.

Et c'est à mes côtés qu'il se glisse…

Je m'appuie sur un coude, pose la tête dans ma main. Je ne sais pas comment lui exprimer ma gratitude, le remercier pour tout ce qu'il a fait. C'est tellement… énorme !

– Je ne sais pas quoi te dire tant tu as été parfait ! glissé-je.
– Ne dis rien mon ange, savourons ce moment. Je suis aussi heureux que toi, tu restes auprès de moi, tu pourras continuer ta carrière. Pour la première fois de ma vie, j'éprouve le parfait bonheur d'avoir accompli quelque chose pour moi, tu comprends ? En t'apportant mon aide, j'ai œuvré pour mon propre bonheur. C'est totalement différent de mes réussites professionnelles. Je ressens une vraie joie intérieure.

Adam prend son temps pour analyser ses sentiments. Ses mots m'émeuvent.

– Mais ça veut dire aussi que tu vas devoir me supporter encore, ajoute-t-il sur un ton un peu plus espiègle.
– Avec plaisir !

D'un geste, je me cache sous le drap pour me faufiler plus près de ce corps d'Apollon. Si je n'ai pas les mots, j'ai d'autres façons d'exprimer mon bonheur.

27
LA COLÈRE D'EMY

La voix d'Adam me tire de mon sommeil. Dans la salle de bains, j'entends sa discussion. Il parle d'Ambrose, de funérailles.

L'enterrement, c'est aujourd'hui !

Je me redresse. Adam et moi n'avons pas eu l'occasion d'en parler et je doute de son envie d'y assister et d'être confronté à Lorraine dans de telles conditions. Mais Adam a peut-être des obligations ? Je me lève à mon tour et me rends dans la salle de bains pour l'y rejoindre et laisser sur sa peau que j'espère encore nue quelques baisers. Mais Adam finit tout juste son nœud de cravate quand je le retrouve.

– Conrad, je te rappelle plus tard, dit-il en raccrochant. Désolé mon ange, j'ai dû te réveiller. Conrad ne pouvait pas attendre.

La salle de bains est imprégnée de son odeur. Je ferme les yeux et hume ce parfum masculin.

– Tu parlais de l'enterrement d'Ambrose ? demandé-je sans détour, pensant à ce qui nous attend dehors. Tu comptes y aller ?
– Non. Après ce qu'il s'est passé l'autre soir, ma place n'est pas à ces funérailles. Je pense que Lorraine ne m'en tiendra pas rigueur !
– Je dois t'avouer que ça me soulage un peu. Je ne me voyais pas du tout t'accompagner, voir Lorraine…

Je frissonne à cette idée.

– Je compte retourner voir Lorraine, dès que possible, lâche Adam, plus grave. Et cette fois, elle ne pourra pas se soustraire à mes questions.

Retourner voir Lorraine, retrouver sa colère, son mépris, son accueil glacial. Le décès d'Ambrose n'a fait que repousser cette échéance.

– J'aurais dû t'attendre avant de m'habiller, grimace Adam en me regardant, les yeux allumés d'un nouvel éclat. Ton dos a besoin de mes mains…
– Dommage, il fera sans toi ! dis-je, provocatrice, en laissant tomber sur mes chevilles ma chemise de nuit.

Puis, le regardant droit dans les yeux, je me glisse dans la douche italienne.

– Tu ne perds rien pour attendre !

Alors qu'il s'apprête à défaire sa cravate, son téléphone

sonne à nouveau. Indifférent à la sonnerie, Adam me défie du regard, tout en ôtant rapidement son costume.

Alors que nous quittons tous les deux le grand hall du Mandarin, Emy passe l'entrée d'un pas décidé. Nous nous arrêtons.

– Emy ? Tu crois qu'elle vient pour te voir ? demandé-je.
– Aucune idée.

Nous suivons Emy du regard. La jeune femme se dirige vers les ascenseurs, mais elle tourne la tête de notre côté. En nous voyant, elle change immédiatement de direction et fonce directement sur nous. À sa tête, la jeune femme n'a pas l'air de bonne humeur.

Qu'est-ce qu'elle veut ?!

– Adam, justement, c'est toi que je voulais voir ! dit-elle, visiblement agacée. Est-ce qu'on peut discuter au calme ?
– Qu'est-ce que tu veux Emy ? demande Adam prudemment.
– Te parler, insiste-t-elle. C'est important. Rassure-toi, je ne prépare pas un mauvais coup, il faut vraiment que je te parle.

Adam l'observe. Il finit par accepter.

– OK, remontons dans la suite. Nous y serons au calme pour discuter.

Emy acquiesce d'un signe de la tête. Je m'étonne qu'elle ne fasse aucune objection à ma présence. Ce n'est pas la même, elle semble furieuse, animée par la révolte.

Arrivés dans le salon de la suite d'Adam, elle se laisse littéralement tomber dans un fauteuil.

– Alors, qu'est-ce qu'il y a de si important ? demande Adam en s'asseyant en face d'elle sans la quitter des yeux.

Adam est sur ses gardes. Emy est réputée pour ses frasques, ses mensonges, il est possible qu'elle nous joue une nouvelle comédie. Je m'assois à mon tour dans un autre fauteuil.

– Adam, Lorraine a été trop loin cette fois ! Je dois tout te dire. Je n'ai aucun scrupule à trahir cette... cette... femme abjecte !

Emy explose de colère.

– Continue, l'encourage Adam.
– Il y a des choses que tu ne sais pas !
– Comme ?
– Comme le fait que je suis la fille d'Ambrose par exemple.
– Tu es... quoi ?
– La fille d'Ambrose, oui. En réalité, je m'appelle Emy Carter. Scrow, c'est le nom de ma mère, une folle enfermée dans un hôpital psychiatrique... J'ai trop honte d'elle pour en parler... Bref, Lorraine a préféré que je change de nom pour qu'on ne fasse pas de rapprochement avec mon père, Ambrose.

C'était donc vrai, cet air de famille que j'avais cru déceler au cours de l'enterrement de Paul. Emy est la fille d'Ambrose !

Je tourne la tête vers Adam. S'il est surpris par cette annonce, il n'en laisse rien paraître. Emy continue, dans un flot de paroles.

– Et tu sais quoi ? Mon père ne m'a absolument rien légué ! J'étais sa fille, donc je devais avoir ses parts de l'entreprise Hill ! Et non ! Il les a données à Lorraine ! Elles devaient me revenir, je suis sa fille quand même !

– Lorraine vient d'hériter des parts d'Ambrose ? répète Adam, plissant légèrement les yeux.

– Oui ! Mon père me laisse juste de quoi vivre. Alors que j'étais sa seule famille, je devais tout avoir ! Et il a tout donné à Lorraine. C'est injuste ! Il a préféré cette femme à moi, sa fille ! Alors OK, ils couchaient ensemble, mais ça ne lui donne pas tous les droits quand même !

– Attends Emy, tu vas trop vite, tempère Adam. Tu viens de dire que Lorraine et Ambrose…

– Oui, ensemble. Et depuis un bail ! Lorraine a toujours su comment cacher cette relation. J'étais au courant, forcément, elle sortait avec mon père. Mais de là à recevoir la plus importante part d'héritage !

Emy ne décolère pas. Elle qui aime tant l'argent, elle vient en effet de se faire voler une belle part de son héritage par Lorraine.

– Cette femme, elle a toujours su arriver à ses fins de toute façon. Je m'étonne qu'elle n'ait pas encore réussi à vous séparer d'ailleurs ! Elle se donne du mal pourtant. La fausse grossesse, les lettres de menaces, les appels, ton agression Éléa, c'est elle ! Elle a toujours cru que tu quitterais Adam devant toute cette hostilité. Elle devenait vraiment mauvaise chaque fois qu'elle voyait que ça ne marchait pas… Tu peux me croire Adam, Lorraine n'a vraiment pas apprécié ta rencontre. Ça a mis le feu aux poudres !

Emy se délecte de ses aveux. Elle prend un malin plaisir à révéler le côté sordide de Lorraine. Je suis abasourdie d'entendre ces paroles. Je sais que la tante d'Adam ne me porte pas dans son cœur, mais à ce point… Je me souviens des lettres sur ma voiture, des appels anonymes, de mon agression, des accusations dans le journal… Jamais nous n'avons réussi à savoir avec certitude qui était derrière tout ça. Nous avions des soupçons, mais aucune preuve. Lorraine a donné ses ordres, à distance, sans jamais être directement impliquée.

Lorraine m'en a voulu dès le début !

J'ai réussi à surmonter tout ça, mais elle m'a fait du mal, et elle a cherché à atteindre aussi mes proches… Quelle douloureuse impression de comprendre à quel point j'ai été haïe !

– Mais pourquoi Lorraine en veut autant à Éléa ? demande Adam.

Je me redresse. Je me suis toujours posé cette question.

Je n'ai jamais compris cette profonde aversion.

– Tu vas comprendre, c'est simple, fait Emy sur le ton de la confidence. Tu te souviens que c'est Lorraine qui nous a présentés, toi et moi ? Comme elle insistait pour que tu sortes toujours avec moi ?

Adam fait signe que oui.

– Lorraine voulait que tu m'épouses, Adam. J'étais la femme parfaite pour elle. À travers moi, elle pensait pouvoir te contrôler, et l'entreprise pharmaceutique restait dans la famille ! Tu comprends ? Éléa arrive, tu n'as d'yeux que pour elle, imagine un peu la tête de Lorraine ! La vie qu'elle t'avait préparée tombait à l'eau ! En faisant croire que j'étais enceinte, elle pensait que tu aurais un peu de sensibilité et que tu déciderais de t'occuper de ta famille. Bon, OK, j'avoue, j'ai évité de lui dire qu'on n'avait jamais couché ensemble… Son chèque était trop beau.

– Et pourquoi tu nous parles de tout ça aujourd'hui ? s'enquiert Adam.

– Parce que je n'en peux plus d'être son pion. Je me suis pliée en quatre pour cette femme et regarde comme je suis récompensée aujourd'hui. Elle a manipulé mon père pour obtenir ce qu'elle voulait ! Et je crois que c'est tout ça qui l'a tué ! Je dois rester cachée ! Non, j'en ai assez de Lorraine, de ses colères, de ses caprices ! J'ai été sa confidente, je peux tout avouer à la police si tu veux ! Il faut arrêter cette femme !

– Calme-toi, Emy. Je ne suis pas sûr qu'aller voir la police soit une bonne idée, intervient Adam.

– J'ai des noms, ses hommes de main, je peux raconter comment elle m'a achetée, j'étais là quand elle faisait ses plans contre Éléa ! Si elle finit en prison, je pourrais peut-être récupérer l'héritage de mon père ?

Emy n'en a que pour l'argent. Elle se fiche que la vérité éclate au grand jour.

– Écoute Emy, intervient Adam. Tu connais Lorraine, tu sais de quoi elle est capable si elle apprend que tu es venue ici. Va aux obsèques de ton père, dis-lui au revoir. Lorraine ne doit pas t'enlever ça. Laisse-moi du temps, je vais voir ce que je peux faire avec tout ce que tu viens de nous dire.

– Je veux bien attendre, mais fais-moi la promesse que je vais récupérer mon héritage, lâche Emy, sur un ton de défi.

Son silence contre un chèque…

– Je vais discuter avec mes avocats, d'accord ? Ensuite, je t'appelle. Mais ne fais rien avant.

– OK, mais si je ne vois rien venir, je t'assure, je déballe tout à la presse. Je vends mes infos au plus offrant !

Sur ces paroles, Emy nous quitte, sans un salut. Je n'ai même pas le temps de me relever qu'elle a déjà claqué la porte.

– Eh bien…, soufflé-je.

– Je n'en reviens pas, admet Adam.

– De quoi ? Du flot de paroles qu'on vient d'entendre ou

de ses propos sur Lorraine ?

– De tout... Je ne m'attendais pas à ce qu'Emy dispose de toutes ces informations.

– Tu es chanceux, elle ne t'a pas demandé de payer avant de parler...

– C'est vrai.

Lorraine ne m'aime donc pas parce que j'ai contrarié ses plans ? Je lui ai enlevé son contrôle sur Adam ? Je n'en reviens pas.

– Lorraine est fine stratège, ajoute Adam. Mon père lui a laissé des parts de l'entreprise, elle a récupéré celles de son mari... On s'étonnait de la voir dans le testament de Paul, je comprends maintenant pourquoi. Elle a donc celles de son fils et celles d'Ambrose. Il ne lui manque plus que les miennes pour disposer complètement de l'entreprise Hill...

– Ça ne me rassure pas. Et si c'était toi sa prochaine cible, pour récupérer tes parts ?

Lorraine pourrait tuer Adam ? J'en frissonne. Il reste silencieux. Après tout ce que nous savons sur elle, cette possibilité est désormais plus qu'évidente...

– Je ne sais pas si je dois mêler la police à tout ça... Est-ce que je peux continuer d'agir seul avec tout ce que je sais ? s'interroge tout haut Adam.

Je me demande quoi penser moi aussi. Je suis encore abasourdie par les paroles d'Emy, je crois que j'ai besoin d'un peu de temps pour les assimiler complètement.

– Il faut que je fasse le point, dit Adam, faisant écho à mes propres pensées. Est-ce qu'Emy ferait un témoin fiable ? J'ai un doute, il suffirait que Lorraine lui fasse un chèque pour qu'elle retourne sa veste. Et j'ai encore tellement de choses à apprendre de Lorraine… je dois vraiment réfléchir à tout ça.

Alors que nous nous apprêtons de nouveau à nous mettre en route, le téléphone d'Adam interrompt notre mouvement.

– C'est Hayley, me dit Adam.

Hayley ? Aux dernières nouvelles, notre amie journaliste avait décidé d'attendre des nouvelles d'Adam. En mettant le doigt sur les rumeurs de tests de médicaments frauduleux au sein de l'entreprise pharmaceutique Hill, Hayley avait décidé de suspendre son enquête afin de laisser du temps à Adam pour en découvrir plus par lui-même. Si ses recherches aboutissaient, Hayley devait faire un article dessus et révéler la vérité. Notre amie a préféré suspendre son enquête pour ne pas mettre Adam dans l'embarras. Mais temporairement…

J'écoute la discussion entre Adam et Hayley. L'échange est bref, et la mine d'Adam soucieuse quand il raccroche. J'attends qu'il parle.

– Tu te souviens des chercheurs qu'Hayley avait rencontrés au sujet des fraudes ? me demande Adam.
– Oui, ils avaient refusé de lui parler. Ils étaient même

gênés d'évoquer le sujet.

– L'un d'entre eux vient de la recontacter. Il est décidé à parler.

– Il veut parler ?

– Oui, il semble que sa conscience le travaille, il en a assez de garder ça pour lui. Il est prêt à parler avec Hayley.

– C'est une bonne ou une mauvaise nouvelle ?

– Hayley ne peut pas garder ce témoignage pour elle. Elle m'a appelé pour me prévenir qu'elle s'apprête à rédiger un article.

Un article... Tout va finir par se savoir ?

– Elle me laisse un peu de temps, mais elle n'a pas plus de vingt-quatre heures à m'offrir. Si je veux agir, c'est maintenant.

Je suis soudain prise de vertige. J'ai la sensation qu'un tourbillon est en train de se former autour de nous.

– Qu'est-ce que tu vas faire ? demandé-je d'une voix faible.

– Si la presse s'empare de ça, qui sait ce qu'ils sont capables de dire sur mon père ? S'il y a eu fraude, je dois savoir auparavant si mon père était impliqué. Je dois pouvoir réagir, le défendre le moment venu.

Adam affiche une nouvelle fois sa détermination. Vingt-quatre heures, le temps nous est compté.

– Je dois me rendre au bureau, discuter de tout ça avec

Conrad. Tu m'accompagnes ?

– Attends !

Avant de plonger dans ce tourbillon, je retiens Adam. Je lève la tête pour le regarder au fond des yeux, pose mes mains sur ses joues. Je veux le garder pour moi quelques instants, puiser dans sa force, lui donner un peu de la mienne. Qui sait de quoi seront faites ces prochaines vingt-quatre heures ?

– Mon ange, murmure-t-il.

– Promets-moi de faire attention, lui demandé-je droit dans les yeux.

– Je te le promets.

Adam se penche. Ses lèvres touchent les miennes. Notre baiser est puissant, plein d'espoir.

Vingt-quatre heures…

28
LE DERNIER HILL À ABATTRE

Conrad nous attend à la porte du bureau d'Adam. Après un rapide appel en chemin, il connaît déjà la situation. Je me sens quelque peu dépassée. Ces soupçons sur des tests de médicaments frauduleux me laissent silencieuse. Je comprends que pour l'entreprise Hill, l'heure est grave. Même si ces rumeurs sont sans fondement, elles risquent de nuire gravement à la réputation des Hill, et par répercussion, à celle d'Adam. Même s'il ne s'est jamais occupé de cette entreprise, la laissant aux soins de Lorraine, il n'en reste pas moins qu'Adam possède encore des parts de cette société et qu'il peut lui aussi être impliqué. Adam doit se protéger, défendre la réputation de son père et préserver l'empire qu'il s'est lui-même créé, sa propre holding. Si les accusations sont avérées, alors c'est une catastrophe. Il ne s'agit plus d'une simple histoire de famille, mais bien d'une affaire publique.

Adam doit avoir toutes les cartes en main pour réagir, quelle que soit la véracité des faits. D'ici à après-demain, les journaux parleront de cette affaire Je le connais désormais assez bien pour savoir qu'il souhaite contrôler ce moment, avoir les réponses pour mieux rebondir, pour parer à n'importe quelle éventualité. Mais qui détient les réponses désormais ? Lorraine ? Ou est-ce qu'Ambrose a tout emporté avec lui dans la tombe ? Le temps nous manque pour réfléchir, l'heure est à l'action. Je me place un peu en retrait dans le bureau d'Adam, laissant les deux hommes prendre les décisions qui leur incombent. Aucun des deux ne s'assoit. Conrad reste droit, les deux pieds bien ancrés dans le sol. Adam lui, est déjà dans le mouvement, prêt à partir.

– Il n'y a plus que Lorraine désormais pour nous parler de ces tests. Et encore, je ne connais même pas son implication dans l'entreprise. Elle voulait en être la principale dirigeante, mais est-ce qu'elle s'est jamais intéressée à ce qu'il se passait à l'intérieur ? se demande Adam, tout haut.

– La situation est grave, Adam. Il faut ouvrir une enquête, conseille Conrad.

– Une enquête, répète Adam. Je crois effectivement que c'est la seule solution. Il faut des enquêteurs neutres au cas où mon père aurait été directement impliqué dans toute cette affaire.

Une idée m'effleure et, d'une voix un peu hésitante, je la partage avec eux.

– On pourrait peut-être contacter Maddie Spring, la coéquipière du capitaine Owell. Elle saura te conseiller, commencé-je.

– Maddie Spring ? me demande Adam, les yeux plissés.

– Maddie avait été très efficace quand on m'avait soupçonnée d'être responsable de ta disparition à Riverton. Elle n'est pas du genre à tirer des conclusions hâtives, continué-je.

Adam se tourne vers Conrad, le regard interrogateur. Son bras droit lui répond d'un signe de tête.

– OK, tu as toujours son numéro ? Appelle-la mon ange, et demande-lui de venir le plus vite possible. Mais sans Owell.

J'attrape mon téléphone et parcours rapidement ma liste de contacts. Maddie avait été un soutien quand son coéquipier me malmenait. Nous n'avons pas eu l'occasion de nous revoir depuis ce triste épisode. La policière répond aussitôt sur sa ligne directe. Elle ne m'a pas oubliée. Le timbre de sa voix est toujours rassurant. Dès ses premiers mots, je retrouve immédiatement la confiance qu'elle m'avait inspirée la dernière fois. Maddie m'écoute attentivement. Avant de raccrocher elle me dit qu'elle peut être là dans une demi-heure.

Ponctuelle, elle se fait annoncer par l'assistante d'Adam. Quand elle passe la porte, je retrouve son allure franche, directe. Elle salue tout le monde et ne perd pas de temps dans les banalités d'usage. Elle va droit au but et s'adresse directement à Adam.

– Que se passe-t-il, monsieur Ritcher ?

Adam lui explique toute la situation. Plus il avance, plus le visage de Maddie Spring devient grave. Elle écoute, silencieuse, hochant la tête, demandant des éclaircissements. Quand Adam se tait, il lui faut un petit temps de réflexion avant d'intervenir à son tour.

– C'est effectivement très grave. On ne peut pas cacher de telles fraudes aux autorités sanitaires. Mais le dossier est pour l'instant trop maigre pour incriminer qui que ce soit. Il faut lancer une enquête, vous ne pouvez pas garder tout ça pour vous. Ce n'est plus vraiment de votre ressort, d'autant que vous êtes impliqué dans cette entreprise. Vous ne pouvez pas rester neutre dans cette histoire…

– Alors, je n'ai plus qu'à attendre ici que vos enquêteurs fassent leur boulot ? s'agace Adam.

– Je n'ai pas dit ça, répond Maddie Spring, toujours aussi calme. L'idéal serait que Lorraine Hill passe aux aveux sur ces fraudes. Et vu vos liens de parenté, vous êtes peut-être le seul qui pourrait la faire parler…

– Je n'en suis pas si sûr, nous ne sommes pas en très bons termes en ce moment, réplique Adam. Mais je peux essayer, c'est tout ce que je suis en mesure de faire de toute façon.

– Il faudrait que notre équipe installe un micro sur vous et que vous arriviez à la faire parler. Vous vous en sentez capable ? demande Maddie, prête elle aussi à passer à l'action. On a un coup d'avance sur la presse, il faut en profiter.

Adam acquiesce.

Euh… Tout va trop vite… Adam va retourner voir Lorraine, avec un micro ? Lorraine qui pourrait le tuer juste pour avoir ses parts de l'entreprise ?

Les battements de mon cœur s'accélèrent. Adam se prépare pour une nouvelle confrontation ? Je ne peux pas m'empêcher d'intervenir.

– Mais… est-ce que c'est la meilleure solution ? Adam ? Tu t'exposes vraiment…

Adam me rejoint. Comprenant ma soudaine crainte, Maddie tente elle aussi de me rassurer :

– C'est certainement ce que nous pouvons faire de mieux à présent. Et ne vous inquiétez pas, nous serons là, à proximité, avec le camion, pour enregistrer la conversation. Je vais prévenir mes hommes que cette femme est potentiellement dangereuse. On sera prêts à intervenir.

Je déglutis avec difficulté, ma gorge est soudain serrée. Adam se tient en face de moi, m'entoure de ses bras.

– Adam…, soufflé-je.
– Ne t'inquiète pas mon ange, je serai prudent.

Et moi complètement angoissée !

– Tu sais que je dois le faire, ajoute-t-il.

Je sais, oui, je lis sa détermination dans ses yeux. Adam me rassure, mais je le sens déjà ailleurs, totalement investi dans sa mission. Rien ne peut l'empêcher d'aller jusqu'au bout. Je ne dois pas le ralentir, le perturber avec mes angoisses.

Cette nouvelle confrontation doit avoir lieu. Et tant pis si mon cœur doit s'arrêter de battre…

Maddie Spring ne perd pas une minute. Elle fait venir discrètement deux hommes chargés d'installer un micro sur Adam. Le torse nu de cet homme que j'aime tant apparaît sous la chemise ouverte. Ce torse si parfait… Je vois que Maddie le remarque, je surprends son regard qui s'attarde un peu, mais sans tomber dans la contemplation. Adam, campé dans sa détermination, diffuse une aura magnétique. Je me mords la lèvre, instinctivement. Il choisit ce moment-là pour tourner la tête vers moi. Il relève ma moue, et m'offre un sourire de conquérant. Avant de nous engouffrer dans l'ascenseur et de rejoindre nos voitures, Adam me serre à nouveau contre lui. Sans un mot, sans une parole, il prend une grande bouffée d'air dans mes cheveux.

– Ce soir, je veux que tu me regardes de la même façon que tu viens de le faire, souffle-t-il doucement.

Adam roule devant nous dans sa voiture. Conrad et moi avons rejoint Maddie et son équipe de policiers dans le camion banalisé. Nous sommes ainsi aux premières loges de la discussion qui s'apprête à avoir lieu. Je n'en mène pas large et je pense que Conrad non plus. Ni lui ni moi n'échangeons une parole. Quand j'aperçois au loin le portail de la grande demeure de Lorraine, mon rythme cardiaque s'accélère. La voiture d'Adam emprunte l'allée qui mène au perron, je respire de plus en plus mal. Le camion reste à l'extérieur de la propriété. Je ne vois plus Adam. Je ne peux désormais plus que l'imaginer. Le micro fonctionne, nous l'entendons saluer le majordome de Lorraine, qui le fait patienter dans le hall d'entrée. Et puis, la voix de Lorraine, sèche. Je tremble, mes mains tremblent. L'angoisse m'étreint, je ne peux pas rester ici sans rien faire. J'éprouve le besoin impérieux de voir Adam, de le surveiller, d'être là !

J'écoute mon instinct et je me jette à l'extérieur du camion. J'entends dans mon dos les protestations de Maddie, mais je cours sans m'arrêter. Je me faufile entre les battants du portail en train de se refermer. Je cours dans l'herbe pour ne pas faire de bruit, fais le tour de la bâtisse pour arriver sur la terrasse. Je jette un œil discret dans le salon… Personne. Je me plaque contre le mur quand j'entends des pas approcher, un bourdonnement de voix. Je me glisse derrière une large et haute jardinière pour ne pas risquer d'être vue. Je retiens mon souffle, j'aperçois enfin Lorraine, puis Adam, qui entrent dans le salon. Mon cœur bat à tout rompre. J'ai l'impression qu'ils peuvent l'entendre.

– Je ne pensais pas te revoir aussi vite, dit Lorraine d'une voix sèche. Ta dernière visite m'a coûté un être cher.

– Je ne savais pas Ambrose cardiaque… Si j'avais su, j'aurais attendu son départ pour te parler.

Lorraine esquisse une moue dubitative.

– Si tu comptes recommencer avec toutes tes questions, tu peux t'en aller tout de suite, je n'y répondrai pas !

– Oh non, je ne suis pas là pour ça, Lorraine. J'ai réfléchi à notre situation et je pense avoir trouvé une solution qui pourrait enterrer la hache de guerre entre nous.

Adam n'affiche pas du tout une attitude hostile. Bien au contraire. Maddie lui a conseillé de se montrer conciliant, avenant, d'aller dans le sens de Lorraine, de la flatter en quelque sorte. Adam ne doit pas évoquer les sujets qui fâchent, ses recherches, et encore moins tout ce qu'il sait depuis qu'Emy a décidé de parler. Il doit juste essayer de la faire raconter les fraudes.

Est-ce que Lorraine va être dupe ?

– Ah oui, et tu envisages quelle solution ? demande Lorraine en s'asseyant dans un fauteuil.

Au moins, elle ne l'a pas mis dehors. Je ne vois que son profil d'où je suis, je ne distingue pas suffisamment bien son expression pour me faire une idée de son état d'esprit. Mais le ton de sa voix indique qu'elle est tout de même sur la défensive.

– Tu as raison, ça ne sert à rien de fouiller le passé, commence Adam en s'asseyant en face de Lorraine.

« Tu as raison. » J'imagine combien ces mots ont dû être durs à prononcer !

– Ce n'est pas ça qui me fera avancer, continue Adam. J'ai envie de construire mon avenir avec Éléa. J'ai compris

que je n'aurais pas ta bénédiction, alors je suis venu te proposer un marché.
– Un marché ?

Lorraine se redresse légèrement dans son fauteuil pendant qu'Adam sort des papiers de la poche intérieure de sa veste

– Tu sais que je n'ai rien à faire de l'entreprise Hill, je n'ai jamais voulu de l'héritage de mon père. Je suis prêt à te céder mes parts si tu acceptes de me laisser vivre ma vie avec Éléa.

Silence. Lorraine observe les papiers, sans les prendre, et son regard va d'Adam aux documents, posés sur la table.

– Tu peux regarder, ce sont des documents officiels, préparés par mes avocats. Tout est en règle. Mes parts te reviennent, à condition que tu ne fasses plus rien contre Éléa ou ses proches, contre moi et contre notre avenir.

Adam parle lentement, sa voix est posée, convaincante. Lorraine attrape enfin les papiers et les parcours. Au bout de quelques minutes, elle lève la tête.

– Qu'est-ce qui t'a fait changer d'avis ? Tu étais l'autre soir à fond dans tes recherches sur tes parents. Pourquoi un tel revirement ? l'interroge Lorraine, toujours un peu circonspecte.
– Ces recherches m'ont rendu fou, j'ai perdu pied, j'ai perdu de vue l'essentiel. Mes affaires ne me permettent pas un tel laisser-aller et, je te l'ai dit, je veux me consacrer

pleinement à mon avenir.

– Avant de signer ces papiers, je veux ajouter un autre point : tu ne cherches plus jamais à fouiller dans le passé.

– J'accepte ta condition, dit Adam en la regardant droit dans les yeux.

Lorraine relit à nouveau le document qu'elle tient dans une main. Adam lui tend un stylo. Elle l'attrape, signe et se jette en arrière dans le fauteuil. J'aperçois un large sourire qui se dessine sur son visage, pire, j'entends un rire de victoire.

– Adam, c'est la décision la plus sage que tu aies prise depuis bien longtemps !

– Il vaut mieux que ce soit toi qui t'occupes de cette entreprise, après tout, tu as aidé ton mari à la bâtir… Tu sais à qui sont revenues les parts de Paul et d'Ambrose ? Tu pourrais peut-être les récupérer aussi ? demande innocemment Adam.

Ça y est, nous y sommes. Adam a décidé de lancer les confidences. Nous savons déjà que Lorraine a hérité de Paul, et Emy nous a tout avoué pour Ambrose…

– Oh, ne t'en fais pas pour ça ! Tu as devant toi la nouvelle dirigeante de l'entreprise pharmaceutique Hill. Cette société me revient enfin ! Paul m'a tout légué à sa mort et Ambrose n'avait pas de famille, sa part m'est revenue aussi !

Pas de famille ?! Mais elle ne cessera donc jamais de mentir ?

Lorraine ne cache plus sa satisfaction. Le pouvoir lui coule dans les mains, elle le savoure pleinement.

– Tu es donc à la tête d'un empire, la flatte Adam. Tu es sûre que tu as les capacités pour une pareille tâche ?
– Que crois-tu que j'aie fait pendant toutes ces années ? Et maintenant que j'ai les pleins pouvoirs, je vais enfin pouvoir prendre mes décisions, augmenter les profits sans demander l'accord de quiconque !
– Je ne doute pas de ton succès, tu as toujours réussi à parvenir à tes fins. C'est d'ailleurs comme ça que tu m'as élevé, tu m'as transmis ton sens implacable des affaires, continue Adam, sur le ton de la complicité maintenant.

Lorraine est tellement aveuglée par son nouveau pouvoir qu'elle ne voit rien venir.

– Je suis sûre que nous aurions pu faire de grandes choses toi et moi, Adam, acquiesce Lorraine. Mais tu as préféré voler de tes propres ailes.
– Méfie-toi des jalousies que va faire naître ton nouveau statut, la prévient Adam. Des dossiers pourraient ressortir…
– De quels dossiers parles-tu ? tique Lorraine.
– Tu sais bien de quoi je parle, Lorraine. Et tu devrais commencer à faire taire certains employés à la retraite. J'ai été contacté par une journaliste qui aurait eu des infos sur des fraudes de médicaments…

Adam joue cartes sur table. Il court un risque en évoquant aussi abruptement le sujet des tests frauduleux. Je suspends ma respiration. Je fixe Lorraine, attendant sa réponse.

– Oh, ça… Ce sera bientôt réglé, finit-elle par dire.

– Tu n'as plus rien à apprendre du monde impitoyable des affaires ! constate Adam, continuant son hypocrite hommage. En tout cas, je te félicite, garder un tel secret toutes ces années, c'est une belle opération !

Lorraine rejette la tête en arrière et part d'un grand éclat de rire qui me glace le sang.

– J'ai su prendre les bonnes décisions, au bon moment. Sans état d'âme. Les témoins gênants ont été liquidés. Ton père était trop honnête pour comprendre l'intérêt de ces tests faussés ! Et pourtant, nous avons gagné tellement d'argent avec eux ! Howard et Henry étaient trop naïfs pour accepter cette petite entorse à la règle. Ton père surtout, quel entêté ! Quand il a su, il a menacé de tout dévoiler à la police. Il était trop tendre pour les affaires. J'ai cru que lui faire du chantage sur la tête de ta mère et toi le calmerait, mais il avait plus de ressources que je l'imaginais. Ton père et ton oncle sont devenus gênants, je les ai rayés. Ambrose était un fidèle allié, lui… Je peux bien te l'avouer, j'ai trompé ton oncle avec Ambrose dès la première fois que je l'ai vu. Lui, il avait de l'ambition, il aimait l'action ! J'ai émis l'idée d'éliminer Howard et Henry, et lui l'a concrétisée en trafiquant l'hélicoptère. Nous avons été tranquilles ensuite, mais les chercheurs ont tiqué à leur tour. L'argent achète tous les silences, saupoudrés d'un peu de menaces.

Je ne respire plus… Lorraine vient d'avouer les meurtres de Howard et Henry, son mari !

Lorraine et Ambrose ont tué le père d'Adam !

Mon sang se glace en entendant ces mots. Je regarde Adam, il a du mal garder son sang-froid. Comment fait-il pour ne pas exploser ? Lorraine a tué son père ! Elle était donc vraiment prête à tout ! Howard, Henry, Paul…

Elle a tué tout le monde pour arriver à ses fins… Ambrose a demandé pardon à Adam, pardon pour avoir éliminé son père !

Les pièces du puzzle se mettent en place. Howard a éloigné Leslie et Adam pour les protéger parce qu'il savait que Lorraine les tuerait s'il révélait les fraudes ! Et il allait le faire ! J'essaie de reprendre pied, de revenir à ce moment. La tension est montée d'un cran. Adam a les poings serrés sur ses genoux. Ces révélations sont trop pour lui, il ne peut plus continuer à flatter Lorraine.

– Et oui, mon cher Adam, tu avais raison toi aussi, continue Lorraine d'une voix doucereuse. Je t'ai menti toute ta vie sur ton père. C'est moi qui l'ai empêché de te voir. Si tu étais parti avec lui à la mort de ta mère, vous vous seriez enfuis et Howard aurait tout raconté. Il valait mieux que je te garde sous la main.

– Comment as-tu pu ! crie Adam qui vient de perdre son sang-froid.

– Ne t'énerve pas Adam, ça ne sert plus à rien. Mais je suis déçue. Je viens de te dire que j'éliminais tous ceux qui en savaient trop sur ces fraudes et tu restes encore là, à me défier du regard. Tu en sais trop toi aussi maintenant. Je crains de ne devoir t'éliminer. Toi, le dernier des Hill… Howard, Henry, Paul… Je vous ai tous écartés de ma vie.

Lorraine se lève rapidement comme mue par une soudaine énergie. Elle ouvre violemment le tiroir d'un secrétaire près de son fauteuil. Et tout de suite après, elle pointe une arme sur Adam. Je manque de défaillir.

Adam doit crier pour que la police intervienne ! Maintenant !

– Ambrose m'a offert cette arme et m'a montré comment m'en servir. Elle est chargée et prête à tirer. Est-ce que tu veux ajouter quelque chose avant de mourir ? J'embrasserai Éléa pour toi !

Je hurle alors que je vois Adam se jeter sur Lorraine. J'entends une détonation, puis une seconde. Je n'ai pas le temps de voir si Adam est touché. Je m'évanouis.

29
L'HORIZON S'ÉCLAIRCIT

Je reviens à moi. La lumière du jour me fait cligner des yeux. Je me redresse, les images me reviennent. Lorraine pointant une arme sur Adam, Adam se précipitant sur elle, les coups de feu…

Adam !

Dans le salon, les urgentistes sont là.

Mon Dieu… non !

Je me relève, m'approche du salon, la main sur le cœur. J'ai peur de voir. Peur de découvrir le pire. Mais c'est bien Adam qui est allongé, sur le tapis. Mes jambes flagellent, un torrent de larmes ruisselle déjà sur mes joues. Je ne crie pas, mes yeux ne se détachent pas d'Adam.

Non, non ! Ce n'est pas possible !

Les urgentistes sont fébriles, j'entends leurs voix, lointaines…

– Il a perdu trop de sang !
– On ne va pas avoir le temps de le ramener à l'hôpital ! Son état est trop critique !
– Il ne survivra pas au voyage !

Adam, tu ne peux pas mourir, tu ne peux pas me laisser, pas après tout ça…

Je glisse lentement vers le sol, j'ai la nausée, le sang me bat aux tempes. Lorraine a gagné…

Ce n'est pas juste !

Je m'évanouis une nouvelle fois.

– Éléa, mon ange, réveille-toi, fait une voix au-dessus de moi.

Adam ?

J'ouvre les yeux, une silhouette est penchée sur moi. Dans le contre-jour, je ne distingue pas son visage, mais son odeur… c'est celle d'Adam !

– Adam ! Tu n'es pas blessé ! m'exclamé-je en me jetant dans ses bras, soulagée.

Ce n'était qu'un cauchemar !

– Non, tout va bien mon ange. Maddie vient d'arrêter Lorraine. Est-ce que tu te sens bien ? Tu as assisté à toute la scène ? me demande doucement Adam en me caressant les cheveux.

– Oui, j'ai tout vu, tout entendu… Quand elle a sorti son arme, les coups de feu… J'ai cru…

– Lorraine ne sait pas manier les armes, je n'ai eu aucun mal à la lui arracher.

– Adam, j'ai eu tellement peur de te perdre ! J'ai cru devoir faire ma vie sans toi et ça m'a paru si… impossible ! Je ne peux plus imaginer ma vie sans toi…

Je m'accroche à lui, je le serre, je respire son odeur, touche son corps. Adam est vivant.

– Tout va bien mon ange, tout est terminé, je suis là, avec toi. Nous pouvons rentrer si tu te sens capable de te lever. Nous n'avons plus rien à faire ici…

Adam m'aide à me relever. Je ne suis pas très vaillante, mais je ne tiens pas à rester une minute de plus dans cet endroit. Je veux retrouver un lieu familier, accueillant, serrer Adam contre moi.

– J'ai eu tellement peur, lui dis-je en plongeant mon regard dans le sien.

– Mais qu'est-ce qui t'a pris de venir ici ? Conrad m'a raconté que tu es sortie du camion comme une furie, me dispute Adam.

– Je ne pouvais pas attendre, je voulais être là, près de toi au cas où il t'arriverait quelque chose…

– C'est vrai qu'en t'évanouissant on peut dire que tu m'as été d'une grande aide !

Adam me taquine. Son sourire me réchauffe.

– Allez viens, partons d'ici. Conrad nous attend dans la voiture.

Je peux lire le soulagement sur le visage de Conrad quand il me voit apparaître dans les bras d'Adam. Les émotions ont été fortes pour chacun d'entre nous. Les deux hommes se donnent une accolade silencieuse. Puis, nous nous engouffrons dans la voiture. La maison de Lorraine n'est à présent plus qu'un point derrière nous. J'ai l'impression d'y laisser un énorme poids, une angoisse qui me vrillait le ventre depuis longtemps.

Est-ce qu'Adam a raison ? Tout est fini maintenant ?

Nous parcourons les couloirs menant au bureau d'Adam en silence, mécaniquement. Je ne l'ai pas lâché, je me cramponne toujours à lui. Nous nous laissons tomber dans le canapé. L'assistante a pour consigne de ne nous déranger sous aucun prétexte. Seuls les appels de la police doivent être transmis. Adam pose la tête sur le dossier du canapé. Conrad est le premier à briser le silence.

– Je crois bien qu'un verre ne nous fera vraiment pas de mal, dit-il en se levant.

Il revient rapidement, nous tendant des verres de scotch. Il pose le sien sur la table basse avant de se rasseoir.

– Et maintenant ? demandé-je, la voix enrouée par la douce chaleur de l'alcool.

– Maintenant, c'est à la police d'agir. Maddie m'a dit qu'elle avait de quoi inculper Lorraine avec l'enregistrement et que l'enquête sur toute cette histoire devrait mettre à jour des preuves, m'explique Adam en jouant à présent avec son verre. Il nous reste à envisager l'avenir de l'entreprise Hill. Avec un tel scandale, elle ne relèvera pas.

– C'est vrai, acquiesce Conrad.

– Conrad, prépare une annonce officielle. Compte tenu de la situation, il faut fermer cette entreprise. La priorité est de redonner du travail à tous les salariés qui vont subir cette fermeture. Le nom des Hill risque d'être assez malmené ces prochains jours, essayons de limiter les dégâts.

Adam ne se laisse pas abattre, il rebondit, encore une fois.

– Préviens tous les responsables des services, que toutes les équipes soient au courant et rassurées avant que la presse ne s'empare de ce scandale, continue Adam. Et demande-leur aussi de donner aux enquêteurs tout ce dont ils auront besoin. Qu'il n'y ait aucune entrave. Je veux de la transparence.

– Bien Adam, je m'y mets tout de suite !

Conrad repose son verre et sort du bureau. De nouveau, il faut agir et il n'y a pas de temps à perdre.

– Ça ne te fait rien de fermer l'entreprise de ton père ? demandé-je à Adam.

– Non, au contraire. Ce n'était de toute façon plus l'œuvre de mon père, mais celle d'Ambrose et de Lorraine. Et ce qu'ils en ont fait me rend malade. C'est la meilleure solution. Le nom des Hill doit être associé à une entreprise plus noble, plus honnête. Mon père l'aurait voulu comme ça.

Les doigts d'Adam se crispent autour de son verre. Je pose ma main sur sa jambe, en silence. La soif de pouvoir de Lorraine lui a fait perdre son père. Il est trop tard pour revenir en arrière, mais autant faire en sorte que l'avenir soit meilleur.

– Mon ange, n'oublie pas ta réunion au conservatoire. C'est un grand jour pour toi !

Son visage s'est éclairé, son regard s'est adouci. C'est vrai, c'est aujourd'hui que l'on annonce officiellement le prochain départ du Philharmonique pour New York et la création de celui de San Francisco.

– Ce soir, nous aurons bien mérité de nous retrouver à deux, au calme, après toutes ces émotions, me souffle Adam en glissant une main dans mes cheveux.

Je presse mon visage contre ses doigts. Il se baisse délicatement vers moi et m'offre un baiser sucré, doux. Cette tendresse efface mes dernières angoisses. Je suis persuadée que tout va aller mieux désormais.

– Mon ange, viens vivre avec moi à Pacific Heights.
– Tu… quoi ?

Je redresse ma tête sous le coup de la surprise. Adam me demande de vivre avec lui ?

– Je veux que tu viennes vivre chez moi, que ma maison devienne aussi la tienne, continue Adam, ses yeux plongés dans les miens.
– Je…

Je bafouille, ne trouve pas les mots.

Je rêve ?

– Nous avons passé beaucoup de temps ensemble au Mandarin… Je ne veux plus de cette vie en pointillé, une nuit chez toi, une nuit avec moi. Je veux me réveiller avec toi, tous les matins, à mes côtés. Et si tu n'aimes pas cette maison, on peut en choisir une autre, tous les deux.
– J'adore ta maison… mais…
– Mais ?
– Je…
– Tu ?
– Tu veux que je vienne m'installer chez toi ? demandé-je toujours incrédule.
– Oui, c'est ce que je veux, répond Adam en souriant.

Me réveiller tous les matins dans les bras d'Adam, profiter du soleil couchant sur la terrasse après une journée de répétitions...

– Je... D'accord...

J'ai toujours du mal à trouver mes mots, mais l'expression qu'affiche mon visage parle d'elle-même et Adam l'a bien compris. De ses bras puissants il me soulève, me fait tourner. Il rit de joie, et moi aussi. Je n'en reviens pas, Adam et moi allons vivre ensemble...

– John et Gloria seront ravis de t'avoir à la maison, Gloria t'apprécie beaucoup, ajoute Adam en me reposant. Mon ange, tu fais de moi un homme heureux.

Mon cœur bat la chamade, il bat d'amour pour cet homme qui me couve du regard.

Avec tous ces événements, j'ai oublié de déjeuner. Mais je ne suis pas sûre de pouvoir avaler quoi que ce soit et d'ailleurs, je n'en ai pas le temps. J'arrive juste à temps au conservatoire. La réunion n'a pas encore commencé et Max m'attend, impatient. Nous nous asseyons l'un à côté de l'autre, regardant autour de nous. Pas un membre de l'équipe ne manque à l'appel. Tous les responsables sont là et M. Glen affiche son éternelle mine sérieuse et concentrée. Il s'éclaircit la voix et commence son discours.

– Merci à tous pour votre ponctualité. Je pense qu'il est temps de mettre un terme aux rumeurs qui circulent et de répondre à vos questions. Donc, comme vous le savez peut-être, les travaux à l'Avery Fisher Hall sont en passe d'être terminés. Le Philharmonique pourra très prochainement repartir à New York et y retrouver ses habitudes.

Murmures autour de nous, j'observe mes collègues. Certains affichent une mine réjouie.

– Nous savons que le temps passé ici à San Francisco a séduit beaucoup d'entre nous, que parmi vous, certains s'y plaisent. Nous avons donc réuni le conseil du Philharmonique et nous avons pris la décision de créer un nouvel ensemble, ici même à San Francisco.

Ça y est, nous y sommes. Max et moi nous tortillons sur nos chaises. Les murmures se font plus nombreux, les gens discutent, échangent entre eux, couvrant la voix de M. Glen.

– S'il vous plaît ! Laissez-moi terminer, nous répondrons ensuite à vos questions. Je reprends. Nous vous laissons le libre choix de rester et d'intégrer ce nouveau Philharmonique ou de repartir à New York. Pour ceux qui désirent s'installer ici, tout est d'ores et déjà prêt pour que votre installation provisoire soit définitive. Nous vous laissons le temps de réfléchir et de revenir vers nous pour nous faire part de votre décision. Le plus tôt serait le mieux. Sachez que personnellement, j'ai décidé de rester ici et que j'ai l'honneur de devenir le directeur du Philharmonique de San Francisco.

Il va de soi que cette réflexion ne doit pas influencer les répétitions, et que les concerts programmés ne doivent pas pâtir de cette transition.

Est-ce une pointe de fierté que je perçois dans la voix de M. Glen ?

– Des questions ?

Des dizaines de mains s'élèvent, les questions fusent sur fond de murmures. Je regarde Max, il sourit. Je peux me détendre. Il ne reste plus qu'à attendre les choix de chacun, mais pour nous l'avenir est tracé. Nous sortons peu de temps après. Certains musiciens nous apostrophent, nous demandent si nous restons.

Oh oui, nous restons !

– Je suis vraiment soulagé de la tournure que prend cette création de Philharmonique, me glisse Max dans le hall du conservatoire. Alan et moi allons enfin pouvoir envisager l'avenir sereinement et concrétiser notre envie d'avoir un enfant.

– Oh Max, un enfant ! m'exclamé-je émue. Je comprends pourquoi le retour à New York était si délicat pour toi. Tu ne pouvais pas laisser Alan derrière toi, ni votre projet de famille ! Félicitations !

– Attends, rien n'est encore fait. Mais c'est en bonne voie, m'avoue-t-il, un large sourire plaqué sur le visage.

– J'ai hâte de te voir papa, le taquiné-je.

Max rit. Les bonnes nouvelles tombent enfin. Je me sens tellement soulagée…

J'ai un message d'Adam sur mon téléphone. Il me demande de le rejoindre à son bureau. Dans la circulation de cette fin de journée, je ne perds pas mon sourire. L'annonce de l'arrivée éventuelle d'un enfant me remplit de joie. Alan et Max seront mes premiers amis à entrer dans l'univers de la parentalité !

Je passe ma tête dans l'entrebâillement de la porte du bureau d'Adam. Il est assis, penché sur des documents, seul. Je prends le temps de l'observer, d'apprécier son profil, ses cheveux que je sais si doux… Il est si séduisant.

– Je peux entrer ? demandé-je.

– Oh, mon ange, oui bien sûr ! Alors, comment ça s'est passé ?

– Très bien, on ne sait pas encore qui compte rester ou non, chacun va prendre sa décision. Mais ce n'est pas le plus important !

– Ah oui ?

Adam s'est levé et est venu à ma rencontre. Mon sourire est communicatif, mon enthousiasme éveille sa curiosité. Il m'entoure de ses bras.

– Alan et Max ont décidé d'avoir un enfant !

– C'est une excellente nouvelle ! C'est un beau projet et maintenant que Max sait qu'il ne partira pas, ils peuvent se consacrer à leur vie de famille… Un peu comme nous d'ailleurs, ajoute Adam en m'embrassant.

Je suis troublée.

Notre vie de famille ?

Je me laisse aller à ce baiser. Si Lorraine ne peut plus nous nuire, nous aussi nous pouvons penser à notre avenir.

– J'ai aussi une très bonne nouvelle. Les enquêteurs ont déjà trouvé des documents compromettants sur Lorraine. Les perquisitions chez elle, chez Ambrose, leurs avocats, portent déjà leurs fruits. Ce n'est plus qu'une question de temps avant qu'on apprenne l'ampleur des fraudes. Lorraine est encore entendue par la police et il semblerait qu'elle ait eu du mal à trouver un avocat qui la suive sur ce dossier.

– Tu ne peux pas savoir comme je suis soulagée de savoir que Lorraine ne peut plus nous nuire.

– Attends, tout n'est pas fini, le procès n'est pas encore ouvert. Mais comme Ambrose est mort, il n'y a plus qu'elle pour assumer ses responsabilités… Je dois donner une conférence de presse ce soir, et après, nous serons tranquilles, mon ange.

Je me tiens à l'écart de cette conférence, laissant Adam et Conrad échanger sur ce qui va être dit. La presse a fait le déplacement, les journalistes sont là, en nombre. Entre les caméras, les flashs des appareils photo, la grande salle prévue à cet effet ressemble à une fourmilière. Tout le monde est désormais au courant de l'arrestation de Lorraine, du scandale des tests truqués. Adam doit annoncer la fermeture de l'entreprise pharmaceutique et parler de l'avenir de tous ses salariés. Je cherche des yeux Hayley et je l'aperçois enfin. Elle m'accueille comme à son habitude, chaleureusement.

– Éléa, je te cherchais. Quelle journée !

– Je ne te le fais pas dire. Je suis heureuse que tout ceci se termine.

– Je te comprends. Adam a fait ce qu'il fallait en tout cas. Cette conférence, cette annonce, belle gestion de crise, me glisse Hayley, admirative.

– Il a un don pour ça, admets-je en souriant.

– Je ne dis pas que la presse le laissera tranquille après cette conférence, mais il montre au moins qu'il est sincère dans cette affaire, continue Hayley.

Je me tourne vers le pupitre où est installé Adam et j'écoute l'homme avec qui je vais vivre. L'idée me fait frissonner.

– Mes services de communication et mes collaborateurs sont à votre écoute si vous avez des questions. Personnellement, je compte prendre un peu de recul par rapport à ces événements et me consacrer pleinement à la femme que j'aime.

La femme que j'aime…

Je sens mes joues s'enflammer, les regards se poser sur moi. Adam vient de déclarer sa flamme, sa flamme pour moi, à toute la presse… Il me sourit, il me renverse, les larmes me montent aux yeux, je suis si heureuse ! Adam m'aime, nous allons vivre ensemble.

Lui et moi, enfin seuls, sans contraintes, ni menaces… Comme je l'ai toujours rêvé !

– Vous avez bien mérité d'être heureux, Adam et toi, ajoute Hayley.

Je lui souris. Je n'ose imaginer qu'une page est en train de se tourner et qu'Adam et moi nous apprêtons à écrire un nouveau chapitre de notre histoire.

– Merci, Hayley. Tu nous as beaucoup aidés à y parvenir. Et pour Mark et toi, à quand le voyage de noces ?

– Je dois dire que pour nous aussi, une nouvelle vie se prépare. Je termine mes derniers articles sur cette affaire, Adam me donne une entrevue exclusive et après ça, nous partons à Hawaii pour des petites vacances. Mark a décidé d'arrêter les reportages pour nous offrir une vie moins décousue.

– Oh Hayley, quelle nouvelle !

– Oui, il me fait un énorme cadeau.

Je serre Hayley contre moi. Max et Alan projettent d'avoir un enfant, Hayley et Mark se posent enfin pour construire plus sereinement leur vie de couple… Je me délecte de cette vague de bonheur qui déferle.

Après toutes ces semaines d'angoisse, de stress…

Adam réussit tant bien que mal à prendre congé des journalistes, jamais avares de questions. Je quitte Hayley et retrouve Adam dans un salon attenant. Nous ne sommes pas seuls, mais nous ne nous cachons pas et nous tombons dans les bras l'un de l'autre.

– C'est fini, mon ange, murmure-t-il avant de m'embrasser avec fougue.

Oui, tout est fini…

– Oui, c'est fini, plus rien ne peut nous empêcher de nous aimer dorénavant, soufflé-je à mon tour.

Nous restons là, accrochés l'un à l'autre, savourant ce moment que nous attendions depuis si longtemps. J'ai même du mal à y croire, m'attendant à voir surgir l'ombre de Lorraine, m'attendant à apprendre une mauvaise nouvelle. Mais rien ne vient, tout est paisible. Alors que les collaborateurs d'Adam vont et viennent autour de nous, répondent au téléphone, nous apprécions ce moment. Conrad arrive, l'air désolé de l'interrompre. Il a encore besoin d'Adam pour régler un dernier détail. Adam m'embrasse et me promet de revenir très vite.

Je fouille dans mon sac à la recherche de mon téléphone. Je constate que Claire a essayé de me joindre et, sans succès, m'a laissé un SMS.

[Je viens d'apprendre pour l'arrestation de Lorraine, c'est énorme ! Comment vous allez ?]

Je lui réponds aussitôt :

[Tout va bien pour nous, sommes soulagés. J'ai plein de choses à te raconter. On déjeune demain ?]

[OK, passe me prendre au bureau !]

Adam me rejoint aussitôt. Je l'interroge du regard, je ne lis plus aucune inquiétude dans ses yeux.

– Les journalistes me cherchent encore. Je crains qu'ils nous suivent jusqu'au Mandarin et ne me harcèlent là-bas. Rentrons à la maison, si tu veux bien, nous y serons plus tranquilles. Conrad va prendre ma voiture pour brouiller les pistes et éloigner la presse.

Rentrer à la maison, comme j'aime entendre ces mots…

Adam a l'œil qui pétille. Ce genre de diversion l'amuse. Nous attendons quelques minutes après le départ de Conrad. Et c'est dans une autre de ses voitures que nous prenons le chemin de Pacific Heights. Un chemin qui me sera désormais quotidien. Vivre sur les hauteurs de San Francisco, jamais je n'aurais pu l'imaginer avant ma rencontre avec Adam. Nous rentrons chez nous… Je suis sur un nuage. Terminée, la suite impersonnelle du Mandarin, pourtant riche en souvenirs. Nous avons désormais notre nid, là-haut. Adam me laisse entrer définitivement dans sa bulle. Je sais combien cette étape est de sa part une preuve d'amour. Lui qui était autrefois si solitaire. Je suis déjà venue dans cette maison magnifique, mais jamais je n'ai passé le portail avec un tel sourire. Je regarde les lieux d'un autre œil, je crois qu'il va me falloir du temps pour me dire qu'ici, c'est chez moi…

Tout est calme dans la villa. Après les tensions de la journée, cette ambiance est apaisante. C'est exactement ce qu'il nous fallait ce soir. Plus que jamais, je comprends pourquoi Adam a tenu à préserver ces lieux des intrusions. Ici, nous sommes hors du temps, hors de la ville qui s'étend, plus bas. Nous nous sommes élevés au-dessus de tout et de tous et c'est un peu comme si nous étions seuls au monde. Je prends une grande inspiration, ferme les yeux. Je suis persuadée que je serai heureuse ici.

Quand Adam se dirige vers la terrasse dominant la baie, il m'adresse un clin d'œil :

– Tout a commencé sur une terrasse comme celle-ci, notre première nuit au Mandarin. Tu étais si réservée…

Ce souvenir m'électrise. Adam me tend la main, m'invitant à le rejoindre. Tous les recoins de cette villa n'ont pas encore révélé leurs vertus érotiques…

La vue imprenable sur la baie de San Francisco est toujours aussi incroyable. Je l'apprécie autrement ce soir. Il n'est plus du tout question pour moi de quitter la ville, et notre amour est plus fort que jamais. Ce soir, notre relation déploie ses ailes, se défait de toutes ses entraves. Je me sens libre. Je ferme les yeux, la soirée est bien avancée et il fait encore bon sur les hauteurs. Mon sixième sens m'informe qu'Adam me regarde. Je me sens rougir mais je ne fais pas un geste vers lui. Il me caresse des yeux, m'apprécie. J'imagine qu'il est en train de me déshabiller mentalement, qu'il m'enlève mes habits, doucement, les uns après les autres, faisant glisser pièce morceau de tissu couvrant mon corps. Je crois que je m'empourpre un peu plus, un frisson me parcourt.

– Ah, quel bonheur ! souffle Adam en m'attirant à lui.

Je sens la chaleur de son corps bien avant de le toucher. Je sens combien il me désire à cet instant. Nos visages se rencontrent, ses lèvres sont douces. Notre baiser est savoureux, il porte lui aussi le goût de cette nouvelle vie, sans encombre, une vie où notre plaisir ne sera plus troublé. Sa langue m'explore, passe derrière mes lèvres, cherche la mienne. Et puis la fougue s'empare de nous, Adam presse sa bouche contre la mienne avec plus de force, je pose mes mains sur sa nuque pour l'attirer encore un peu plus contre moi.

Quand il s'écarte, nous avons tous les deux le souffle court. Je porte la main à mes lèvres pour toucher l'empreinte que vient de me laisser mon amant.

– Mon ange, j'ai une irrépressible envie de te posséder ce soir, dit-il d'une voix rauque, le regard enfiévré par le désir.

– Pourtant, la journée a été riche en émotions, tu es sûr d'avoir assez de forces ? demandé-je avec un ton de défi dans la voix.

– Il suffit que je te regarde pour que mes forces me reviennent intactes, dit-il en me plaquant avec fougue contre lui.

Mes joues me brûlent à nouveau. En me serrant contre lui, Adam me fait sentir qu'il dispose bien de tous ses moyens. Le renflement dur que je sens contre mon ventre en est la preuve…

– Tu sais ce dont j'ai envie, là, tout de suite ? me demande Adam en s'écartant un peu pour mieux me regarder.

J'ai bien une idée…

– Non ?
– J'ai envie de danser avec toi, nous en avons rarement eu l'occasion.

La dernière fois c'était au mariage de Hayley et… c'est tout.

Adam m'entraîne à l'intérieur de la villa. Une station pour smartphone se cache dans l'un des meubles du salon. J'attends un peu et dès que les premières notes se font entendre, je regarde Adam, étonnée.

– Oui, j'avoue, Sinatra, c'est un peu dépassé, mais je trouve cette chanson très appropriée.

Il me rejoint, lentement, le sourire aux lèvres. J'écoute les paroles de « *I've got you under my skin* ».

Je t'ai dans la peau… au plus profond de mon cœur… Je sacrifierais tout pour être près de toi…

Je suis aux anges. Adam m'emporte délicatement dans ses bras, nous nous serrons l'un contre l'autre et nous dansons, en rythme, sur ces paroles qui nous vont si bien. Mon cœur bat la chamade, la musique me transporte, les paroles me touchent profondément et Adam ne me quitte pas des yeux. Son regard est si doux, si profond... Puis, doucement, il m'embrasse. Ses lèvres s'attardent sur les miennes, descendent vers mon menton, mon cou. Il glisse sa main dans mes cheveux, les tire avec délicatesse pour rejeter ma tête en arrière. Ce soir, je me sens plus que jamais le centre de son monde.

La chanson se termine sans qu'aucun de nous y fasse attention. Adam me dévore à présent. Quand je croise à nouveau son regard, la flamme du désir y brûle. Je ne peux pas y résister. Mon amant m'entraîne et me pousse jusqu'à m'asseoir sur le fauteuil le plus proche. Il se place à genoux en face de moi entre mes jambes et commence à déboutonner mon chemisier de soie. Des effluves de son parfum me parviennent, ma respiration devient saccadée. Une douce chaleur m'envahit, mon ventre s'anime. Ses doigts effleurent ma peau, quand il m'enlève mon vêtement, je reçois une décharge électrique. À ce contact, mon corps se tend tout entier.

Ce contact ou le regard de braise qu'il jette à mes seins ?

Adam parcourt la courbe de ma poitrine du doigt, jusqu'à ce que ses deux mains viennent se poser sur eux, les entourant pleinement. Puis elles glissent dans mon dos. Je sens la pression de mon soutien-gorge retomber, mes seins sont libérés et les pointes, déjà tendues par mon désir, se projettent vers Adam. Mon amant se mord la lèvre, convoitant avec plaisir ce qui s'offre à lui. Il n'hésite pas une seconde, sa bouche attrape un de mes tétons, l'aspire, le lèche. Cette précipitation m'arrache un cri. Ses deux mains plaquées dans mon dos, Adam joue avec sa bouche, sa langue, se délecte de mes seins. Je gémis et fourre mes doigts dans sa chevelure. Je le tiens serré contre moi, je veux qu'il me dévore, tout entière !

Mon amant descend, s'attarde sur mon ventre. Je me cambre, place mes fesses au bord du fauteuil pour qu'il puisse continuer plus bas. Sa langue fait le tour de mon nombril, et instinctivement, j'écarte les jambes. Mon entrejambe se manifeste, il veut lui aussi bénéficier de son traitement de faveur. La fougue d'Adam répond à cette invitation. Mon amant embrasse l'intérieur de mes cuisses, descend ma jupe jusqu'à mes chevilles. Mes doigts continuent de fourrager dans ses cheveux bruns. Il m'aide délicatement à passer ma culotte en dentelle sous mes fesses et la fait lentement descendre. Son regard est désormais brûlant, le sourire qu'il arbore est prometteur…

Mon sexe se tend vers sa bouche maintenant, mon bassin s'est légèrement levé pour offrir un meilleur accès à cette langue qu'il sait aventureuse. Ses mains saisissent mes fesses et Adam plaque sa bouche entre mes jambes. Il me lèche, explore les moindres replis de mon intimité, trouve mon clitoris et s'amuse avec lui, ce qui a le don de provoquer chez moi des soupirs de plaisir. Sa langue va un peu plus loin et, à l'orée du précipice, elle s'arrête, me laissant dans une grande frustration.

– Adam, ne t'arrête pas, dis-je d'une voix tremblante de désir.

Non seulement Adam s'arrête, mais il s'éloigne de moi. Je n'ai pas le temps d'émettre la moindre objection, je le vois se défaire de ses habits à la vitesse de la lumière. Quand son boxer atterrit sur le sol, son membre viril est tendu vers moi. Je me dirige vers lui, sans me poser aucune question, sans même y penser. Face à ma bouche, c'est une évidence. Je commence à le titiller du bout de la langue, mes mains trouvant leur place instinctivement sur les fesses musclées de mon amant. Je les presse, je sens les doigts d'Adam s'attarder à son tour dans mes cheveux.

– Oh, Éléa ! murmure Adam au-dessus de moi.

Je le prends entier dans ma bouche, l'aspire, le mords délicatement. Les doigts d'Adam se crispent, son bassin se tend un peu plus vers ma bouche. J'entends désormais ses grognements, qui m'encouragent à accélérer mon allure.

– Mon ange, arrête, sinon… attends, me dit Adam d'une voix rauque.

Je le sens près de succomber à une vague de plaisir. Lui comme moi sommes au bord du gouffre, prêts à nous enflammer en chœur. Mon amant me relève, il est nu, moi aussi. En m'embrassant passionnément, Adam me fait doucement tourner pour venir s'asseoir à ma place. Je comprends où il souhaite en venir. Son sourire est érotique, je me mords la lèvre. Je jette un œil vers son sexe, toujours dressé. De ses mains, Adam m'attire contre lui, me guide pour que je vienne m'asseoir sur lui. Je m'installe, doucement, sentant le frisson d'une douce pénétration. Nous poussons à l'unisson un long gémissement.

Je tarde à me mettre à bouger, savourant sa présence en moi. Je ferme les yeux, et je commence lentement, très lentement, mon mouvement de va-et-vient. Je sens sur ma poitrine le souffle d'Adam, ses mains sont revenues sur mes fesses, avides. Je me délecte de ces sensations de pur plaisir jusqu'à n'en plus pouvoir. J'ouvre les yeux, plonge mon regard dans celui d'Adam, place mes mains de chaque côté de sa tête, agrippant le dossier du fauteuil. Je bouge cette fois plus vite, de plus en plus vite, mes fesses frappent ses cuisses, mon cœur s'emballe, je crie, Adam grogne.

– Je vais jouir ! lâché-je.

Mon ventre se crispe, le plaisir me happe, j'y succombe dans un long râle. Mon orgasme est intense, il m'emporte. Adam me suit aussitôt et se laisse aller dans un dernier coup de rein. Je pose ma tête sur son épaule, essoufflée, repue, encore tremblante.

Je me sens terriblement bien, sur cette terrasse, caressée par la brise du soir. Les lumières du Golden Gate bridge scintillent, les bruits de la ville nous parviennent, lointains. Une douche fraîche a terminé de nous détendre. Nous sommes tous deux nus sous nos peignoirs, sirotant nos cocktails, collés l'un à l'autre dans un large canapé. La lumière de la terrasse est chaude et feutrée, dispensée par des appliques extérieures. Je me délecte de ce bonheur franc, je souris même, sans doute béatement, à cette situation. Je n'éprouve plus aucune crainte, ni aucune angoisse. Je suis dans les bras de l'homme que j'aime et je savoure ce moment. Nous rions, nous discutons allégrement, soulagés d'un poids. Nous sommes légers comme l'air. Nos corps sont détendus, nos esprits le sont aussi.

– Je ne me rappelle pas la dernière fois où je me suis sentie aussi bien, murmuré-je.

– Ce n'était pas il y a une heure ? me demande Adam d'un ton taquin.

– Oui… mais pas de cette façon…

– Ou alors, tu as déjà oublié et tu as besoin que je te rafraîchisse la mémoire.

– Ah oui ? Et comment comptes-tu t'y prendre ? dis-je en me redressant et en fixant Adam, le regard plein de défi.

– Hum…

Adam porte une nouvelle fois son verre à ses lèvres. Je m'imagine passer ma langue sur elles, pour goûter ce cocktail aux couleurs vitaminées et pour l'inviter à le délaisser pour moi.

– Tu as besoin de beaucoup réfléchir pour savoir ce qui me fait du bien ? insisté-je.

Le cocktail me donne de l'audace. Et dans les bras d'Adam, j'oublie mes rondeurs, je me sens femme, séductrice, capable de l'amener aux portes du plaisir. Avec lui, je n'ai pas besoin de cacher qui je suis, je suis libérée, et je me sens prête à tout pour vivre pleinement ma sexualité.

– Me lancerais-tu un défi, mon ange ?

Le regard d'Adam s'est allumé de nouveau. Je sais qu'il aime les défis, qu'il se donne entièrement quand il en relève un.

Et j'ai envie d'être son prochain défi…

Mon amant repose son verre et attrape le mien pour en faire de même. Je ne bouge pas, je me contente de le fixer. Il s'apprête à prendre les choses en main et ce n'est pas pour me déplaire. Il se tourne pour me faire face complètement et prend mon visage entre ses mains.

– On va voir si je peux relever ce défi, souffle-t-il en m'embrassant.

Les mains d'Adam se mettent à parcourir mon corps, sur mon peignoir, cherchant à trouver le lien. Très vite, le nœud est défait et mon amant écarte les pans. Mes épaules, mon dos, mes seins, se révèlent ainsi, s'offrant à cette douce soirée. Je ne fais aucun geste pour me couvrir, je sais que personne ne peut nous observer là où nous sommes. La terrasse offre une réelle intimité. La température de mon corps s'élève, je sens mon pouls s'accélérer. Adam affiche un regard conquérant, déterminé à m'emporter vers les hautes sphères du désir. Je ne bouge pas, j'attends. Mon amant a l'air si sûr de lui…

– Je ne sais pas si je vais me sentir très réceptive, glissé-je pour titiller encore plus son orgueil.

Adam ne me laisse plus la chance de prononcer un seul mot. Ses lèvres sont plaquées sur les miennes et il me renverse sur le canapé. Ma tête trouve sa place sur l'accoudoir et soudain, je sens sa main se glisser entre mes jambes. Adam se positionne au-dessus de moi et, alors que sa langue et ses lèvres me guident vers ce moment où mon corps ne sait plus résister, sa main s'attarde contre mon pubis, me caressant de haut en bas, de bas en haut, de plus en plus empressée. Il ne faut pas longtemps pour que je sente mon intimité s'humidifier. Mon amant le sent aussi et se permet une intrusion, plus loin, plus profondément, à l'intérieur de moi. Ses doigts me pénètrent, me titillent, je me cambre, je gémis en soupirant.

Mes mains enserrent sa tête, poussant nos bouches à se mordre, à s'unir dans une fougue quasi bestiale. Adam me sent réceptive, je ne peux pas résister à ce contact. Ma bouche, mon sexe, tout mon corps est en ébullition. Mon esprit chavire, je ne sais pas à quoi me raccrocher si ce n'est à mon amant. Au-dessus de moi, il met toute sa fougue et tout son désir dans cette étreinte charnelle. Ses doigts vont et viennent et je me sens à deux doigts de me laisser emporter par une nouvelle vague de plaisir. Je la sens fondre sur moi, prête à me faire crier, là, sous les étoiles. Je ferme les yeux, je tends mon bassin et je me laisse envahir. Chaque recoin, chaque parcelle de mon corps réagit à mon orgasme. Mes muscles se crispent, ma voix meurt dans un cri étouffé, des spasmes viennent me secouer tant mon plaisir est intense et me submerge.

Le visage d'Adam est lui aussi transformé, habité par une lueur très sensuelle, demandant à se transformer en feu d'artifice. Il s'écarte de moi, nos bouches se lâchent, ses doigts se glissent hors de moi, ses mains défont rapidement le nœud de sa ceinture. Son peignoir s'écarte à son tour, et mes yeux sont immédiatement attirés par ce sexe que je ne me lasse pas d'admirer. Mais l'heure n'est pas à l'observation et Adam éprouve un impérieux désir de me posséder.

Sa pénétration est rapide, fulgurante. Je l'accueille avec délice, avec une furieuse envie de le sentir bouger en moi. Mon orgasme m'a emportée loin, mais la fougue d'Adam alimente mon excitation. Mon amant est en moi, il se met à bouger. Son assaut est violent, son sexe s'immisce au plus profond de moi. Je cambre mon bassin pour l'aider à aller encore plus loin. Adam me pilonne, sauvagement. Je plante mes ongles dans son dos. Il grogne, il me fait l'amour comme jamais. Un soubresaut vient briser mes dernières forces. Un dernier orgasme s'apprête à m'emporter, à nouveau. Mes yeux trouvent ceux d'Adam et, en un regard, nous nous comprenons. Mon amant jouit dans un râle animal, haletant. Mon bassin se cambre une dernière fois pour attraper ce moment ultime du plaisir, si indescriptible, si enveloppant. Notre amour nous laisse l'un contre l'autre, essoufflés.

Ce désir insatiable que nous éprouvons l'un pour l'autre vient, une fois de plus, d'avoir raison de nos dernières forces. Nous sommes repus, heureux. La vie s'ouvre à nous et notre amour charnel s'intensifie à chaque nouveau corps-à-corps. Je serre Adam contre moi et, si une larme coule le long de ma joue, ce n'est pas de tristesse. J'ai trouvé l'homme de ma vie avec lequel je veux explorer cet horizon sensuel qui s'ouvre devant nous.

30
ÉPILOGUE

La petite ville de Kelowna est en ébullition. J'aime ces jours de fête en plein air, où les enfants s'en donnent à cœur joie, courant partout pendant que leurs parents discutent entre eux. La fête est champêtre, sans prétention, mais le maire sait comment s'occuper de ses citoyens. Mes parents sont un peu les rois de ce jour, ils vivent leur moment de gloire. Installés depuis toujours à Kelowna, ils sont devenus, avec leur magasin, des figures emblématiques de la ville, toujours très investis, très concernés. Aujourd'hui Kelowna, le maire, ses conseillers et tous les habitants, leur rendent hommage en les nommant citoyens d'honneur. Je les observe, ils vont et viennent, serrent des mains, rient. Ma mère est sans conteste la reine du jour et elle en profite. Même mon père, d'habitude si discret, se laisse aller avec tout le monde.

Nous avons fait le déplacement, Adam, Ryan, Claire et moi, pour participer à cet événement. En fait, ma mère ne nous a pas vraiment laissé le choix. Cette petite escapade nous permet, à Adam et moi, d'échapper au tumulte qu'ont provoqué l'arrestation de Lorraine et la fermeture de l'entreprise pharmaceutique Hill. L'enquête suit son cours et les journalistes ont encore besoin d'alimenter leurs colonnes. Si nous sommes toujours sous les feux des projecteurs et si Adam est encore très sollicité, ce n'est rien à côté de ce que nous avons vécu. Nous ne nous quittons pratiquement plus, et nous retrouvons chaque fois avec plaisir et envie. Les barrières n'existent plus, l'angoisse m'a quittée, nous n'avons plus aucune entrave pour nous empêcher de vivre pleinement notre relation.

J'ai réappris, ces deux dernières semaines, à être tout simplement heureuse. Pourtant, les premiers jours, je me réveillais encore inquiète, pour Adam, pour mon frère, pour Claire, pour mes parents, pour tous mes proches. Petit à petit, cette angoisse a diminué puis disparu complètement. Je me suis installée chez Adam, prenant mes marques très rapidement. Claire ne m'en a pas voulu, elle s'attendait à ce qu'un jour notre colocation prenne fin. Mais nous sortons à nouveau régulièrement, elle et moi, nous passons des soirées entre filles. Pour la première fois aussi depuis son arrivée à San Francisco, je peux m'occuper de mon frère et prêter attention à ses études. La création du Philharmonique de San Francisco a été officialisée et les auditions ne vont pas tarder à débuter. J'ai retrouvé mon violon, mon stradivarius, plus rien aujourd'hui ne freine ma progression.

Je me sens tellement légère.

– Tu es bien pensive mon ange, murmure Adam au creux de mon oreille.

Son regard est doux, enveloppant. Sa mine est décontractée, sereine. Être à ses côtés suffit à mon bonheur. Cet homme si séduisant, si charismatique, si humble, m'insuffle tant de confiance… Je vibre toujours quand je sens son odeur, mon corps s'anime quand il me frôle…

Et quand il me regarde de cette façon…

– Je repensais à ces derniers jours, lui confié-je.
– Quels moments ? Nos tête-à-tête sensuels ou nos tentatives pour esquiver la presse ?
– Les deux !

Adam m'attire à lui et je me blottis dans ses bras. Je ne connais pas de meilleur endroit au monde désormais.

– Vous êtes toujours collés ! fait une voix près de nous.

C'est Claire, moqueuse, et mon frère Ryan, qui nous rejoignent enfin. Ma mère n'a pas quitté Ryan depuis son arrivée et mon frère ne cesse de serrer des mains en croisant nos anciens voisins, amis, tous ceux qui nous ont vus grandir. La préférence de ma mère pour son fils me convient parfaitement dans ces moments-là.

– Tu peux parler, rétorqué-je. Vous êtes toujours fourrés ensemble ces derniers temps !

– C'est vrai… On a décidé de donner une nouvelle chance à notre couple, m'explique Claire en se rapprochant de Ryan.
– Terminées, les disputes ? Non ! dis-je, d'humeur taquine.

Je suis intérieurement ravie de cette nouvelle, même si je m'en doutais un peu. Les menaces de Lorraine ont au moins été utiles pour remettre ce couple sur pied : quand Ryan a appris que la situation devenait tendue, il s'est empressé de retrouver Claire, « au cas où ».

– On s'est dit qu'à côté de ce que vous aviez traversé, nos problèmes étaient vraiment dérisoires, ajoute Ryan. Rien d'insurmontable en tout cas.

Ryan couve Claire du regard. Je suis attendrie devant mon frère, presque émue de le voir ainsi mûrir.

Mon petit frère…

– Nos problèmes sont derrière nous, intervient Adam.

J'acquiesce. J'espère qu'ils sont loin pour toujours ! Nous avons eu notre dose.

– Pour preuve, continue-t-il, j'ai fait enlever toutes les équipes de gardes du corps. Plus personne ne vous suit, vous êtes libres !
– Ça se fête, dit Claire en levant son verre.
– Toutes ? demandé-je.

Je ne peux m'empêcher de regarder autour de moi et d'éprouver une légère appréhension. Cette sécurité était rassurante, et ne plus la savoir près de moi me fait frissonner. Mais je dois avoir confiance en Adam s'il juge que nous n'en avons plus besoin. Il faut que je me fasse à l'idée que toutes les menaces sont effectivement derrière nous et que Lorraine n'a plus aucun pouvoir sur nous.

– Oui, toutes. J'ai d'ailleurs appelé Simon Collins pour discuter de tout ça avec lui. Il nous attend pour que nous fassions connaissance. Il faudra que nous programmions une nouvelle croisière, ajoute Adam en m'adressant un clin d'œil lourd de sous-entendus.

– Vous n'avez plus de problèmes avec Lorraine alors ? interroge Ryan.

– Lorraine n'a plus aucun appui depuis le scandale des médicaments. Il lui a même été très dur de trouver un avocat qui accepte de la défendre. Vu le procès qui l'attend et les preuves réunies contre elle, elle finira sa vie en prison.

– Cette peau de vache n'a eu que ce qu'elle mérite, siffle Claire, acerbe.

– Tu as des nouvelles d'Emy ? demandé-je à Adam, me souvenant subitement de sa colère contre Lorraine.

– Envolée ! Je crois qu'avec le scandale, elle n'a pas insisté pour récupérer les parts de son père, au contraire. Elle m'a envoyé un e-mail pour m'apprendre qu'elle quittait San Francisco pour refaire sa vie ailleurs. Ambrose lui a laissé de quoi vivre, je ne m'en fais pas pour elle.

Lorraine en prison, Emy partie, San Francisco s'annonce plus tranquille !

– Et tu sais si les mauvais médicaments ont eu des effets chez ceux qui les ont pris ? demande Ryan à Adam, faisant ainsi parler son côté « futur médecin ».

– L'enquête sanitaire est en cours, ça risque d'être assez long pour remonter toute la chaîne. Je serai au courant de leurs avancées, j'ai demandé à avoir des retours réguliers. Je sais déjà que Lorraine est passée aux aveux au cours de sa déposition.

– Eh bien, vous êtes bien sérieux les jeunes ! s'immisce soudain ma mère.

Ma mère rayonne. Mon père nous rejoint lui aussi, le sourire aux lèvres. Mes parents méritent amplement cette fête.

– Maggie, Jeff, je n'ai pas encore eu l'occasion de vous féliciter pour votre distinction, dit Adam.

– Merci Adam, c'est vrai que nous sommes très accaparés, tout le monde souhaite discuter avec nous, papillonne ma mère.

C'est un honneur qu'elle nous accorde cinq minutes alors…

– Alors Adam, quand programmons-nous nos prochaines randonnées ? En cette saison, la région est magnifique, s'enquiert mon père.

– Je vais avoir du temps libre prochainement. Si Éléa est d'accord, nous pourrions nous organiser une petite escapade.

J'ai une revanche à prendre sur la nature, rappelez-vous ! sourit Adam en se frottant la tête, en souvenir de ses égratignures passées.

– Je veux en être pour voir ça, s'immisce Ryan. Hors de question que je rate ce grand moment ! J'ai prévu de filmer, je suis sûr que les aventures d'un milliardaire en pleine nature peuvent faire des millions de vues sur YouTube !

– Bravo la solidarité masculine ! s'exclame Claire en donnant à Ryan un léger coup dans les côtes.

Soudain, les haut-parleurs se mettent à grésiller. Sur l'estrade, le maire s'apprête à prendre la parole. C'est l'heure des discours, mes parents nous quittent. Des deux, je sais déjà que ma mère prendra la parole et que mon père restera un peu en retrait, derrière elle. Certaines choses sont immuables.

Alors que la fête bat son plein, Adam m'enlève. Il m'attrape la main et m'entraîne jusqu'à sa voiture. Anticipant mes interrogations, il pose un doigt sur sa bouche, en signe de silence. Je ne sais pas ce qu'il me réserve, je fronce les sourcils, mais je me laisse faire. Adam me prépare une surprise et je suis curieuse de savoir où il m'emmène.

La voiture s'engage sur la rue longeant le lac Okanagan. Le parc qui borde le lac, l'un des joyaux de la ville, est en vue. J'aime cet endroit, j'y ai passé beaucoup de temps, plus jeune. Il est calme, serein, c'est le lieu idéal pour trouver un peu de quiétude. C'est un écrin de verdure, les allées ont été savamment intégrées et les paysagistes maintiennent toujours le lieu fleuri. En cette saison, la pelouse est d'un beau vert et les fleurs doivent embaumer.

Adam se gare, sort et fait le tour de sa voiture pour m'ouvrir ma portière. Puis il me prend par la main et me guide jusqu'au fond de ce parc idyllique, loin de tout. Je ne sais toujours pas pourquoi il m'attire ici et je suis étonnée, il a l'air de bien connaître les lieux…

Qui le lui a montré ?

Nous nous arrêtons enfin. D'où nous sommes, la vue sur le lac est magnifique. Une tonnelle a été installée, à l'écart.

C'est étrange, je ne me souviens pas d'elle…

De grands pans de tissu blanc l'habillent, attachés par des nœuds rouges. Adam a toujours l'air mystérieux. Puis il m'adresse un regard, un sourire malicieux se dessine sur son visage, et il m'emmène vers elle.

– Mais qu'est-ce que… ? commencé-je.

Je m'interromps, découvrant les lieux : un petit salon a été installé sous la tonnelle, et, sur la petite table en ébène, un seau à champagne est là, ainsi que deux coupes. D'énormes bouquets de roses rouges ont été placés aux quatre coins. Les côtés de la tonnelle sont fermés par les grands tissus blancs, seule l'entrée est ouverte pour nous permettre d'apprécier la vue imprenable. Le lieu est magnifique, les roses sentent incroyablement bon. Je m'assois sur la banquette, rouge elle aussi, pour apprécier le spectacle qui s'offre à moi. Cette tonnelle n'existait pas avant, elle a été dressée spécialement pour ce moment…

– Comment connais-tu cet endroit ? demandé-je, toujours sous le coup de la surprise.

– J'ai enquêté…, se contente de répondre Adam, toujours malicieux.

– J'adore cet endroit, j'ai passé tellement de temps ici, à jouer du violon, à observer le lac… C'est le lieu où je me sens le mieux au monde !

– Je sais…

Adam n'a visiblement pas l'air décidé à m'en dire plus. Il attrape la bouteille de champagne et nous sert. Je n'ajoute rien, l'observant.

Adam me cache quelque chose.

Il finit par me tendre une coupe. Il prend son temps. Il détourne la tête, son regard se porte sur l'horizon.

Mais qu'est-ce qui lui prend ?

– Mon ange, finit-il par dire. Je sais que cet endroit compte pour toi, et ce n'est pas pour rien que je t'ai entraînée ici. Je cherchais le meilleur endroit pour ce que j'ai à te dire… Ryan a été de très bon conseil.

Ryan ? C'est un complot ?

– Ryan sait que tu m'as emmenée ici ?

Adam acquiesce d'un signe de tête.

– Cet endroit est magnifique, continue-t-il.

Sa voix se fait soudain grave.

– Tu es ce qu'il m'est arrivé de mieux dans la vie, Éléa. Ce que j'ai de plus précieux. Tu as été là dans les pires moments de ma vie, tu n'as jamais abandonné et pourtant, tu avais mille raisons de me quitter quand la situation est devenue critique. Mais tu n'as pas failli, tu as été un énorme soutien pour moi.

Je retiens mon souffle en entendant ces paroles.

– Je veux être là pour toi dans les meilleurs moments, je veux consacrer mon avenir à toi, à nous. Je veux te rendre heureuse, te faire oublier tout ce que nous venons de vivre. Je veux ton bonheur et je te promets que je ferai tout pour que tu ne manques jamais de rien.

Adam tourne son visage vers moi, son regard est profond, intense.

– J'ai demandé à Conrad de prendre les rênes de la société, j'ai envie d'avoir du temps, de retrouver un peu de liberté pour être avec toi. Je veux t'emmener en Europe, partout, je veux te suivre partout où t'emmènera ta carrière. Je veux te garder avec moi, pour toute la vie.

Mon cœur cogne dans ma poitrine.

Adam...

Il se lève pour me faire face, et soudain, pose un genou à terre.

Oh mon Dieu !

– Éléa, je t'aime. Tu as sublimé ma vie. Les mots ne sont pas assez forts pour t'exprimer tout l'amour que j'éprouve. Je t'aime, mon avenir est avec toi, je veux construire une famille avec toi, je veux que tu sois la mère de mes enfants.

Adam glisse sa main dans la poche intérieure de sa veste et en sort une boîte. Je me sens défaillir, les larmes coulent sur mes joues, j'ai l'impression de rêver. Il l'ouvre et j'aperçois un anneau d'or serti de diamants. La bague est sublime, les pierres précieuses scintillent à la lumière.

– Éléa, mon ange, deviens ma femme, pour la vie.

Je plonge mes yeux dans ceux d'Adam. Il m'interroge du regard, ses beaux yeux noirs sont doux comme du velours. Je comprends, à cet instant, que, depuis notre rencontre, Adam a toujours été l'homme de ma vie. Cette évidence surgit du plus profond de mon être. C'est elle qui m'a permis de toujours rester à ses côtés, de croire en nous. Je savais, j'ai toujours su, qu'Adam serait le seul et l'unique.

– Oui, murmuré-je, la voix étranglée par l'émotion.

Nous nous regardons intensément, les yeux d'Adam brillent, son sourire s'agrandit.

– Oui Adam, je veux être ta femme. Pour l'éternité.

Les larmes coulent sur mes joues, des larmes de bonheur. Adam me prend la main et glisse la bague à mon doigt.

Leslie, Howard, je promets de rendre votre fils heureux…

FIN

Déjà parus dans la même collection

À lui, corps et âme – volumes 1 et 2, Olivia Dean
Cent facettes de Mr Diamonds – volumes 1 et 2, Emma Green
Toi + moi – volume 1 : *L'un contre l'autre*, Emma Green
Toi + moi – volume 2 : *Envers et contre tout*, Emma Green
Toi + moi – volume 3 : *Seuls contre tous*, Emma Green
Tout pour lui – volume 1, Megan Harold
Mr Fire et moi – volume 1, Lucy K. Jones
Mords-moi !, Sienna Lloyd
Possédée, Lisa Swann
Aime-moi. Corps et âme, Kate B. Jacobson
Je te veux – volume 1, Heather L. Powell
Désire-moi ! – volume 1, Hannah Taylor

À paraître

Soumets-moi ! Si tu l'oses… – volume 1, Nina Marx (octobre 2014)
Désire-moi ! – volume 1, Hannah Taylor (octobre 2014)
Mr Fire et moi – volume 2, Lucy K. Jones (novembre 2014)
Déshabillez-moi ! – volume 1, June Moore (novembre 2014)
Ordonne-moi ! – volume 1, Chloe Wilkox (novembre 2014)
Tes ordres sont mes désirs – volume 1, Phoebe P. Campbell (décembre 2014)
Toute à toi – volume 1, Anna Chastel (janvier 2015)
Je te veux. Toujours plus loin – volume 2, Heather L. Powell (janvier 2015)
Soumets-moi ! Plus encore... – volume 2, Nina Marx (janvier 2015)
Désire-moi ! – volume 2, Hannah Taylor (janvier 2015)
Étreinte – volume 1, June Moore (janvier 2015)

Auteure : Megan Harold

Édisource

100, rue Petit 75019 Paris

Imprimé par FINIDR – Lipova cp. 1965 – 73701 Cesky Tesin,

République Tchèque

Dépôt légal : novembre 2014 – Achevé d'imprimer : octobre 2014

ISBN : 978-2-37126-027-6

N° Sofédis : S556740